江苏省文艺评论家协会 | 编著

2023

2023江苏文艺研究与评论精粹

河海大学出版社
HOHAI UNIVERSITY PRESS
·南京·

图书在版编目(CIP)数据

2023 江苏文艺研究与评论精粹 / 江苏省文艺评论家协会编著. -- 南京：河海大学出版社，2024.12.
ISBN 978-7-5630-9348-9

Ⅰ. I209.953

中国国家版本馆 CIP 数据核字第 2024H3F932 号

书　　名	2023 江苏文艺研究与评论精粹
	2023 JIANGSU WENYI YANJIU YU PINGLUN JINGCUI
书　　号	ISBN 978-7-5630-9348-9
责任编辑	李蕴瑾
特约编辑	邓峥嵘　孙晓慧
特约校对	李骐含
封面设计	清皓堂
出版发行	河海大学出版社
地　　址	南京市西康路 1 号(邮编：210098)
电　　话	(025)83737852(总编室)　(025)83787107(总编室)
	(025)83722833(营销部)
经　　销	江苏省新华发行集团有限公司
排　　版	南京布克文化发展有限公司
印　　刷	广东虎彩云印刷有限公司
开　　本	710 毫米×1000 毫米　1/16
印　　张	24
字　　数	400 千字
版　　次	2024 年 12 月第 1 版
印　　次	2024 年 12 月第 1 次印刷
定　　价	98.00 元

序

2024年,为重温习近平总书记在文艺工作座谈会上的重要讲话精神,深入贯彻落实习近平文化思想,持续集中展示我省优秀文艺评论成果,推介宣传我省优秀文艺评论家,江苏省文艺评论家协会(以下简称"省评协")决定编辑出版《2023江苏文艺研究与评论精粹》(以下简称《2023精粹》)。这是继《2019江苏文艺研究与评论精粹》《2020江苏文艺研究与评论精粹》《2021江苏文艺研究与评论精粹》《2022江苏文艺研究与评论精粹》正式出版发行之后,江苏文艺评论界的又一最新成果。

一年来,我省文艺评论家认真学习习近平总书记关于文艺评论的系列重要指示批示精神,并将精神贯彻落实到自己的评论创作之中,努力学习、勤于思考、认真创作,涌现出一篇篇评论佳作,展现出江苏文艺评论家强劲的创作力量,也逐步形成了一支无论是数量上还是质量上、人才结构上都较为稳定、合理的评论家队伍,这使我们感到无比欣慰和自豪,同时,这也为江苏文艺评论"高原出高峰"奠定了坚实的人才和成果基础。

在《2023精粹》征集活动中,全省13个设区市文艺评论家协会,以及全省文艺评论家、文艺评论工作者积极响应、大力支持、踊跃投稿。本书编辑部综合学术性、权威性、创新性的考量,坚持"导向正确、质量至上"的原则,经过认真审查、遴选,全书共筛选收录理论评论文章55篇,其中,文学11篇、戏剧7篇、影视(动漫)4篇、音乐2篇、美术11篇、曲艺2篇、舞蹈2篇、民间文艺2篇、摄影2篇、书法9篇、杂技魔术3篇。这些文章,或以新颖的观点,或以独特的视角,或以深刻的思维,对我省乃至全国文艺发展的现状、成绩做出了理性的分析、高度的概括以及细致的阐述,同时,也对某些文艺作品、文艺现象存在的问题做出了评价、评论和辛辣的批评。

《2023 精粹》的出版发行,是我省近年来优秀文艺评论、理论研究成果的一次集中检阅,是省评协持续优化提升传统文艺评论阵地的重要尝试。通过《2023精粹》的编撰,不仅留下了江苏文艺评论人的思想印迹,记录了新时代所展现出的文艺发展新面貌,概括总结了新时代新文艺发展的现状和成就,更充分反映了江苏文艺评论家群体为实现江苏文艺高质量发展做出的积极贡献。

江苏省文艺评论家协会

2024 年 11 月

目　录

文　学

天人之际——林伟宝先生散文集《岁月如斯》略说 / 孔　灏　003

AI写作与00后诗歌的邂逅 / 沙　克　010

当你老了　何以为家——九个片段中的《我们的爸妈》/ 张坚强　014

拨开历史的褶皱——评夏坚勇长篇历史散文《东京梦寻录》/ 田振华　018

中国故事的在场与一代人的历史确证——论鲁敏小说《金色河流》/ 刘成才　028

李惊涛《幻火》：新颖的探索　浪漫的营构 / 周永刚　038

东方传奇与任侠精神之书写——读《还珠楼主评传》/ 李　言　042

此身游子　此心赤子——庞余亮诗歌阅读札记 / 陈永光　049

家与国的文学表达——读沈华、丁琦长篇小说《追寻》/ 顾小平　055

"中间人"的身份追寻——论《以鸟兽之名》游小龙形象价值 / 廖泽宇　065

短小说非常考验作家讲故事的能力——王啸峰《虎嗅》里的市民文学 / 陆　萱　072

戏　剧

活色生香的扬剧《郑板桥》/ 刘旭东　077

昆曲《蝴蝶梦》的另类与诗心 / 郑世鲜　081

现实主义题材儿童滑稽戏的实践与探索——苏州滑稽戏的艺术传承及当代文化适应 / 周　晨　086

深情讴歌新时代乡村巨变——评大型现代吕剧《花样的日子》/ 李　超　097

革命叙事的意义重建与策略新变——评剧本《送你过江》/ 孙　曙　101
立足红色文化资源的审美阐发：评音乐剧《九九艳阳天》/ 彭　青　111
百川归海　万水朝东——评重大革命历史题材话剧《万水朝东》/ 许国华　119

影视（动漫）

王尘无：披荆斩棘的左翼影评战士 / 梁天明　125
"间"之声——日本动画人声跨文化传播的现象学分析 / 汤天轶　133
《万里归途》：撤侨题材电影的"人民性"叙事 / 魏　蓓　143
人工智能与康辉：谁能主宰新闻播报的舞台？——实证探究人工智能在播音和主持艺术领域的发展 / 袁　丁　152

音　乐

为新时代谱曲　为新江苏讴歌——评 2023 江苏省文艺大奖·音乐奖 / 周　飞　165
让优秀的儿童歌曲直通孩子的心灵 / 吴洪彬　169

美　术

三绝高风鲍娄先 / 戴　求　179
试论中国画的笔墨精神——以黄宾虹为例 / 张尊军　185
从敦煌壁画到蒙藏风情——孙宗慰中西融合绘画实践的艺术表征及时代价值 / 夏　淳　190
诠释与省思："世纪经典——二十世纪中国画大师作品展"述评 / 杨　天　198
荒漠古窟——克孜尔壁画中的异域元素 / 范　勇　205
面的造型特点——吴冠中绘画作品分析 / 郭　丽　208
文化自信：地域美术的时代价值与未来发展——以中国画的地域性构建为例 / 曹国桥　213

论中国写实油画的现实主义之路 / 黄　平　220

浅析石涛《黄山图》与塞尚《圣维克多山》的绘画语言共通性 / 孙永峰　228

景随人移、景随人意——中国山水画鉴赏与江南园林、古镇（巷）游观的意象逻辑 / 杨婧易　234

流芳犹未歇——沈秉仪墨兰册赏析 / 顾秋红　239

曲　艺

浅谈曲艺说唱组合《看今朝》 / 胡磊蕾　247

浅析徐州琴书作品中女性形象塑造及意义 / 鹿　牧　250

舞　蹈

用壮美的情怀铸就舞台上壮丽的蘑菇云——评苏州芭蕾舞团原创新作《壮丽的云》 / 徐志强　257

古典艺术下的女性命运书写——评王亚彬舞剧《青衣》 / 高　媛　261

民间文艺

中国运河城市民间文学资源的传承创新 / 朱韫慧　267

"被打造"的中国农民画：回归与融合 / 唐　鹏　275

摄　影

三次技术革命对摄影艺术的影响 / 曹昆萍　281

时光的标本——于祥人文纪实摄影印象 / 胡笑梅　286

书　法

工夫与天然——书法美学范畴的考察 / 杨东建　293

"金氏四法"学术研究的方法论意义——以金学智《书学众艺融通论》及有关论著为中心 / 李金坤　299

《中国书法大会》中书法经典作品的创新传播研究 / 刁艳阳　307
和而不同　风姿独立 / 王白桥　318
战国两汉铜镜文字与纹样的视觉审美 / 薛海洋　323
南吴北齐——从齐白石"老夫也在皮毛类"印谈起 / 杨长才　331
家法融于古法：杨沂孙书学思想探析 / 邵　宁　336
从古代书论看书法的艺术特质与成长路径 / 傅耀民　346
颜真卿"三稿"异同之美赏析 / 司　东　354

杂技魔术

以技为体　以艺为用——对杂技精品创作的一点思考 / 衡正安　363
沉醉江淮不须归——评杂技诗剧《四季江淮》 / 吴　迪　金重庆　366
论魔术世界中的武侠理论 / 朱明珠　369

跋　373

文学

天人之际

——林伟宝先生散文集《岁月如斯》略说

孔　灏

　　两千多年以前,大思想家老子借《道德经》告诫世人:"天地不仁,以万物为刍狗。"这句话讲的是天地长养万物,人只是其中之一,本也没有什么比"刍狗"之类更加尊贵的特别之处。但是即令如此,老子还是承认:"天道无亲,常与善人。"天道运行,虽对于万物并无偏私,但又实实在在地常常厚待那些善良的人们。所以,司马迁在给老朋友任安的信中介绍自己创作《史记》的指导思想时,也是老实诚恳地首先写上一句:"究天人之际!"这"究天人之际",其实很难全面准确而又简洁地解释清楚——依现代哲学家冯友兰先生高论,仅一个"天"字,就有五种不同的指向与释意,何况还有个"人"字?更何况,"究"的是"天"与"人""之际"的事和理?不过我以为,当代作家李修文先生《写作札记九则》中的开篇之语,或者可以成为正确理解"究天人之际"的一个注脚:"在今日里写作,其实就是报恩,我可能在报一场暴雪的恩,报一场大雨的恩,报一条走过的路的恩,更要报这十年里头我所遭遇到的这些人事的恩。"

　　诚哉斯言!由是推论,"天"与"人""之际",乃至"时间"与"人""之际"、"空间"与"人""之际",更遑论"人"与"人""之际",这其中,都有一种"恩"情在。这"恩"情,如鱼饮水,体会者自然深知,不能体会者,多说恐也无益。但是对于一位有着高度艺术自觉的作家而言,它既是其"究天人之际"的对象和内容,也是承载其思想情感的胸中块垒和笔底山河。近读林伟宝先生第二部散文集《岁月如斯》,这种感受更加深刻:从土地的吟唱,到父亲和他兄弟们的故事,从远去的钟声,到信的记忆……看似有限的 24 篇文章,却以其对"天人之际"的精微探究和灵魂拷问,写出了天地浩瀚与人生无限。

循天理　为善当仁不让

林伟宝先生笔下的天地浩瀚与人生无限,首先呈现为循天理,为善当仁不让。

在中国文化中,"天理"之意,向来众说纷纭。而朱熹《答何叔京》有曰:"天理只是仁、义、礼、智之总名,仁、义、礼、智便是天理之件数。"可谓言简意赅,切中肯綮。《岁月如斯》的首篇,名为《一块土地的吟唱》,实为作家本人精神漫游在故乡涟水这块土地上时,真切而隽永的心灵吟唱。一句"青莲岗,三里墩,从新石器时期走来,抖落了一身锈迹,将这块土地涂抹得古老而深邃"如悠扬的民歌,把"历尽磨难、富有传奇色彩的涟水"活灵活现地"唱"到了读者的眼前。接着,作家以秦始皇大战东海龙王的传说,南宋抗金因决黄河入沂、入泗、入淮造成涟水水患的史实,涟水"与共和国的成立有着如此深的关联"等事件,写出了这块土地的多灾多难、民生多艰。但是,到了新中国成立后:

> 伟人大笔一挥,"一定要把淮河修好。"豪气干云,掷地有声。于是,淮河上下游的人们全部行动起来。石夯震大地,号声响云霄。豫皖苏的语音不同,但声调皆高亢、激越,如春雷在淮河两岸滚动……如今的淮河,经洪泽湖,一条由三江营入长江,一条由苏北灌溉总渠入海。从此淮泗水系安宁,再无大的水患,噩梦般的日子一去不返。

共产党和新中国,不仅让这块土地上的高山大河,面貌焕然一新;而且,让祖祖辈辈生活在这块土地上的人民,生活面貌和精神面貌更加焕然一新——且听:"豫皖苏的语音不同,但声调皆高亢、激越,如春雷在淮河两岸滚动……"如果说"仁、义、礼、智"的概念尚嫌抽象,那么,这种热火朝天的场景所体现的天下人齐心协力共同为天下人服务之"善",岂不正是最高的天理和仁义?

《远去的钟声》一文,作家首先以充满诗意的笔触展示了他纯熟的创作技艺:

那时候,钟声时常响起。穿过树林,漫过村庄,刺透浓重的雾霾或薄薄的烟霭,抵达这个贫穷的村庄时,显得分外的从容、安详,仿佛一只巨手在村庄的头顶上轻轻地抚摸。有时候,钟声又是那么地悠远、缥缈,仿佛从天外飞来,在村庄的上空萦绕,久久不去。

钟声经由"穿过""漫过""刺透"等一系列的动作之后,如果仅仅被比喻成"在村庄的头顶上轻轻地抚摸"的"一只巨手",那么,也只是单单强调了它对于心灵的抚慰功能而已。实际上,这钟声更重要的功能在于:"钟声来自全县的最高学府——涟水县中学,那是一块令人产生敬意萌生向往的地方。"如此,则象征着启蒙和学习的钟声就和每个人生命意识的觉醒和生命境界的提升建立了密不可分的血脉联系。回忆至此,作家仍然继续推进文意:"每当钟声敲醒记忆,我会想到播音室。"因为,播音室里的播音员,"是我们班的一位女同学"。而且,更重要的是"播音室的稿件全部经过我的手,由我来选择、修改、送播"。于是,年少时求学的热情,懵懂的思慕,单纯的心地,无私的奉献,对未来的渴望,对美好的期盼……从此以后,全部汇聚在那巨手一样的钟声里,伴随着每个人一生的成长,年年岁岁,岁岁年年,永远都不会改其向善之心、行善之举和积善之德。

效天行　生命自强不息

林伟宝先生笔下的天地浩瀚与人生无限,在《岁月如斯》中的第二种呈现,是效天行,生命自强不息。

《周易》"乾"卦《象传》中有名言:"天行健,君子以自强不息。"天之行,因何称"健"?在于其"自强不息"!不断地成长、不断地向上,在成就自己的同时也不断地成就他人、成就世界,并且,永无止息。这就是"天行"之"健",同时也是贤人君子向"天"学习的"自强不息"。正如《荀子·天论》所说:"天行有常,不为尧存,不为桀亡。应之以治则吉,应之以乱则凶。"2018年4月,习近平主席在博鳌亚洲论坛2018年年会开幕式上发表主旨演讲时,就用"天行有常""应之以治则吉"的典故说明中国进行改革开放,顺应了中国人民要发展、要创新、要美好生活的历史要求,契合了世界各国人民要发展、要合作、要和平生活的时代潮流。所以,中国改革开放必然成功,也一定能够成功!

而林先生对于"生命自强不息"的体证,更多地偏重于消解"人""我"乃至"物""我"的对立和差别,将人的生命和灵魂安放在无边无际的时间和空间里,安放在温暖的来处和永恒的去处里,不断地追问,又不断地回答,最终,为自己的生活找到了意义,也为"天行健"确定了现实的坐标。比如《黄昏》一文中,作者写道:

> 河边仅剩下最后一名钓鱼人,目光依然专注,仿佛要在这一日中的最后时光里钓回他全部的希望……
> 只有当黄昏上升到人的情感和精神层面才显出五彩缤纷的景象,才使得喜剧和悲剧能够并存……"夕阳无限好,只是近黄昏"是李商隐"意不适"的纠结,而"老夫喜作黄昏颂,满目青山夕照明"则需要境界,需要情怀。可是我心里清楚得很,此老夫非彼老夫也。作为普通人,我们既没有那种境界与胸怀,也没有那种看透人生的通脱,只能在人生的黄昏里虚度着大自然黄昏般焦灼和混乱的烟火生活。

作家从自然的黄昏,写到了生命的黄昏,从"仿佛要在这一日中的最后时光里钓回他全部的希望"的钓鱼人,写到了远方的亲戚、大学的同学、单位的老同事,还有素不相识的撞车女人……几多故事,几多感慨,当一切似乎都已尘埃落定之时,却仍然能够使人透过诸如"虚度着大自然黄昏般焦灼和混乱的烟火生活"这样的语句,读出一个人即便阅尽沧桑,也仍然保有着无法被时光消磨殆尽的少年心绪。这,正是天人合一思想背景下精神上的"效天行"。

再看林先生的《漂泊》,文章第一段先以近似闲笔的不经意指出:"堵车是经常的事,司空见惯。堵的是时间,是情绪。"从堵车这一司空见惯的生活现象中,分析出"堵的是时间,是情绪",这与其说是文采,倒不如说是洞见。因为,"形而上者谓之道,形而下者谓之器",一切认知与精神上的飞跃,其实都与生命境界的求索有关。所以,到了后文中,作家这样描述出家当和尚之后的李叔同与妻子见面的场景:

> 最后一次他与日本妻子在寺门口见面时,妻子问他:"何为爱?"他答:"慈悲。"……妻子说:"慈悲对世人,何以独伤我?"他没有回答。因为他的言

语与行为相悖,他回答不了这个问题。由此是否可以认为,他的心仍在漂泊。

对于李叔同为什么以"慈悲"来回答妻子"何为爱"的问题,林先生如是考量:"由此是否可以认为,他的心仍在漂泊。"然哉然哉,此言甚是!毕竟,佛教中的无缘大慈和同体大悲,是爱天下一切人直至六道众生,是全体生命的相融和共振,如此,其表现形式自然是一方面似乎时时不动如山,另一方面,却又似乎时时漂泊不定!而仔细品味林先生"他的心仍在漂泊"这个结论,无疑又进一步彰显了身为出家人的弘一法师和身为作家的林伟宝先生,对于"自强不息"的"生命"在理解与修持上的殊途同归。这样看来,作家在《归向何处》中的一叹三咏:"乡村是美的,美在它的生长";"乡村是美的,美在它的自然和任性";"乡村的美,美在人性的淳朴";"乡村的美很多且无处不在"……不过是以隐喻的方式来表达人类强健的生命本与天道相合,并共同成就了流转于天地间的大爱与大美。

知天命　君子不忧不惧

林伟宝先生笔下的天地浩瀚与人生无限,在这部散文集的另一些篇章中,更呈现为一种"知天命,君子不忧不惧"的释然与安然。

我还记得我初次读完《心愿》一文时的感受,既如骨鲠在喉,又让人唏嘘感叹:主人公李志华出生农村,因当兵在部队提干,转业到地方后过上了城里人的生活。他的心中一直有个心愿,那就是让生活在老家农村那两个只会种地而一无所长的亲兄弟,也都过上好日子!退休后,他通过向银行贷款和亲戚借钱,在三弟家的责任地上建起了养猪场。计划把养猪事业办到兴旺发达后,再交给两个兄弟。开始,猪场办得还算红火,兄弟俩也非常支持。但随着年久月深,由于各种原因,猪场越办越差,兄弟之间的感情也受到了影响。最后,李志华只能卖掉自家的房子,还清银行贷款,再把曾经豪情万丈的理想和味如鸡肋的猪场,通通交给了弟弟们经营。文章的结尾,是这样的对话:

我微笑着问志华:"是否你觉得心愿已了?"
志华不答我,脸上现出了一丝苦笑。

可以说,让主人公李志华无法完成心愿的,也恰是他真心想要帮助两个兄弟的心念。这种情况在现实生活中屡见不鲜,令人遗憾,甚至愤然!但是,在林伟宝先生的笔下,无论是"微笑"还是"苦笑",都有儒家思想中那种"求仁而得仁又何怨"以及"君子不忧不惧"的释然与安然。如果换个角度来讲,应该也正如佛教文化中广为人知的一个词汇"放下"所说。这种天命观,在《父亲和他的兄弟们》一文中,更加突出:

父亲去世半年,时值冬季的一个午后,四叔和四妈坐在门前边晒太阳边聊天。一会儿,四妈起身有事。二十分钟后回来,就见四叔靠着墙瘫坐在地上,上前叫他,已经没有回音。四妈急了,跑去找儿子:"快!快!你爷没有了(我们这里称父亲为'爷')……""别急。慢慢找吧,没事的。"儿子以为他到别处去了,并没有当回事。这时,四妈"哇"地一声哭了出来。

四叔是有福之人,无疾而终。

这段文字,写的是作家那"有福之人"的"四叔"最后"无疾而终"的场景。但是,却让我想起了佛教史上一位著名居士全家圆寂的过程:唐朝大居士庞蕴,被誉为达摩祖师东来开立禅宗之后的"白衣居士第一人"。这一日,庞蕴居士想要离开这个娑婆世界了,就对女儿灵照讲:"你去帮我看看太阳,如果到了正午就告诉我,我就在正午时分走吧!"女儿一听,立刻跑到外面去张望了一下,回来告诉老爸:"现在已经是正午啦,不过,外面正有日食发生呢!"庞居士一听有日食,就紧赶慢赶地起身到外面去看,而女儿灵照却趁机登上父亲的坐垫,双手合十,刹那坐化!庞居士回屋一看,笑着说:"还是我这个丫头机锋比她老子迅捷啊!"于是决定再留住几天。料理完女儿的后事后,庞居士将头枕在了朋友的膝上,怡然入寂。庞居士的夫人庞婆知道庞蕴与灵照都已离世了,叹道:"这痴女和无知老汉,竟然不告而别,何其忍心呐!"就跑去把这消息告诉正在农田干活的儿子,儿子听罢老爸和妹妹的死讯,"嘎"的一声,拄着锄头,站着就去世了!于是,庞婆将儿子火化后,说了一偈:"坐卧立化未为奇,不及庞婆撒手归。双手拨开无缝石,不留踪迹与人知。"从此,再无人见。

对于死亡这件事,不同的文化和不同的族群,都会有不同的认知。透过《父亲和他的兄弟们》一文,可以看到肉身与欲望,光荣与苦难,最终都会被死亡所接纳。但是,总有理想闪耀光芒,总有灵魂散发芬芳,总有人,使人难忘!

纵观《岁月如斯》全书,无论是为善之当仁不让,还是生命之自强不息,又或者是君子之不忧不惧,说到底,都可以落实在一个"恩"字上。又说到底,这个"恩"字,也只是一种深情、一种热爱、一种自我担当。大千世界,因为有了深情、热爱和自我担当,天和地、山和水、世间万物包括人类,才不会苍白,一切的存在,才有意义。生命如斯,岁月如斯,其实每一个"为善当仁不让,生命自强不息,君子不忧不惧"的人,都可以通过有限的自己,来把握住无边的宇宙和无限的时间。就像两千多年以前的孔子,他老人家只是平平淡淡地说了一句:"仁远乎哉?我欲仁,斯仁至矣。"于是,"人",和"仁",就都有了"天"的尊崇、"天"的神明。

是的,《岁月如斯》,斯仁至矣!

(作者系连云港市政协文史委副主任)

AI写作与00后诗歌的邂逅

沙 克

自从2017年机器人小冰的诗集《阳光失了玻璃窗》出版以来,诗人们应该注意到了AI智能写作的科技发明。这本诗集是计算机制作的一件妙物,可以感受一下其中的诗作,"微明的灯影里/我知道她的可爱的土壤/使我的心灵成为俘虏了/我不在我的世界里//街上没有一只灯儿舞了/是最可爱的/你睁开眼睛做起的梦/是你的声音啊"(《是你的声音啊》),虽然有明显的语言搭配的生涩感,却富于修辞表意的意外效果。在机器诗人小冰的电子程序里,集合了百年中国新诗中五百多位诗人的作品语汇,字词句的排列组合在理论上能够形成无数首诗歌。由于小冰的语汇集合带有发明者的人为倾向性,它只是处于初步的智能写作水平,一般诗人不会受其染指,相反不太把小冰当成一回事,认为它没有真实生命的体验和情感,写出的只是数字化词语组合的"奇妙"文字,不能与脑力写作相提并论。

对智能写作最感兴趣的群体应该是00后的青少年。或许他们的生命体验还不够足,情感世界还缺乏物质支撑,写作能力还不够强,却拥有生逢其时的"幸运",可以用兴趣和想象力来填充,优先进入数字世界和虚拟事物,因此他们亲近AI写作的可能性最大。也许可以干脆地说,AI写作是为00后发明的,天然地为00后的写诗者所邂逅和运用。往后的二十年里,对AI写作的利用会不断升级,由10后、20后们接续下去。可能谁也不会怀疑AI智能对人类脑力、能力的补充和替代,例如电影制作,可能不再完全依靠演员和演技,而时常运用数字智能化的人物、动物和植物及其情节状态的程序,能够更大程度地满足人们的观感享受。实际上,人们拒绝不了科技性对艺术性的代入甚或替换,或者说已经习惯于把科技的形象性直接当成艺术性。

《诗刊》和《中国校园文学》于 2023 年 4 月评选出"00 后十佳诗人",展现了青葱诗人们可喜的萌芽长势,吴越、黑辞、孟宪科、蒙志鸿、姆斯、梁京等年轻诗人,崭露出这一代新人的头角。00 后诗人的成长经历中,长期经受模板式的应试教育,高度强化的智力训练,定制性的家庭培养,使他们与自然世界的关系、处置现实的能力相对薄弱,然而他们动脑动口能力普遍超过前人,加之他们对数字产品的热衷、虚拟世界的着迷,会使他们天然靠紧这几年开始蔓延的 AI 写作。或者这样讲,00 后诗人的思维、情绪方式,与 AI 写作的呈现比较接近,AI 写作肯定代表了最新一代人类的数字语言的需要。

在 2023 年 11 月由《纽约时报》举办的 DealBook 峰会上,埃隆·马斯克(Elon Musk)谈到他"泄漏天机"的惊世预言:AI 是人类文明的危险,特别指出其威胁程度要远高于车祸、飞机失事、毒品泛滥等。马斯克曾经还强调过一种观点,人工智能要比核武器危险得多。

年轻的、更年轻的诗人们,如果采用类似数字化技术的词语构成,可以造成最离奇的语言陌生化、最随机的隐喻设置、最玄妙的意象意境,那么,他们似乎就脱离了百年新诗经过几代诗人努力所形成的创作与审美体系。从今往后,如果偏向随机程序式的纯感觉、纯语言的诗歌写作成为常态,最可能被怀疑的情况便是模仿、抄袭了 AI 智能诗人。

本人的基本判断是,00 后以及将来更为年轻的人,必然会受到人工智能的极大影响甚至对其有所依赖。这不是件坏事,相反是有益的,有助于想象力的训练和语言创新。但是如果一个诗人与它靠得太近,在诗歌写作中混入 AI 写作,将如同在运动场上服用兴奋剂,势必要损毁诗歌的原创品质、文化道德和精神创造力。据本人直接的所触所见,AI 智能的功力远不止是生发文案或文本,至少从 2015 年起,视频剪辑技术便有限度地介入了诗歌创意,即以几分钟长度的诗电影的形式来表现诗情画意。到了 2023 年仲秋,Sora 视频生发软件已经出现在互联网上,即以文字或语音输入所需内容的标题或关键词,Sora 软件接受文字或语音指令信息后经过数字化处理,就能生成与指令所指的情景人物相吻合的短视频文件(节目)。

到目前为止,诗歌界还没有明显的证据,说明有人利用 AI 写作代替或补充自身的创作，然后当成正常的人力作品。尽管 AI 写作不可能代替或毁灭总体的人力诗歌创作，就像照相机和数字制图不可能替代或毁灭人力绘画，视频生成技术也不可能完全替代或毁灭电影电视创作。人工智能的科学技术，用到极端必将适得其反，使一般的社会人在获得消费与享受的过程中产生惰性，削弱行为能力，增加对于工具的依赖性以致被奴役。然而非常残酷的是，人人可以使用 AI 智能写作诗歌的这一天已经到来，而且可以给 AI 诗歌配上 Sora 软件生成的相关视频。这种残酷，就握在每个人的手中，只要有兴趣点击一下手机屏幕，似乎就能实现文艺创作的黄粱梦和白日梦。

纵观 2020 年以来的 00 后诗歌，至少可以觉察其三种精神状貌，即对外在秩序的偏离，对自我感觉的分解，对元宇宙平行存在的模拟。

"偏离"者如 00 后诗人熊奎懿的《胡言》，"事先，你不知道四月有飞来的蜻蜓/更难以想象会停留在枯燥的书扉上/于是我开始研读/文字里的理论比斑马在大街上奔跑更加形而上/陌生得像几年不见的朋友/我记得的声音/和现在一点儿对不上/就像一本书读到结尾/我要添几句胡言"，外在事物的秩序与现实对不上号，用自我感觉涂改它的结尾又有何妨。

"分解"者如 00 后诗人灰一的《数据》，"我的任务是得出一串数据/用仪表、实验、文献、无伤大雅的/猜测。然后我的优与劣也会被/数据研究得透彻，这多么令人安心/就像快餐店的炸薯条，或许还能/获得奖励，分级分档的那种"，人与薯条进入"感觉细胞"，在基因数据中的差别不大，就像动物与植物的 DNA 基本相似，人可以分解成物，人与物可以互解。

"模拟"者如 00 后诗人肆雨的《上岛》，"我跟随至此，临摹继而复刻，江水交替着的/岸流，告示新生的可持续性/垒起一座石塔，成为一件艺术品，易碎性质/但不妨碍它曾经存在，后来它被画质收留/盘旋的海鸟，木椅上旋转的躯体/一个寻求生计，另一个寻求灵感"，由此再作想象，数字化的元宇宙是看得到、感觉得到的虚拟存在，它与现实生计的平行、对应，它的空间性处于物理的时间性中，所有的数字化模拟都是为了把"灵感"（精神）作无限伸展。

00 后诗人与 AI 写作的适逢其时的接驳关系，或许能让他们在科技工具的加持下超越自然的脑力与体力，与百年新诗产生某种横断，创造出新的诗歌内容与形式。这没有什么不正常，也没有什么值得焦虑的，就像两千多年来的诗歌内容与形式不断演变，并没有冲淡《诗经》和《楚辞》一样，百年新诗的精神积淀，也不是AI写作能够冲淡、摧毁的。00后诗人与AI智能机器人，如果存在写作思路和技艺方面的微妙巧合，那是再正常不过的事情。他们在思想观念上不会刻意地引入意识形态的统治，在情绪精神上可能会善变莫测，在艺术特征上倾向于有难度的意象书写；也许他们对逻辑性较强、跳跃性较弱、指向性较明的口语诗并不偏爱，甚至认为唯口语至上的写作是只有想法没有审美创造力的低能行为。他们的这些特点可以与AI写作同类切近，互相帮衬并促进彼此的感应能力。

如果诗歌界不理会AI写作，故意排除与AI写作的邂逅，并不说明自身一定有文化禀赋和经典精神，比机器人更有严肃性和责任感，而只能说明诗歌界接受数字科技和新型诗歌文化的敏感性及能力不够强，需要更久一些的时间来与之对接，就像当下的许多人依然拒绝互联网与智能手机在生活中的应用。本人在参加澳门大学"中国文化节——历史文化论坛"期间，邂逅了澳门大学的95后在读博士生王珊珊，她学的是计算机科学，属于自然语言处理专业范围的计算机翻译，她从2020年开始研究中英文之间的AI诗歌翻译。她的研究案例呈现了AI诗歌的语言弹性或朦胧性，多方位的相类的语言接结，生成奇妙的意象和意境，体现了中英诗歌计算机互译的无限可能性。在体验一种特别的仿生语感的过程中，本人回答了她研究列出的AI诗歌翻译的若干测试选择题，觉得AI智能对于诗歌这种非日常话语逻辑的含蓄性的语言文本的生成，确实具有强大的功能。

虽然机器人写作不可能取代人力创作，就像照相机拍摄、数字软件制图从来没有取代过人力绘画，但是AI智能写作，特别是AI智能诗歌写作和翻译肯定会被广泛应用到所谓的创意写作的教学中和实践中，被借鉴到正常的人力写作中，它将对第二个百年的中国新诗的创作生产和理论研究，产生有史以来最巨大的影响，甚至会产生革命性的颠覆。这种影响和颠覆，可能不亚于五四新文化运动对于传统文学包括诗词的改头换面、改天换地。

（作者系淮安市文艺评论家协会主席）

当你老了 何以为家
——九个片段中的《我们的爸妈》

张坚强

每一个时代的情感问题和社会问题，都需要作家去表达和书写。陆渭南和尤恒编著的《我们的爸妈》直面老年人的生命和生活，以非虚构的形式关注并思考家庭、伦理和情感，涉及代际冲突、老年再婚、养老等话题，从不同角度引发了我们的思考。

呈现内在冲突，思考伦理困境

浪漫背后的真相。有两首唱响心灵、歌颂爱情的流行歌曲：《最浪漫的事》和《当你老了》。其实喜欢这两首歌的人都还没有老过，歌曲唱的不过是一种虚拟的美好场景。最浪漫的事是与你一起慢慢变老，老去的过程其实是一个漫长的流逝过程。《我们的爸妈》以生活化的场景呈现出的沉重话题，其实是在为数亿老人发声呼喊。

伦理情感的困境。中国人的情感结构建立在伦理关系基础上，表现为伦理情感，即使在社会转型期，伦理情感依然是中国人的底色。中国人的情感冲突在所有的伦理层面展开。母女的情感冲突，柯子敏与王细珠对上一代母女情感关系模式的复制（《我的母亲我的痛》），兄弟姐妹之间的情感冲突，再婚夫妻之间的情感冲突（《无处安放的情感》《老江的四季》），传统孝道文化与现代情感表达之间的冲突（《做个孝子好沉重》），尽忠（忠于事业、工作岗位）与尽孝（孝敬守护父母)的矛盾,子女身体疲惫与心理追求之间的矛盾(《正在变老的我们》)。在中国人的情感结构中,孝道是绝对的,生命是至高无上的,可是所有伦理情感的表达都需要实实在在的时间、精力和财力,缺一不可。而绝大多数儿女,最缺的就是时间、精力和财力,他们要怎样坚守才不会崩溃?这部作品真实地呈现了这种内在的紧张和冲突,逼迫我们思考走出伦理情感困境的路径。

养老的迷津。居家养老还是集中养老?家庭养老还是社会养老?这是一个问题,一个关于生活方式的问题,当然也是一个情感文化问题。自己的父母自己养护不了?有所谓专业的养护者吗?易子而教,难道也要易老而养吗?老吾老以及人之老。在老一辈人的心目中,进养老院被看作"绝地求生、破釜沉舟"的选择。《有一个人,他不见了》呈现了一个很有意思的场景:北京有一个人做了3分钟的视频,在大学校门口随机问了5个年轻人,问他们等父母老了,会不会送父母去养老院,百分之百的答案是:"会啊,为什么不?"又问:"为什么?""因为是专业机构啊,老年人生活不能自理了,就应该去专门机构养老。"回答者都很冷静。年轻一代没有选择的困惑,可是爸妈怎么想?我们正在老去,中国老龄化的步伐正在加速,何以为家?何以安顿好我们的父母,安顿好我们自己的老年生活?所谓颐养天年是有生命尊严的要求和情感文化要求的。

坚守人性之美,踏平困难坎坷

对爱情的坚守。父母的爱情是对子女后辈的示范,老人们对爱情的坚守是生生不息的情感文化财富。《幸福就是老了叫声妈还有人应》中父亲对母亲的爱情模式可以用"宠爱一生"来概括,没有轰轰烈烈,但爱得深切、爱得长久,直到生命的尽头。邓兰与叶良是革命伴侣,叶良脑中风10年,邓兰自己也有基础疾病,但不离不弃、悉心照料。范军与玉梅也是一对革命夫妻,两人在云南省军区相识相爱,从云南到贵州、江苏、海南,风雨同舟,荣辱与共,是恩爱了一辈子的金婚夫妻,把两个儿子培养成事业有成的博士,玉梅患癌症去世,3年后范军也走了,遗物里有一本日记,深情述说了这3年多来自己对玉梅的无尽思念,漂亮的钢笔字、齐整的诗句、动情的怀念……(《从纽约到镇江》)。勇敢追求爱情的许海兰(《无处安放的情感》)和老江(《老江的四季》),再一次恋爱,再一次组成家庭需要勇气、包容和坚韧。许海兰是重新社会化,在感情追求上不气馁不将就,谈得很辛苦;老江的爱情质朴踏实,但又在为百年后与谁合葬而焦虑不安。幸福的家庭是相似的,不幸的家庭各有各的不幸。无论遇到什么困难和坎坷,人物的态度都是以对人情美、人性美的坚守踏平坎坷。

对亲情的坚守。父母在哪里,我们的家园在哪里,世界的中心就在哪里。亲情产生于这样的过程:同一个屋檐下的柴米油盐、喜怒哀乐,深入到细节和具体场景的情感关怀。亲情绵延悠长、与生俱来,滋养我们心灵、伴随我们成长。亲情就是独身侍奉父母,亲情就是柯子敏在母亲的责骂声中恪守孝道,亲情就是侄儿深夜接到海峡对岸的电话后迅速决定把颠沛流离一生的叔叔刘敬中接回故乡镇江养老,亲情就是肖晓玲一家哪怕身心崩溃也要服侍好磨人的母亲、维护好家园,亲情就是忍着丧子失父的心痛陪伴母亲游历、治愈心灵。最长情的告白就是陪伴,书中的"我们"和爸妈相互陪伴,在病魔的折磨下有怨言也有痛苦,但他们始终坚守亲情、坚守孝道,因为中国人的智慧表现为对命运的积极理解,我们相信仁义无敌、善良无敌。

对生命尊严的坚守。三千年前中华民族就对各得其所、皆有所养的大同世界有了具体描绘,如《易经》说"天地之大德曰生",《尚书》说"惟人万物之灵",《黄帝内经》说"天覆地载,万物悉备,莫贵于人"。中华文化精神对人的关怀、对生命的珍视是绵延不绝的。《我们的爸妈》一书生动呈现了对生命的珍惜,对尊严的坚守。子女孝敬父母,克服一切困难侍奉父母就是为了维护老年人最后的生命尊严,书中的父母也令人心痛地坚守着自己作为人的尊严。无论是93岁依然中山装笔挺的刘敬中,还是晚年追求爱情依然不将就的许海兰,还是质朴实在的老江,他们始终都在努力走好人生的每一步。

弘扬传统孝道,保卫精神家园

人情与资本。资本的逻辑看起来非常强大,它总是试图把所有的人都席卷进去。但是随着年岁增加,人总是要脱离生产过程的,判断一个社会的文明程度主要看这个社会如何对待脱离生产的人。中国的传统伦理情感结构历久弥新,到今天仍然是对抗资本逻辑的有力武器。从情感立场来看,首先对老一辈的牺牲与付出必须以合情合理的方式给予确认和褒奖。爸妈们一生坎坷,时代的变迁在他们身上留下了深深烙印。他们是大时代中的小人物,也是民族百年史中无可替代的实践主体。中华民族伟大复兴是一代代普通人接续奋斗、牺牲奉献的过程。

同情与共情。同情与共情是情感的关键词。情感认知在伦理情感结构体系中设置了无数经典的情感场景和标志人物,慰藉我们的心灵,确认和规范我们的心理预期和情感价值取向。在这个领域,文学艺术作品发挥了强大的作用。文学作品描绘情景、召唤同情,进而促使人们在同情的基础上结成情感共同体、命运共同体。同情与共情是维系家庭和社会公共生活的黏合剂。阅读《我们的爸妈》,一定会激发我们的同情和共情,进而反思我们的生命历程。

坚守孝道。把一个社会凝聚起来的纽带有很多,在所有纽带中,以血缘为基础的情感文化纽带是最深刻的,不理解家庭、家园、家国在中国人价值取向上的重要性,就难以理解中国人。《我们的爸妈》一书中绝大部分子女既尽忠又尽孝,面对各种矛盾和压力坚守孝道,令人动容。虽然时代在变,伦理情感结构在相应改变,践行孝道的方式也在发生变化,但我们对孝道的价值取向没有变,我们对亲情、爱情、友情、家国情怀的坚守没有变,我们保卫精神家园的行为和意志没有变。

(作者系江苏科技大学中国船舶工业工程师继续教育学院院长,研究员)

拨开历史的褶皱

——评夏坚勇长篇历史散文《东京梦寻录》

田振华

历史散文具有"宏大与磅礴的生命力,历史的融入某种程度上挽救了散文'不能承受的生命之轻',散文不再局限于过于狭小的格局,走向一种恢弘与大气"[①]。历史散文的写作需要作家具备更为开阔的胸怀和包容的心态。夏坚勇就是一位持续深耕于历史散文创作并取得卓越成就的作家。从20世纪90年代凭借《湮没的辉煌》走红,到21世纪初《旷世风华:大运河传》问世,再到近年来"宋史三部曲"之《绍兴十二年》《庆历四年秋》出现,夏坚勇用自己独有的方式诠释着长篇历史散文写作的诸多可能性。近期,他又完成了"宋史三部曲"收官之作《东京梦寻录》,继续在历史细节的褶皱里展开丰富的想象和深度的思考,在历史真实和文学真实的巧妙融合中彰显了他驾驭长篇历史散文的高超能力。

"宋史三部曲"以近百万字的洋洋巨著,徜徉于宋代的历史、政治、经济、社会、文化、伦理、风俗和信仰等诸多层面,给读者呈现了一个立体的、饱满的、真实的而又颇具诗性的宋代社会历史画卷。作品融可读性、丰富性、文化性和批判性于一体。面对丰富驳杂的历史素材,作者夏坚勇并没有面面俱到,而是采用截取历史横断面的方式,通过对宋史中重要年份、重要历史事件的书写,辅以适当的延伸,巧妙地将宋代的历史文化和内在肌理呈现出来。《东京梦寻录》讲述了宋真宗从登基到登基之后多次举行"天书"封祀运动与大兴土木的故事。作者对每一次封祀的过程都进行了充分的展现:从人为制造"天降天书"到封祀前群臣虚

---

① 马小敏.从史实到哲思:历史散文中的真实祛魅[J].当代文坛,2013(4):84-87.

假的请愿,从封祀过程中的各类仪式和细节到封祀后的大兴土木和供奉天书,最后到真宗去世天书灰飞烟灭,作者都如穿针引线般讲述了事情的来龙去脉、因果缘由。作品通过一次次封祀的细节呈现,展现了官家和群臣极度虚伪造作的一面和历史人物真实的人性。值得一提的是,作者在每一部作品中,并不是对历史事件和素材的简单陈述或梳理,而是用历史的眼光捕捉那些饱含历史价值和文学价值的元素,同时面对千余年前的历史,作者站在当下性的视角,以冷静和客观的态度予以审视,呈现出作者对历史的追问、反思和批判。作者试图拨开历史的褶皱,呈现那些历史中被遮蔽和被遗忘的一面。作品在历史理性、审美诗性和反思智性的呈现中,彰显了作者试图拨开历史褶皱的努力以及弥补历史结构完整性的决心。

历史理性:素材的甄别及其与历史学家的对话

长篇历史散文创作如何面对历史,也许是作家创作首先要思考的问题之一。历史纷繁复杂、林林总总,作家们既无法做到对自我所关注的历史面面俱到,也不能对那些没有文学价值意义的历史喋喋不休。这就考验作家选取和甄别历史素材的能力。这看似是一个简单的问题,实则需要作家具备较好的专业知识和敏锐的判断能力。作家们需要做到的是以理性的眼光,甄别出那些反映历史真现实、真问题的素材,同时对这样的素材加之文学上的处理和思想上的提升。这首先需要作家具备历史理性。所谓历史理性,"就是探究历史过程的所以然或道理和探究历史研究过程的所以然或道理"[①]。作家既不能对自我推崇的历史和人物进行肆意拔高,又不能对自我厌恶的历史或人物过度贬低。特别是在历史散文这一文体中,虽然作家可以进行适度想象性的创作,但是这一创作依然要在遵循历史基本真实的基础之上来进行。在《东京梦寻录》中,作者敏锐地发现了真宗"天书"封祀运动这一既真实而又荒诞无比的故事。之所以说真实,是因为这些事件确实是历史中真实发生过的;之所以说荒诞,是因为在今天看来,整个事件充满了戏谑和讽刺元素。历史的真实性让作品具有了充足的说服力,这一真实所带有的荒诞又成为文学最好的素材。在此基础上,作者既避免了历史虚

---

① 刘家和.论历史理性在古代中国的发生[J].史学理论研究,2003(2):18-31+158.

无主义和娱乐主义,又做到了历史与文学的适度调和,以此增强了作品的史学价值和文学价值。那么,作者是如何做到以历史理性的方式架构长篇历史散文的呢?一方面,作者在素材选取上,选择的是自我擅长和熟知的历史细节来展开书写;另一方面,作者做到了以理性的方式与历史学家对话。

夏坚勇在创作谈中说道:"在历史写作中,即使面对着同样的题材,分道扬镳的想象力也会使每个作家的作品因其独特的禀赋而具有鲜明的'私人写作'的质地,这就是所谓的辨识度。……关于《承天门之灾》①,当初其实就是《宋史·真宗本纪》结语中的一句话触动了我"②。也就是说,正是宋史中的真实事件,触动了夏坚勇的心弦,让他选择这样一段历史来展开书写。这说明作者对宋史的精准把握和选取是建立在自我对宋史熟知的基础之上的。在《东京梦寻录》中,作者对宋史中上到王公贵族、君臣关系,下到饮食起居、日常礼仪等都可谓是信手拈来、掌控自如,这是作者创作过程中达成历史理性的重要基础。作家对历史真实的书写,不仅体现在对历史大事件的呈现上,而且更体现在对历史细节真实的展现上。在《东京梦寻录》中,作者除了对封祀前的准备、封祀中的活动进行了细节的呈现,还在事件背后穿插书写了宋代的日常饮食起居和烦琐的礼仪文化。如作者在"解语杯"这一小节中,就对朝廷中的宴会进行了详尽的书写。作者对宴会中使用的器皿、呈上的酒类和菜系及其使用过程中的礼仪规范等的书写,都可以看出宋代日常文化礼仪的丰富和烦琐。作者将官家举行宴会的真正目的揭示出来,特别是在赐给宰相王旦的"解语杯"中加一坛珠宝这一细节上,明显可以看出官家对王旦的信任和依赖,群臣关系和交往的细节就在这宴饮期间揭露出来。此外,封禅的过程不是一蹴而就的,其间发生了诸多历史书中不曾或少有记载的细节:真宗登基后不久和辽国签订了"澶渊之盟",为宋朝争取了一段时间的和平,太平盛世滋生了真宗封祀的私心。但是真宗知道,"封禅这样的大典,不是谁想做就能做的,需要得到天瑞。"③于是,封禅过程就在群臣不断逢迎而真宗不断拒绝间展开了虚伪的博弈,最后看到的是真宗在群臣不断逢迎中而不得已才同意了封禅。真宗要将这种封禅先制造成天意,再编造为民意。作者就通过对

---

① 《承天门之灾》为《东京梦寻录》发表在《钟山》杂志2021年第6期使用的作品名称。
② 夏坚勇.关于历史写作中的想象[EB/OL].[2021-12-08]. https://mp.weixin.qq.com/s/yTF3UvqU7uTNqF3-iYeZng.
③ 夏坚勇.东京梦寻录[M].南京:译林出版社,2023:46.

这一封禅过程中的细节呈现,让我们看到了历史书中看不到的元素。这都可以看出,作者甄别历史素材和驾驭历史细节的能力,只有那些真实的细节才是最感人的,最能令人信服的。

与历史学家的对话,是夏坚勇长篇历史散文彰显历史理性的重要特征,从作品每一章最后的诸多引用文献就可见一斑。文学与历史有着重要的区别:历史学家重点呈现的是历史的结果,文学家则侧重呈现历史的过程;历史学家侧重从历史必然性的规律中总结结果,文学家则试图从诸多方面推断历史的可能性。当然,历史学家和文学家也有共性:历史学家对历史结果的判定,需要他们通过对史料的考据和挖掘不断地修正和调整;文学家在长篇历史散文的书写中,在对历史细节和过程的把握中,透过文化、情感和人性的视角,有时候就自觉不自觉地承担了修正和调整历史结果的任务。在《东京梦寻录》中,作者就多次通过商榷的方式实现了与历史学家的对话。如宋代史学家李焘在《续资治通鉴长编》六十八卷中曾记载,宋真宗北上亲征时,留守东京的王旦问如有不测该当如何,真宗的回答是"立皇太子"。作者夏坚勇就通过时间上的推测指出了其中的问题:"因为官家当时尚无子嗣,所谓立皇太子根本无从说起。"[1]夏坚勇认为这"是史家在这里做了手脚"[2]。再如作者还对史书中记载四月一日大内皇宫再次发现天书事件的遮遮掩掩进行揭示。作者认为这种遮掩很不正常,虽然这一事件至今仍旧没有定论,但作者根据蛛丝马迹做出了自己的判断。这无疑增加了读者认识历史真实的可能性。在这里,我们一方面可以看出作者在书写作品前所做的精心准备,没有前期大量的阅读和积累是无法实现与历史学家商榷和对话的;另一方面也可以看出作者眼光的独到和判断能力的突出;还可以看出作者在创作过程中充分利用历史素材而又不拘泥于历史素材的高明之处。

审美诗性:长篇历史散文的重要标识

亚里士多德认为:"诗是一种比历史更富哲学性、更严肃的艺术,因为诗倾向

---

[1][2] 夏坚勇.东京梦寻录[M].南京:译林出版社,2023:31.

于表现带普遍性的事,而历史却倾向于记载具体事件。"①长篇历史散文的写作需要遵循历史理性,但更要强调其文学性或者诗性。长篇历史散文对历史事件和素材的选取固然重要,但是如何处理这些事件和素材,则是长篇历史散文创作过程中的重中之重。可以说,能否处理好长篇历史散文"史"与"诗"的关系,是判断一部作品质量高低的决定性因素之一。长篇历史散文首先是散文,是一种侧重精神传达和情感抒发的文体。长篇历史散文有着自我独特的文体特征和要求。因篇幅长、信息量大等特点,长篇历史散文同样需要在结构、人物塑造和语言上下功夫。在《东京梦寻录》中,历史素材成为夏坚勇建构文学想象的翅膀,他"合情合理地再造逻辑使历史有了想象与虚构的成分,历史真实被阐释为意义的真实"②。具体而言,首先,虽然作者是有意识地截取宋史横断面进行创作,但在这一横断面上,作者并不是平铺直叙地将故事讲述出来,而是着力呈现出长篇历史散文的内在结构;其次,作者对宋代人物的塑造着力颇多,特别是在塑造宋真宗这一历史人物时,作者力图把历史人物当作"人"来写,写出了历史人物的丰富和立体;再次,作者的语言特色明显,呈现出长篇历史散文语言所具有的历史感和文化性。这都彰显了作者夏坚勇长篇历史散文创作的审美诗性,这些审美诗性也成为长篇历史散文的重要标识。

在《东京梦寻录》中,作者在尊重散文文体书写的基础上,内嵌了多层次的结构。一是从时间上来看,总体上是以顺序的方式呈现了事件发展的进程,中间也零星夹杂着闪回、跳跃来弥补事件的可靠性;二是从空间上来看,基本上是围绕着东京至三次封祀活动所在地"泰山""汾阴""亳州"及其之间的往返来进行;三是从人物命运轨迹来看,作品围绕着宋真宗赵恒命运发展的轨迹"因缘巧合登基——被迫北征——三次封祀活动——国运衰败——因病死亡"来运行。三种结构不是独立存在的,它们相互交织,共同融汇成一个多元立体的宋朝历史政治文化景观。此外,作者在对结构编排的过程中,有序而合理地穿插着宋朝的朝纲纪要、君臣交往、礼仪规范乃至生活日常。在保持大的结构规整性的同时,将宋代历史、政治、经济、社会、文化、伦理等融入其中,构成了一个宋代官场版的"清明上河图"。这就恰到好处地处理了散文之散和结构之整之间的内在关联,写出

---

① 亚里士多德.诗学[M].陈中梅,译.北京:商务印书馆,1996:81.
② 马小敏.从史实到哲思:历史散文中的真实祛魅[J].当代文坛,2013(4):84-87.

了长篇历史散文的整体性和饱满度,增强了长篇历史散文的系统性和可读性。

把历史人物当作真正的"人"来写,是夏坚勇长篇历史散文的重要表现。传统的历史书写中,那些帝王将相、王公贵族往往是不食人间烟火的一种存在,历史人物的内在性格往往被历史中的宏大事件所遮蔽,其内在的、细微的属于自我个体的人性往往不容易表现出来,这就失去了人之为人的本性。在《东京梦寻录》中,作者借助具体事件,在必然性与偶然性的交织叙述中,塑造了"万人之上"的宋真宗内在性格中阴险、自卑、虚伪的一面。本质上来讲,历史一定是必然性与偶然性共存的。但史书中的历史呈现往往更为注重历史的必然性,而忽略历史的偶然性。作者夏坚勇说道:"国事家事天下事,这一系列变故的最大受益者无疑是赵恒,陈桥兵变,一夜之间让赵氏取代柴氏成了国姓;烛影斧声,一桩谜案让老爸赵光义成了大宋王朝的第二代君主;煮豆燃萁,对德昭兄弟和廷美的迫害则保证了皇位将由太宗的子孙世代传承。"[1]宋真宗就是在这种偶然与必然的交织中走上了高位。作者用颇多笔墨写出了真宗阴险的一面,如关于真宗上位这样写:"他采用的是钝刀子割肉的方法,慢条斯理,不慌不忙,一边又有足够的机会表演自己的假仁假义。"[2]此外,作者还写出了真宗性格上的弱点,指出了真宗生性的自卑,迫不得已之下甚至还会讨好宰相臣民等。在几次封祀活动中,作者写出了真宗极度虚伪的一面:真宗向往封禅,却在臣民的多次蓄意恭逢中欲拒还迎,等等。作者将真宗皇帝作为"人"的七情六欲挖掘出来,这都体现了真宗性格中的复杂性和真实性。在作者笔下,真宗有着历史人物的共性,更有着人之为人的个性。

夏坚勇长篇历史散文审美诗性传达的第三个表现,就是在作品中对艺术性的坚守和文学语言的用功。作品的开篇,作者从雪景写起,表面上营造了一个诗意的氛围,但紧接着说到景德四年冬的第一场雪并没有"兆丰年"的意思。作者有意将第一章命名为"瑞雪兆'疯'年"[3],给作品接下来的讲述定下了基调。在作品的结尾,作者写到官家为供奉天书建造的昭应宫连同三封天书毁于天火,这同样达成了一种讽刺的效果。此外,作者用第一人称展开叙事,作品中时不时有一个"我"出现,这种叙事方式,在拉近读者与作者关系的同时,也增强了作品讲

---

[1] 夏坚勇. 东京梦寻录[M]. 南京:译林出版社,2023:18.
[2] 夏坚勇. 东京梦寻录[M]. 南京:译林出版社,2023:14.
[3] 夏坚勇. 东京梦寻录[M]. 南京:译林出版社,2023:1.

述内容的通俗性和可靠性。在语言方面,作者做到了口语与书面语的巧妙融合。从口语来看,作者化用了传统说书的方式,巧妙地穿插讲述了宋代历史中的故事。虽然作者摒弃了"请听下回分解"等传统说书样式,但在具体的讲述中,说书所使用的具有通俗性、亲和力的语言随处可见。读者阅读这部作品,就像作者站在舞台中间将作品说了一遍一样。从书面语来看,作者在尊重现代语言规范的同时,大量引用了古籍文献,保证了历史叙事的真实性。作者在这种口语与书面语的混合使用中,就恰到好处地达成了历史书写的通俗性与严谨性。此外,作者在具体的行文过程中,语言也颇具意味。如整部作品明显表达了作家对真宗及群臣行为的批判,在具体的语言使用过程中,作者就有意识地使用了带有讽刺性、隐喻性的语言。这种有意味的语言,恰到好处地传递出作者创作的初衷,同时契合了作品主旨表达的需要。值得一提的是,作者在写到君臣交往、宫廷礼仪、风俗文化时,有意无意将那些具有宋代标识的语言运用到作品中,这是作者精通宋代历史文化的直接表现。"语言(language)区分了不同的民族;人只要一开口,就会显示出他来自何处。"[1]作者对具有宋代标识语言的使用,让我们真正看到了宋代上层文化和市井文化的独一性。这成为作者对宋代历史文化书写的一种重要手段。正如作家张炜所言:"语言在许多时候简直可以看作目的,而不仅仅是手段——语言差不多就是一切,一切都包含在语言中。"[2]

反思智性:传统文化反思与"大历史观"的呈现

长篇历史散文除对历史的理性思考及其文学表达外,还应该具备一种思想的力量,即呈现散文的精神高度,书写散文的"力"与"重"。"散文如果没有了纵深和厚度,那么阔大和厚重也就不可能实现。"[3]作家面对历史,总会有意无意间有着自我精神价值和个体观念的渗入。"这种从事实到思想的转换,需要的也许正是'历史理解',以及如何'给予历史一种意义'。"[4]实际上,作家对历史的书

---

[1] 卢梭.论语言的起源:兼论旋律与音乐的摹仿[M].洪涛,译.上海:上海人民出版社,2003:1.
[2] 张炜.小说坊八讲[M].北京:作家出版社,2014:4.
[3] 赵普光.历史文化散文:如何"历史",怎样"文化"——从夏坚勇《庆历四年秋》谈起[J].当代作家评论,2020(3):129-135.
[4] 谢有顺.散文中的心事[M].福州:海峡文艺出版社,2022:194.

写,其最终目的就是借助历史这一媒介,传递自我现实的思想与精神。甚至某种意义上说,作家"对历史的追溯主旨其实在于建构现实合理性"[①]。长篇历史散文的书写更是如此。夏坚勇能够耗费十余载用近百万字对宋史持续深耕,必定有着作者对宋代历史和文化的深度省思。宋代文化是中华文化的重要组成部分,这样一个重文轻武、市井发达的社会,何以会出现"宋史三部曲"中书写的那些问题,这不得不引起我们的反思。此外,一个朝代人物性格的生成与这一朝代的文化氛围有着直接的关联。"宋史三部曲"中,宋代文化背景下的皇帝、宰相、群臣等各色人物的命运,都与宋代文化乃至中华文化有着直接的关联。实际上,作者对宋代政治、经济、文化、伦理等的批判性书写,是借此实现对以宋代文化为代表的中华传统文化的当下性反思,在这种反思的背后又呈现了作者通过长篇历史散文传递"大历史观"的尝试。

  传统中国是以"伦理"为本位的社会。层级明确的传统伦理关系支撑了中国自古以来、自上而下的稳定性,但这种伦理关系也滋生了一系列的问题。在《东京梦寻录》中,作者对宋真宗时期政治和文化伦理的批判尖锐而直接。这种批判表现在多个方面。一是对真宗皇帝个人上位过程中的不择手段、机关算尽的批判。作者不无尖锐地说道:"这个从皇侄到皇子再到皇帝的幸运儿是如何丧心病狂地折腾满朝文武和天下苍生的,他导演的那一幕幕荒唐的闹剧,即使不能说后无来者,也肯定是前无古人的。"[②]重要的是,真宗在经历了"澶渊之盟"后十年短暂的繁荣,很快就滋生了虚荣心。这既是人性的一种表现,也是我们所俗称的"富不过三代""三十年河东三十年河西"的变体方式。二是对这一时期君臣之间的政治伦理关系的批判,君与臣之间的相互利用、尔虞我诈,臣与臣之间的相互倾轧、斗争等,在真宗时期可谓比比皆是。他们往往为了升官、上位、得利等采用一些阴险狡诈之手段,有些甚至是以牺牲他者生命为代价。还有诸多的细节书写如官场表现出的形式主义、官僚主义、奢靡之风、封建迷信等,也都体现作者的批判性眼光。实际上,以上的诸多问题,或许在各个朝代都有着不同程度的表现,只是在真宗时期体现得尤为明显,这或多或少与中华传统君臣伦理有着直接关联。中华传统文化伦理中有着很多优良元素,但同样存在着诸多问题。因此,

---

[①] 罗小凤."历史"的另一种言说方式——论李敬泽散文对历史的"修补"[J].当代作家评论,2019(1):40-47.

[②] 夏坚勇.东京梦寻录[M].南京:译林出版社,2023:11.

中华传统文化存在着两面性，需要我们正确和辩证地看待。作者以勾陈的方式拨开历史的褶皱，给了我们重新发现和再审视中华传统文化伦理的可能。作家对历史的回顾，特别是对历史褶皱的细节呈现，更加能够发现历史和传统中真正的中华文化精神。作者对中华传统文化伦理的书写和反思，在当下同样有着极为重要的现实意义。作家对历史的回顾不仅仅指向过去，更是面向未来的别样途径。历史书写为当下和未来的发展提供了一种经验的和精神的参照。

作者借由历史和传统伦理文化的书写，向我们传递了一种具有当下视野的新的"大历史观"。这种"大历史观从纵向的时间维度来分析和把握历史事件的发生、发展和变化的历史过程，从横向的空间视野来审视和把握该历史事件和与之相联系的不同地区和民族之间的相互关系，从总体史的视角来研究和把握历史事件在其所处的综合网络中的历史坐标，从而得出客观、科学的结论"[1]。在《东京梦寻录》中，作者在大历史书写的过程中，借助对传统文化的反思和对历史细节的打捞，同时借助散文抒情的方式呈现了文学意义上的新的"大历史观"。这种大历史观实现了"史"与"传"、感性与理性、宏观与微观、官方与民间等之间的巧妙结合，"实现了中国古典王朝的恢弘气象与鲜活肌理在历史散文中的融会与统一"[2]。这为我们重新认识历史提供了文学上的参照。

作为"宋史三部曲"的收官之作，《东京梦寻录》既做到了对《绍兴十二年》《庆历四年秋》所具有的创作观念、方法和技巧上的延续，同时又有了一定的突破。除了更为扎实的史学功底和更为精妙的历史细节的呈现，《东京梦寻录》明显写得更加从容和得心应手。归根结底来看，这是作者对散文创作愈发成熟、站位愈高的体现。"散文作家的站位，决定了他的视野，决定了他审视的维度，也决定了他精神的自由向度。"[3]夏坚勇巧妙达成了长篇历史散文所具有的"长度""历史理性"和"散文诗性""反思智性"之间的内在调和。更值得一提的是，在《东京梦寻录》中，无论是作品体现出的长篇历史散文的历史理性、审美诗性还是反思智性，背后都有一个或隐或现的主体"我"的存在。正如谢有顺所言："历史必须是无论如何和'我'有关的历史，生命也必须是'我'所体验到的生命——写作就是

---

[1] 路宽.大历史观的理论内涵与思想价值[J].科学社会主义,2021(1):50-57.
[2] 汪雨萌.气象与肌理——浅论夏坚勇的历史散文[J].当代文坛,2023(3):205-209.
[3] 王志清.灵魂之舞的自由维度——王充闾的历史散文与散文观研究[J].南方文坛,2008(5):87-89+93.

不断地把客观化的历史和现实,变成个体的历史和现实,只有这样的写作,才有望成为'生命的学问'。历史和现实往往就衔接在个体的生命节点上,写作就是要不断地捕捉这个生命的节点,并书写出在这个节点上的心事和感受"[1]。"我"与历史的关系实际上就构成了当下与历史的关系。以史为鉴才能更好地面对现实,面向未来。"历史是个人对过往事件情感态度的一种表达策略,是现代人精神状态的一种载体"[2]。也就是说,夏坚勇总是能够拨开历史的褶皱,以文学的方式呈现出自我的审美表达和价值判断。在今天这样一个思想相对匮乏的时代,夏坚勇对历史的辩证性、批判性书写显得尤为珍贵,某种程度上起到了"文化调和"的作用。可以说,他的《东京梦寻录》是当下不可多得的优秀长篇历史散文力作。

(作者系江苏师范大学文学院副教授)

---

[1] 谢有顺. 散文中的心事[M]. 福州:海峡文艺出版社,2022:200.
[2] 马小敏. 从史实到哲思:历史散文中的真实祛魅[J]. 当代文坛,2013(4):84-87.

中国故事的在场与一代人的历史确证
——论鲁敏小说《金色河流》

刘成才

作为70后代表作家，鲁敏已有20余年写作生涯，也收获了很高的文学声名。她不但揽获诸多重量级文坛奖项，而且以"东坝"系列小说形成了自己的"文学名片"，更重要的是，她的小说技艺已近炉火纯青，被评论家赞誉为"站在时代前沿的优秀作家"[1]。而在《金色河流》这部可以称之为彻底转向的小说中，鲁敏真正完成了从人性探究到现实书写的美学转向，极富挑战性地在小说中以"财富"讲述改革开放以来当代中国最大的"现实"，使中国故事真正在场。鲁敏的这一转向象征着与改革开放同步生长的一代作家逐渐摆脱精神困顿，开始以在场者的身份讲述时代与历史，进而试图在时代与历史中确证自己，而这，既是一个作家气象魄大的标志，也是走向经典化的必经之途。

一、从人性到现实的美学转向

"东坝"系列小说是鲁敏最具标志性的"文学名片"。鲁敏刻意淡化背景，营造了一个纸上乌托邦，以凸显美好的人性。哑女开音残缺的生命因剪纸而焕发光彩，成为超脱乡村的"仙人儿"(《纸醉》)；哑巴来宝在照看中风的痴呆女兰小时使其怀孕，却仍得到众乡亲的真心成全(《思无邪》)；已故丈夫的情人带着儿子来

---

[1] 吴俊.鲁敏：进入人性和现实的复杂性——《金色河流》的叙事和人物创造[J].南方文坛，2022(4):134-139.

到"东坝",虽经挣扎,红嫂不但接纳而且放弃治疗乳腺疾病省下钱给达吾提治疗眼病(《逝者的恩泽》),"东坝"俨然世外桃源般与世隔绝,成为"日月有情、人情敦厚之所","中国传统文人田园梦想中最悠然最惆怅的那一部分"①。

"东坝"系列小说始于2007年,此时的中国在市场经济大潮催动下,人的价值观念早已发生天翻地覆的改变,纵使偏居苏北一隅的"东坝"亦难以独善其身,这也是鲁敏的"东坝"书写只有短短两年而不得不转向都市的内在根由。虽然鲁敏多次声称从"东坝"转向是出于美学追求,"近乎病态地渴求迎面的枝条与暴雨、某些紧张与慌乱"②,这固然体现了鲁敏不愿自我重复的小说抱负以及决意挑战自我的勇气,又何尝不是"东坝"书写难以为继的无奈。

在之后的都市题材小说中,鲁敏选取"暗疾"作为解剖"人性"的"取景器"。鲁敏不但让小说中的都市人物罹患静脉曲张、眩晕症、中风等诸多身体疾病,更让多梦症、偷窥症、偏执狂等心理疾病时刻伴随他们,当然,也让他们深陷暗恋、出轨、同性恋等牢笼之中。但可贵的是,鲁敏并未让小说被这些媚俗元素淹没,纵然被"暗疾"缠身,其小说中的人物依然渴望"孕育出心酸而热闹的古往今来"(《惹尘埃》)。穿透"暗疾",鲁敏聚焦的仍然是"人性":"对于中国人的禀性,我总是带着无限的兴趣——其卑微,到了尊严的地步;其弱小,到了宽大的地步;其复杂,到了局限的地步;其上进要好,又到了自圆其说的地步。"③

当然,写都市如果不写"身体"与"欲望",反而有刻意回避之嫌,作为对小说艺术有高远抱负的作家,鲁敏自不会放过荷尔蒙书写。在她的小说中,何东城突发奇想在飞机上借身边女人的手"自慰"的背后,是人到中年后的悲凉感(《荷尔蒙夜谈》);柳云沉迷于网球陪练的性放纵背后,是内心只有自己抱着自己的孤独(《坠落美学》);床上好手小六周旋于男人之间,背后却是对庸常生活的质疑与逃离(《奔月》)。在这些荷尔蒙书写中,鲁敏似乎触摸到了都市男女隐秘的内心,但要追问的是,鲁敏是否真的触摸到了当代社会的现实呢?

要回答这一追问,只要回顾卢卡契的"伟大的现实主义"理论,想必就会有答案。在卢卡契看来,表达支离破碎的现实表象绝非现实主义,琐屑的日常生活反而推动文学远离现实,现实主义应该能穿透和超越日常生活的零散化,成为"现

---

① 鲁敏.十二年,这是一条写满寂寞的路[N].华商晨报,2010-11-10(B20).
② 鲁敏.茫茫黑夜漫游[M]//鲁敏.我以虚妄为业.郑州:河南文艺出版社,2014:154.
③ 鲁敏.创作谈:我有一个梦[J].北京文学(中篇小说月报),2008(6):21.

象与本质、个别与规律、直接性与概念等的对立消除了,以致两者在艺术作品的直接印象中融合成一个自发的统一体,对接受者来说是一个不可分割的整体"①。

《金色河流》再一次证明优秀的小说家总能不断突破创作的局限。在之前的小说中,不管是写"东坝"还是写都市,鲁敏的重心是通过死亡、性、欲望、暗疾、残缺这些常见的叙事元素讲述"别人的"故事,她是旁观者、是操控者、是引导者,却不是故事的参与者;而在《金色河流》中,鲁敏展现了宏大的叙事气魄,这些叙事元素不再作为小说叙事进展的重要推动,而是成为介入故事的切入口,鲁敏置身其中,催动这些叙事元素,如涓涓溪流般汇入小说的"金色河流"。

在《金色河流》中,鲁敏不再属意于"人性"这一"取景器",而是直面大时代,对改革开放以来当代中国故事展开正面强攻。

如果要概括改革开放以来当代中国的社会现实的话,想必任何一个改革开放的同代人和在场者都会脱口说出"财富"二字,用小说中的话说就是"现在外头什么形势? 完全就是赚钱的形势"。在"财富"这一改革开放以来当代中国最大的现实面前,与"财富"牵连的经济特区、工人下岗、下海经商、公转私、贫困资助、文化复兴等则成为小说展示中国民众追逐财富的重要场域,并且"以一种勃勃昂扬的时代基调折射出 20 世纪 80 年代以来中国百姓物质创造与心灵嬗变的发展历程"②。

但小说毕竟不是历史,如果鲁敏执意要以非虚构的形式呈现改革开放以来当代中国社会现实的话,那小说中谢老师耗费二十年时间在大红皮笔记本上记载的有关"有总"的一百八十五个素材和三十多个场景,以及六条人物脉络和几组时代关键词最终只能放弃的锥心之痛,必然会成为她写作不得不面对的现实。幸运的是,鲁敏是小说家,不是社会学家和史学家,在小说中,谢老师的学生伟正建议谢老师去掉"非"直接虚构,其实又何尝不是鲁敏的心曲隐露。于是,小说中谢老师"虚构的非虚构"的写作思路,就成为鲁敏重要的写作策略。

再一次,"人性"又成为鲁敏讲述大时代中国故事的着手点。"有总"穆有衡偏瘫在床后"谁生孩子谁继承财产"的遗嘱,表面上是"有钱而无后"的不幸笑话,

---

① 卢卡契.艺术与客观真实[M]//中国艺术研究院外国文艺研究所,《马克思主义文艺理论研究》编辑部.马克思主义文艺理论研究 第二卷.北京:文化艺术出版社,1984:429.
② 潘凯雄.形式的意味如何被赋予?[N].文汇报,2022-08-18(10).

实则是占据好友何吉祥所托财产的内心煎熬与救赎；王桑因父亲的巨大财富不得不承受偏见，转而选择以艺术来对抗被父亲安排的人生，昆曲在当代的落寞恰是他内心的映照；河山虽有满身风月却身世悲惨，她以肉体反抗世界却像从未开放过的百合般纯真无知；而谢老师则是推动甚至改变穆家诸人人生走向的关键，他对穆有衡的认识不断深入，内里则是对"人性"的逐渐体察。但鲁敏并未重回过往探究人性隐秘的叙事轨道，而是让"财富"主题统摄"人性"，复杂隐秘的人性只是时代大潮中的一朵浪花，折射并最终汇入"财富"这一时代大故事，而这，正是改革开放以来当代中国最大的现实。

通过《金色河流》，鲁敏真正完成了从人性探究到现实书写的美学转向。人性探究，虽让鲁敏取得小说艺术上的成熟与丰赡，但始终是以旁观者身份讲述别人的故事，总难免琐屑与破碎。直面大时代现实，鲁敏不再依赖圆熟的写作经验，而是以在场者与同代人身份为大时代赋形。在这一意义上，《金色河流》既是鲁敏回望写作生涯的"总结之书"，更是开启写作新征程的"转身之书"[①]。

二、财富与中国故事的在场

"资本来到世间，从头到脚，每个毛孔都滴着血和肮脏的东西"[②]，对当代中国的读者来说，再没有比这句有关金钱的论断更为知名了。这一论断正可以解释作家为何不在文学中展现对金钱与财富的热爱，即使是讲述有关金钱的故事，其叙事重心也只是人物奋斗精神，这在《温州一家人》《鸡毛飞上天》《大江大河》等近年来火热的文学及影视作品中表现得最为明显。

《金色河流》中金钱与财富书写的突破性在于，在当代文学中首次以全新的财富观直面金钱与财富，正面讲述金钱与财富对人的积极意义。小说对穆有衡财富积累的揭示，不作道德争议，只聚焦巨大财富这一结果。穆有衡的巨大财富源起于何吉祥，而何吉祥对金钱的渴望则源于小时候不得不烤羊肚子上蚂蟥血填肚子的饥饿记忆，他坚信必须发大财，"要赚上大把的真金白银，连家带口的，肥肥地过起日子啊"。当何吉祥意外去世并将财富托付给穆有衡时，穆有衡爱蹭

---

① 岳雯. 大河汤汤，溢彩流光——读鲁敏的《金色河流》[J]. 当代文坛，2023(1)：86-92.
② 马克思. 资本论[M]//中共中央马克思恩格斯列宁斯大林著作编译局. 马克思恩格斯全集 第二十三卷. 北京：人民出版社，1995：829.

绿地计划、全民健身计划、食品安全、环保等政策红利的偏门生意经,又是何吉祥冒险精神的不死。正是这种冒险精神,成就了何吉祥、穆有衡的巨量财富,也成就了改革开放以来当代中国的经济辉煌,在这一意义上,作为"宏大、复杂的时代之子",穆有衡直似改革开放以来当代中国财富精神的缩影。在中国当代文学中,这一人物形象的重要性与意义将会不断凸显,因为"一个文学人物的活力,和戏剧化的行为、小说的连贯甚至最基本的可信度——更不要说可爱度——关系不大,真正有关系的是一个更大的哲学或形而上学的意义,是我们意识到一个角色的行为具有深刻的重要性"①。

《金色河流》中金钱与财富书写的突破性还在于,鲁敏重塑了当代文学的财富观。鲁敏并未沿袭金钱导致道德堕落的陈旧叙事模式,而是把金钱与财富视作人"解放"的重要支撑力量。何吉祥之所以多次鼓动穆有衡随他南下挣钱,就是坚信钞票是"能跟人上人平起平坐,去叫板,甚至能压过一头"的硬道理;在听到穆有衡要让儿子替穆家祖祖辈辈翻出大官牌子、成为人上人时,他更是直言只要经商,"不出三年,最多五年,那可不是王桑一个人,是你们全家,包括小沧,就都是人上人了"。

在马克思的理论中,财富的意义既在于促进社会发展,更在于促进人本身发展,即财富是"人的创造天赋的绝对发挥",是"人对自然力——既是通常所谓的'自然'力,又是人本身的自然力——统治的充分发展"②。在《金色河流》中,鲁敏则借由何吉祥之口,触摸到了改革开放以来当代中国最深层的时代脉搏,那就是金钱和财富给当代中国及中国民众带来的最大变革:人的自由的现实性及可能的途径。正是出于这一理解,鲁敏让穆家及周围人在最后都与金钱和财富达成了和解:穆有衡在历经后代与财富传承焦虑之后终于意识到孩子和金钱一样,"全在大街上,像河一样,到处流";王桑扭转了对金钱的憎恨与偏见,转而理解和敬重父亲,意识应该"公正地看待金钱,像看待阳光和水";河山则意识到"你是个宝贵的人",确认自己"从来都不是可怜虫,她是壮丽河山";甚至连保姆肖姨都意识到自己不只是钟点工,而且是曾经的最年轻的女车间主任,是"大大的一个人"。鲁敏所以让穆家人与金钱和财富和解,正是对金钱与财富给人带来解放与

---

① 詹姆斯·伍德.小说机杼[M].黄远帆,译.郑州:河南大学出版社,2015:92.
② 马克思.政治经济学批判[M]//中共中央马克思恩格斯列宁斯大林著作编译局.马克思恩格斯全集 第四十六卷上册.北京:人民出版社,1995:486.

自由正面意义的认可与肯定。

正是意识到了这一关键，鲁敏多次在访谈中谈及对文学多以"上层建筑"的情怀视角把金钱与财富视为"通往生活的一种物化'途径'(a way to life)"的不满，而坚信金钱与财富不仅仅是手段与途径，更是"生活的道路和价值本身(a way for life)"[①]。对中国当代文学来说，鲁敏对金钱与财富的这一认知，其深刻与洞见，要比《金色河流》的创作实践更具意义。

《金色河流》中金钱与财富书写的突破性更在于，鲁敏把叙事的重心转移到对穆有衡财富去向何处的讲述，即她自述的"穆有衡所吸引我的，不是他如何创造、从何而来，更要紧的是，他和他的创造将去往何处"[②]。

穆有衡的财富积累是改革开放以来当代中国万千创业小老板的典型，非大户、无后台，无可凭借的资源，走的是乱中取胜的野路子，"四下里共同搅动，最终发打出最肥的一层黄油，大家各自得利"。正因财富积累不易，所以他在财富传承和绝孙断代之虞间尤为焦虑，这是推动小说故事进展最根本的逻辑。

穆有衡的这种焦虑不是他一人独有，而是与他同代的创业者和企业家的共同心结。随着衰老降临，他们推崇轮回、笃信静修、迷恋"乌克兰"针，以抗拒衰老与死亡。穆有衡更是独辟蹊径，痴迷收藏，爱好捐赠，奢望留名人间，在无奈之际，只能通过没有孙子就捐赠全部财产的遗嘱试图逼迫一心丁克的儿子王桑就范。在动用"钱"逼迫儿女就范时，他也清楚地意识到"钱会有它自己的主意和方向"，并进而坚信应该"让钱动起来，让钱做事情"，"像河一样，到处流"，只有如此，才能真正地实现他的理想，如同他在遗嘱中拜托谢老师的，"得让我老战友老兄弟，何吉祥，他这个名字，能一直在"。当然可以把穆有衡的这一选择理解为鲁敏对生命与财富的意义及传承的哲学思考，金钱何用？生命何续？人生何为？这一连的追问都能在不同的小说中找到答案，而只有鲁敏在《金色河流》中将三者融汇为一体，把金钱和财富与生命价值及人生意义画上等号，"可谓中国当代作家'第一人'"[③]。

值得注意的是鲁敏做出这一思考的时间。鲁敏自称"有总"的故事最早出现于1995年，历经20余年的故事沉淀，《金色河流》首刊于2021年秋，出版于

---

① 舒晋瑜,鲁敏.鲁敏：文学应当有另一只镜筒[N].中华读书报,2022-04-20(11).
② 鲁敏.创造者及其所创造的[N].文艺报,2022-05-16(3).
③ 曹霞.时代与时间之书——论鲁敏的《金色河流》[J].中国当代文学研究,2022(6)：75-83.

2022年。这20余年间,万千创业者和企业家积累起巨量财富,不但改变了个人命运,更彻底引起中国社会观念的变革,推动当代中国不断向前。站在21世纪第二个十年的特殊时刻,鲁敏的这一思考既是对改革开放以来当代中国40余年如河流般"奔过巨石、越过瀑布"激荡发展史的回顾,更是对未来财富发展的展望,坚信其必将愈加平静地融入时代的大河之中。

通过小说,鲁敏成功地使个体与时代互为指涉,她讲述的不仅是穆有衡的个人故事,也是一代创业者和企业家的群体故事,更是当代中国的时代大故事。通过财富主题,鲁敏切住时代的脉搏,与时代同频共振,成为中国故事在场的参与者和见证者。在这一意义上,《金色河流》可理解为当代中国的寓言,而鲁敏则成功地使"写作的寓言性和时代性几乎完美地结合在一起了"①。

三、鲁敏的转向与一代人的历史确证

在有关《金色河流》的自述性文字中,鲁敏多次提及小说的内核是"作为改革开放的同代人和在场者,感受到的一种激流勇进的时代情感与精神投射——这是写给一代人的。"②"一代人",这应是理解《金色河流》的意义与价值至关重要的关键词,它意味着鲁敏之前以探究人性为方法的写作经验已不足以把握这40余年来气象万千、生机勃勃的当代中国,随着时间的推进,"一代人"参与历史、创造历史、成为历史,也必然会在历史中确证自己。

"一代人"首先指的是以穆有衡为代表的改革开放第一代创业者和企业家这群"将要成为历史的人"。对他们来说,最深的恐惧即是被他们视为生活本身与全部价值和意义所在的巨量财富不知去往何处,这是他们无力处理的时代难题。这种焦虑和时代难题,是迄今当代中国政治学、社会学、经济学、历史学等学科没有触及的,鲁敏在《金色河流》中用文学遭遇了这一代人的"焦虑",并提供了文学方案:这一代人的成就来源于改革开放以来当代中国的大时代,他们也必将在时代与历史中获得价值与意义,进而确证自己。这就是文学的价值与意义所在,因为"文学的伟大就在于让新的一种焦虑得以显现"③。

---

① 杨庆祥.最大的变革和最小的反应——由鲁敏《奔月》兼及其他[J].当代作家评论,2018(6):77-82.
② 鲁敏.奔向澄明宽广的时间河流[N].人民日报海外版,2022-07-07(7).
③ 哈罗德·布鲁姆.影响的剖析:文学作为生活方式[M].金雯,译.南京:译林出版社,2016:8.

《金色河流》还是鲁敏写给"70后"作家一代人的。鲁敏被视作"70后"作家的代表，但与早已完成经典化的"50后""60后"作家和成功攫取商业利益的"80后""90后"作家相比，"70后"作家的文学面孔与文学位置是犹疑的，依赖经历写作、人生经验同质化、追随潮流等是他们写作被诟病之处，因此"70后"作家被认为是"没有'故事'和'历史'的一代人"①。鲁敏虽然决意做"时代巨躯上的苍耳"②，其写作也的确收获很高的文学声名，但不得不承认的是，鲁敏小说的辨识度尚不足以使其成为当代文学中独特的"这一个"。当然，她所面临的遭遇，或许也是中国当代作家共同的困惑。幸运的是，"鲁敏是一位有抱负的小说家。这不仅体现为她对小说的高远理解，更重要的是她在持续的探索中不断自我更新。"③这注定会推动着她与时代相遇，之前成功的文学经验则使这种相遇几近水乳交融，那就是，作为改革开放的同代人和参与者，只有融入历史与时代，才能在新的高度上书写历史与当代。

在《金色河流》中，鲁敏成功地运用了既有的圆熟写作经验，只是她不再聚焦人性，而是让人性为历史与时代书写服务。穆有衡对何吉祥的背信弃义始终如头悬利剑般拷问着他，而他在攫取财富过程中的种种凌厉手段也成为难以磨灭的"原罪"，让他从赚下第一笔钱起就感觉不该是他的。这是鲁敏之前写作探究人性的最佳切入口，但在《金色河流》中鲁敏却将之化为推动穆有衡对金钱与财富深入思考的潜在因由，并最终如河流入海般自然地让穆有衡和他的巨量财富融入社会，不但实现了穆有衡与家人的和解，更实现了他与时代之间的和解，化金钱为"源源不断的江河湖海"，汇入了时间的河流。

正是在这意义上，《金色河流》的写作使鲁敏的眼界开始阔大，开始思考个人在历史与时代之中的存在方式，意识到应该成为"一个时间中的写作者"，尝试"如何在更大的世界中确立个体的价值"④。而这，当是鲁敏对时代高度认知的思想能力的展现，也必将推动她步入新的文学高度。

有意义的是，这一转向也是"70后"作家不约而同的文学选择。在"70后"代表作家中，徐则臣、李浩、路内、葛亮、朱文颖等人近年的创作书写都从早期的个

---

① 徐则臣.苍声[M].武汉:长江文艺出版社,2015:299.
② 鲁敏,行超.鲁敏:文学是书写时代巨躯上的苍耳[N].文艺报,2018-04-25(5).
③ 王尧.鲁敏的"取景器"[J].小说评论,2021(5):122-128.
④ 冯秋红,孙庆云.鲁敏:以时间为笔,绘金色河流[N].扬子晚报,2023-01-05(B2).

体经验转向历史与时代,试图用历史叙事建构起个体与时代的关联。

徐则臣早期小说多讲述底层"边缘人"在北京的漂泊生活,同质化写作的危险让徐则臣警醒如果固执于既有写作经验极有可能展现不了"那些洞穿现实照亮幽暗的精神世界的光"①。于是,在《耶路撒冷》中他通过初平阳的个体故事进入"70后"一代人的精神史,而在《北上》中,他则借由大运河向历史更深处溯源,使个体命运与历史和时代同步共振。葛亮在《朱雀》中将许家三代人命运弥漫在南京城的历史烟尘中,进而在《北鸢》中将一家和一城的故事放大为几个家族与北方几个大城市在动荡时代中的兴亡;在《莉莉姨妈的细小南方》中,朱文颖在新中国成立以来的时代变迁中探寻莉莉姨妈的生活;在《花街往事》和《慈悲》中,路内则试图通过小城镇故事进入当代历史的隐秘深处。"70后"作家的这种转向,"既是对自身存在与精神血脉的探寻,也是对历史时间中个体与家国命运的思考,更是一种存在之思"②,它标志着"70后"作家开始从文体自觉走向历史自觉,并尝试在历史与时代中确证自己。

《金色河流》更是鲁敏为改革开放以来当代中国这个大时代作传。改革开放以来的当代中国不但创造了举世瞩目的经济奇迹,改变了世界格局,更重要的是,中国人的生存方式和心灵图景也随之发生了根本性的转变,《金色河流》虽也关注当代中国辉煌的创造史,但聚焦点却是如何通过文学思考未来,而这,也是《金色河流》书写当代中国最有价值的地方。

当然,鲁敏同样遭遇如何讲述未来的困惑。《金色河流》中,谢老师是勾连并推动全书故事情节发展的关键,他从开始收集穆有衡的"黑暗原罪史",逐渐介入穆有衡的内心和生活,对穆有衡处理身后财产的方式即穆家的未来产生决定性影响,到最终放弃非虚构而采用"虚构的非虚构"的方式讲述穆有衡的故事,其实又何尝不是鲁敏自己在讲述大时代未来时的一种策略。或许,这就是鲁敏以"虚构与非虚构的不同叙事策略"作为硕士论文研究对象的原因所在吧,对她来说,她所遭遇的,不仅是理论难题,更是现实困惑,她要用理论思考去直面现实困惑,并为之提供文学方案。

---

① 徐则臣.孤绝的火焰 在世界文学的坐标中写作[M].成都:四川文艺出版社,2018:294.
② 张晓琴.在历史中溯源——"70后"小说创作的隐秘路径[J].中国现代文学研究丛刊,2019(8):161-175.

结　语

在《金色河流》中,鲁敏以极为魄大的气象抓住了"财富"这一"今天社会围绕着转动的问题",塑造了改革开放以来当代中国第一代创业者和企业家的代表穆有衡这个"我们今天需要的人物",实现了对当代中国大时代故事的在场书写。鲁敏的这一转向,意味着作为改革开放同代人与在场者的"70后"作家,开始以文学来处理时代大问题,并谋求在历史与时代之中确证自己,对"70后"作家以及当代文学来说,这既是重大的精神事件,也是重大的文学事件,更是文学走向经典化的必经之途。

"我们自己创造着我们的历史"[1],恩格斯的经典论断是对当代中国大时代故事最好的预言。在"激烈地奔过巨石,冲越瀑布"之后,相信这一金色大时代定能如河流入海般自然、平静。而这,既是鲁敏在《金色河流》中为一个时代的赋形,更是这一大时代中亿万普通中国人的期望。

(作者系南通大学文学院教授)

---

[1]　恩格斯.致约·布洛赫[M]//中共中央马克思恩格斯列宁斯大林著作编译局.马克思恩格斯全集第四卷.北京:人民出版社,1995:696.

李惊涛《幻火》：新颖的探索　浪漫的营构

周永刚

　　李惊涛的小说注重创新，其文学自觉意识非常强烈，因此作品呈现出鲜明的个性特征。他新近发表的小说无一不体现出创新方面的追求。他用新瓶装旧酒，那旧酒保持了传统的芳香；而那新瓶又成为探索的亮点，两者相得益彰。在传统与现代的结合上，他独辟蹊径，踽踽独行，显示出艺术上不懈努力和探索的精神。

　　他新近的短篇小说《幻火》，发表在2023年第2期《雨花》上，是一篇非常值得玩味的优秀作品。说是短篇，其实从数字上看有一万五千多字，由六个部分组成，已经不算短了。小说情节并不复杂，写一个退役老军人在"幻火"中的人生揭秘。作者的高明之处，就在于创造了一种叫"幻火"的东西，从而把无声的回忆写得影像完整，声情并茂，还原了真实的生活场景，让人如观影视作品一样，与主人公在声光模拟中一同回味人生的幸福与苦涩、悲欢与离合。

　　有趣的是，文艺起源于篝火，原始人试图通过舞蹈、歌唱、声音来与天地鬼神沟通。人类面对无常、生死、灾难、病疫、野兽侵袭等问题时，常用一种仪式来应对苦难，这种方式充满了神秘感。《幻火》写主人公在炉堂前的"幻火"中看自己的一生，从而让那些二维的平面回忆瞬间都与真实的生活一致起来，立体可感，鲜活生动。

　　人生何其短暂，无论怎样的一个人，其值得回味的人生片段都那么有限；人生的关键处只有几步，这几步就串联起了一个人有限的一生，就成为人一生命运的缩微。主人公"我"从1945年到1949年，再到1965年前后，以及垂暮之年，这样数十年的人生跨度中,作者选取了"我"刻骨铭心的四个瞬间,其实也就是一个男人和一个女人的四次人生交集,便完整地再现了人物一生的浮沉。与其说是通过他的一生见证了时代的巨大变迁,倒不如说是时代的巨大变化塑造了他一生的曲曲折折。小说在情节的跌宕起伏里,在"幻火"营造的神秘氛围中,将读者的目光聚焦到"我"难忘的四段人生节点当中,让"我"看到了自己的人生来路。"我"是那样的平凡,在革命的熔炉里淬火成钢,是有血有肉的,也有过年轻时爱的火花碰撞,与老中医的女儿有过一段相爱相亲的日子,可是战争年代部队的南征北战,小儿女的情意绵绵只不过是那段岁月的一点花絮。为了新中国两党决战淮海,在巨大的牺牲之中,共产党的军队打败了国民党军队,"我"身负重伤;而老中医的女儿在牺牲的人群中找到了"我",为"我"处理了后事,并毅然加入了中国人民解放军。其实那不是"我",只是那牺牲的人身上穿着她当年为"我"补的衣裳,上面绣着的那朵梅花,让她误认那人就是"我"。她所在的部队调驻新疆了,直到1965年,她来到淮海战役纪念馆才搞明白,"我"并没有牺牲,而是负伤转业地方,在韩桥煤矿当了门卫。她找到了"我",可"我"已经成家。那短暂停留的一晚,两人互诉衷肠,流了一夜的泪水;命运多舛,相爱的人也只能各奔东西。但那次相见,让"我"知道和她还育有一个女儿,从此又多了一个念想。本可第二年得以相见,可人生无常,那以后"我"的命运急转直下,不仅后娶的女人被害死了,"我"也被迫开始了流亡,在马陵山中做了看山人,并被人当作"山神"和英雄一样崇拜和爱戴着。但是,"我"有一个未了情,就是等她们娘俩的到来,填补人生的缺憾,完成人生的救赎。

四次相见,两实两虚,作者真可谓是匠心独运。两虚,是一次误认,一次急迫的等候,给情节发展留下了巨大的想象空间。文章不写一句空。正是有了误认,才有了后来女军官的回来祭奠;在祭奠时发现真相,才又开始了对自己爱人的寻找。些许波澜像人生之路一样曲曲折折,那些隐晦的人生过往在"幻火"中重生;而等候中的第四次相见,更充满了不确定性,那是近半个世纪的互相寻找。时光如此的匆忙,"我"已经患了老年痴呆症,还能等到他们吗?大雪封山了,皑皑白雪中,"我"在为她们的到来发愁呢。那是一次等待中的相见,令人感到幸福无比,小说到此却戛然止笔,余音绕梁,让人畅想不止。挺折磨人的,到底见到没有啊?你尽可以发挥想象的空间去完成后面的续篇了。当然不同人会给出不同的结局,其实那都是人生的可能!作者更为巧妙之处在于,小说的开头还有个"题记"——"谨以此文,献给我的荣军父亲",显然那一切都是在真实基础上的叙述。小说给人的真实感是如此强烈。亚里士多德说:不在于真实,而在于真实感。那种真实感,给人的就是一种震撼和一种冲击。

小说中的"我"和来客以及来客叙述的那个人,看上去似乎是三个人,但身份交叉重合换位后又合二为一,又一分为二。其实,那一切不过是人意识的反映和潜意识的游离外溢所致。虚虚实实,真假难分。有时是对立的,而更多时候是合体的生死弟兄,那些镜像不过是"我"的幻觉或分身术罢了。该合就合,该分就分,分分合合都不过是人的意识和潜意识自然幻化的结果。

"幻火"中的取舍是极为高效的,这也正是作者在素材处理上的高明之处。决不拖泥带水,集中笔力去写选择中的四段人生重要时刻,如泼墨重彩,把该突出地方都展示得一览无余。作者有的地方又写得极为精细,这些地方读者万不可错过了(如春秋笔法)。如写"我"在1945年当通讯员,老中医的女儿:"门开了。她一闪身,像天上落下的一片云彩,飘进屋里去了。""那姑娘大大方方走近通讯员,一把将他的手拿过来,放在嘴里嘬着……"作者没有用更多的笔墨写男欢女爱,而是通过含蓄的文字来表达他们情感的进程,一个"飘"和"嘬",细腻传神地写了他们的感情的亲密程度,更表现出少男少女爱情的柔美浪漫。

小说素材老得连作者都不避讳,甚至那朵衣服上的梅花,都似曾相识,好像在哪部电影中见过。但小说读毕,在觉得惊诧的同时,还是令人生出由衷的佩服之情。为什么? 我想至少有三个原因。

第一,还传统叙事于融媒体时代的崭新表述之中。作者以巨大的勇气、求新探索的精神,表现出正大气象。作者不仅有很强的文学自觉意识,更有着文学创作中的自信。徐则臣在谈自己的创作体会时说:"如果要想成为一个独特的作家,你一定要开辟自己的路,寻找自己的办法。"老素材,新写法,把控融媒体时代的特征,以多种艺术形式加以杂糅、推陈出新,以一种新的叙事风格打破传统小说节奏呆滞不畅等问题,从而形成高效的叙事风格,随心所欲。止于所当止,行于所当行,行云流水。突破了回忆中的平面感,形成立体多维空间,造成全息影像。以"幻火"的神秘感,紧紧攫取读者的阅读心理,让读者始终在探秘一般的深厚氛围之中,与书中的人物共悲欢。

第二,还小说创作于诗意的美学追求之中。小说《幻火》的诗意美学追求,是无处不在和显而易见的。在宏大的叙事中,作者营构了小说的唯美意境。人世间的美好,多么让人感动。不论是通讯员与老中医女儿的爱情,还是战场上的生离死别,抑或人间重逢,还有重逢中的等待,无一不是人间至情至性的体现和传导,都有一种诗意的美。那是一种大欢喜,那是一种真人性,就连"我"篝火中与来客的对话也都如此的逼真和感人,散发着烟火人生的美轮美奂。小说结尾以不结作结,更是诗歌常用的手法,无限地开拓着小说的意境,让人捧卷在手,读而思,思而读,回味无穷。四段人生相遇,都如诗一般有一种复沓似的节奏韵律,而又层层登高,不断向上升腾,直到结尾处余音袅袅,如钟声回荡!

第三,还现实与历史有效凝望。从容回味人生的荣枯,不着意去刻画英雄,而是将英雄的现实人生际遇予以真实再现。现实从历史中走来,现实也是历史的组成。一个人的一生见证了历史,同样历史也塑造了我们每个人的一生。作者以诗性的审美,平淡地叙述着"我"一生的波澜起伏。在孙二娘的饭馆里,"我"被当成英雄一般的传说,在篝火前仍然有人来慰问和关心"我";但"我"是这样的老者,产生了幻觉,还有老年痴呆,记忆时好时坏,"我"的一生不过是时势造英雄的产物——包括"我"人生的爱情、负伤、重逢、落难等都是时代的产物。同时,"我"也在时代的变迁中,书写着"我"的人生壮歌,一切都是如此的平凡,一切又都是如此的波澜壮阔。在时代的汤汤大河中,我们浮浮沉沉,但无一又不顺势前行,"我"仍将在等待妻女的守候中,了却我内心的遗憾和生命的救赎……期盼之中,更让我们看到"我"美好的人生理想——愿天下人共团圆!

(作者系连云港市连云区政协原秘书长)

东方传奇与任侠精神之书写
——读《还珠楼主评传》
李 言

一、城市文学形态的构想

20世纪中国人开始惊讶于城市的建构,一座座高楼在外滩林立,人们不再从事农活和当铺。在银行喝着咖啡、看着报纸构成了外滩民众生活的常态。现代传媒的入侵,同样改变了20世纪的中国文学。其实在波德莱尔的文学中我们也看到了城市人短暂性、瞬间性和偶然性的施加[1],仿佛给予了市民完全不同的观察视角,这些敏于算计的都市人,越来越表现出克制、冷漠和千篇一律的退隐状态[2];人们的分明个性在不断地消失,现代性个体经验必须直面瞬息万变的都市生活。

20世纪世界都市的建设格局遵从了19世纪的都市构想。在远东的城市建构中,上海则吸收了开埠以来城市规划的现代性特质,借黄浦江而建立的万国都会,仿佛一个世界城市博览馆。生化光电的十里洋场完成了城市对娱乐精神的诉求,末世繁华图景摄人心魄。同样,都市文化所派生出的精神诉求,使得大量"通俗文学"向都市的传奇馈赠了暧昧的遗产[3],通俗文学在都市文化中占据了

---

[1] 本雅明.发达资本主义时代的抒情诗人[M].张旭东,魏文生,译.北京:生活·读书·新知三联书店,1989:482.
[2] 汪民安.现代性[M].南京:南京大学出版社,2020:11.
[3] 李欧梵.上海摩登——一种新都市文化在中国1930—1945[M].毛尖,译.北京:北京大学出版社,2001:4.

一席之地。现代性的意义诉诸城市文学和商业规则，让连载式小说得以在都市中形成、发展和壮大。

人类之于报纸的消费是瞬间性的，震慑于信息所带来的瞬间震惊感，商业文学在这种震惊感中诞生。天津作为上海城市的复刻，它所展现的现代性意义在二十世纪二三十年代凸显出来。比起古典文学的延续传统，它让故事的延展性与报纸的销售额形成了高度的捆绑。作为文学商业化的受益者，发迹于天津的还珠楼主必须依赖城市化的传播样态，除了自我努力让文学与媒体化传播建立强关联外，在对消费者喜好的迎合上，以《蜀山剑侠传》为首的神魔小说也释放出强大的魅力，这一趋同力可以看成文学本质的必然，亦为还珠楼主事业成功的标志。

当然，如果仅以销售额来定义还珠楼主的文学成就显然是有欠充分的，毕竟还珠楼主的作品在保证了广泛接受度的同时，背后复杂多元的文化传统更让读者着迷。还珠楼主让传统的儒释道教义在故事中充分铺展，即道教的性命双修、佛教的转世轮回以及儒家的忠孝仁义，而道教观念则为他建构宇宙观、实现文学诉求的核心价值。尤其在农耕文明向城市文明过渡的转型时代，国人对于传统文化的包容依然残留着故土的迷信特征。而还珠楼主小说以传统文化为圆心、章回体为形态，持续对超现实主义进行渲染，正击中了国人的文化价值观诉求，并实现了小说的商业价值期许。

徐国桢先生在1948年《还珠楼主论》中提到《蜀山剑侠传》的成功为科学昌明时代的一个未解之谜[1]，传统巫术与现代文明的角力或为重要原因。但如果以现代性为依据，不难发现都市人群普遍意义的反复日常以及内心延宕。在茅盾对通俗文艺的批判中[2]，尤其让我们察觉到现代城市文明下的民众潜意识诉求和精神期许，这也成为《蜀山剑侠传》得以大热的重要动因。

日常都市生活的机械性叠加之下，无法给人带来新鲜和刺激，精神生活的空虚需要与之相匹配的对象进行填补；而对于都市文明的幻觉性投射，在部分文学和电影中得以精神满足。他们之于类似文艺作品的追逐，何尝不是对自我生活的白日梦式幻想？《火烧红莲寺》系列的万人空巷、张爱玲和张恨水小说的流行

---

[1] 徐国桢.还珠楼主论[M].上海:正气书局,1949:1.
[2] 茅盾.茅盾文艺杂论集[M].上海:上海文艺出版社,1981:359.

再到还珠楼主文学受到的狂热追逐,市民的精神渴望得以直观体现。而《蜀山剑侠传》的持续走红,正是现代性中国城市文明自然生发的产物。

就当时《蜀山剑侠传》的宣传广告词"神怪武侠小说空前精彩第一巨著,读者愈久愈众历久不衰唯一伟构""紧张、热烈、恐怖、诡秘、雄伟""看得你爱不忍释,看得你俗虑全消"来看,亦可见文学之于都市人群的适配性。在台湾学者叶洪生的解读下,"它(广告)的确如实反映出《蜀山》的小说特色及其所以能颠倒众生的主因。据知当时国内上自名公巨卿、下至贩夫走卒,几乎无人'不迷'还珠楼主,以争睹《蜀山》为快",可见小说具备了直抵人心的魔力①。《蜀山剑侠传》之于城市人群的文学能量持续发散,直到1949年10月新中国成立而结束。

1951年1月"蜀山宇宙"系列的停更,也似乎标志着还珠楼主文学人生的终结;与之相完结的还有国内群体武侠小说形态的湮灭。在后人对现代武侠小说的毁灭原因探究上,多归结为政府的禁令。其实禁令是一方面,如果究其根本,其实在于以出版市场为基础的消遣式阅读的彻底消亡。在出版公司全都收归国营的大背景下,商业价值(包括报纸和图书发行量)不再成为评判文学作品的标准,大众喜好亦不再作为作家所迎合的对象。商业动因不复存在后,还珠楼主的神魔小说创作便为"无根之源"。

二、任侠精神的传承

《蜀山剑侠传》四百多万字皇皇巨著,并非只靠一腔热情便能完成,书中所蕴含的宏大体系和文化层次,更让读者见识到还珠楼主广袤的学识和深厚的文人素养。在《还珠楼主评传》中倪斯霆完成了对还珠楼主家世、少年经历和成长历程的多方考量。他前半生的官宦之家身世与名山大川的游历与他之后的写作密不可分。学者之内化与行者之外化的结合,亦构成了他书写《蜀山剑侠传》的重要根源。

当然在倪斯霆先生对还珠楼主的介绍中,不免让人感受到李寿民身上始终如一的"任侠之气",这一气概也构成了李寿民得以在评传中立体化呈现的重要标准。或许任侠之精神来自倪老师自我感情之于写作对象的投射,或来源于对

---

① 叶洪生.天下第一奇书——《蜀山剑侠传》探秘[M].台北:学林出版社,2002:3.

奇闻轶事搜集的广博充分,但比起以上可以确定的是,还珠楼主的原本人格和写作意念的相互强化,完善了其任侠精神的养成。

年少时内化与外化相结合的奇妙人生体验,某种程度上养成了还珠楼主寄情于天地的广阔胸怀。而在对学问的考究上,李寿民并不仅遵从于儒学的灌输,佛道典籍的广泛吸纳、山水自然的亲近、万物灵性的探寻均构成了他认知的组合。慢慢地,在他那少年心智中,已参出了佛、道间的奥妙[①]。道家提及的"山医命相卜"在李寿民的学问中留下了痕迹后,其中武术可被认为道家"山"之分野;司马迁《史记》中的任侠精神的传统,亦让还珠楼主耳濡目染,人格渐渐在童年确立。

在时局动乱的民国时代,法律无法处理社会各个角落,而法则之外的正义是需要个人来维护的;时代之促成、童年人格之延续,皆养成了还珠楼主入世的任侠品格。当然从还珠楼主的军装照片中,亦可看出他之于入世情怀和侠客情怀的遵从,但比起自我理想的期许,大时代下个体的无奈似乎也成了芸芸众生的必然。而任侠精神于现实抱负无门之际,文学便在某种程度上承载了作者的价值观和任侠情怀。

武侠小说具备深厚的中国文化传统,与宫白羽先生文学抱负无法实现的愤懑、借武侠小说暂且安身立命不同,还珠楼主的写作中蕴含着丰富的自我价值观,诸多情节更是作者个人思想的投射,如家国情怀的感伤、侠义精神的聚合、古典文化的抖落等在《蜀山剑侠传》中被重笔墨渲染,不仅在《蜀山剑侠传》之中,包括《长眉真人传》《云海争奇记》《青城十九侠》中皆有惩恶扬善的精彩段落。而大仇得报之后的快意,何尝不是还珠本人之于侠义价值观的直接外露?

从结构上看,古典武侠小说的套路对前半段的影响印记不可谓不深刻,邪不胜正的传统套路始终在左右故事的格局,写作能量的分布更有几分张恨水和平江不肖生的特质。但随着情节的肆意铺展以及想象空间的打开,《蜀山剑侠传》才表露出其对过往所有通俗小说的超越性。"三英二云"大战紫云宫的桥段,则为还珠楼主的才华定了基调,以后的故事桥段中,一连串小说的"震惊"效应才得以展开。

当然,倪斯霆在评传中给予创作动因的充分尊重,他认为《蜀山剑侠传》是

---

① 倪斯霆.还珠楼主评传[M].太原:北岳文艺出版社,2023:56.

"挽狂澜于即倒"逆市而出,造就了民国"蜀山现象"的轰动场景①,亦是他对商业化文学的充分肯定。毕竟在那个颠沛流离的时代,《蜀山剑侠传》的文学功能实现是带有多个层次的双重性的。一方面它拓展了现有文学的广度,另一方面满足了读者的内心诉求;一方面它形成了供不应求的文学市场,另一方面它满足了作者和出版商的商业诉求;最后它改变了商业文学的写作形态,更给予了文字东方化的侠义精神。它的文学内在价值并没有因商业价值而掩盖,反而在当年读者中蔚然成风。

此外,《还珠楼主评传》在对李寿民本人的侠义精神拓展上亦给予了细节的展开,包括怒打车夫救美人、酒楼嘴叼银筹退群雄等。这些事迹给予了作者无限的传奇色彩;而这些传奇色彩与他所创作的作品之间更构成了某种神奇的内外关联;甚至一度造成作者长期习武才得以写出如此武侠小说的错觉,构成作者和作品二者身份的重叠化印记。

但就评传的视角来看,它并没有满足于传奇的渲染,而是在充分考究之后,给予了许多的证实。关键的是在撇清传奇真假的间隙,倪斯霆始终没有忘记任侠精神在李寿民日常生活中的意义。他在苏州时期的少年恋情,与银行大亨孙仲山之间的明争暗斗、轰动津门的抢婚开庭案,再到与名旦尚小云结拜兄弟、成为傅作义的幕僚等,都为还珠楼主的人生刻下传奇或任侠的印记。

《还珠楼主评传》给李寿民赋予的"一以贯之"的任侠精神,在真假是非的求证中,在传奇日常的穿插叙事间,谱写出人物非凡的精神样态。

三、天津文学史的别样书写

天津在民国成为北方第二大商埠要市,成为远东仅次于上海的摩登都市②。它融合了现代和传统、金融和码头、商人和草莽、英雄和江湖,而"侠义道"之于天津城市气质的贯注,比起南方都市更胜一筹。从民国中期的武馆林立再到抗战时代的英雄传奇,天津这座城市被着上了一层神秘的色彩。天津的文化在清末民初发生畸形的骤变,其标志为各种报刊如雨后春笋般出现③。还珠楼主能在

---

① 倪斯霆.还珠楼主评传[M].太原:北岳文艺出版社,2023:262.
② 倪斯霆.还珠楼主评传[M].太原:北岳文艺出版社,2023:142.
③ 倪斯霆.还珠楼主评传[M].太原:北岳文艺出版社,2023:147.

天津走向人生正轨,或是命运的指引,更是城市气质之于他精神的感召。他与段茂澜结义,与孙经洵相识,勾勒出轰动全国的"蜀山群侠",天津赐予了他丰厚的生存土壤和人脉机缘。

天津的市民城市特征,给了通俗小说家充分的生存空间,他们如群星般闪耀于20世纪天津文学史。继《蜀山剑侠传》之后,借助天津报刊业而崛起的武侠小说北派三大家(朱贞木、郑证因、宫白羽),他们作品的风格亦能看出还珠楼主的印记。还珠楼主的开创性启示、商业出版模式的成熟、民众之于英雄主义的渴求,天时地利人和把通俗小说创作推向了民国时代的最高峰。其实还珠楼主的成功包含着深刻的必然性,采用神怪武侠小说样式,在他是势所必然,也是他能找到的最佳途径[1],此外文学传播由北向南的风潮回流,亦塑造了还珠楼主全国范围内的文学影响力。

作为土生土长的天津人,倪斯霆对于还珠楼主的研究多少是带有使命感的。20世纪80年代在恩师张赣生先生的影响下,倪斯霆便于天津图书馆与还珠楼主结缘,此时已为还珠波澜壮阔充满传奇的人生经历而着迷[2]。21世纪对还珠楼主的再研究,背后亦是他对天津文化史和文学史的由衷热爱,这在作者早前对刘云若价值的再挖掘和天津戏曲流变史的研究中能够看出端倪,情怀的力量促使他完成了这位武侠巨擘人物志的书写。

其实早在2014年《还珠楼主前传》出版之时,关于还珠楼主的生平蛛丝马迹的探究便贯穿于倪斯霆的人生轨迹中。他能做出诸多实质性成果,是长期对资料考究以及走访考证的结果,在逐渐揭开这位传奇作家前世今生的神秘面纱时,形成了对其的微观化书写,包括还珠楼主父亲的去世年月、去苏州的年月、去天津的年月等细节,均在倪斯霆剥丝抽茧的细致辨思中完成。《还珠楼主前传》一书的完结写尽了还珠楼主的前半生,而对还珠楼主生命的完整诠释在9年后的评传中画上了一个圆满的句号。

纵观中国文学研究史,通俗文学研究始终处于严重的弱项。通俗文学作家在"鸳鸯蝴蝶派"的标签中被概而化之,他们的文学成果亦逐渐淹没在时光的尘埃中,许久不见天日。由"五四"建立的精英文学话语体系成为主流的文学价值

---

[1] 张赣生.民国通俗小说论稿[M].重庆:重庆出版社,1991:249.
[2] 倪斯霆.还珠楼主评传[M].太原:北岳文艺出版社,2023:592.

标准以来，直到今天，大众对通俗文学的认知依然处在一个"非主流"的模糊地带。

在2009年举办的"津门论剑录——北派武侠小说研讨会"中，关于通俗文学的研究已经形成了老中青三代接力、两岸互通的学术样态。当下网络文学研究的兴起，民国通俗小说家已被人再度提及，直至《还珠楼主评传》在2023年4月的出版，它是现代通俗文学研究的重要成果，也让当下学者看到了一丝光亮，应持续努力直至雅俗文学"两翼齐飞"的一天。

（作者系南京侠影网络科技有限公司总经理）

此身游子　此心赤子
——庞余亮诗歌阅读札记

陈永光

庞余亮是一位全能型的作家。

诗歌、童话、散文、小说皆不是心血来潮，偶尔客串，而是并驾齐驱，均匀用力，最终姚黄魏紫，云蒸霞蔚。在分行与分段之间，在想象与非虚构之间，在短篇、中篇与长篇之间，他快速切换，进退裕如。

当然，他首先是一位诗人。他的第一部作品集，是诗集。非常有意思的是，名字叫作《开始》。这固然可以说是一个作家的雄心，但我更愿意相信的是，这是一个作家的初心。开始——像是前进的誓言，但也像是坚守的诺言。后来，他果然又写出了诗集《比目鱼》《报母亲大人书》。众所周知，三四十年间，多少诗人打了退堂鼓，有的改写散文、小说，有的甚至不再写作，基本与诗歌绝缘了。但是庞余亮没有，他与诗歌，诚可谓执子之手，不离不弃，一往情深。

如果你看过他的大部分作品，那么，甚至可以这样说：在根本上，庞余亮永远是一位诗人。童话自不必说，她不是诗歌的堂妹，就是诗歌的表妹，或者就是诗歌的孪生姐妹；在庞余亮的散文，尤其是他的乡村教师笔记系列中，你会发现，在散漫、琐碎的叙写之后，最终击中你的，总是一种狡黠的诗意。对匮乏生活的忍耐，对人物个性的宽容，对赤子之心的共鸣，使得刻板的职业生活轻灵起来，圆融起来，升腾起来。在这里，你会相信，诗歌是唯一的救赎，对于自我，对于乡村，对于青春；在庞余亮早期小说中，你可以看到非常明显的诗化倾向：意象大于情节，情绪大于人物。如果说，庞余亮的散文在表层靠近诗歌，那么，他的小说则在内在靠近诗歌,镌刻了一个游荡的、不安的、无枝可栖的灵魂。尽管后期他的笔触转向了城市生活、现代生活,还曾写过一些历史题材,但这种内质并未改变,只是人称转换,背景不同,更加隐蔽罢了。但是在他最新的长篇小说《有的人》中,他到底没有按捺住自己,把主人公直接设定为了诗人,直接描写了诗人在这个世界上的遭遇。不用说,这至少是某一角度、某种程度上的"夫子自道"。

所以我经常想,要了解和理解庞余亮,只要阅读他的诗歌,就足够了。对于一个诗人来说,散文不过是形式上的放松。而小说,则是从灵魂出发,寻找更多的人物,更多的语言,更多的故事而已。阅读庞余亮,你完全可以避开他的《变形记》,径直走进他的《城堡》。

正如庞余亮笔下敲钟的少年、骑自行车的少年、跳大绳的少年、挤暖和的少年一样,他的诗歌同样饱含炽热童真。这样的说法也许大而无当,泛泛而言。但是你把它和诗歌狂热的年代,把它和故弄玄虚、走火入魔的朦胧诗,把它和煞有介事的哲理诗,把它和哀感顽艳的爱情诗,把它和洋洋得意的口号诗,把它和肆无忌惮的口水诗联系起来,你便知道它的弥足珍贵了。多少人以诗歌为捷径,以诗歌为垫脚石,以诗歌为遮羞布,还有谁勇敢地踏入荒原,承认自己的卑微,不懈地锻打诗歌的技艺?

庞余亮曾经不无伤感地吟咏道:齐鲁大地上或者还有些麦子(《子曰》),诗歌的道路是一条多么艰难的道路!现代诗歌打破的,不仅仅是传统的定式,更是我们的内心。太多新的东西涌入,太多的摩擦,太多的碰撞,太多的你死我活。新的东西始终未能深入人心,旧的东西依然尾大不掉。在我们的心中,下了一场有意义或者无意义的大雪。我们的内心便是这样一块雪地,要么纷纷扬扬,分不清南北西东。要么斑斑驳驳,泥泞不堪。理想的种子不见踪影,即使寻找赖以果腹的食物,也总是困难的。我们就像一只在漫天雪花之中感到头晕目眩的麻雀,终于在这广阔世界中发现了自我,但这自我是何等的弱小,何等的无力,何等的迷惘!

我相信,庞余亮一定曾经像偷偷打钟的少年那样,面对神圣的诗歌,坐了一次从羞涩到狂喜的过山车;我相信,庞余亮一定也像骑自行车的少年那样,在诗行的平平仄仄中跌倒了,又重新爬起;庞余亮一定也像跳大绳、挤暖和的少年那样,在那些令人尊敬的诗歌同行中获得了抱团取暖的力量。他早期的诗歌是朴素的、歌咏的,那正是赤子之歌,天真之歌,向上之歌,尽管后来的风格逐渐改变,但这种基础的、内质的、初心的立足点,却从未改变,这使得他的诗歌既没有受到诗歌内部(主义、流派、山头)的污染,也没有受到外部世界(功利、时髦、商业)的侵蚀,始终元气充溢,生机勃发。

庞余亮诗歌的重要部分,是关于亲情的。他广为人知的散文名篇叫作《半个父亲在疼》,他最新的诗集叫作《报母亲大人书》。父亲的形象,母亲的形象,执拗地、经常地出现在他不同的文本中。他的很多诗歌,都像是一封封虽然披肝沥胆,却再也无法送达父亲、母亲的书信。这一类诗歌是抒情的,哀伤的,那是儿女之歌,游子之歌,恩情之歌。你也可以把它看成是少年之歌的升级版,是诗歌对自我成长的真实记录。"我从清晨的车窗上/看见了母亲那张憔悴的脸","在出租车的反光镜上/看见了父亲愤怒的表情"(《在人间》)。父母亲为我们做了什么? 我们,又能为父母亲做些什么?

对于一个儿子来说,母亲让人亲近,父亲则令人疏远。奇怪的是,一个人出生以后,就要立即剪掉和母亲相连的脐带。一岁左右,就要断乳。母亲更多的是生理的、日常的、物质的。父亲呢,他与我们的联系,更多的是心理的、内在的、精神的。我们与父亲,同样连有脐带,同样存在哺乳关系。然而,要剪掉内在的、心理上与父亲相连的脐带,实现精神上、灵魂上的断乳,则要迟缓、隐秘得多。所以,即便是在父亲、母亲身边,诗人们似乎都有一种浓重的"游子气质":就像睿智的哲学家那样,他们深知"离别"的必然,因此心中忐忑,怅然若失,把每一个平常的日子,都过成了生离死别。

终于有一天,父亲真的走了。终于有一天,母亲也真的走了。那是一种更为彻底的"剪"和"断",它在形式上一刀切掉了儿子与父母的联系,在儿子幽暗的内心世界里,从此有一扇窗户不再打开。谁言寸草心,报得三春晖。孟郊以后,哪一位诗人不是游子呢? 不同的是,孟郊的诗篇被温暖的光辉笼罩,而庞余亮,则将父子情、母子情置于严酷的生存背景之下。不仅仅是艰苦的物质生活,还有传统的观念,个人的隐私。如果说这样的诗篇也有光芒,那么,它是更加真实的,严肃冷峻的,游移不定的。在他的笔下,父母与儿女,尤其是父子之间,如同矗立着一座仰之弥高、爬之不尽,又必须牢牢抓住的峭壁,面对自我的孤立无援,他发出疑问:"为什么我总想找个地方大哭一场?"(《挨守》)他劝慰道:"这是必然的,理想的小马驹/长成了丑陋粗壮的牝马。"(《白杨和马驹》)他恳求着:"握一握吧,请左手原谅右手。"(《移栽》)

始终坚持自我,不卑不亢。在亲情中洞悉生存,悲悯生命。以此为圆心,以此为内核,庞余亮将目光投向了更远的地方,更多的人群,更为复杂的社会生活。在现实生活中,他真的是一位游子:在故乡与他乡之间游走,在不同的职业之间游走,在不同的文体之间游走。在熟悉的人身上,他看到了陌生。在陌生人身上,他却看到了熟悉。生活总是一样的。富者的生活便是贫者的生活。男人的生活便是女人的生活。卑贱者的生活,也便是高贵者的生活。人们互相对立,却又互相纠缠。彼此怨恨,又彼此赞扬。事情正如庞余亮在《淮河》中所写:"那条黑暗中发着幽光的淮河/看见痛苦的幸福的我/它就会鸣笛致意。"我喜欢他的《在人间》《无论多辛苦……》《底层生活日记》。我喜欢他独有的简洁与留白,听听这句:"一场生活结束了/必须用死来纪念/——之后是寂静,未亡人的寂静。"(《活着并倾听》)

阅读这样的诗歌,总是让人从现实的云端,直落精神的谷底。落差在自然界产生了惊心动魄的瀑布,而在诗歌之中,它更深、更尖锐地撼动我们的内心世界,让人产生沉痛、哀伤的人生体验。为了生活,我们奔波;为了现实,我们让步;为了理想,我们迁徙。无根是我们的宿命,漂泊是我们的使命。含混的生活啊,像某种令人难以下咽的食物,总是不能顺利到达我们的空空的胃部。

从父母膝下,到街巷邻里;从莘莘学子,到三教九流;从眼前当下,到风云变幻。庞余亮不断游走,在诗歌中慢慢改变着自己:修辞变成了叙事,自嘲变成了反讽,悲愤变成了沉痛。

他不再急于表达,而是慢慢梳理自己的思绪,让人物出来,让情节出来,让转折出来。庞余亮的作品主要是叙事的。如果说他的早期作品中还能够偶尔发现修辞,那么,在中后期作品中,则是叙事,叙事,还是叙事。叙事使得诗歌在感情上更为亲切,在方式上更为无痕,在效果上更为顺畅。庞余亮写过一首诗歌:《微生物的低语》。叙事可能是烦琐的,平庸的,音量极轻的,因此"微",因此"低"。但你要知道,在中国画中,任何一点细小的墨迹,都不是作者的随意而为,也绝不容观者忽视——宏大的史诗,也不过是叙事。

叙事的语气,也由自嘲变成了反讽。诗歌的一端是赤子之心,是童谣、牧歌,是情诗,诗歌的另一端则是饱经沧桑,是机锋,是谜语,是经卷。"这些少年一定渴望着鲜艳的红领巾"(庞余亮《去养鹿场的中午》),早期的庞余亮是少年,是赤子。但他很快发现:"土豆弟弟全身冰凉"(《土豆喊疼》),很快变成了"你给了他一个嘴巴,他仍嘿嘿地傻笑"(《就像你不认识的王二……》)的"王二"。到了诗歌《理想生活》,已经充满了自嘲:屠夫之子,去个体诊所的,我昔日认识的一个女子,月光下,像蚯蚓一样沉睡的"我们"。再到《半墙记》组诗,嘲讽的语气依然如故。不过,嘲讽的对象不是自己了,而是嘲讽本身。嘲讽又有什么用呢——"这只寄居在隔壁菜场的雄鸡/不知道为什么还没有人买走"(《雄心》)。嘲讽有什么用呢——"再有脾气,也得隐忍着腰间盘突出/伏腰抄写《金刚经》"(《脾气》)。嘲讽有什么用呢——"浪费纸张是可耻的,不浪费纸张更是可耻的"(《善行》)。为了反讽,庞余亮甚至学会了用典——"无一字无来处"。他在《雄心》中引用古诗,在《半墙记》中引用老光棍的话语,在《脾气》中引用谚语,在《湍流》中引用科学术语,在《卖掉旧书的下午》中引用星座占卜资料,在《雨夜读〈诗·小雅·蓼莪〉》中,简直是在做批注了。这些一般难以搬上"诗"的台面,异质、生硬的引用,一方面经由对比,带来了更大的空间感,一方面建立了策略,构成了对于嘲讽的嘲讽——自我在消弭与凸显之间来回游移:虽然前进,但并不进攻,虽然后退,但更尖锐有力。

由于叙事,由于反讽,诗人的感情,也从悲愤,变成了沉痛。诗歌不仅帮助读者打开了眼界,发现了一个开阔、深邃、辽远的所在,同时也让我们发现了诗人在世间的藏身之处。很多年以前,庞余亮写下了《底层生活日记》。底层,似乎始终是他的立足之处。时间,生活,职业,都没有改变这一点。就像那谦逊的水,总是流向最低洼的地方。当然,这种底层,并非矫情的"人民""土地",也非政治意义上的基层、阶层,我把它理解为一种底线(这也许会削弱诗歌的空间感,但我找不到更恰当的说法)——那么多的人无法完成引体向上,只有诗人在单杠上面,露出了他那倔强的头颅——有的诗人自我孤立,世人用人格孤立诗人。殊不知,诗人只是在众人之外自我救赎。

悲愤是可以理解的,沉痛则意味深长。悲愤是忍无可忍,沉痛是痛定思痛。沉痛是自我疗伤的开始,是寻找出路的惆怅。诗歌的开始就像老牛反刍,诗歌的继续则像病蚌成珠。生活和内心,就像两片蚌壳,有时分开,有时闭合。不管如何,总得珠胎暗结,熬过阵痛。

在诗歌《星期之车》里,庞余亮描写了我们的分裂状态:日子与内心;善始与恶终;公共与隐私。你把它看作诗歌与世界、诗人与其他人关系的某种隐喻,也未尝不可。诗歌就是遗世独立,诗人就是和其他人格格不入。诗人在理想中呼吸，诗歌在生活的反面。读读这首《缓慢地转身》吧：

缓慢地转身/我厌恶我自己！/多少年代过去了/九十年代在缓慢地转身//那个年轻人还在举着他的头颅/他的专注，他的瘦削/我不知道怎样说自己/九十年代在缓慢地转身//数不清有多少人在我心中消失/我命令我安静/可是心很疼/九十年代在缓慢地转身。

这样的诗，已经把人、把事远远地放到了一边，游走到了更远的地方。人生如梦，诗人们恰巧醒来。有的诗人说："有约不来过夜半，闲敲棋子落灯花。"有的诗人说："前不见古人，后不见来者。念天地之悠悠，独怆然而涕下。"再听听法国诗人徐佩维埃尔的说法吧："死人背上只有黄土三指/活人却要把整个地球背负。"

有的诗人游走室内，有的诗人攀登高峰，而有的诗人，则桂花树下，并肩吴刚，与玉兔一样置身月球。卫星围绕行星，行星围绕恒星。所以，有的诗歌是家常式的，有的诗歌是登临式的，而有的诗歌，则坐地日行八万里，巡天遥看一千河。所以，有的人写到了小的寂寥，写到了个人的痛，但有的人写到了大的孤独，写到了人类的苦。

"你要知道，愈高的枝头/总是摇晃不已"（《愈高的枝头愈是摇晃不已》），在诗歌中，庞余亮游走得越来越远。此身游子，此心赤子。不管走到哪里，青春依旧，热血依然。

（作者系靖江市委政法委常务副书记）

家与国的文学表达
——读沈华、丁琦长篇小说《追寻》

顾小平

历史题材的小说不好写,而有着人物原型的历史题材小说更不好写,既要保证故事的史实性和准确性,也要具有一定的艺术性和创新性。

长篇小说《追寻》叙述方式质朴自然,创作时作者小心翼翼,诸多人生哲思蕴含其间,令人回味绵长。运用家庭生活细节,把人物放在具体文化背景中,任其在符合历史真实状态下自然而然地成长,使人物的生存环境,行为心理,有着清晰丰厚的特定历史内涵和感性形态。从而成功再现了自二十世纪三十年代以来跨越半个多世纪的历史情境,展现了一幅栩栩如生且真实可信的艺术画卷。

小说以丁孜的人生为主要线索,他的大哥丁振伍是黄埔四期政治大队学员,成为国民党的高级将领,两个姐姐,大的叫桂兰,小的叫秀兰,二哥丁献伍排行老四,是跟着村东的大毛豆偷着出门,当兵抗日去了,对机械制造有着浓厚的兴趣。家里五个孩子,丁孜最小。

作者对当时社会生活和人物形象的精心重构与创造,使得丁孜、丁家训、丁振伍、丁献伍、两位姐夫、邻居老根头等艺术形象具有了丰盈的生命力和强烈的感染力。作者花十年时间,写的是父辈人的成长、奋斗、立业、成家以及人生的艰辛历程。故事十分贴近生活原型,烟火气特别的浓厚。

长篇小说《追寻》,以真实的人物丁孜及其家人、同学、朋友为创作原型,通过艺术再现了近百年来中国人民为民族独立、平等、自由奋斗的历程,讲述了中华民族的优秀儿女,有血有肉人物的群体形象及跌宕起伏的命运悲欢,全方位展示了各族人民不屈不挠的奋斗精神。

小说是从丁孜随父亲丁家训前往西安大哥家开始写起：

> 丁孜第一次出远门，是随父亲丁家训伴着隆隆炮声，从苏北的滨海前往西安大哥家。父亲习惯说"前往"，是因为读过书，认几个字的缘故。其实，兵荒马乱的年月，更确切地说是"逃亡"。

短短的84个字，已经把主人公丁孜出远门的来龙去脉、前因后果交代得清清楚楚了。文字干净利落，背景是兵荒马乱的时代，地点是从苏北滨海去西安。一开始，作者就交给了读者一把小说的钥匙，从而打开了小说的世界。丁孜就是拿钥匙开门的人。

这一年是1937年，丁孜13岁，小说沿着丁孜成长、求学、投身革命、参加地下工作，一步一步向前推进。以丁孜的个人命运与大哥、二哥、大姐夫、二姐夫之间的亲情关系和以丁家训为核心的家庭关系展开，发展到个人—家庭—国家之间的情感，他们都是爱国的，守着亲情的，从而演绎出了国家—家庭—个人的人生情怀。小说既写一个家庭的发展，也挖掘中华优秀传统文化所蕴含的人文精神，探求民族发展的根脉与基因，彰显了作家对于铸牢中华民族共同体意识的文化自觉和责任担当。

丁家训本来是带着丁孜到大哥这里躲避战火的，他们没有想到日本人也打到西安了，以至他们到了大哥家，大哥十天后才从前线回家。尽管丁孜还不太懂，年龄还小，但他已经意识到了全国都在抗日，躲是躲不掉了，也没有办法躲了，只有抗日才是唯一的出路。大哥告诉他，只要坚持下去，日本人迟早会被赶出去的。

一直没有音信的二哥丁献伍，其实大哥是知道的，大哥悄悄告诉丁孜，原来二哥与大毛豆是准备一起去延安的，可是没有去成。当时，丁孜还小，二哥在村里没有几个朋友，只有大毛豆愿意跟他玩，大毛豆的爷爷是在东北被日本人用刺刀插死的，就这样他们瞒着爹娘，一路乞讨，一路寻找抗日队伍。哪想到，才走到半路，大毛豆得了传染病，没几天工夫，就死了。后来，二哥找到了大哥，大哥把他送到了部队培训中心读书，二哥作为黄埔十六期的学员被编入炮兵第二队。十个月的集训，从理论到实践，他的每一门成绩，都是出类拔萃。掌握了每一种大炮的构造、性能和用途,掌握了使用和维修技术,掌握了在极其复杂的条件下如何摆炮布阵,最后随部队赴缅甸抗击日军。

小说沿着丁孜人生之路发展,以丁孜为轴心展开,在大哥、二哥、丁孜周围有许许多多中华优秀儿女,有一群人,寻找散落于历史尘埃中的理想主义者,重新聚集起他们的精神和血肉,他们都有一个共同的心愿,追寻在漆黑深夜引领百姓向上的灯盏,虽九死而不悔,所谓"人间正道是沧桑",团结抗日。确曾有这样一批人,人和人在不同的地点,都可能再现他们的身影,区别只在于是不是为国家做事,为人民做事。

不仅如此,作品所体现的精神向度,又与二十世纪三四十年代生的人的理想主义价值观相映衬,使小说忠实记录了那一代人的人生基调和审美底色。大体说来,那一代青年人面对物质匮乏,他们的追求就是中国独立,民族解放,人民安居乐业,不惜牺牲生命,信念对他们来说是充实的,对理想价值的追求是坚定而彻底的,未必能为今天的人完全理解,可能现在的人们不容易想象。作者通过一部家族史,向读者讲述一代人的努力与拼搏,让人们去理解如今的幸福来之不易。

历史学家记载重大历史事件及人物,梳理社会演进的逻辑线索,文学家则能够使人们沉浸在消逝年代的浓郁生活氛围中。作为"50后"的作者,沈华与丁琦的经历、感受及积聚的情绪印记都有"亲身经历的真实",使年轻的读者们对小说内容感到新奇、诧异和逐渐理解,这个觉悟过程带来文学阅读的充实。书名"追寻"就属于含有特定意味的符号。人们在追求,在寻找,折射出的有志青年的理想和目标。

丁家训喜欢有文化的人,周先生很快与丁家训成了朋友,三个儿子都成了周先生的学生,周先生还传授丁家三个孩子爱国救民的道理,抗日不仅仅就是扛枪打仗,还有许多事件都是为抗日前线的战士打仗而准备的。

然而,这部小说是以一家庭的兴衰变化为背景创作,书中人物是有原型的。生活细节相当的扎实,其表现手法之一便是扑面而来的浓浓生活气息。这生活气息从何而来?无疑与作者的生活经历有关,在本书中,作者注重在创作与生活之间建立血肉联系,凸显"红色题材作品"的价值。作者注重史料剪裁,将海量历史信息由八十多万字减少到五十多万字,逻辑清晰,语言简明,透过故事写精神。丁孜作为地下党组织的外围人员,他向党递交入党申请书。特殊年代下,丁孜的入党问题，一直是这部小说的另一条线索，牵引着小说的发展。人世间有时有许多事件不被理解，不被理解的事件还在情理之中，也就是人们所说的在情理之中，又符合发展逻辑，可是不被理解，这就构成小说的神奇与魅力。

奇可以同美结合，一个人，一件作品，可以美得出奇，人们读小说，如果仅仅满足于猎奇，那审美趣味也是不高的。话本小说以反映市民现实生活为主，曹雪芹的《红楼梦》，巴金的《家》等，对于家庭描述，是一个巨大的进步，它们把家庭与社会的发展紧紧连接在一起。曲波创作《林海雪原》是出于对自己战友的深切怀念，小说中的主要人物杨子荣、高波都有现实原型，写到杨子荣牺牲时，他难以抑制自己的感情。这是小说的进步，把小说的神奇之美凸现到一个高度。在那些涉及家庭，涉及个人前途与命运的作品中，神奇的魅力越大，给予读者好奇心的满足越大，对现实的认识与思索越深。

1947年夏天，丁孜考上了南京国立戏剧专科学校。他被吸收进了学校的读书会，这个读书会是地下党的外围组织。学生会成员陆久汝找到丁孜，说是一位姓周的先生转告问候，并知道他的具体情况。

丁孜突然说，"我有个想法，不知当说不当说？"

"说。"

"我能加入中国共产党吗？"丁孜吐字清晰。

"能，当然能。但要接受组织对你的考验。"陆久汝说，"这样，你写份入党申请，把你的简历，特别是对党的认识写清楚，交给党组织，好吗？"

"好！谢谢组织，谢谢陆久汝同志。"丁孜握着她的手，心里万分激动。

这些丰满动人的细节，让红色经典有了温度，也让读者看到丁孜对党的热爱。文学以情动人，如果说红色文学的原型带给我们第一次感动，那么沈华、丁琦对红色文学诞生过程的挖掘则带给我们第二次感动。作者写出老一辈无产阶级革命者的初心，将书本中对象化的红色文学经典"塑造"成可亲、可感、可爱的鲜活形象。

丁孜一心一意要入党，他的行动引起了当局的注意，并且被列入了黑名单，组织要求迅速撤离，并决定让他们一行五名同学去温州的解放区。虽感突然，丁孜坚决服从并执行。入党问题，组织上说马上批下来，让他放心，到了解放区都会衔接好。丁孜他们五个人去往温州的路上,情况发生了变化,被通知返回平江。

作者不是为展现时代风云而描写斗争的艰辛,而是在尖锐复杂的斗争中充分刻画人物,使人物贴近历史,接近生活,解剖其灵魂,展示其命运。也就是这次,丁孜没有到达解放区,纷繁复杂的变化使入党的事再次被耽搁了。从发生在丁孜身上的事件中,我们可以感受到时代气息。小说不是从人的观念关系出发把握社会生活,而是从事实的关系出发切入社会冲突。就是在这样的情况下,也说明了一个真正的共产党员对党的忠诚与信仰。作者超越了一个革命者是否真正入党之间的观念冲突模式,真实地把握了这些复杂尖锐矛盾背景,尽显当时革命的艰巨性和复杂性,更加彰显红色题材的力度。

《追寻》写的并不是权与钱运作险恶,也不只是人际关系的高度紧张与相互防范,而是共产党人不计个人安危、不计家庭得失,为了民族解放事业的真实奋斗历程。丁家训求的是一家人能在一起,平平安安就行,丁孜也是追求平平安安的生活。丁家训求的是暂时的,而丁孜求的是长久的;丁家训求的是一家平安,丁孜求的是天下平安了,才有家的平安。丁家训与丁孜是一对矛盾,更是矛盾的统一。

丁孜在南京上学期间,接受了进步思想,秘密加入地下党的工作。特殊年代、特殊时期、特殊环境,丁孜在看不见的战线为党工作,完成了党组织交给他的任务,利用他大哥丁振伍在国民党内的职务和身份作为掩护,出色地完成特殊任务。可是入党这样的事却因为这些"特殊"情况,而一拖再拖,这也成了小说发展的一条重要线索。这些情节的捕捉与描述,让小说显得尤为深沉和厚重。

丁孜的大哥在南京宪兵司令部任上校督察官,负责对宪兵的培训。经过组织同意,丁孜设法打入敌人内部,获取了大量有价值的情报,并做好大哥的策反工作。一面是党的事业,一面是大哥的前途与命运,这又是一对矛盾,恰恰在这个问题上大哥与丁孜的矛盾一致。大哥还通过朋友关系把丁孜安排到了青岛的宪兵司令部。小说借丁孜之口深刻地指出:不是针对大哥个人,是针对国民党反动派。大哥为抗日做过贡献,仍然希望他与人民站在一起。丁孜进入了敌人内部核心部门,随时都有牺牲的可能,这使他进入单线联系的工作状态,且不能暴露自己的身份。

《追寻》这部红色题材小说,通过一个家族,两代人的经历,达成了腰封所说

"一部时间跨度长达百年的近代中国局部叙事"。作者在写作中探寻文化、历史或地理的遗迹，在时间向度上追溯人世的变迁，这既是写作者对于时间的认知，又体现着时间恒久的力量，它让我们穿行于革命年代的艰难岁月中，从而明察那一代人的付出与伟大，无论是描摹生活的真实和情感的真挚，还是刻画历史的体察，都让人在时间的光环里，带着自己的眼光和思考，从而找到一个处于更大历史格局和时空坐标中的自己。

在中国当代文学群星般的人物形象中，共产党人的形象无疑闪烁着最灿烂的光辉。这一方面取决于中国共产党的地位及其对当代中国社会产生的重大影响，另一方面也和富有使命感与责任感的新老作家审美意识的不断更新具有直接的关系，对这些共产党员形象的全面认知，具有社会学和美学的双重意义。

小说中始终有一股浩然正气在流淌，使整个小说基调明朗向上，因而《追寻》比一般红色题材小说高出一筹，为当代隐蔽战线人物书写贡献了一个新的独特而又丰富的地下工作者的形象——丁孜。他的出现自然合理，给人以真实的感受，是立体的人物，是平民的，又是高大的。这不能不说是作品的独特魅力，它理智而智性，洋洋洒洒近六十万字，叙述老到沉着，不动声色，摇曳生姿，充满变化，最大限度地满足了读者审美的欲求。

平江回到人民怀抱，组织上重新给丁孜分配工作，他坚决服从组织安排，有一件事向组织打听一下：

"我在1948年3月向组织递交入党申请书，之后组织告诉我，申请快批下来了。我的那份申请书还在吗？要没有了，我想再重新写一份，表达我的愿望。"丁孜看着蔡干事说。

蔡干事接着鼓励丁孜："战争时期，什么事都可能发生。你别太急，去那里后，可让组织出面再帮你找找。这样，你先积极加入共青团，入党的事也要接受党的考验。你好好表现，我想你的愿望一定会实现的。"

就这样，丁孜丢下家庭和个人的事又踏上新的征程。具体说来，构成小说下半部叙事焦点的核心物事，也是沿着丁孜入党而再次向前推进。在红色文学中，有时人物的行动、行为有可能不被当下人所理解，但那是他们坚信心中的理想的体现，是符合逻辑的。那正是他们宝贵的精神所在，无条件服从党组织的安排，这是党员的天职。的确,从红色文学作品中,我们看到了前辈内心深处的坚强,他们从来没有忘记过初心。那些精神依旧影响着我们的价值观念、审美趣味甚至言语方式,是一份宝贵的精神遗产,能发挥赓续优秀传统、助力立德树人的作用。

丁家训一家人走南闯北,冒着战火连天的风险,一家人你惦着我,我惦着你,在一定的程度上也体现了社会的责任感,这些都为后来兄弟三个人始终如一的爱国为民情怀打下了扎实根基。

《追寻》书写的是一部家族史,不同的人在不同的岗位,始终关心的是国家命运。小说深入挖掘,灵活运用历史资料和现实素材,细节鲜活,同时善于探寻人性的秘密,倾听风云激荡在人心深处激起的波澜,彰显了具有典型意义的家国情怀,传递出作者极为强烈的使命感与人文关怀,包含厚重的思想含量和巨大的审美内涵。这部长篇力作体现出了对红色历史题材的独特把握,在宏大叙事中融入文化个性,强调一个革命者后面,必定有一个家庭的支撑,写出了家与国的关系。写家庭,而家庭并不是真正的描写对象,更多的是写家庭在社会中所处的地位。在抗日期间,一个完整的家庭被搞得四分五裂,各奔东西。小说通过这样的描写,激发爱国热情,深刻把握世道人心,使得作品主题层面高远大气。

丁孜后来由于工作需要,调转了几个单位,每次到了新单位,都因为档案转来转去,不知道中间哪个环节发生了什么情况,入党问题未解决。每次都是告诉他,让他放心,组织上马上批下来了。1955年,丁孜由司法机关调到了平江石料公司,第二天公司书记找他谈团的工作,丁孜向组织交上他一生中第二份入党申请。通过写丁孜入党过程,以及入党的曲折等,是为了更深地把握人物心灵与追求。从这个意义上说,《追寻》是一部极具特色并颇显气象的小说。它写出了一位对党忠诚投身革命的革命者的进取精神,写出了他身上蓄积的深厚的优秀品质,以及由此涵养着的坚韧不拔的性格,在总体立意、谋篇布局上,都比较完整地展示丁孜的心路历程,反映了一段革命史和中华儿女为国家做出的贡献。

革命者的后代写前辈,把那些隐藏在背后的人的历史活动揭示出来,那可是一个家的精神支撑。在现代化的要求下,有些人已经不记得过去了,已经敌不过现代化浪潮的洗礼,失去正气和传统的个性。《追寻》正是带着这种深切的政治和文化的焦虑,作者的洞察之处,还不在于现代化本身的力量,而在于不要忘了初心,初心的力量是大的,正如丁孜不管遇到什么样的困难,初心不变,初心不改。大而言之是中国政治,小而言之则是一代人的精神所在。无论自己受了多大的委屈,最后都以党性原则化解了,服从党的决定。

在运动中,丁孜从法院到石料公司,又到采石场,再调到收购站的屠宰场,后来被带到了"群专部",被诬陷为叛徒。凭借对党的坚定信心,丁孜竭尽全力,挣脱了重重压力,这是对党,对党的事业的一种无限的忠诚和热爱。四个多月的审查后,丁孜回到了屠宰场接受教育。

1957年,丁孜大哥丁振伍被定为"右派",后来纠正了过来,随儿子去了新疆。尤为难能可贵的是丁振伍在新疆积极投入当地建设,与新疆人有着朴素而真挚的交往。他宽厚、诚实、守信,乐于扶危济困,助力民族团结。不论过去,现在还是将来,民族团结都像阳光、空气和水一样重要,作家笔下的丁振伍就像一面镜子,是新疆各民族共建美好家园的真实写照。

二哥丁献伍在运动中受到了冲击,凭他的技术创办了阀门厂。后来,当这个老厂面临倒闭时,丁献伍以一位老技术员的身份,把儿子也培养成了技术骨干,让儿子在危难的时候接下阀门厂,保住了工人的饭碗。党组织在他的悼词中说,丁献伍一生热爱科学、尊重科学,抱定科学救国、科技兴国的志向,为军工,特别是先进的装备和技术的运用与维修培养人才等。他有六个项目获得了国家、省科技发明或技术进步奖,有五个项目填补了国内空白……这些使得人物形象具有丰盈的生命力和强烈的感染力,谱写了民族团结一家亲的文学乐章。

大批老干部都重新出来工作了,那年春天,丁孜离退休年龄只有五年时间了。县委组织部和食品系统组织部门找丁孜谈话,肯定了丁孜为新中国建立和建设做的工作,要把他调回县里工作,他向党组织再次提交入党申请书。由于隐蔽战线的特殊性,还有一段历史被模糊。入党是丁孜一生的愿望,他又要接受组织考验了。

直到离休,丁孜还没有实现愿望,组织告诉他,离休了还可以入党。于是,丁孜离开了工作岗位也没有放弃自己的追求,他的一生就是为党为人民工作,这是信仰,他再次恳请组织考验。

作者以丁孜为原型,树立起一个无私无畏为党工作的形象,作者并没有停留在对丁孜的表层性格进行普通化书写上,他还写出了英雄与普通人两种性格因素的矛盾冲突。丁孜经历了一次又一次的考验,并随之产生困惑、痛苦、孤独等复杂情绪反应,但是他的追求始终没有变,始终以党性为原则。作者为读者奏响了一曲植根于现实环境中的当代共产党人的英雄交响曲。

进入新时代，文学创作走出了一元化的格局，形成了多元共生的局面，一批关注现实、关注政治、关注红色经典、关注最广大人民利益的小说成为"多元共生、众语喧哗"文学语境下的一道独特风景。在此背景下解析《追寻》，相信其意义是多样的、深刻的，它的确是一部有着丰富内涵和阐释空间的上乘佳作。从小说的叙事美学来看，作者将人物置于故事中心，通过对形形色色的人物的塑造，来揭示和表现特定时期特定人物思想、情感、性格、心理方面的变化。丁孜的历史存在本身，为小说提供了一个精彩的可延伸的故事题材。纵横开阖、惊涛狂卷的历史变化被写得丝丝入扣，不同的人生价值观、伦理道德观等生动地塑造了不同思想，这一切都有时代的印记。

退休后的丁孜，到了市文联诗词协会做副会长，在一次老战友聚会的时候，他的老上级问他有些事为什么不向组织讲明白。丁孜说："1949年，你从东北把我接回上海的途中，你慎重地对我说，关于在青岛工作的这段经历，你不能对任何人说，要永远烂在肚子里。""没有组织的决定，我能擅作主张自行解密吗？这可是命令啊？"从这里可以看到他对党是无限的忠诚与服从。作者坚持对人格品性进行书写，环境与时空虽变了，但人心不变，人性永恒，

一本书的可读之处，除了精彩不断的故事和感人的细节，还在于人物是否具有拨动读者心弦的命运，因为这是每一个生命个体最关心关注的话题，也是一个常谈常新常变的话题，作者显然深谙命运对一部作品的重要性。《追寻》紧紧围绕着丁孜的命运、家庭的命运逐渐开展叙事，在国家命运中书写个体命运，顺水推舟地在丁孜的命运中巧妙埋下一个伏笔，下半部围绕着这个伏笔展开。入党这件事，是丁孜一生的心愿和追求，他的工作特殊，有些事又不能直接说，内心的矛盾只能压在自己的心中。这种矛盾冲突是痛苦的，但无论怎样痛苦，对党的信念永远没有变，这条生命之河始终朝着梦想奔涌不息。

2011年5月，丁孜得知县老干部有一个入党积极分子培训名额，八十六岁的他便报了名。学习结束的当晚，写下了一生中第三份入党申请书。由于青岛的那段历史，还是被搁浅了。

小说沿着丁孜入党的问题已经发展到了一个极点了，几乎把故事都写全了，也有交代，可是作者还在继续往下发展。这是一个现实题材的小说，单纯又复杂，人性和野性混合。一部好作品的标准之一，就是一句话说不清楚的主题。然

而《追寻》永远有一个主题,对党忠诚。在文学创作中,常有一句话"来自生活高于生活","生活比小说更精彩"。九十岁那年,丁孜住进了医院,孙女丁雪看望爷爷,刚坐下,他对丁雪说:"你爸爸告诉我,你已转正了,现在是中共正式党员了。"这个时候,丁孜要求孙女做他的入党介绍人。丁雪说,哪有孙女做爷爷介绍人的?丁孜便拿出了从报纸上剪下的新修改党章注解说:"只要符合条件,就是亲属也可以做入党介绍人。"作者对素材处理得举重若轻、游刃有余,这得益于其对材料的熟悉与了解,以及对这些事件生活的切身体验。小说不仅反映了人生在历史的长河中人性的冲突和无奈,更写出了人性独有的光彩,刻画了一个血肉丰满、生动鲜明的光辉形象。

九十三岁时,丁孜离开了人世。他的女儿、女婿、孙女三名党员商量后,在丁孜的骨灰盒上覆盖了中国共产党党旗,并放上党徽、党员手册、三份入党申请书,以及丁孜出版的诗集和散文。这不但是故事的升华,更是人格精神的升华,把丁孜对党的热爱之情写到极端,可以说胜过了千言万语的力量。这是一部超越了忠诚和一部关注个体命运的荡气回肠之作。每一次的入党申请书,都是生命的洗礼,也是英雄释放的别样光芒,阅读《追寻》或许能够帮助你重新认识生命的本质,对现实、对历史和命运的理解更深刻。

(作者系苏州吴中经济技术开发区星影光亮影视文化艺术工作室经理)

"中间人"的身份追寻
——论《以鸟兽之名》游小龙形象价值

廖泽宇

孙频的小说《以鸟兽之名》[①]以城市人回归山林为故事开始的动机、引线，逐层拨开"陌生的故乡"里隐秘的人和事，塑造了一个极具艺术特色的"中间人"形象——游小龙，对身份认同的思考也由此展开。

游小龙的初始身份是山民，但不同于《天物墟》中一辈子待在阳关山的元老师那般彻底成为山林深厚底蕴的代名词，游小龙受过教育，向往文学，但又不像"还乡者"李建新一样能出走都市，于是，游小龙成为在县城中背靠山林，目瞽文明的"中间人"。这个微妙的地位使得他能够自由地与李建新交流，以一种适应现代都市文明的方式介绍山林，但是永远无法走出山林。这一中间人的存在，既向李建新和读者这一方"引荐"了阳关山的文化人情、鸟兽草木，又展现了无法出走原生阶层束缚的探索者的悲剧。一个在城市化进程中陷入身份焦虑困境的社会阶层浮出水面，对身份认同的寻找之路，也由此展开。

一、"中间"客观身份

从客观身份上来讲，游小龙首先是山民中的一员。这是由出生决定的不可改变的事实，同时也是故事"现在"时间线上游小龙自我认同的身份。山民是孙频在《以鸟兽之名》中塑造的背景群体，也是主视角李建新独立考察的对象。从

---

① 孙频.以鸟兽之名[J].收获，2021(2):4-33.

李建新每次前往大足底小区考察的结果中，孙频构建出了一个脱离山林的山民社区。这些人已搬迁至县角，但是山民的根性却没有因此受到一丝一毫的影响。他们忌惮平原的歧视，谋求对过去生活的延续与保护，拥内排外，形成一堵坚不可摧的城墙，自始至终未能接纳县城的一切，在精神上也从未走出过山林。在故事叙述中，游小龙来自阳关山的小山村，也随村民迁至大足底小区，而且家庭和工作决定了他的条件并不富裕，从游小龙的客观条件来看，他无法摆脱与母亲、弟弟共有一套小平房的经济状况，也无法脱离社区，脱离山民的社群。这正是牵扯游小龙"中间"身份的其中一端。

但是游小龙在故事中并没有与大足底小区的山民彻底融为一体，"城市文明浸染的文化人"是孙频在叙事中为游小龙设置的另一端身份制衡。

游小龙相较于大足底村的其他山民更早地从山林来到县城，环境的变迁是促使深埋在群体里的个体意识被唤醒的重要因素。他和李建新一样，上过大学，经历过都市文化熏陶，是县城里少有的文学青年，二人共同工作于县文化馆。这也是游小龙反抗、逆行、寻找身份定义的起点，是他"中间"身份中对山民一方的排斥力。游小龙与李建新有着共同的现代语言（普通话），符合都市社会人的审美与价值观念，谈吐不凡，文质彬彬，衣装得体，更有着现代的思想观念，这是故事核心背景群体不拥有的"向外"的变量。

孙频在故事一开头便直接将来自山林和读过大学这两个客观因素呈现给读者，但是读者需要在故事的层层展开中才逐渐体会到这两个简单的因素给一个富于思想的人带来了怎样痛苦的挣扎。孙频通过同事关系、文化经历的相似性以及两端牵扯的"中间"身份在游小龙与李建新之间搭建了易于沟通的桥梁，这种主视角与主要人物间的密切联系，不仅能让读者自然地通过游小龙了解山林和山民的背景、文化，也使得读者能够迅速认识游小龙本身，更自然地接受、理解游小龙所传递的一切，进而去考究这样一个角色与山林复杂的关系，去思考这个角色的意义所在，能够看到文字表面以下身份追寻的悲剧。

二、"中间"行为模式

孙频在小说前半段极力描绘了游小龙的慎独态度、文学气质和精神洁癖。无论何时何地始终身着正装，身上永远纤尘不染，用"洁净"的梨下酒，这个自称山民的人更像一位绅士,从山林剥离出来,独特的气质难掩。这是一个山民出身者在"逆行"中所追求的理想人格。他向往美而有尊严的东西,"想从最贫贱的根子上长出一个高贵的人,就像在自己身上做一种实验"。为此他积极地与都市文明创造丝缕联系,尝试把自己改造成一个显而易见的"高贵的人"。而这种从着装到谈吐展示"高贵"的行为模式,也正是游小龙反抗旧环境束缚,尝试脱离山民群体,寻找全新的适应现代文明的身份所迈出的第一步。

然而,游小龙并不具备脱离大足底小区这个山民社群的条件。山民的自我保护、强烈的集体意识,致使身居其中的游小龙无法成为一名背叛者。游小龙的初步反抗,在这堵由山民组成的城墙上碰了壁,比起奋起、出走,他选择了行动上的妥协,精神上的承认。在长期的文明浸润下,他并不是像李建新一样彻底成为一个都市人,而是逐渐认识到自己是一个无法改变的山民,最多不过是一个"文化模仿者"。当李建新多年后再次来到游小龙身边时,游小龙已经放弃了没有结果的抵抗。实际上,这是一种觉醒意识下的自我保护,游小龙寻找到了可替代的精神寄托,他承认了自己的身份,认同了山林文化,开始转向对阳关山地方志与博物志的书写。

游小龙撰写的地方志是小说最重要的塑造游小龙与山林的情感联系的手段。全文中地方志一共出现了4次,借游小龙之笔,细致入微地描绘了阳关山的风物。游小龙的描述中,阳关山历史悠久,是"时间沉淀下来的文明本身",拥有最具生命气息的、丰富而独特的鸟兽鱼虫、花草树木,细致的内容展现出游小龙对阳关山深入的生态、地理研究,对历史人文的充分了解与由此产生的情感认同。但在地方志里极力书写阳关山美好的历史、风物的行为模式,并不同于《天物墟》中元老师那样本源的对地方文物的热爱,而是游小龙在发现无法走出山林后,二次定义身份的无奈与重新认识。在这里游小龙成了山林的代言人,他在不断的身份探索中才逐渐产生了一种对山林的特殊感情,这份特殊情感为他提供了逃避现实、安放灵魂的渠道,在文学的世界里活下去。并不是一般山民所能做到的,而是受过文化熏染而自发形成的一种特殊行为模式。

孙频借游小龙的地方志塑造了一个完整且富有生命激情的阳关山,舒缓了小说主基调中的悬疑色彩和阴郁氛围,让读者受到自然魅力的感染。在孙频回到山林、传播文化的意识之外,地方志的内容还避免了读者对山林产生彻底的抵触情感,能将片面的批判转向理性的思考。在不长的篇幅里,孙频完整地展现了游小龙的心路历程，这不是李建新与游小龙短暂相处时间里在对话中显示出的转变，而是游小龙整个人生的自我认识过程。向往文明和认同山林本是两个相对立的立场，但当孙频将这两种立场融入游小龙身上两类特殊的行为模式——"慎独、精神洁癖"的行为模式和"书写地方志"的行为模式时，二者自然地融合了起来，并达成了一种独特的属于中间人的平衡，让游小龙可以在山民社会中独自追求高贵、诗意，又可以把这种高贵、诗意赋予自己所认同的阳关山鸟兽草木，把它们记录下来，仿佛为他焦虑的身份探索打了一针安定剂。但是这种平衡也意味着发展的停滞，他不再能追求阳关山以外的文明，也不可能放下所有精神追求回归原始的山林、山民社会，只能安于书写阳关山带来的一点精神安慰，永远地停留在中间人的位置。

三、"中间人"的责任

另一条把游小龙彻底束缚在"不能回归又无法出走"的中间人境地的锁链，是他自我定义的社会身份——"兄长"与"忠诚者"，这也是游小龙曲折的身份探索道路上的精神阻碍，是孙频角色设计中让读者耳目一新的独特亮点。相比于过去乡村小说中地域、文化、封建家庭式的外界束缚与隐晦批判，孙频小说中的游小龙臣服于自己内心带来的某种"责任自洽"。

游小龙出身山林，自幼丧父，要靠微薄的工资养着是"哑巴"的母亲和沉迷赌博的弟弟，出身阶层和原生家庭促使他成为一个"应当"扛起责任的兄长，但这只是游小龙悲剧的表象。孙频用对游小龙的语言描写让他为自己勾勒出一个可怜乡民的形象，这也是她角色刻画巧妙的地方，游小龙所自我表达的，不过是他所期望的自我解释。

"建新，你觉不觉得，最理想的人格里必须要有牺牲精神，而且是为那些看不见的东西牺牲自己。"

在这段话中，孙频对游小龙特殊心理的展现达到了高潮。他主动承担责任，主动牺牲自己，而事实上他在无形中将弟弟与母亲的不幸一直延续了下去，似乎只有这样，才能给他这个兄长持续输出能够"负责"的机会。即便他清醒地认识到弟弟的旧习难改,但仍然选择所谓的"相信",不断给游小虎机会,这甚至成了游小龙的宗教,成了他自我感动的渠道,似乎从中获得了生命的意义。当他意识到,弟弟的堕落其实是自己精神解脱的副产品时,他才终于向李建新吐露心扉。

孙频笔下的游小龙固然有现实的掣肘,但是他在这种悲哀的家庭状况中找到了某种自我价值的满足,因而耽于现状。这种别具一格的形象,是作者做出的角色突破。

孙频设计游小龙这段矛盾,甚至可悲的"责任自洽"的目的,正是以一种独有的方式彻底锁住游小龙这个角色。他不仅仅是被迫与山林文化融为一体,留在大足底小区的山民群体中,更是在长久的责任背负中,逐渐习惯于让自己道德舒适、精神满足的生活方式,甚至对此产生了微妙的迷恋。本来捆绑于游小龙身外的锁链,渐渐地挤入了他的血肉。这种受文明熏染的山民对身份的困惑,对衰败的现状进行不自觉的延续,以及背后深藏的责任满足感的矛盾,正是通过游小龙这个鲜活的角色展现出来的。

四、"中间人"的结局

孙频笔下的游小龙在故事的一开始便已经看清了自己的命运,通过情节的展开,这种命运产生的缘由逐渐清晰。游小龙是作者着重描写的山林文化在时代发展中的缩影,呈现在读者面前的是在自我封闭路上渐行渐远的山民群体,无法适应文明进步的山林文化,以及在探索之中逐渐迷失的身份。

流畅的沟通与相近的价值观念使游小龙能够与李建新和读者面对面交谈,但仿佛又隔着一道铁窗。出身阶层,社群限制,责任的自洽与舒适圈,是游小龙最深的桎梏;对文明的向往,高贵的追寻和自我期待,又始终让他魂牵梦绕。他清楚地看到自己与山林、山民的关系,以至于他明白他所做的斗争终将指向一个无法完全融入都市文明或者山林中的任何一方的境地,只能背负枷锁成为一个悲哀的中间人。

不过作者并没有将游小龙塑造成一个纯粹的悲剧人物。这份清晰的认识,最终让游小龙作为一个中间人来记载山林的一切,欣赏、发掘鸟兽之美,并自豪地分享给李建新,某种程度上来说,这也是他作为一个知识分子在这样一个无法逃脱的环境中能够达到的最好的归宿,他在对山林的不断回望中认可并接受了山民身份,并在这个身份中寻找自豪感与归属感。

像游小龙这样的中间人构成了一个特殊的社会阶层,作为社会文化的一种形变,他们都是撕裂的,都是往返于两种生态之间的彷徨者,是现代文明进程中所不可少的牺牲品,正是他们沉积出了时代往前的一步。对于游小龙而言,这一步就是他对李建新最后的请求,也是为什么他将那本数年来的心血交给了李建新。而李建新作为一名重返故乡的逆行者、创作者,最终遇到了游小龙,仿佛就是都市文明对古老而神秘的山林文化接纳的开端。至此,锁链下的中间人游小龙也终于结束了与一切束缚的对抗,结束了对身份定义的追寻。他借李建新之笔,以鸟兽之名,将山林与山民草木般的一生记录下来,赋予他们存在的意义。

最后李建新、游小龙、游小虎来到大足底村时,"水鸟掠过时在湖面上划下一道水痕,那些倒影便被无声地揉碎,很快又重新愈合",游小龙做出过的抵抗也不过是一抹涟漪,转瞬即逝,不留痕迹。游小龙其实是城市化时代里许多流动人口的缩影,他们或许是来自乡野、山村、农村,进入大城市打拼和漂泊的人们都有大同小异的游小龙式的痛苦。在大多数情况中,游小龙们选择了承认,选择了适应,选择了让自己最深刻的思考也永远只是一种思考。

孙频在与李洱、梁鸿的对谈①中提到,快速发展的物质时代下,所有人都在追求更能代表当代文明的一些东西,但是孙频认为在这样一个社会趋势下,"一定会有人逆行,向那些古老的、蛮荒的、寂静的地方去寻找、去写作"。孙频在她的创作中试图与那些千年前的村庄,新石器时代留下的文物,商周时代的古玉等最古老的时间痕迹发生连接,并在这个过程中,去寻找关于人的新的发现。

在《以鸟兽之名》中,孙频延续了她的"逆行"之路。她把整个小说架构在诗性空间的整体性之上,运用方言、鸟兽、森林、花草、月色、地名等诸多艺术元素,组成了色彩缤纷而具有浓厚乡土风俗气息的画卷,这是她在"逆行"山林时接触到的古老的自然、文化痕迹。在痕迹背后,孙频挖掘出了在历史与现实,传统与现代的沧桑变迁中"下山"群体的伤痕,他们因为自然的变迁、城市化的进程不得不离开世世代代生存的山林,却很难摆脱地域和出身阶层的烙印,这种烙印既有物质上的局限,也有精神上的藕断丝连。身份的焦虑是时代的症候,在游小龙这

---

① 高丹.孙频《以鸟兽之名》:寻找并写作那些古老、蛮荒、寂静的地方[EB/OL].[2021-05-21].https://www.thepaper.cn/newsDetail_forward_12782919.

一类在乡村与城市间游离的人们身上格外明显,他们尝试脱离的过程往往是充满焦虑和痛苦的,而且并不存在尽头。有些人在探索的道路中迷失了,彻底失去了身份认同,有些人在探索之后不得不走到中间人的境地,与身份达成一种无奈的和解,转向其他形式的自我认同,得以保护摇摇欲坠的精神支柱。

孙频在"逆行"中将山林的美好和山民面对的残酷现实共同展现,在传统故乡题材的城乡二元对立维度外,通过"中间人"的形象发现了新的思考角度,揭示了"下山"群体的时代困境,探讨了文化与身份认同对人们生存状态的重要影响,为乡土文学的书写提供了新鲜血液。

(作者系扬州大学文学院学生)

短小说非常考验作家讲故事的能力
——王啸峰《虎嗅》里的市民文学

陆　萱

出生在苏州,生活在南京的城市文学作家王啸峰并未将视角放在某一个城市,他笔下的作品可以用"新江南城市故事"来概括。读者可以看到苏州、南京街巷、楼宇之间的影子,捕捉真实的市民生活。

小说集《虎嗅》包括 24 篇短小说,在创作前,王啸峰并未走进 24 位主角的生活,虽然时常接触到厨师、快递小哥、文员、保安等,但他们的家长里短、喜怒哀乐到底有哪些,他们的生存状态和情感经历是否能代表当下城市基调,他都不清楚。带着这些问题,他在高铁上、地铁里、小吃店中仔细观察,尽其所能采访、对话、搭话。结合近几年关注的几十个人物原型,经过聚焦、提炼,形成了一组立体的城市百姓群像。

《虎嗅》的故事发生地是具有现代性和竞争力的城市,但并未脱离生活的质感。"她老练地先去特价区看看有什么便宜货。关门前一小时,超市会低价处理一些生鲜食品。她边看边挑,不是嫌快到保质期,就是嫌品质不好。突然,几捆碧绿的茴香菜映入她的眼帘。她捧在手上,细细端详。新鲜的茴香菜散发出特有的熟悉味道。"《立春》里虚构的场景让我们回归日常,虽然茴香菜是作家设计的线索,贯穿情节的始终,但其也是超市常见的蔬菜,牵动主角的心也带出她寄托在熟悉之物上的对母亲的思念。同样讲亲情的,《小寒》中的人物就像我们身边刚高考结束的弟弟妹妹:"考取北方大学的那天,母亲跟他说,心里装得下江南一片湖,就能装下人世间。他扶着母亲,站了很久,直到母亲的身体渐渐往下坠,他才轻声对母亲说:'我们回去吧。'"亲情在小说中没有用过多的情节去铺垫升华,平实的语言、舒缓的节奏、往昔的记忆穿插,就像真实发生过一般。

因为观察并熟悉城市生活中的一切,所以王啸峰可以理解笔下的人物。《立冬》里面对生活与工作的选择时,她与他的心理拉锯不也是我们会面临的吗?一边是家庭,一边是事业,总有一方需要退让。小说结局是丈夫放弃自己的专长,调回本地从事培训业务,让妻子安心援藏。王啸峰在作家的创作谈里也提到,这取材于彭金章与樊锦诗扎根敦煌的故事。小说家有时候也会在故事里虚构另一个自己。《小雪》中的借调青年,与从事文字工作半生的王啸峰在文学中相遇了。"他选了一张临湖的公园椅坐下。凉凉的风吹来,他摸摸头顶,头发竟然少了很多,而他虚岁也才三十。城市规划建设特别好,湖比碧源湖大好几倍,四周高层住宅、写字楼各形各色,令他浮想联翩。看似简单的一户人家、一格办公席位,都是奋斗而来的。"这位在公园踟蹰的青年,更像是作家年轻时的状态。不管前路如何,他都会在这条路上走得稳健,不露声色。

在时代洪流中,每一个人都在经营着自己的一小方天地,孤独中也能找到自愈的通道。《冬至》讲述的是一对理发师夫妻的故事,街边不起眼的店面与熟悉的老客户,呈现了一种老城区的生活面貌。"坐着的客人全嚷起来了……她做了个大胆的决定,'唰'地给第一位客人围上白色围裙,操起打薄剪刀,认真地操作起来。大家闭了嘴,瞪大眼睛看着她……""老板娘啊,你这么能干,以前怎么没见你出过手啊?""我只能顶班,应急。""理得好啊!比亮哥还好,以后我来,就嫂子你给我理了!"理发师质朴的话,老顾客亲切直白的赞扬,真挚又朴素。当它们成为文学作品时,让读者了解的不是某个新闻事件,这些鲜活的形象更像是一帧帧弥补生活空缺的影像诗,让我们走进不曾记起的角落,重新温暖了奔波的内心。

《虎嗅》一书以"短小说"为特色,其中每一篇小说篇幅在3 000到5 000字不等,短小精练,描绘了一幅幅现代繁华而又温暖接地气的城市图景,市民的日常生活是小说的底色,贯穿始终。短小说的创作是非常考验作家的,既要讲好故事,有留白的空间,又要直击读者的灵魂,避免旁逸斜出。此外,王啸峰巧妙地用二十四节气为引,使小说集获得了内在结构的整体性与延展的可能性,让空间的视角转换到了时间的视角,每一篇都有相似的境遇,也有不一样的温暖。那些都市生活中的芸芸众生,王啸峰敏感地"嗅"出他们身上特有的味道,借助文学,传达普通市民对美好生活的追求。

(作者系南京《青春》杂志社编辑)

戏剧

活色生香的扬剧《郑板桥》

刘旭东

天地间得一好戏,须得天时地利人和。扬剧《郑板桥》就是幸得了诸种要素的一台好戏,编剧、导演、演员、音乐、舞美、造型之间相互成就,堪称完美,实在值得庆幸!

在我看来,《郑板桥》具有五美:结构之美、人物之美、文辞之美、意境之美、主题之美。

对于观众来说,结构之美虽然是隐形的,但却是有力的。编剧用一个楔子挑起了上下两篇,使得全剧结构形同哑铃,有一种对称之美,构成了艺术的张力。上篇是"十载扬州作画师",共有四节:《道情》《偷儿》《画枷》《前缘》,写了郑板桥与饶五娘的奇缘,与卢抱孙的结识,与张从的过节。楔子是"一枝一叶总关情",直写郑板桥到潍坊做县令开仓放粮一节。下篇是"任尔东西南北风",也是四节:《归客》《虹桥》《狗肉》《石头》,写其晚年再居扬州的故事,写得波澜起伏。全剧既有对八怪凋零的感伤,又有张从骗画的奇峰突起,还有卢抱孙案发被捕的不胜唏嘘,更有寒士赠阅《石头记》的"飞来石"一般的逸笔巧思。这种构思之奇特,针线之绵密,不禁令人叫绝。

人物之美主要体现在主角郑板桥上,还体现在配角卢抱孙、张从和饶五娘上。虽然着墨不多,但人物形象却呼之欲出。卢的爱才惜才、爱财贪财、以致官场沉浮,让人感慨。张从的飞扬跋扈、挥金如土、投机钻营,活灵活现。饶五娘的美艳痴情、开朗泼辣,真正是郑板桥的福星。这些人物的精心设置是别具深意的,卢抱孙代表官场,张从代表商场,饶五娘则代表情场,郑板桥的形象就在与他们的关系中得到塑造和凸显。

文辞之美在于剧中的唱词和念白。这是罗周创作的一贯特色。比如，郑板桥从潍坊卸任后回归扬州时与五娘唱道："五娘啦，不是板桥梦扬州，而是扬州梦我不胜愁。当初一别年岁久，那虹桥樱桃，隋堤杨柳，常记酒人个个，诗人某某，璨烂花径，点点沙鸥；思故地如美人，风流依旧；却叫她执手问，笑我白头。"这种唱词在全剧中几乎是信手拈来，俯拾皆是。

意境之美，既在一头一尾的设计上，也在全剧氛围的营造上。全剧以"板桥道情"始，以"板桥道情"终，加之中间又穿插一次。"板桥道情"的三次运用，实在精妙，既突出了板桥独特的个性，也强化了全剧的意境。而将板桥所画的兰、竹、石布局于全剧，既体现了板桥的精神，也烘托了全剧的意境之美。特别是郑板桥在墨竹图上题诗一节最为动人。"衙斋卧听萧萧竹，疑是民间疾苦声。些小吾曹州县吏，一枝一叶总关情。"这首千古绝唱，对全剧有画龙点睛之功。

主题之美集中在郑板桥的人格之美。他的为官之道，他的书生本色，他的为民情怀，他的文人性情，他的"诗书画"三绝的才情，他对生命意义的坚守……焕发出理想的光芒。这是作者笔下的理想人格，也是千百年来中国优秀传统文化的理想化身。从这个意义上说，扬剧《郑板桥》实现了其创造性转化创新性发展的真正价值。

扬剧《郑板桥》还有一大特色，就是正剧之中含有强烈的喜剧色彩。喜剧色彩是扬剧这一地方剧种的特色，但在许多作品特别是其古妆戏中是较难体现的。编剧却凭借过人的才情，挥洒自如地植入了许多喜剧元素，如郑板桥与五娘的离奇相识、郑板桥将夜访的卢抱孙误认作小偷、张从作为盐商的炫富出场、卢抱孙升官后回到扬州的春风得意、老糊涂用"狗肉骗画"的奇谋绝计等，都充满喜剧色彩。剧中，喜剧效果有时又得来全不费功夫，比如，板桥从潍坊归来，五娘一句"扬州房贵"，即赢得满堂彩。这种喜剧效果是编剧认识到郑板桥作为扬州八怪之"怪"与扬剧的喜剧特色有着天然的契合而着意创造的结果。

更为难得的是，用扬剧写扬州八怪的《郑板桥》，既有十分雅致的文学品格，又有充盈的市井气息。在人物关系中，在情节推进中，在台词唱词中，布满了历史信息，诸如盐商、官员、市民、家班、狗肉、嫁妆、彩礼、抬轿、戴枷、斗酒甚至三把刀，等等，都呈现了那个时代扬州生活的杂色，让全剧成为一面反映扬州历史场景和生活方式的多棱镜，色彩斑斓。

剧本是一剧之本，但再好的本子，也只是本子，它要立在舞台上，才算完成，这就需要表演、导演、音乐、舞美等各部门的全力配合。"扬剧王子"李政成是此剧成功的灵魂人物。他以极大的热情投入到该剧的创作中。从出场到谢幕，郑板桥这一人物的举手投足、唱念做打都是经过精心设计的。出场时中年的郑板桥，终场时年迈的郑板桥，身形步伐都有明显的差异。好演员才能如此细致入微地将人物内化于心，外化于行。他的唱腔和表演既有扬剧的底子，又有京昆的特色。剧中，他与郑板桥已经合为一体了。他让观众相信，他就是郑板桥，郑板桥就是他，他是饰演郑板桥的不二人选。因为此剧的成功，说他是扬剧表演艺术家，当不为过。其余配角演员都很称职出色，多次赢得满堂彩。

导演韩剑英与扬州扬剧团多次成功合作。在这部剧中，特别突出了"机趣"二字。李渔说："机者，传奇之精神；趣者，传奇之风致。少此二物，则如泥人土马，有生形而无生气。"此剧的机趣原是剧本提供的，但导演敏锐地抓住了这一特点，在舞台上做了放大和强调。如第二场小偷一节，显然借鉴了京剧《三岔口》的"误会法"，妙趣横生。还有，饶刘氏与郑板桥的讨价还价，张从出场时大摆炫富的派头，卢抱孙复出时颠轿一节中与衙役的打趣，老糊涂以狗肉骗画后，郑板桥与张从关于大糊涂与小糊涂、贪心与贪嘴的对白，等等，都深得机趣之妙，让全剧活色生香。

编剧罗周是不世出的个中高手。她写郑板桥，真正做到了同气相求，与郑板桥的精神世界合二为一了。她在历史、传说与民间故事中自由出入，为观众创造了一个她心中的郑板桥，用她自己的话说就是——

"我跟着郑板桥走过了繁华似锦的扬州，无数金箔纷纷洒落，迷离了众人之眼。我们走过纸醉金迷，它脆弱得像被美酒浸透的丝绸，而后，走入一片空茫，孤独又泰然。

板桥先生，平生好画兰、竹、石头，道是'四时不谢之兰，百节长青之竹，万古不败之石'，那便由着他挥洒瀚墨吧。剧中竹、兰、石三画，画出的是他自己：那'千秋不变之人'。

沉沦、放弃是何等轻易，何等常见。胆怯、贪婪、嫉妒、好胜、傲慢……都能使人迷失生命之舵，再一经雨雪扑打，不免直堕渊底。郑板桥呢，他始终如一，功名利禄从他身上滑落，就像微风拂过翠竹，一阵'沙沙'低吟，再不着一丝痕迹。

　　这便是我心中的郑板桥,我想写的板桥先生。我连缀一个个小段子写他,我以两度客居扬州之上下两本为结构写他,融合'诗书画'三绝写他,用盐商、官绅之沉浮变迁来反衬他,又不忘以俏丽的爱来温暖他、以百姓的敬慕来慰藉他⋯⋯令他低入尘土,受尽苦寒,又跃然而出,好似海上升起了明月。

　　这是被普通、平淡人生孕育的崇高,是在坚守、清白中实现的永恒。"

通观全剧,罗周显然完美实现了她的艺术理想。

扬州扬剧团近十年来推出了《衣冠风流》《史可法——不破之城》《鉴真》等古装戏,多为扬州本土题材,却大有中国精神价值,取得了令人欣喜的成就。这些优秀剧目将扬剧这一地方剧种带入了一个新境界,有时几乎可以与京、昆相媲美。但同时,如何既学习京、昆,又保持地方剧种特色,成为戏剧界的又一难题。

好在《郑板桥》的成功,为我们提供了有益的启示。

(作者系江苏省文联一级巡视员,一级编剧)

昆曲《蝴蝶梦》的另类与诗心

郑世鲜

以"庄子试妻"为核心情节的《蝴蝶梦》是戏曲舞台上的经典表达,但原作对贞烈节操的宣扬在当代舞台上已落于陈腐。20世纪90年代以来,有多个剧种尝试对传统的戏曲文本进行解构,呈现出一系列独出机杼的重构式书写,如:川剧《田姐与庄周》聚焦封建伦理纲常压制下女性被摧折的个体意志,关注女性真实的情感与欲望。相较而言,越剧《蝴蝶梦》则是对女性美好皎洁气质的一曲温柔颂歌,观念与视角的转向让《蝴蝶梦》在当代舞台上又拥有了全新的生命力。

图1 昆曲《蝴蝶梦》演出照(开场)

江苏省昆剧院全新改编的昆曲《蝴蝶梦》是在现代意识的自觉指引下创作的,某种意义上也延续了当代戏曲舞台上为田氏"翻案"的创作趋向,但剧作主创们对原始素材摘锦、组合上的别具只眼,对题旨诗情的自觉探寻,还是让该剧在已然喧沸的改编场域中绽放出同调又异质的光华。

人物的陌生化

无论是元明清的杂剧传奇,还是当代舞台上的别样阐释,庄周、田氏、楚王孙都已经有过或经典,或个性化的演绎,但省昆版《蝴蝶梦》的改编和角色演绎却让这三个早已为观众所熟知的人物,在人格范式和情感判断上完全陌生化,在舞台上映出新异。

田氏从"被试""被戏""被凝视""被审判"的对象摇身变成了"试验场"上的主导者,这份体察和清醒让她的百媚千娇成为利刃,一点点刺破了"假庄周"的矫饰和伪装。徐思佳的表演自有一种天然的灵动,既演出了田氏的妩媚和娇俏,也演出了田氏的聪慧和果敢,使人物在舞台上顾盼生姿。

图 2　田氏(徐思佳　饰)

庄周则从审判者降格成了被审判者,他的一系列可笑的试探不过是让他从"逍遥轻生死"的旷世仙人落地成了"执迷风月情"的凡夫俗子。周鑫对个中姿态的把握自如而舒展,《世说新语》系列中演绎"谢安"一角的经验积淀让他饰演起庄周来更加沉稳而从容。

楚王孙的角色设定虽然颠覆了演员施夏明一贯在舞台上的形象定位,但他处理得十分精准,在风流潇洒和迂执酸腐中跳进跳出,在狂怒和假笑中自由切换,使角色显得既可笑可气,又可亲可爱。

"三番"与"对峙"

编剧罗周在她的创作谈中反复提及其对戏曲创作技巧的重视,正是技巧上的熟稔让她在戏剧结构的编织上往往有法可依,能够自如地通过编剧技巧的使用建构出缜密圆融的结构。昆曲《蝴蝶梦》正是这样措意经营下的产物。

在罗周的多部剧作中,"三番"都是反复使用的创作技巧,而该剧的核心结构正是"三试"。只是剧情表面上看是庄子"三试妻",实则是田氏"三试夫"——庄周的"欲试还休"与田氏的"将计就计"在反复、极限的拉扯中制造出丰富的戏剧张力。

图 3　昆曲《蝴蝶梦》演出照("三试")

而在夫妻"三试"的大框架之下,始终贯穿着的是罗周偏好使用的"对峙"式格局,剧中,这种对峙是生与死、真与假的对峙,也是庄周与田氏,田氏与苍头,甚至庄周与楚王孙的对峙。这其中最让人拍案的设计就是庄周与楚王孙的直接对垒,这也是创作者匠心独运之处。剧作打破了时空限制,让"真假庄周"在舞台上同时出现,相互映照。二人插科打诨似的质问、厮闹体现的正是庄周内心的局促、狭隘、狂躁、不安。角色之间的交锋形成了一个使剧情能够暂停的"漩涡",漩涡的波纹一圈圈漾开,戏剧的张力也在一层层被放大。

戏谑中的"诗心"

传统昆曲舞台上的《蝴蝶梦》并没有一以贯之的戏剧风格,悲怆恐怖有之,胡闹调笑亦有之。省昆在创排的过程中敏感地抓住了原作保留折子戏《说亲》《回话》中散落的戏谑特质,并将其延展放大,创造出全剧轻喜剧的风格。

但整体的欢喜团圆并不意味着剧作成为李渔式的风情喜剧,编剧罗周对于剧作题旨始终如一的探寻让她即使在处理喜剧作品时也依然保持了剧作的诗性和格调,使作品在热闹激荡的剧情铺展之余,逸荡出一笔笔诗情。而导演飘逸空灵、不断制造幻觉又打破幻觉的舞台调度则进一步强化了剧作的诗性色彩。

这份"诗心"是剧作中假意真心的叩问,也是死生一梦的慨叹。

图 4　昆曲《蝴蝶梦》演出照

结尾处庄周问田氏,如果没有猜出楚王孙的真实身份,她会如何选择,田氏没有回答,只是反过来问庄周,如果自己因为没有识破而羞愧自尽,他又将如何。情感的试探根本寻不得答案,因为有些事,不能问,有些事,不必问。在参不透的情关面前,声声念着"叹世人痴顽懵懂"的庄子休自己也不过是一心盲眼盲的痴心人。

庄周梦蝶的哲学命题更是作品中反复暗合的隐喻:大蝴蝶和小蝴蝶的赋形是寓言故事的直接回响,"真假庄周"的对峙中,庄周和幻化而出的楚王孙构成命题中是我非我的探问,而结尾处庄子休的独卧而眠则无疑是将全剧归结成了幻梦一场,这种弥散在全剧之中的似真非真、似幻非幻的气韵,叩响了题旨中的诗性。

昆曲《蝴蝶梦》是当代昆曲舞台上鲜有的轻喜剧作品,它既有古典戏剧场中肆意的科诨,亦有当代审美表达中怪异的荒诞,它的外壳是嬉笑怒骂的,内里却仍包裹着对人生、对情感命题的严肃探讨,正是这种另类的矛盾塑造出它的独特。

(作者系江苏省文化艺术研究院助理研究员)

现实主义题材儿童滑稽戏的实践与探索[①]
——苏州滑稽戏的艺术传承及当代文化适应

周 晨

现代滑稽戏产生于20世纪初,是在文明戏、趣剧、独脚戏、小热昏以及苏滩之戏剧、曲艺等艺术形式的合力作用下形成的新兴剧种,它形成、发展、流布于江浙沪一带的吴语地区。苏州滑稽戏是现代滑稽戏的重要分支,它是以苏州方言为舞台语言的戏剧,汲取了苏州地区独脚戏、滩簧以及小热昏、民间小调等多种民间说唱艺术的营养发展而成。"水天堂"的滋养、吴文化的浸润,孕育和塑就了苏州滑稽戏的美学特色和文化品格,它以独特的"冷隽幽默、爽甜润口、滑而有稽、寓理于戏"的审美风格而为世人称道。青少年儿童是祖国的花朵与未来,与此群体相关的问题素来为家庭和社会所关注。20世纪90年代,经历过80年代剧目建设的低潮与市场化运作模式转型的阵痛,苏州滑稽剧团成功将滑稽戏与儿童剧进行有机融合,贴近时代,拥抱生活,成功开创了我国民族少儿喜剧艺术的先河,为苏州滑稽戏自身的发展提供了具有历史意义的实践和探索之旅。

一

莎士比亚曾说:"戏剧是时代综合而简练的历史记录者。"苏州滑稽戏最大的突出点在于它总能够把握住时代的脉搏,发挥剧种长处,用滑稽本色与正剧

[①] 本文为江苏高校哲学社会科学项目"江南文化视域下苏州滑稽戏创新研究"(项目编号:2024SJY0475)阶段性研究成果。

意涵的融合之美反映现实生活。它没有因袭的重负,没有固守的框架,直面现实生活,以平民的求实精神,自由松散的活跃情调,生动形象的人物,幽默滑稽的语言,曲折多变的情节,离奇可笑的故事,更为宽广地展现对诸般世俗人情的感受。观众对其中任何角色都无须仰视,却常常能够从戏里看到自己的身影,自己的真实处境和命运,自己的爱与恨,胜利与失败,牢骚与不平。这家常光景表现出普通人性的平和意态和情态,同时还呈现出绚烂多姿的社会语境,从而在自由中见秩序,平和中现跌宕,随意中生智慧,平常中见非常,那种既日常又猛烈且滑稽的语气和行色,以及摆脱传统羁绊的开拓精神为我国戏剧界提供了平民化的示范。

为适应未成年人思想道德建设工作的需要,1996年苏州滑稽剧团在各级宣传文化主管部门的关心和指导下,开始创作、演出少儿滑稽剧,将社会问题剧《小城故事多》改编成《一二三,起步走》,对原剧进行深度加工和打磨,使其较之原剧有了质的飞跃。从这部剧开始,苏州滑稽剧团开始探索用滑稽戏的艺术形式来表现儿童剧内容,这是第一次尝试,也是一份成功和完美的答卷。它以独特的视角,贴近现实的思想内涵,充满激情的表演,赢得社会广泛的关注。曾获全国儿童剧新剧目评比演出一等奖、国家舞台艺术精品工程"十大精品剧目"、中宣部第六届精神文明建设"五个一工程奖"等奖项,囊括了当时戏曲界几乎所有的国家级奖项。专家对这部历时近十年、修改数十次的精品剧目的评价是"儿童剧创作和滑稽戏艺术取得突破性成果的佳作","第一部用滑稽戏的艺术手段创作的儿童剧,丰富了儿童剧的剧目建设"。有媒体评价说:"在《一二三,起步走》之前,文艺舞台上还没有儿童滑稽戏这个品牌。苏州市滑稽剧团经过近15年的探索实践,成功实现了儿童剧与滑稽戏的对接,亮出了苏州独有的'儿童滑稽戏'品牌。"[1]正因这块"儿童滑稽戏"的金字招牌及其产生的社会效应,使苏州滑稽剧团成了全国不少小剧团的"救命稻草"。仅《一二三,起步走》一部戏,全国就有九十多家院团改编并演出上万场。在2009年文化部首次优秀保留剧目大奖评选中,《一二三,起步走》是在全国18部入选作品中,唯一一部演出了4 053场的剧目。从这个数字来看,苏州的滑稽戏儿童剧在全国早已打响了自己的品牌,并且具有深厚的影响力与广泛的观众缘。

---

① 王舒阳.苏滑凭啥拿下五连冠[N].苏州日报,2009-09-25.

2000年,为了进一步探索加强未成年人思想道德教育的新内容、新途径、新模式,继《一二三,起步走》后,苏州滑稽剧团又创作了校园滑稽戏《青春跑道》,由陆伦章编剧、蔡向亮导演、苏州市滑稽剧团演出的《青春跑道》对学生、家长和老师谈之色变的早恋问题予以关注,讲述少男少女在成长历程中遭遇的情感困惑,但却不执拗于一定要给出早恋问题的答案,点出"青春自古多弯路,串串脚印贵似金",鼓励青少年勇敢面对问题,解决问题,趁着青春时光,放飞大好理想。《青春跑道》让滑稽戏站在文学的肩膀上,以剧本文学作为剧目创作的统领与核心,使文本的语汇突显,超越了滑稽戏俗成的白话语汇;聚焦朦胧暖昧的初恋问题。其采取平视视角,杜绝说教式地对台下的少年观众进行教育,将少年心事娓娓道来,强调了师生间的平等交流,化对抗为对话,从而引起了人生知识的导读与情爱心理指导的切实作用,称得上是一出具有较强的实用性的"学生心理健康教育"的好戏。同时借用古典园林的精妙构思,践行"崇文、融合、创新、致远"的城市精神,仿效苏州"双面绣"的绝活,实现儿童剧与滑稽戏的又一次精妙对接。该剧荣获国家舞台艺术精品工程(2006—2008年度)"十大精品剧目",文化部第二届优秀保留剧目大奖,中宣部第九届精神文明建设"五个一工程奖",文化部第十二届"文华大奖",第五届全国优秀儿童剧展演"优秀剧目一等奖",第十届中国戏剧节,第二届"中国戏剧奖·优秀剧目奖",首届中国戏剧奖·曹禺剧本奖,第六届上海优秀儿童剧展演"优秀剧目奖"。

最近二十年,随着中国经济实力的逐步增强,国家全面推进现代化和城市化进程,城市体量进一步扩大,大量农民为了提高收入进城务工,造成了人口流动和"留守儿童"现象。同时,城市中对经济发展的追求成为主流,追求更好的生活成为市民的精神准则,乡土文化、城镇文化与都市文化之间相互胶合与渗透,并深深影响青少年的精神世界。2023年4月首演的《城里城外》的故事就是在这个现实背景下发生的,乡下"留守儿童"为了探访进城务工的父母来到城里,跟经济条件较好的城市儿童产生了交集,双方成长的世界观和生活观不同,对于事物的认知有着根本性的差异。《城里城外》对城市儿童和乡下儿童的生活和成长环境进行了细致描写,不避讳城市化、现代化带来的一系列问题,探索了社会急速变化带给儿童的影响,尤其聚焦了他们各自的成长背景和心理需求,由此触及城乡、家庭带给孩子的深刻影响。剧作中,不管是乡下儿童还是城市儿童,他们的生活都跟金钱有着千丝万缕的联系,并不避讳对更好物质条件的追求;其次,乡下孩子和城市孩子都渴望亲情,毕竟是孩子,对于父母的陪伴有着发自内心的需求。这两点成为他们最终能够克服差异、进行沟通交流的基础。作者直面现代化背景下城乡流动带来的生活变化,从儿童视角表现了城乡之间的真实差距,奠定了本剧的现实主义基调。《城里城外》以现实主义为创作方法,展现了城市化、现代化快速发展背景下城乡少年儿童的不同成长景观。全剧尤其注重从儿童视角入手,在把握儿童剧趣味性、教育性的同时,还对城乡儿童的生活、精神世界进行了细致描摹,是一部富有探索意义的现实主义儿童剧。

二

儿童剧观众群体的特殊性在于,台下坐的永远是两个年龄阶层的观众——孩子和带领孩子走进剧场的父母。由此,儿童剧该表现一个怎样的主题,能够引发孩子和家长两个观众阶层的共鸣和思考,让戏剧分别与小朋友和家长产生情感互动,甚至让戏剧成为沟通的桥梁,引发小朋友和家长之间的情感互动,是儿童剧创作者们在创作时斟酌思考的关键问题之一。苏州滑稽剧团的三部大戏剧本的共同特点就是双重主题的构建,第一层主题是和孩子探讨,而第二层主题无疑是和家长对话,这样的设计让家长们在陪同孩子观剧的同时,自己也获得了审美享受,收获哲学性思考,最大程度上保证了孩子和家长两个年龄阶层的情感满足,其在主题营造方面的探索值得其他儿童戏剧借鉴。

一部好的儿童剧,一定是能够令孩子爱看、家长喜欢。儿童滑稽戏《一二三,起步走》的创作是这方面的一个典型例子。此剧的前身滑稽戏《小城故事多》是一出反映青少年教育的社会问题剧。该剧围绕青少年教育的主题,展现了发生在学校老师、派出所指导员和一群青少年学生与他们的家长之间的一系列生动故事。人物鲜活,语言生动,生活气息浓厚,《小城故事多》演出1 400多场,受到广泛欢迎。但始终感觉遗憾的是,该剧缺乏主角,只是一个群戏。儿童剧专家批评它是从成人的视角看儿童,缺乏儿童正面艺术典型的塑造,艺术感染力不强。在听取各方面意见之后,主创人员调动生活积累,突破艺术局限,把《小城故事多》推倒重来,新编了一个山村女孩安小花进城的故事,提高了作品的喜剧品位和文学品位。《一二三,起步走》通过纷繁复杂的社会现象展现了父母渴望子女成才的社会心理,涵盖了市场体制、城市开发、自主创业等现代文化内容,叙写了这一背景下苏州城市文化精神的变迁,见证了苏州在整个社会由计划经济向市场经济转型的特殊时期的发展变迁轨迹,展现了现代人真实的生存状态,从而对社会现代化进程中人类的心理危机以及文化的嬗变进行了深刻的解读与反思。《青春跑道》几位小主人公及其各自家长的人物塑造具有典型性,人物身上既具备让人过目难忘的个性标签,又同时具备能够被人理解,引发共情的共性,即"有了个性的丰富性,而且在这种丰富的个性中积淀着人类某些普遍的人性特征,它就成为典型"。① 高度汇集典型性的孩子、家长的人物形象的塑造,构成了故事中几组典型的亲子关系。每一组都呈现了其特殊性,但每一组也都体现了其共性——隐藏在每一组家庭关系背后的,是一家人永远守望相助,互相理解的温情,这是典型的"中国式家庭"。《城里城外》双线叙事并行,情节曲折生动。从剧作结构上讲,主线是六个孩子在夏令营的三个比赛,副线则是每个孩子的家庭背景及相互之间关系的交织。全剧以"夏令营"为起点,通过三个比赛的展开,以层层剥茧的方式把六个孩子的个性、家庭及人员之间的联系展现出来,并为他们最终的沟通交好埋下了伏笔。不仅仅只是一件事件的起承转合,甚至不仅仅是探讨人与人之间的关系,它是人、社会与世界的一种链接。戏剧故事被置于深度关注,甚至介入现实的位置。这种关注和介入已经不再是空泛地现场提出几个不痛不痒的问题,而是将力量附着在剧中一个个具体的人物身上,且其中所容纳的丰富的人性感悟和认知价值呈现出几代人最深沉的心路历程和文化品格,与现实有对话的能力,获取了一定言说空间,达到了审美与哲思的高度。

"剧本,剧本,一剧之本。"②剧本好像一棵树,什么树就开什么花。近日一个以"编剧是擎天柱还是背锅侠"为主题的直播③再度引起大家对编剧这一群体的关注,"一剧之本"和"表演中心"历来是中国戏剧学中的著名悖论和持续争论的话题④。但在苏州滑稽戏的创排中似乎从来没有为之纠结过,在突出以本土现实主义题材为主体的同时,为了进一步提高艺术质量,剧团还先后请来了上海著名滑稽戏导演王辉荃、上海戏剧学院导演系教授杨关兴、上海著名话剧导演雷国

---

① 刘再复.性格组合论[M].合肥:安徽文艺出版社,1999:340.
② 黄佐临.漫谈"戏剧观"[N].人民日报,1962-04-25(5).
③ 2023年12月5日,影视独舌视频号开启了以"影视编剧是擎天柱还是背锅侠"为主题的直播,主播李星文现场连麦编剧宋方金和策划人谭飞,由编剧话题切入,既谈感性的从业体会,也有务实的经验分享。
④ 康保成."一剧之本"的生成过程与"表演中心"的历史演进[J].文艺研究,2015(3):90-100.

华、浙江儿艺著名灯光师周正平、原南京军区政治部前线文工团导演蔡向亮、上海戏剧学院导演熊源伟、上海话剧艺术中心导演何念、中国国家话剧院导演李伯男……但在编剧这个环节上,剧团似乎就认准了苏州本土编剧,始终固守本土,既在剧目内容质地上与本土观众的心灵诉求保持吻合,又提升了作品与市场的亲和力。在20世纪80年代后期就聘请苏州市文联国家一级编剧陆伦章担纲操刀,在近30年的合作周期内创作了《快活的黄帽子》《小城故事多》(后改写为《一二三,起步走》)、《青春跑道》、《亲亲一家人》、《顾家姆妈》和《屋檐下的蓝天》等十几部大戏,先后荣获"文华剧作奖""中国戏剧奖·曹禺剧本奖""全国优秀儿童剧展演编剧奖""全国优秀编剧奖""江苏省文学艺术奖""江苏省紫金文化荣誉奖章"等荣誉称号。陆老师自己评说与滑稽戏的贡献:潜心继承苏滑"冷隽幽默、爽甜润口、滑而有稽、寓理于戏"的艺术风格,坚守"江南文化"特色,致力于让滑稽戏站在文学的肩膀上[①]。因此,梅花大奖的获得者顾芗老师可以骄傲地说:"(我的人物)都是苏州作家笔下的原创,没有模仿、没有借鉴。"[②]

"深入生活"是原创作品的根基所在。"足蒸暑土气,背灼炎天光。力尽不知热,但惜夏日长。"陆伦章老师很喜欢白居易《观刈麦》中的这四句诗,他认为编剧和务农一样,一分耕耘,一分收获,你善待土地,诚实劳动,土地自然会回馈于你。同样,你脚踏实地地深入生活,你写出的东西才真诚,才会打动别人。在别人看不见的地方,有一股不可抵挡,也不能抵挡的力量,这就是编剧的力量,这就是精神的力量。为了创作校园喜剧《青春跑道》,他以苏州中学作为生活基地,从2000年到2005年在学校蹲了整整5年。为了更好地贴近校园生活,他自学了全套高一课本,使自己进入师生共同成长的创作氛围。5年中,陆伦章每一次修改剧本,都会复印多份,分发给班主任和爱好写作、爱好戏剧的同学,其间,老师们还为陆伦章提供了同学们的周记近千篇、学生自己创作的小品一百多个。剧中大量的语言,包括"偷看日记""家访"等情节直接来自同学的周记和小品,校园气息浓郁,语言鲜活。

"十年冷板凳,换取热闹场。"《城里城外》的80后编剧周琰同样认为当编剧需要人生的阅历和知识的积累,供职于苏州市文艺创作中心的她十余年来创作

---

① 陆伦章.艺术本体与因团制宜——我的实践与思考[EB/OL].[2021-08-05].https://mp.weixin.qq.com/s/qTNk4kFKJjDUrCDQiBuVDw.

② 顾芗.徜徉在梅花的"香雪海"里[J].中国戏剧,2013(8):28-30.

了锡剧《林徽因的抗战》(与罗周合作)、现代锡剧《爱在深秋》、实景昆曲《耦园梦忆》、小剧场昆剧《千年一叹》、音乐剧《花开河西巷》、小剧场话剧《平行世界》、儿童歌舞剧《木偶的森林》《恐龙的宝藏》《鼹鼠的月亮河》等，入选江苏省"333"高层次人才培养工程，首批紫金文化艺术优秀青年，姑苏宣传文化重点人才；第三届老舍青年戏剧文学奖、"马兰花杯"上海儿童戏剧剧本奖获得者，并多次获得江苏省戏剧文学奖，作品入选国家艺术基金、江苏艺术基金的项目资助。为了创作《城里城外》，2016年周琰到苏州姑苏区觅渡小学体验生活，这所位于老城区、园区、吴中区三区交界的学校以"积分入学"的形式吸纳了不少来自全国各地的农民工随迁子女，有不少家长就在附近菜场、餐馆务工。在校园里，周琰常常搬个板凳坐在他们教室后面，旁听他们的课程，特别是一些关于心理健康卫生的课程；她发现苏州的学校都非常重视小朋友的心理健康的辅导，除了班主任、专职心理健康老师，还会有社工组织到学校开展心理教育的相关活动。课后看看他们写的作文，跟孩子们聊聊天，有很多来之前在脑子里关于"城乡二元对立"的刻板印象都消融了，同时也生成了很多理解与沟通的新想法。《城里城外》从精神生态的角度提供了解决问题的方法，期望来自儿童的天性以及跟自然有关的共情、善良等特性能够成为跨越城乡差距的桥梁。最终，故事以正能量的结局收尾，反映了正向价值观的引导作用。这些设定为中国现实主义儿童剧的创作做出了有益的探索，反映了剧作者的自我思考和到达的高度，给"乡下人进城"的主题书写提供了更多的可能性与全新的思考维度，其中所蕴含的个人的理性与感情、集体的意识与无意识使《城里城外》具备了空间上的开放性和时间上的超越性。"我们的时代是不断向前发展的，你一定要有自己的亮点和深度，才能把更多的观众吸引到剧场中来。""在舞台剧这个编、导、演三位一体的艺术形式中，编剧就如同造人的女娲。""编剧所做的，首先就是刻出人形、搭出骨架，有了骨头才有血肉生长。有了剧本，导演和演员则通过舞台呈现和戏剧表演来丰满整个故事。""从剧本完成，到最后舞台剧的完整呈现，成百上千的观众接收到编剧的理念想法，才形成了一个完整的戏剧场。也就是在这个戏剧场里，编剧能获得很大的满足和愉悦。"①

---

① 根据本文作者对编剧周琰的多次采访整理。

三

儿童剧是最能释放人类情感的一门艺术,同时也是一门舞台艺术,虽以讲故事为主,但视觉造型、声乐舞美的精巧设计才能赋予它更大的艺术魅力。优秀的儿童剧一定要有精彩的视听体验。苏州滑稽剧团的儿童剧并不过多地依赖于华丽舞美对小观众的视觉轰炸,而更多倚赖扎实的人物塑造、曲折动人的故事、富有启迪意义的主题呈现上,在稳健的内容输出基础之上辅以美轮美奂的形式感。滑稽戏演员比起其他剧种的演员,在舞台上更要有敏捷的体魄、应变的能力,需要有饱满的精气神,要能说会道、张口就来,要能唱多种声腔、擅长各地方言,怎一个"难"字了得!"人保戏、戏保人",实际上道出了剧本与表演应当相互支撑的硬道理。

苏州滑稽戏的逗笑艺术乃是最精细、最大胆、最谨慎、最有分寸,而又是最巧妙的艺术。《一二三,起步走》的第一代"安小花"是苏式滑稽戏的国家级传承人,也是目前江苏唯一、全国仅有的七位"梅花大奖"得主之一顾芗饰演的。演出这部作品时,顾芗已过不惑之年,无论是年龄还是经历,她和角色之间都好像横亘着一条难以逾越的鸿沟。在这部戏之前,苏州市滑稽剧团还没有排演过一出真正意义上的儿童戏。初读剧本时,她心有忐忑。蓦然间,她想起苏州的觅渡桥——"此岸"与"彼岸"之间,她必须找到一座自己通向"安小花"的渡桥。她说:"从'顾芗'到'安小花',我夜难眠,食无味,如同十月怀胎,经历着负重拼搏的艰难和'一朝分娩'的阵痛。""不满足于在台上摔(甩)包袱、放噱头,转而开始苦苦探寻喜剧最核心的精神内涵,寻找人物性格的审美价值,寻找笑声过后的思考。""我怕太多的'外插花''插科打诨'会亵渎或扭曲了安小花这样一个纯真、无邪、可爱的孩子,模糊了剧作的文化品位。"[1]最终处处从儿童的思想感情和趣味出发,同时放下高台教化的架子,同小观众是完全平等的态度,以清爽隽永、轻松活泼的表演风格成功演绎了安小花这个栩栩如生的乡下少女形象。1995年加盟苏州滑稽剧团的"滑稽梅花"第一人张克勤与顾芗是黄金搭档、珠联璧合,堪称绝配,但二人表演风格却有很大的反差。张克勤的表演激情爽朗、灵活敏捷,说唱

---

[1] 顾芗.徜徉在梅花的"香雪海"里[J].中国戏剧,2013(8):28-30.

亦庄亦谐，表演诙谐奔放，肢体语言十分丰富。他重内心、善外化、富激情、略夸张。他善于从人物性格出发，从剧情出发，通过戏剧化、激情化、漫画化的滑稽表演，塑造喜剧人物，产生幽默风趣、令人捧腹的剧场效果。有专家在评价二位在《青春跑道》中的表演时说得好：顾芗是滑稽戏中的"体验派"，重视对人物的心理探索和情感发掘，并浓化为喜剧氛围，让观众获得某种理性的和感性的共鸣。张克勤则是滑稽戏中的"表演派"，擅长把人物境遇外化为令人捧腹的形体动作，二人一捧一逗，一冷一热，一唱一和的表演，配合默契，相得益彰。在二位艺术家的身上，既传承了"苏滑"冷面幽默的精彩，也充分反映了他们各自不同的艺术追求。显然，二人风格的差异首先是剧中人物性格差异所需要的，而他们所追求的不同的表演风格，也极大地丰富了苏州滑稽戏的表演艺术。

苏州滑稽剧团是目前江苏全省唯一的"全国地方戏创作演出重点院团"，同时也是国家级非遗项目——苏州滑稽戏的保护传承责任单位，新时期以来，剧团先后被评为全国文化工作先进集体，6次被江苏省人民政府记集体一等功，2次被江苏省文化厅记集体二等功，2次集体三等功，3次被苏州市人民政府记集体二等功，连续19年被评为"江苏省文明单位"，连续20年被评为"苏州市文明单位标兵"，2020年获评苏州市"激励干事创业、奉献火红年代"先进集体。"苏滑"70多年来创造了一个各种优秀人才流入的生态环境，不断注入新的血液、新的观念。不少专业院校的毕业生一毕业就加盟剧团，他们的到来如同新鲜血液补充进来，为剧团延续表演特色，增强表演活力，增添了新的动力。目前，剧团已形成了以计玉堂、陈继尔等老艺人为根底，顾芗、张克勤两位国家级非遗项目代表性传承人为核心，浦雨竹、张昇、王小萍、朱雪燕等中青年骨干为主体，卞振华、龚薇及南京艺术学院、上海电影学院、浙江传媒学院、苏州经贸学院、苏州市评弹学校、苏州市艺术学校毕业生等新生代为储备的数代传承人体系。我们也得以在经典剧目的流传中惊喜地看到一批批充满朝气、表演风格不同的"小滑稽"在逐步成长。《城里城外》由苏滑第三代张昇导演，聘请第二代著名滑稽戏表演艺术家顾芗、张克勤为艺术指导，特意让剧团的青年演员挑大梁担主角，主要演员中既有龚薇、夏维一、梁寒寅等第三代，也有李昕怡、刘梦、唐明等更年轻一代，在演出中大胆交付任务角色，使其在实践中快速成长，让年轻一代在剧中学习和磨炼儿童剧的表演技巧，为他们的成长搭建实践平台。在这里，不同的艺术在共同的基础上可以融化合流，并在原有的基础上产生新的东西，正是这种对话关系使得苏州滑稽剧团能够在更加多元、开放的语境中继续保持鲜活的生命力。

四

儿童剧能带给孩子们灵魂上的触动、心灵上的慰藉、情感上的激励,是能影响孩子一生的艺术。戏剧教育的神奇,剧场一黑,大幕一拉的瞬间,给孩子们的成长过程带来欢乐,是儿童剧最纯粹的追求。除了理解剧情之外,更多的是让孩子们从看戏的过程中,收获到"欣赏别人"的乐趣。看儿童剧是在美的感染过程中,培养儿童积极的创造精神,发挥他们的意志和想象力,从而使他们的思维能力受到锻炼,唤起他们的求知欲,使他们正确地认识世界、了解艺术。

滑稽戏是笑的艺术,苏州滑稽戏以冷面滑稽闻名,比较注重刻画人物,努力从特定社会情境和人物性格中挖掘笑声,褒贬世态,有很强的生活感性。苏式滑稽戏奠基人张幻尔先生"主张出'噱头'一定要从真实出发,合情合理,要有助于人物性格的深化,并具有一定的思想和艺术性。要含蓄,要含而不露,不温不火,要有幽默感,要让观众在笑声中感悟人生,获得有益的启示"[①]。《诗经·卫风·淇奥》中有"善戏谑兮,不为虐兮",喜剧的最高境界是关怀与悲悯。有内涵、有温度、有深度的喜剧应该是"含泪的笑",观众在观剧之后能够重新感悟生活,反思现实,不止于浅层次的感官满足和心理愉悦,而且传达着时代的精神,同现实相互建构。苏滑出品的儿童剧在文化特色、题材处理、戏剧结构、人物塑造、艺术格调上也在主动接续苏滑传统艺术精神,注重刻画人物,努力从特定社会情境和人物性格中挖掘笑声,褒贬世态,有很强的生活感;在与流行文化的交融互动中努力寻找与当下时代和生活的契合之处,提高抚慰观众心灵、引领积极思考、凝聚社会共识的能力。

精致的艺术表达是苏滑儿童剧中现代性因素传达的艺术途径,通过思想立意、剧情结构、音乐唱腔、舞美呈现等方面连续的、不间断的艺术创造,时代特征、精神特质、审美体验等经典因子不断地被整合,社会生活的各个方面润物无声地渗透到了其中,正是这种对话关系使得艺术作为达到教育目的的手段变成了在获得艺术享受之上的教育。三部大戏不仅多次囊括国内舞台艺术领域最高规格

---

① 苏州市文学艺术界联合会.苏州滑稽戏老艺人回忆录[M].苏州:古吴轩出版社,2013:38.

奖项，更在累计达 9 000 余场次的演出中有效满足了各地未成年观众对"笑"的艺术需求，为丰富学生精神生活、加强未成年人思想道德建设、提升剧团人才梯队建设水平做出了不可磨灭的贡献。市场反响的热烈不仅意味着艺术生产的良性运转和可持续发展，同时也代表着有效的传播和广泛的社会影响力。

新时代儿童题材喜剧作品市场蕴藏着巨大潜力。苏滑作为新时代审美需求和审美期待中实现文化传承与现代化融合进程的优秀实践范本，以演出为中心环节，用市场的思维方式，使作品更具生命力，收获更多观众的喜爱。它在更大的格局和视野上锻造了属于自己的文化软实力和核心竞争力，为江南文化以多元化、立体化、全方位的形式传达提供了戏剧载体，让文化传承成为切实有效的行动。市场经济条件下，国有艺术院团同时肩负着弘扬正能量的使命，地方院团又面临着生存空间小、竞争多的残酷局面，如何通过多元化的艺术创造，使自身的艺术道路走向宽阔，苏滑的儿童剧创作无疑做出了有益的尝试。

（作者系江苏警官学院文学与文化教研室副教授，文学博士）

深情讴歌新时代乡村巨变
——评大型现代吕剧《花样的日子》

李 超

党的二十大报告指出："全面建设社会主义现代化国家,最艰巨最繁重的任务仍然在农村。"要进一步"加快建设农业强国,扎实推动乡村产业、人才、文化、生态、组织振兴"。伴随着全面推进乡村振兴的铿锵步伐,广阔农村的生产生活、自然生态、民俗家风、价值观念等都在发生着深刻的变化。这一场朝着共同富裕和中国式现代化的"山乡巨变",吸引着广大文艺工作者以精诚的态度、精心的创作、精湛的演艺,用心用情用力描绘与新时代同频共振的乡村图景,努力展现巨变背后的奋斗之志、创造之力、发展之果。最近,由江苏艺术基金2023年资助项目、江苏省东海县吕剧团创排的大型现代吕剧《花样的日子》成功首演,并入选2023江苏紫金文化艺术节新创会演剧目。该剧紧扣乡村振兴的时代重大主题,生动讲述乡村巨变的感人故事,为波澜壮阔的乡村变迁画像立传,受到广大观众的喜爱和好评。

《花样的日子》取材于乡村振兴道路上的真实故事。剧中主人公郝元宝的原型,就是江苏省东海县双店镇三铺村党总支书记、村民委员会主任郝大宝。2017年,年仅31岁的大学生村官郝大宝来到地处苏鲁交界的三铺村担任村党总支书记。其时的三铺村是省定经济薄弱村、远近有名的"穷村"。由于受土地贫瘠、资源匮乏、交通闭塞等客观因素的制约,特别是部分村民思想观念的陈旧落后,该村处于经年累月的贫困之中。郝大宝上任后,俯下身子、沉下心思、想好点子、甩开膀子,团结带领村民因地制宜流转土地、建造大棚种植花卉、搭建平台发展电商、畅通渠道网红带货，既富口袋又富脑袋，短短几年时间，把一个贫穷落后的丘陵村庄，变成一个富裕文明、开满鲜花的幸福村。郝大宝获得江苏省优秀大学生村官、江苏省劳动模范、江苏省优秀党务工作者、江苏省最美基层干部、全国脱贫攻坚奋进奖等诸多荣誉，成为乡村振兴中基层干部学习的榜样。

"问渠那得清如许，为有源头活水来。"时代波澜壮阔，生活气象万千。对于戏剧创作者来说，取之不尽、用之不竭的唯一的源泉，就是生活。生活就是人民，人民就是生活。鲁迅先生曾说："无穷的远方，无数的人们，都和我有关。"戏剧工作者只有不忘"都和我有关"，只有深入人民群众，了解人民的辛勤劳动，感知人民的喜怒哀乐，才能洞悉生活本质，才能把握时代脉动，才能领悟人民心声，才能使戏剧创作具有深沉的力量和隽永的魅力。

树高千尺，源深根劲。立足于新时代戏剧舞台，如何描绘万里河山，彰显时代气象？如何进一步提升主题表达的深度、题材开掘的广度和手法创新的力度？如何立足于塑造鲜活立体的艺术形象，表达精深的思想立意，凸显舞台艺术独特的审美品格？《花样的日子》做出了可贵的探索。

脱贫攻坚的战场、乡村振兴的过程、人民生活的改变，时刻充满着无数鲜活生动的奋斗姿态、生命感受、情感激荡和命运变迁，而在这一宏阔的历史进程中的乡村"领头雁"形象，则更是戏剧创作者们尽情展现的艺术天地、倾情聚焦的艺术之光。在这些闪光的人物形象上，人们能够看到忠于职守的责任担当、一心为民的无私付出，能够看到奋斗人生折射出来的璀璨光芒。《花样的日子》所塑造的主人公郝元宝，就是这一群体的典型代表。他虽有生活原型，却凝萃了许许多多辛勤奉献在乡村振兴一线的乡村干部的精神共质。"以人民为中心"的为民情怀，"肩有千斤担，事有万般难"的工作使命，"不达目的誓不休"的目标追求，等等，所有这些都进一步激发了该剧创作者表达现实生活的理性思考与感性创造，从而使剧中塑造的核心人物郝元宝的精神价值聚焦更加准确，人格力量更加宏大。更为重要的是，该剧写出了以郝元宝为代表的乡村干部生命情感的鲜活与真挚，具有时代赋予的理想追求与个人鲜明的性格特征。可以说，通过对郝元宝这个人物的精心塑造，《花样的日子》艺术地演绎出意蕴丰厚的生动剧情，升华出乡村振兴一线干部的理想、品德和追求。不仅深刻地展现了乡村振兴的历史意义，立体地抒发了奉献者的博大情怀，艺术地做到了崇高源自平凡，奉献源于理想的深层表达，充满真诚地致敬了生命的温度与价值，而且还记录了脱贫民众的命运变迁与我们社会的巨大历史性进步。

《花样的日子》按照时序展开的线性叙事方式进行时间和空间调度。编剧、导演、作曲、演员倾力营造浓郁饱满、感人至深的舞台艺术效果，让观众在细微之处见真实、见真情、见真章。该剧围绕郝元宝设置的人物关系和矛盾冲突虽不复杂，但这些鲜活的人物情感饱满、质朴无华、似曾相识，充满浓厚的乡土气息和时代底色，很容易让观众产生情感和审美上的共鸣。郝元宝与村民、与同事的关系和矛盾交织，每个触角都具有戏剧的必要性、生活的广角性，他们都在人生的发展中实现了对原有生活和身份的超越，不同程度地体现着新时代农民的精神面貌和心理特点，更形成了矛盾聚焦、剧情展示与起承转合的看点平台。该剧还将主题性的题材立意和抒情性的形象刻画相结合，打造出田园牧歌式的轻喜剧风格。围绕花卉种植、鲜花网红、"花直播"和"花直达"做足"花事"文章。这一风格选择，不仅在整体上为乡村振兴主题找到了恰当而有意味的表达形式，而且也为剧中场面的编织、意境的创设、故事的叙述、舞台机趣的营造，乃至主创团队才华的施展，提供了合适的契机。

吕剧是鲁南苏北地区的民间剧种，扎根于东海这片沃土已有百年历史，形成了独具地方特色的唱腔韵味。《花样的日子》的音乐设计坚持守正创新，按主线情节展开，根据剧情发展和人物情感的变化，释放音乐的舞台感染力和想象力。曲作者把《铺地锦》《银纽丝》《叠断桥》等耳熟能详的东海民间小调糅合到该剧的唱腔中，使得旋律明朗有力、感染力强，极大地烘托主题意蕴、渲染人物情感情绪，让演出现场的音乐效果震撼人心、温暖人心、牵动人心、打动人心、深入人心，让古老的吕剧旋律青春焕发，带给观众以亲切愉悦的听觉享受。抒情、优美、明亮、颂扬、浪漫等词句所表述的音乐内涵，汇集在剧中的各种元素之中，更与演员的表演浑然一体，构成这部剧完美和谐的艺术整体。同时，在不失吕剧传统音乐特色的前提下，恰到好处地融合当代好声音，精彩演绎富有新时代特色的动人乐章。

特别值得一提的是，该剧的舞美设计，充分利用"鲜花"来做文章，既彰显了《花样的日子》的主题意蕴，又增添了舞台唯美浪漫喜庆的气息。舞美的写意性、诗意性是该剧的主要追求方向。"花"既是具象的，又是有意境的，花开、花落、花的颜色变化以及花的种类交替等，把鲜花铺展于舞台之上，作为舞美设计的重要语汇，将剧情予以视觉化呈现，既带来沉浸感，更具有象征性，意喻为乡村振兴后的新农村像鲜花一样的美丽、幸福和温馨。通过审美意象传达戏剧作品的精神内涵，较好凸显了托物言志的中华美学精神，令人新奇而震撼。同时，剧情发生变化、场次出现更替，舞美也随之而动。写意、灵动、多变的舞美，既助推了剧目形象感人的立体舞台呈现，又深化了主题意旨，使全剧的演出具有了诗意的美感和深刻的现实内涵。由于该剧是现实题材的作品，为了达到相应的戏剧效果，对局部舞美进行了写实处理。写意与写实、虚拟与简约，整个舞台充满创意，极富当代意识、象征隐喻、情感力量和创新表达，实现了传统戏曲舞台的现代视觉审美的转化。

《花样的日子》毕竟刚刚立于舞台，其艺术完成度尚有一定提升空间。对于一个县级院团来说，只有通过更加刻苦的练功，更加精细的打磨，更加丰富的舞台实践，才能使舞台呈现更加圆融。总体上来看，《花样的日子》在记录乡村振兴的伟大实践和成就，展现人民群众的美好生活，更好构筑中国精神、中国价值、中国力量的题材立意上是值得充分肯定和称道的。尤其是用传统吕剧来呈现现实主义题材的探索和实践，深情讴歌乡村振兴的火热生活，讲述追梦筑梦圆梦的中国故事，积极嵌入新时代舞台艺术的图谱，从这些方面来讲，该剧目具有时代意义和文化价值。

（作者系连云港市委宣传部原副部长）

革命叙事的意义重建与策略新变
——评剧本《送你过江》

孙　曙

"钟山风雨起苍黄,百万雄师过大江。"渡江战役,解放了国民党政治中心南京与经济中心上海。闻悉胜利消息,毛泽东意气激昂,慨然写就《七律·人民解放军占领南京》。战役的实际指挥粟裕将军在战前说:"这次渡江战役是中国历史上最伟大的一次大进军,等于最后挖取敌人心脏,对完成中国革命有决定性的意义。"[1]不世之业,千秋铭刻。在渡江战役即将七十周年之际,剧作家陈明以饱满的激情创作了剧本《送你过江》。

"一条江、一条船,一个女人的情感抉择,两个男人的英雄情怀,演绎一个悲壮、凄美的故事。"[2]《送你过江》围绕"渡江",以长江北岸小渔村芦荻港的女村长江常秀和渡江部队民运科教导员郭逸夫的情感纠葛为线索,书写了大时代的血火中人们的命运沉浮和人性碰撞,他们的抉择和牺牲,轰鸣了共和国诞生的隆隆礼炮,也将他们自己定格成人民英雄。

长期以来,陈明以乡土现代戏创作闻名于国内戏曲界。《送你过江》是重大革命历史题材,体现了一个优秀剧作家勇于突破自我的艺术创新的勇气和时代担当。该剧本在《剧本》杂志 2016 年第 8 期发表后,好评不断,屡获殊荣,在 2016 年"江苏省戏剧文学剧本评选"中斩获一等奖,在文化部艺术司公布的"2016 戏曲剧本孵化计划"第一次专家评审结果中,该剧本又位列榜首,专家一

---

[1]　中共江苏省委党史工作办公室.粟裕年谱[M].北京:当代中国出版社,2006:445.
[2]　曾汉才,张荣平.《送你过江》获省戏剧文学剧本评选一等奖[N].盐都日报,2017-03-02(1).

致认为,《送你过江》是近年来难得的优秀主旋律作品。

确实,《送你过江》是一部成功之作,以百万雄师过大江、千帆竞发中的一个背影为戏眼,聚光船民和战士,铺开小人物的命运,以小写大,以人性写战争,以情感写信仰,完成英雄主义的壮丽书写,既是革命叙事的新收获,又是革命叙事的新发展。

革命义理向人的回归

如何展现中国革命如歌如泣的史诗,如何重建信仰,如何将革命史接入今天的生活与艺术,这是意识形态的任务,也是整个文化界文艺界的任务。革命叙事,如何走出困境,戏剧界也在探索。

《送你过江》的革命主题是严肃而神圣的,由学习和牺牲两个叙事单元组成。学习这个叙事单元情节简单,新四军识字班教员郭逸夫手抄识字本《为人民服务》,赠送给江常秀,江常秀视同命根子。《为人民服务》既可视作两人的信物,又是整部戏的"信物",是整部戏的基础,所谓思想之源,也给两人感情以合法性。而牺牲是整部戏的主体叙事,在征船和渡江的情节发展中,以江家献出龙头大船,郭逸夫、江更富献出生命,江常秀献出爱情和爱人亲人,完成牺牲主题。

应该讲,《送你过江》的革命主题及其展开是一种承接,承接了革命叙事的传统,在《烈火中永生》《闪闪的红星》《杜鹃山》《红灯记》等典型叙事中,都可以见到这种主题。学习和牺牲是革命叙事的基本母题,这两个母题又是如影随形相伴相生地结合在一起。学习是牺牲的基础,牺牲是学习的发展和旨归。如果仅仅只有这些,《送你过江》就只是这些作品的复制和移植。令人欣喜的是,我们在《送你过江》中听到这样的声音:

> 小黄啊,我和江常秀之间是清白的!我就是要她从封建桎梏中挣脱出来,得到属于她自己的那一份真正的幸福!婚姻岂能转让,爱情不可勉强!可就在这眼皮底下,连一个妇女干部都解放不了,还要我们这些共产党员干什么?[①]

[①] 陈明.送你过江[J].剧本,2016(8):61-79.

终于，我们在戏曲的革命叙事中看到了反封建主题。"连一个妇女干部都解放不了，还要我们这些共产党员干什么？"这个反封建主题是那么响亮，人的主题也就呼之欲出了。《送你过江》从戏剧矛盾的设计上安排了封建与反封建的对立，作者尖锐地将封建与反封建的矛盾硬化在情感发展、人物命运浮沉的这条线上。江家的家长江老大，极为封建，既严守男尊女卑，在家里不许女人的衣服挂在男人进出的地方，又大行家长专制，养童养媳，强令小儿子和寡居的大儿媳结婚。他为了拆散郭逸夫与江常秀，就以告状要挟部队。而在部队，民运科科长王进对江老大的封建言行没有反对与批评，他对郭逸夫和江常秀恋情的粗暴干涉和拆散，虽说是从渡江大局出发，但也不是没有自身的封建因素。反封建与封建的矛盾是如此尖锐紧张，推动着情节发展，展现人物内心。

　　在人物塑造上，作者刻画了反封建的斗士郭逸夫。共产党员郭逸夫竟有了萧涧秋这样的"启蒙知识分子"的立场和意识，他作为外来闯入者、师者、最终的失败者，也和启蒙叙事中萧涧秋的命运一致。他平时身边的宝贝疙瘩是一本书《安娜·卡列尼娜》，他"追求一种合理、公平、完善，充满人性的社会制度"，他跟江老大讲童养媳是封建恶俗，他背诵的领袖语录是"我们这支队伍完全是为了解放人民的，是彻底地为人民利益工作的"。三年前，他作为文化教员不但教江常秀识字，更教她"识字明世理，求解放要靠自己砸锁链"。他自觉承担反封建的任务，他提倡男女平等、恋爱自由，反对家长专制。在与江老大、王进的矛盾中，他坚守一个启蒙者的立场，他鼓励江常秀"冲破这封建婚姻的锁链吧，只有自己解放自己，才是真正的解放！"，他总是放在嘴边的"解放"，是针对封建意识、坚决反封建的人的解放，虽然他对江常秀的解放有自身的情感需求，但他是超越了作为个体的自己的"人的解放者"。而为了凸显封建性的顽固，作者更是写了封建意识的普遍，江老大的专制，王进对童养媳和转房婚的认同，才十五六岁的通讯员小黄总是小瞧妇女，江更富和全村人都同意弟娶寡嫂，江常秀和豆花对江老大家长制的逆来顺受，这些都是封建性的存在。郭逸夫反封建的挑战失败了，凸显了封建性的强大和持久。

　　革命叙事的革命化政治化，导致它不关注人，不关注人性人情，以阶级对立阶级对抗为名，让艺术沦为政治工具。理论界也将革命叙事和以人的独立与自由为宗旨的启蒙叙事截然分开。《送你过江》却将革命叙事和启蒙叙事融合起来，将革命义理向人回归开进。郭逸夫的解放是人的解放，"打过长江去，解放全中国",解放全中国的目的又是什么呢,难道不是马克思所说的"人的全面发展"?是每一个人作为一个完整的人获得充分的自由的发展。所以人是目的,而不是政治和革命,政治和革命应该是"人的实现"的手段。正是落笔在对解放的深度阐释,对人的解放的呼唤,《送你过江》颖然独出。《送你过江》的创作"着眼于普通群体在这场战役中的心路历程",剧作家自己说:"无论是一线部队还是后援的百姓,他们的个体生命形态和生命意义及其过程,都应该有其非同寻常的燃烧和最集中最充分的爆发式的展示。如果能够排除过于'政治化'的倾向,真实而又不失浪漫地表达出渡江战役背景下的个体生命意义,那么这一群人就能真正走进现代人的心灵,得到当下社会的理解。顺应这样的路径,这个戏就不是一般化的主旋律了。"[①]关注人,关注个体,让革命叙事回归真正的马克思主义,让革命叙事能够建立在"人的解放"和"人的自由"上,让革命叙事在二十一世纪获得坚实的基础,《送你过江》在大胆探索。"只有自己解放自己,才是真正的解放!"这是人的解放的宣言,改革开放几十年来思想解放的努力开花结果了。

当然,《送你过江》中反封建的主题没能贯穿到底,剧中渡江的动机压倒一切。江常秀答应与江更富完婚,换来郭逸夫能够参加渡江战役,换来江家父子献出大龙船。郭逸夫、江常秀默认了弟娶寡嫂,这是戏里的悲剧,多少也是反封建主题现实命运的展示。郭逸夫、江更富在渡江中牺牲了,《送你过江》的反封建主题悬隔了,"过江"压倒了"自由"。反封建,太艰难了,在政治军事力量前,"人的解放"风吹即落。郭逸夫解放江常秀失败,对渡江前要将他调离芦荻港前线的王进说:"有些道理,恐怕有些人到老都不会明白!"困难不但是别人不明白"有些道理",他自己为了渡江,也将"有些道理"放弃了,反封建的启蒙任务依然等着人们去完成。在这里,我们也看到了革命叙事从抽象的阶级冲突进展到人与人的冲突再深化到人与自我的冲突。

革命叙事标举"人的解放",《送你过江》已经破了题。

凸显细节与融合地方知识

1909 年,王国维在《戏曲考原》中说:"戏曲者,谓以歌舞演故事也。"[②]此后

[①] 陈明.《送你过江》创作谈[J].剧本,2016(8):78-79.
[②] 王国维.王国维全集(第一卷)[M].杭州:浙江教育出版社,2010:661.

一百多年对中国戏曲核心特征的论述举不胜举,总不如王国维先生一语中的。"以歌舞演故事",确实,戏曲故事性强,演出时间演唱占据绝对主体地位。因而戏曲的叙事结构重纵向发展,而不重横向的时空切面,情节的发展往往是结构化的,而不是铺陈开的。相较小说、影视、话剧等艺术,戏曲的细节描述远不如其丰蕴,当然就细节的刻画能力讲,戏曲一样可以做到细腻生动,而且还有自己独特的韵味,如《拾玉镯》《蒋干盗书》等。而当代戏曲的革命叙事,由于突出阶级斗争,叙事空疏而僵硬,细节描述更是弱化,保证了"政治正确",而丧失了生活真实。

《送你过江》对革命叙事的叙事策略也有发展和调整,其中突出的就是重视强化戏曲的细节描述。戏中的细节一个个精心打造,构建了艺术真实,反映生活深广,刻画人物深刻精微,艺术表现力精确而强烈。

小　黄　再……再又譬如,等我们打过长江,解放了全中国,家家都能住上高楼……

豆　花　家家都住高楼?那女人……上茅房怎么办?马桶不是搁到人头上了吗?

小　黄　(大笑)你这个女同志,头发长见识短了吧……

豆　花　笑什么?我们家,连女人的衣服都不许挂在男人进出的地方的。[①]

这是小黄和豆花在畅想新中国成立后的生活。一个十三四岁,直言直语;一个十五六岁,装作小大人。豆花的疑问是出于她是个乡下女孩,又是江老大男尊女卑的家教所致。小黄在大人腔的模拟和权威里分明又表现出一种性别(男性)的优越感。这些真实可信,可以想见剧场效果的强烈。这样的细节剧中太丰富了。

更　富　(唱)耳边声声江潮涨,
　　　　　　懵懵懂懂做新郎。
　　　　　　姐姐、嫂嫂、婆娘,我分不清爽……

[①] 陈明.送你过江[J].剧本,2016(8):61-79.

　　　　　　脚步难挪身子僵。
　　　　　　三杯下肚脸发烫,
　　　　　　前胸滚烫后背凉。
　　　　【伴唱　月下芙蓉怎不想……
　　　　　　　　门里门外隔条江。
　　　　【更富人倚门框。江常秀开门,更富跌倒。
江常秀　(扶起更富)怎么,喝多了?
更　富　(摇头)
江常秀　这么晚了,你送客去了?
更　富　(点头)
江常秀　哎呀,你不能开开口嘛?客人都散了?
更　富　散了……
江常秀　爹睡了?
更　富　睡了……
江常秀　郭教导员……不,郭教导员代表部队来贺喜了?
更　富　来了。
江常秀　他也喝酒了?
更　富　醉了。①

　　这里有动作和语言的细节,江更富的跌倒和他总是两个字两个字的搭话,把江更富此时的兴奋、愧疚、疑虑、为难、羞涩等矛盾混乱的心理呈现出来,也为他拒婚和说出龙头大船的秘密做了铺垫和暗示,将其真诚、憨厚、善良、担当的性格刻画出来。即使是唱词,作者也赋予其细节刻画功能。江更富领着江常秀去找龙头大船:

江常秀　(唱)看他前面把路探,
更　富　(唱)似觉形只影不单。
江常秀　(唱)说不清酸甜与苦辣,

---

①②　陈明.送你过江[J].剧本,2016(8):61-79.

更　富　（唱）道不明为何人舒坦。
江常秀　（唱）熟悉的背影陌生的汉,
　　　　　　　嫩毛竹长成了硬扁担。
更　富　（唱）更富不用回身看,
　　　　　　　暖了后背暖心肝。
【江常秀一个趔趄,更富迅捷将她扶住。
江常秀　（唱）大手粗糙留热汗,
　　　　　　　几多感念和感叹。
　　　　　　　肩宽臂壮铁身板,
　　　　　　　恍如背靠一座山!②

　　江常秀的唱词,将她在特殊情境下的内心感受真切地表达出来,她看着江更富的背影,她感受着江更富的大手,感觉到一直当成小弟弟带的江更富已长大成一个男子汉,她对这涌动出来的男性特征感受强烈(这是剧中的性话语,展现了新的认识价值层面),她既感突然又感欣慰又为难,也不能说没有受到诱惑。运用细节,《送你过江》在唱词中生成广阔多变的内心空间。

　　《送你过江》获得成功的另一个叙事策略是地方知识的化入。所谓地方知识,本是文化人类学的术语,指一定文化区域内形成文化一致性的道德文化规范与传统、生产生活知识技能等,这个概念更侧重于对文化差异性的强调和对弱势文化的重视。在《送你过江》中,我们看到对地方知识的尊重和运用。《送你过江》的渡江地点设计在老扬州的泰兴江都一带,剧中大量用到扬州的民间文化素材,如扬州民歌《拔根芦柴花》、《沙趖子撂在外》和劳动号子。还有剧中如同神来之笔的"五根金钉"(江老大在船头前舱挡浪板里镶进五根金钉),也是来自里下河的船民文化。笔者还要指出的是这些地方知识对人物塑型的孕育,《拔根芦柴花》中泼辣、健美、勤劳的女性形象,正是江常秀的性格底色。而"五根金钉"一到剧中,老船民江老大的守财护财特点就有了,其保守封建就有了。《送你过江》既是承继发扬地方知识的成功例子,又是地方知识在今天依然充满创造性活力的一例。

　　戏曲本身就是地方文化的集中体现和载体,它就是地方知识。多年来将乡土淮剧、乡土戏曲推进得风生水起的陈明,一直视地方性为戏曲的命脉,他创作的《鸡毛蒜皮》《十品村官》《半车老师》《菜籽花开》，用俗言俗语表俗人俗事，唱俗情俗理，剧剧打响，叫好叫座，连获文旅部文华剧作奖、中宣部"五个一工程奖"、中国戏剧节优秀剧目奖、曹禺戏剧奖剧本奖等，创造了自己本土本色、谐正和合、歌诗联翩的乡土剧风格。这是他面向现实力耕"三农"的回报，也是他始终坚持戏曲文化价值、认识价值、审美价值上的地方性与乡土化的结果。他的努力和成功，启示我们尊重、保护、继承本土文化和地方知识，这既是戏曲的任务，又是其法宝。

丰富而诗意的舞台时空

当代剧作家越来越参与到戏剧创作的全过程中，一部戏的诞生往往是编导演等不断交流融汇的过程。剧作家不再是单纯的文字意义上的编剧，而是延伸到舞台的"编戏"。陈明不但是编剧，作为分管剧目生产的领导，他参与了太多剧目的排练演出，观摩了太多剧目，对舞台艺术、戏剧艺术的最新发展了然于心。所以，在他的剧本中始终呈现了向舞台艺术的最新发展开放容纳的姿态。

《送你过江》对舞台表现的设计，给人印象深刻的是其对舞台时空的把控，对丰富灵动而诗意盎然的舞台空间的创造。中国传统戏曲的时空是线性序列，又因为它基本不用布景，所以充满假定性和虚拟性，实际上可以无限生成，"戏曲的虚拟，是构成戏曲空间自由的重要形式"[1]。二十世纪八十年代以来，先锋戏剧、探索戏剧突破舞台的有限时空，"舞台表现的内容也可以拥有语言一样的充分自由，这种充分自由首先指的是舞台时空处理的自由"[2]。舞台时空随时生成，冲击当代舞台艺术，带来变革。《送你过江》的时空表现，充分吸收了这些舞台艺术的新突破，带来了叙事表达的自由。

《送你过江》的时空，灵活自由和丰富多变。整部戏在倒叙的结构里完成开合，序幕是二十一世纪的今天，七场戏展现六十多年前的渡江战役，尾声又回到现实，倒叙的时空，充满动势，回忆之中有回忆，过去、现在、想象，时空跳跃。《送

---

[1] 苏国荣.宇宙之美人[M].北京:华文出版社,1999:128.
[2] 张仲年.中国实验戏剧[M].上海:上海人民出版社,2009:249.

你过江》的时空是线性序列的严谨和丰富。一共七场戏,再加上序幕尾声,情节跌宕起伏,大的时空切换就有九次。不但是场次的时空变化,每一场又都有时空变化,环境随人走,时空随人生,这是在线性序列上的时空展开。

《送你过江》的时空表现,给人印象更为深刻的是空间的并列叠加,即利用画外音、散点、闪回等手法,将不同的时空同时并置在舞台。第二场戏,利用画外音将三年前郭逸夫与江常秀的分别场景并置于三年后的相遇,这是跨时间的空间并置。第五场戏,利用灯光明暗分区,将不在一处的郭逸夫、江常秀、江老大、王进同时并置在婚礼时刻,这是跨区域的空间并置。第七场戏,让牺牲的郭逸夫、江更富与江常秀对话,将想象的空间并置在渡江的现场,心理空间和真实空间并置,具象化人物内心活动,获得心理空间的展开和心理真实,这是跨虚实的空间并置。曲折传奇的故事,时空的跳跃切换丰富多变,完美地为叙事任务的完成和人物刻画的深刻做了保证。

《送你过江》的空间呈现又是诗意盎然的。在本剧的创作谈中,剧作家说:"剧本创意者以一个诗人的情怀和视角,回眸渡江战役这场在中外历史上伟大的壮举。"[1]这已经道明本剧在意义呈现与审美价值上追求"历史感、英雄主义、诗意"三个维度,这个目标贯穿全剧。以其空间呈现而言,是真实可信的历史时空,充满壮美诗意。大江、大战、人民英雄,剧作家的激情灌注在每一句唱词,在每一瞬的舞台时空。郭逸夫重返芦荻港,第一句唱词:"江风阵阵春色醉……但只见江流蜿蜒、远近村舍、蚕豆花开、芦荻吐蕊满目诗意尽朝晖。"画意融合诗情,一下子就把锦绣长江描绘出来。大战在即,大敌当前,这唱词既是对戏的节奏、气氛的调节,由紧张到松弛,又是对人物身份的准确把握。郭逸夫是上海滩的洋学生,他投笔从戎,身上始终保持了知识分子的雅致和理想,保持了人文思想立场和生活品位,保持了对生活的诗意,这也是他们的尊严和价值所在,所有这些在剧中都得到剧作家鲜明的张扬。剧中人物江常秀、王进等是社会书写,而郭逸夫是剧作家的自我书写,剧中流淌的饱满充沛的诗意,正来自剧中人物主体意识和个性的自由张扬,来自剧作家主体意识和诗情的张扬。作者对郭逸夫人文主义的认同,深度展开了剧中的意义空间,构成革命道义与人文精神的对话空间,作者和历史的对话空间。尾声"喊江",石油勘探的炮声惊醒老年江常秀,江常秀又

---

[1] 陈明.《送你过江》创作谈[J].剧本,2016(8):78-79.

回到当年的渡江现场,大喊"划桨啊快划啊",在现实时空与历史时空的并置里,在现实与历史的对话中,令人激奋的诗意喷涌而出,感人至深。而那张首尾呼应的大辫子姑娘送解放军过江的照片《我送亲人过大江》,就是一首诗,隽永深沉、余韵不绝的诗。《送你过江》的时空表现,是诗的历史时空。

(作者系盐城幼儿师范高等专科学校教授)

立足红色文化资源的审美阐发：
评音乐剧《九九艳阳天》[①]

彭 青

由镇江艺术剧院创作演出并获得国家艺术基金重点资助项目的大型舞台音乐剧《九九艳阳天》，根据军旅作家胡石言的小说《柳堡的故事》改编而成，讲述了抗日战争时期发生在苏北地区柳堡镇新四军某部队战士李进和勤劳美丽的村姑二妹子之间的一段革命爱情故事。该剧先后荣获江苏省第四届文华奖、江苏省紫金文化艺术节优秀剧目奖、江苏省"五个一工程奖"、江苏省文化和旅游厅舞台精品扶持项目等，获得了现场观众的热烈好评和社会群体的超高关注。该剧作为一部根据红色经典文学作品改编打造的革命题材的现代音乐剧，在革命文化精神的弘扬中，展现了特定时代背景下英雄主义的崇高之美，并在现代性的艺术创作及审美特色中呈现出我国当代原创音乐剧的最新风貌，无论思想性和艺术性都达到较高的艺术水准。

一、舞台叙事对红色经典文化的审美提炼

立足地方红色文化资源，弘扬及秉持革命传统文化的创造性转化和创新性发展是文艺创作者担负的重要职责。红色传统文化有太多可歌可泣的革命故事让人缅怀，创作于20世纪50年代的小说《柳堡的故事》则以发生在苏北小镇的

[①] 本文为2022年度江苏高校哲学社会科学研究一般项目"大运河江苏段传统表演类非物质文化在高校艺术教育课程体系的有效融合研究"（项目编号：2022SJYB1011）的阶段性研究成果。

细腻、纯洁、美好的爱情故事感动温润着几代中国读者,音乐剧《九九艳阳天》对小说的创造性改编体现了对我国红色经典文化传承的崇高立意。"红色经典"是对理想信仰的高扬,是对英雄主义、集体主义和爱国主义精神的弘扬,是对文艺人民性的张扬。[①]《九九艳阳天》尊重历史的真实性,该剧创作的叙事角度从宏大叙事的革命战争背景之下以一个普通战士情感生活的"小切口",展现了军人理性对待自己爱情、人生的价值观,映衬出一个普通战士内心崇高的精神之美和英雄气概。剧中的新四军战士李进,向我们展现了一个鲜活的、生动的无产阶级革命战士的英雄形象,以中国化的舞台叙事话语隐喻出革命精神的崇高美学意蕴,这是传承红色经典、讲述中国故事的最好艺术呈现。李进与二妹子从相互产生好感到爱慕的情感过程的刻画,以及李进怀揣着为了解救"千万个二妹子"普世性的价值信念而放弃个人情感毅然投入到革命战争的洪流中,体现了革命英雄主义的一面,同时也在细腻情感的表达中透露出具有人情味的终极关怀,这一戏剧性的舞台呈现将人物形象表现得更为鲜明、复杂、生动。对李进的人物形象塑造,也是革命战士崇高的爱国主义精神的真实写照。爱国主义是永恒的主题,是当今红色经典文化创造性转化和创新性发展的核心命题。正如范玉刚在《"红色文艺经典"的现代性内涵阐释》中指出,"'红色经典'作为一种价值铸造和艺术符号创新,早已经深深地积淀为中国当代文艺基因、文化基因,甚至是张扬中国特色社会主义文艺的根本点之一,是为世界贡献中国特殊声响和色彩的底蕴(主基调的重要支撑)。其宏大叙事需要'小切口',在接地气、通人气、扬正气中摒弃思想灌输,激励从内心生成长出一种精神的力量,这是在大众的内心中植根——为共产主义理想奋斗的红色种子,是一种鼓舞人心的精神力量的生长。"[②]

小说《柳堡的故事》为音乐剧《九九艳阳天》的创作提供了一个好剧本,好故事,"好的戏剧情节是一部音乐剧得以完整表达的载体,整个音乐剧作品的情感诉求和各种交织的情感都是通过这些戏剧情节得以表现出来的"[③]。全剧借助文学叙述中"典型环境中的典型人物"的表现手法,展现了"红色经典应当具有艺术的真实性。红色经典不仅要注重整体叙事的逻辑真实、情境真实,而且要注意细节真实、人性真实"。[④] 舞台上,演员的生动表演让观众看到一位具有崇高革

[①②] 范玉刚."红色文艺经典"的现代性内涵阐释[J].中国文艺评论,2021(4):38-45.
[③] 黄定宇.音乐剧概论[M].北京:中国戏剧出版社,2003:97.
[④] 宋宝珍.红色经典的戏剧路径与艺术特征[J].中国文艺评论,2021(4):22-30.

命情怀的普通战士的"最真实的人性",以及纯朴、善良的农村二妹子拥护革命斗争的热情和对爱情的真诚热烈,人物形象既典型又真实,这一切在音乐剧抒情化的舞台叙事中成功地做到了艺术典型化,共性与个性表达的统一。

音乐剧《九九艳阳天》从戏剧的本体命题出发,突出"戏剧是诗"的美学表达。黑格尔曾指出,戏剧无论在内容上还是形式上都要成为最完美的整体,所以应该看作诗乃至一般艺术的最高层。① 一切艺术本质上都是诗,全剧在诗性的审美表达上体现在以下两个方面。其一,舞台诗意的艺术呈现。该剧以柳堡镇为舞台背景,在舞台装置上将柳堡镇的自然风光以及风车、蚕豆花等化为美的诗意的造型呈现出来,以传统写意的方式突出"九九艳阳天"这一美好主题的情感意蕴之美,极大地丰富了观众的审美体验。其二,革命英雄主义"史诗性"艺术结构。该剧编导创造性地将原作小说故事的时间跨度从抗日战争延续到解放战争整个宏大历史背景中,在个体化的日常叙事角度中进行史诗性的艺术架构,注重对个人生活真情实感的艺术提炼。全剧以艺术来源于生活又高于生活的理念阐发了革命爱情背后的深刻主题,剧终李进在渡江战役中光荣牺牲,以革命史诗性的舞台审美意象成功地完成了李进英雄主义形象的塑造,赋予了现场观众直观的、超越性的、史诗性的审美体验。

二、现代性的音乐戏剧意识

"红色经典"有着同一题材的多种艺术表达形式,从而呈现出"红色经典"群现象,这也是一种对现代性审美追求的显现。② 音乐剧《九九艳阳天》以现代性的音乐戏剧审美思维空间,开拓了当下红色音乐剧创作的全新艺术风貌,如廖向红在《音乐剧创作论》中曾说过,"现代性"应该是"现代意识(现代价值观、人生观、艺术观)、现代审美原则、现代的艺术语言、现代的节奏、现代音乐、现代舞蹈、现代剧场、现代舞台高科技创作设备和技术手段等多种现代因素的总称。"③

(一) 剧诗音乐的抒情戏剧性

音乐剧是一门大众化、通俗化的综合舞台艺术,同时多样化的艺术形式也赋

---

① 朱栋霖,王文英.戏剧美学[M].南京:江苏文艺出版社,1991:9.
② 范玉刚."红色文艺经典"的现代性内涵阐释[J].中国文艺评论,2021(4):38-45.
③ 廖向红.音乐剧创作论[M].北京:中国戏剧出版社,2006:142.

予了音乐剧年轻化的艺术特征,它可以凭借创新性的艺术手法突破固定的思维模式进行现代性的艺术表达。居其宏曾说过:"要在中国发展、繁荣原创音乐剧,我们面临的首要课题,是把中国人的故事、生活和情感,用中国人能够理解和乐于接受的语言、音乐、舞蹈、舞台画面和叙事法则,有机地、艺术地整合进音乐剧这种新型的综合性、娱乐性舞台艺术之中"[①]。《九九艳阳天》中人物的音乐性对话注重戏剧性的阐发,以生动的、抒情色彩强烈的剧诗话语对人物的内心变化进行生动刻画,并以现代性音乐的创造思维完成人物形象的塑造,使得李进、二妹子两位主角的戏剧角色塑造更为真实、立体、丰富。

剧中的李进、二妹子的音乐唱段成为全剧音乐创作的核心,并成为推动全剧故事情节的戏剧性展开和人物塑造的重要手段。李进在柳堡镇养伤时,与二妹子初次见面的二重唱《莫要悲伤,莫要流泪》成为革命爱情主题中人物"戏剧性"的初次"对话",含蓄的、动人的、现代性的流行音乐在营造情境、激发二人情感的戏剧性上展现了抒情色彩的真挚表达。如李进唱道:"莫要悲伤,莫要流泪,你看那漫天星斗把大地照亮,黑暗日子不会长,相信明天在前方。"二妹子回应唱道:"看见他的眼睛多么明亮,像透过乌云看见霞光,多想给他希望和力量。"作曲家以动人的、现代性的音乐戏剧对话展现人物内心活动、性格特点,充分利用音乐抒情达意的表情功能作为审美内核,并在剧诗化的叙事中营造音乐和戏剧场面的高潮。

此外,二妹子送米糕去看望李进的一场戏中二人的对唱可以堪称全剧中尤为精彩的剧诗音乐片段,达到了"情感的升腾与聚焦"的艺术效果,真实地揭示了二人内心情感变化活动的戏剧性。如二妹子唱完"为什么刹那间好多情感涌上心头,像似滚烫火苗在燃烧",李进唱"为什么刹那间胸中有千言万语,不知怎么讲,为什么刹那间漫天云霞铺心河",最后二人合唱"都说眼睛是人心的窗,多少深情已将春光闪耀"。

可见,该剧以场面剧诗的重唱手段营造人物内心的戏剧性变化,并以音乐性和戏剧性融合、高度一致的同步进程将李进和二妹子的内心情感进行了现代化音乐叙事的浪漫表达。从剧诗的内容来看,诗意化的文本呈现了人物内心最直

---

① 居其宏.朝阳艺术与朝阳产业——音乐剧在中国的命运[M].北京:中央音乐学院出版社,2006:27.

接、最真实的情感,以对话性质的对唱、重唱来追求戏剧性音乐的歌唱性、抒情性。从剧场效果来看,这种剧诗的抒情戏剧性的表达是极其具有现代性审美意识的,剧诗风格、音乐情趣可以使得现场观众触摸到剧中人物内心深处最真实的情感,从而达到一种审美体验的认同和共鸣。

(二) 泛音乐剧化的现代思维

中国原创音乐剧的发展经过多年的实践探索已经取得了长足的进步和可喜的变化,欧美化音乐剧并不是唯一的模式,音乐剧《九九艳阳天》作为一部现代红色音乐剧,其题材的现代性、人文情怀、音乐叙事都体现了"泛音乐剧化"的现代审美特色。

其一,全剧的题材突出了现代革命文化意识。红色经典是人民文艺的真实体现,全剧刻画的"柳堡的故事"在宏大的现实叙事基础上展现了中国共产党领导人民翻身做主人的革命意识,将红色故事中普通战士最真实的人性通过革命现实主义与浪漫主义的手法交融,以高度自由的音乐剧形式进行舞台呈现,体现了剧作家对题材选择的"泛音乐剧化"思维。不断突破原创音乐剧固定化的思维模式,注重革命者命运的真实性和人物典型化的塑造,将革命传统文化中的家国情怀赋予了现代性意识的表达,这也体现了我国本土原创红色音乐剧文艺创作思维的现代化发展。

其二,全剧音乐叙事的现代性。民歌《九九艳阳天》的经典旋律,作为一种民族音乐的"标识符号"奠定了该剧强烈的情感色彩。"传统的继承,必须从表现新的内容的需要出发,有所选择,有所剔除,有所改造,即有所变革,才能成为与新的要求相适应的新形式。"[①]作曲家将民歌《九九艳阳天》移植、改编而成现代感、时尚感极强的流行音乐唱段,如开场《风车悠悠风车转》以及幕间曲《风车转的豆花香》《明月映照槐花开》,以极其通俗化、现代性的音乐风格进行音乐叙事。同时,该剧音乐叙事借鉴电影镜头蒙太奇手法,在展现新四军部队革命战争的场面时,以实景、虚境及现代科技屏幕切换进行叙事时空的表现,这种推陈出新结合时代发展的技术要求,让观众感受到现代音乐形式美感的创造性和创新性。

---

① 王朝闻.美学概论[M].北京:人民出版社,1981:288.

三、新人艺象中呈现革命集体主义精神

艺象是艺术主体以艺术客体为原料使自己审美情意对象化、符号化的产物。历史上各阶级文艺都塑造其本阶级正面人物、成功英雄的艺象,社会主义文艺也不例外。社会主义的文艺是集体主义的文艺,更是歌颂爱国主义的文艺,体现"治心移情"的审美功能。《九九艳阳天》以音乐剧的舞台形式向观众讲述一个发生在柳堡镇的爱情故事,该剧在真实、生动的戏剧叙事中也揭示了革命理想主义精神的深刻意蕴。剧中李进从最初沉醉于对二妹子的爱慕之情中,到经过指导员的教导之后转变思想观念逐步彰显革命集体主义精神的戏剧性表达,将典型环境中的个体形象提炼到无产阶级革命战士的"新人艺象",而这一"新人艺象在传播共产主义理想和社会主义思想道德当中,可以发挥巨大的、形象化的、生动的教育作用。"[1]李洪华曾经谈到,大众文化语境中的革命历史题材创作最突出的问题是人物形象的塑造,看剧作家能否把剧中主要人物形象的塑造提高到一个新的水平。[2] 全剧从抗日战争延续到渡江战役的宏伟叙事篇章中,观众可以感受到编剧、作曲对戏剧文本结构布局的合理把控及人物塑造的深厚艺术表达功力。

首先,从小儿女情感到集体主义意识的初次"萌发"。李进和二妹子初次相见后彼此有了懵懂的好感,他决定留下来在柳堡镇保护二妹子。指导员的一番话"打败日本兵,让千万个二妹子得解放"激发了李进革命理想主义情感的迸发,这时唱段《孰轻孰重多少分量》是指导员对他深刻的思想教导。在经过了激烈的思想斗争之后,唱段《年轻战士,铁打的兵》彰显了李进作为革命战士思想开始成熟。最后,部队战士齐唱"哎嗨呀嘿,军队向前进"的戏剧场面有力地推动了李进作为革命战士家国情怀意识的培养和成长,以及他心中集体主义情感和革命思想觉悟的真正转变。

其次,"集体感召"中革命理想主义追求价值观的"成熟"。全剧后半段,舞台时空从抗日战争转换到解放战争时期,解放军部队再次经过柳堡镇,李进已成为

---

[1] 何国瑞.社会主义文艺学[M].武汉:武汉大学出版社,2001:261.
[2] 李洪华.大众文化语境中革命历史题材创作的审美取向与问题反思[J].中国文艺评论,2021(4):46-50.

解放军某部队连长,和二妹子在柳堡镇偶然相遇,此时舞台上"九九艳阳天"主题音乐再次响起,重唱"我的亲人啊,如今你就在眼前"表达了二人多年之后意外相见的喜悦、感慨和坚定不移的忠贞爱情。很快,前方战斗的号角再次吹响,李进和二妹子又要再次分开,临别之际,二人约定"等着我,我们一起回家",这铿锵的承诺将革命理想主义精神热烈地表达出来。剧终时,李进在渡江战役中英勇牺牲,全剧达到了艺术的高潮,更生动地反映了中国共产党红色政权的来之不易,以现实主义和浪漫主义相结合的手法歌颂了革命先烈对革命理想主义信念的英勇追求。

全剧的尾声,战争终于胜利了,高潮唱段《我们要一起回家》在二妹子、李进和战士们的交叉变化舞台时空的演绎中再次升华了该剧革命理想主义的表达,战士们齐声高歌"回家,在太阳升起的地方,带去那温暖的艳阳",点燃了现场观众内心强烈的情感共鸣。

四、《九九艳阳天》的艺术启示

红色经典需要思想的支撑,但思想之于艺术,不是标签、不是符号、不是拼接,也不是粘贴,好的艺术的深刻性就在于思想的潜在的丰富性,正所谓"水中盐味识诗禅"。[①] 音乐剧《九九艳阳天》立足地方红色文化资源的挖掘与提炼,为当下我国原创红色音乐剧的创作带来新的审美艺术价值。

首先,阐发革命传统红色文化的精神底蕴,拓宽红色音乐剧创作的审美视野,将宏大革命叙事与个体精神追求进行完美结合,表达真实的人性关怀。红色经典一定要在遵循文学叙事的历史逻辑中生动诠释"中国人民为何选择共产党"和"共产党何以救中国"的历史信念,阐明共产主义信仰既是共产党人的自觉追求,也是中国人民认同的一种历史逻辑的展开。[②] 音乐剧《九九艳阳天》作为一部以革命战士个体情感生活为主要表达题材的音乐剧,极大地丰富了红色革命文艺创作中一以贯之的历史宏大题材叙事的大手笔手法,将革命现实主义和浪漫手法的手法相交织,把叙事重心聚焦到一个普通战士的日常生活叙事中来展

[①] 宋宝珍.红色经典的戏剧路径与艺术特征[J].中国文艺评论,2021(4):22-30.
[②] 范玉刚."红色文艺经典"的现代性内涵阐释[J].中国文艺评论,2021(4):38-45.

开,在生活真实的叙事基础上进行艺术创作的典型化塑造,从而让李进、二妹子等典型人物的艺术塑造产生生动的审美效果。《九九艳阳天》通过朴实的革命爱情故事传达了深刻的精神主题,李进在"舍我"与"大爱"的集体主义情感中以真实的叙事逻辑生动地唱响爱国主义的主旋律,这种"大爱"的革命情怀是红色文化最深厚的精神底蕴,这种精神底蕴是中国共产党为了人民的幸福生活矢志不渝的坚定追求,而这种信仰和追求正是红色经典文化中蕴含的中国精神的真实表达。

其次,体现中国风格原创音乐剧本土化的创新性。音乐剧是"舶来品",中国原创音乐剧的本土化探索随着改革开放以来在几代人共同的努力下已经走过了几十年的风雨历程。从20世纪80年代第一批音乐剧《芳草心》《搭错车》《雁儿在林梢》等都市化风格的原创作品,到90年代的音乐剧《白莲》《秋千架》《五姑娘》等一批乡土化、民族化的综合风格作品呈现于大众眼前,我国音乐剧的文艺创作者"兼收并蓄"的艺术视野取得了长足的进步。当下,中国音乐剧正在"从传统文化中提炼符合当今时代需要的思想观念、道德规范、价值追求,赋予新意、创新形式,进行艺术转化和提升,创作更多具有中华文化底色、鲜明中国精神的文艺作品。"[①]《九九艳阳天》以现代红色音乐剧的创作理念进一步开拓了我国原创音乐剧题材的艺术空间,用回归"柳堡的故事"的真实性唤醒人民大众内心最本真的民族情怀,以展现普通人物情感生活为切入口进行革命英雄主义的现代性诠释,体现了艺术创作传承革命传统文化在当下的创造性转化和创新性发展的最新艺术表达。

(作者系无锡太湖学院艺术学院教师)

---

① 中共中央政治局. 中共中央关于繁荣发展社会主义文艺的意见[N]. 人民日报,2015-10-20(2).

百川归海　万水朝东
——评重大革命历史题材话剧《万水朝东》

许国华

从"九一八"事变到开国大典，从"不当亡国奴"到"中国人民站起来了"，从中间力量的"第三方"到人民政协的"参政党"……洪流滚滚的历史场景跃然再现，万水滔滔的时代气氛扑面而来，我沉浸在波澜壮阔的史诗之中，久久不能平静。

由王斑导演、孟冰编剧的重大革命历史题材话剧《万水朝东》，用片段式、多视角的叙事结构，全景式展现从1931年"九一八"事变爆发至1949年中华人民共和国成立期间，中国共产党领导和团结各民主党派爱国人士发展壮大统一战线，最终取得革命胜利的伟大历程。以春风化雨、润物无声的艺术语言，传递出各民主党派爱国民主人士最终选择中国共产党是历史的自觉、是人民的选择。

以点带面，片段式叙事勾勒波澜壮阔的英雄史诗

《万水朝东》摒弃传统讲故事的方式，没有简单罗列和堆砌历史事件，而是采用片段式的叙事结构，聚焦历史事件发生的精彩瞬间，撷取了23个具体历史片段和22个具体历史人物组成的"点"来展开。每个"点"既独立成剧，又服务于整体叙事的"面"的需要，共同浇筑出一部气势恢弘的英雄史诗。

《万水朝东》最大限度还原了历史，艺术化呈现了一系列耳熟能详并写进教科书的历史事件，如改编八路军、"七君子事件"、抗战胜利、重庆谈判、"李闻惨

案"、新政协会议等,也深挖了一些鲜为人知的历史事件和历史细节,让观众身临其境,享受舞台表演的同时,也沉浸式地学习了党史。

黄炎培(任之)是剧中着墨较多的一位爱国民主人士。话剧以黄炎培忧国搅牌桌开场,1931年"九一八"事变爆发,消息传来,在上海申报馆工作的黄炎培忧心如焚,急忙赶到主编史良才家中。在史家,许多人正在热火朝天地打牌,黄炎培焦急地说:"电报到了,日本兵在沈阳开火了,沈阳完全被占了,牌不好打了。"看着着急的黄炎培,众人漠然,甚至有人嘲讽道:"中国又不是黄任之独有的,你一个人起劲!"黄炎培怒火中烧,狠狠一拳砸在牌桌正中:"你们甘心做亡国奴吗!"众人闻之十分惭愧,便散场离开。这则出自《黄炎培日记》的真实事例[①],通过"点"的细节化呈现,以典型人物勾连历史事件,为民主人士寻找救国救民之路、共同建立统一战线做了铺垫。

爱国民主人士邹韬奋生命垂危之际,仍未放弃对共产主义的信仰,希望死后能将骨灰葬在延安,并被追认为中国共产党党员。话剧因此设置了延安和上海医院两个空间,"上海医院"空间同意把邹韬奋的骨灰运到延安,追认他为中国共产党党员,"延安"空间高度评价邹韬奋"真诚地为人民服务,鞠躬尽瘁,死而后已"[②]。类似的情节还有很多,既是片段式的,也是群像戏的,共同浇筑出一篇宏大的英雄史诗,生动表现出共产党人有情有义,和民主人士荣辱与共、肝胆相照的初心。

《万水朝东》的"面",以线性叙事为基本轴,围绕统一战线思想的萌生、筹建、挫折、最终建立之轴,巧妙地串起众多的"点",以点带面,点面结合,用片段化史诗呈现的方式还原历史,让观众重温那段艰苦卓绝的峥嵘岁月,深刻感受统一战线这一重要法宝的巨大作用。"九一八"事变之后,各界爱国民主人士纷纷主张建立抗日联合阵线,并以第三方立场促进抗战,而在李公朴、闻一多被暗杀之后,各民主党派遭到强制解散,历经血与火的洗礼,他们才真正认识到在民主和非民主之间没有第三方,最终选择了中国共产党,构筑了牢不可破的爱国统一战线。

一个个内化于心的片段故事,串联起来就是一部直击人心的红色党史。《万

[①] 黄炎培. 黄炎培日记 第3卷[M]. 北京:华文出版社,2008.
[②] 中共陕西省委党史研究室. 挺起共产党人的精神脊梁[M]. 西安:陕西人民出版社,2020.

水朝东》精择最有戏剧性的历史瞬间,进行适度放大的艺术化呈现,用"一滴水见太阳"的艺术效果,让观众体悟历史,引发感动和思考。

虚实结合,多视角手法表现人民至上的永恒初心

清朝唐彪在《读书作文谱》中说:"文章非实不足以阐发义理,非虚不足以摇曳神情,故虚实常宜相济也。"[①]文章如此,戏剧亦如此。戏剧的"虚实相生",与中国传统美学思想息息相关,创造了舞台上虚实结合的唯美意境。

作为一部史诗性历史话剧,秉持历史真实性是该剧遵循的基本原则,但历史剧毕竟不是纪录片,必然存在一定的艺术虚构成分。在艺术虚构时,《万水朝东》坚持历史真实与艺术真实的有机统一,在虚实之间构建完美的叙事脉络,让观众在历史事件的艺术化呈现之中,情景式重温历史,沉浸式反思历史,对所表达的主题产生更深刻的体悟。如剧中呈现的黄炎培在延安与毛泽东探讨政党执政周期律的"窑洞对",是大家广为熟知的真实历史事件。面对黄炎培"其兴也勃焉,其亡也忽焉"的提问,毛泽东给出了回答:"我们已经找到新路,我们能跳出这周期率。这条新路,就是民主。"[②]这是信而有征的史实。在探讨民主时,剧中却虚构了一位叫"老杨"的延安农民,他用"数豆子"的形式告诉了黄炎培什么是民主,通过艺术化的呈现,让黄炎培对共产党和人民民主有了全新的认识,从而开始坚定地支持共产党。

似乎与毛黄"窑洞对"相呼应的,话剧虚构了一场跨越时空的"毛蒋对"。剧中1949年,毛泽东和民主人士在北京火车站等候迎接宋庆龄,时间宽裕,他想独自走走,这里虚构了毛泽东与蒋介石关于"术"和"道"的隔空对话。这一虚构对话,概括了共产党对坚定统一战线,建立人民民主政治制度的态度与决心,突出了人民性,升华了主题。

结尾处开国大典一幕,各民主人士纷纷走向舞台前台,毛泽东还有一个"请大家喝一杯清茶"的节目,于是大家围着毛泽东,高举茶杯喝清茶。这一艺术虚构,呼应了"万水朝东"的主题,书写出共产党人和民主党派间肝胆相照、荣辱与

---

① 唐彪.读书作文谱[M].长沙:岳麓书社,1989.
② 中央纪委.列宁、毛泽东和邓小平论民主集中制[M].北京:中国方正出版社,1994.

共的壮丽诗篇，展现了大势所趋的历史潮流，充满了深刻隽永的含义，让所有人更加意识到统一战线、凝聚人心的重要。

《万水朝东》中的"虚"和"实"，都是构筑在历史真实和历史本质辩证关系之上的，坚持了历史叙事与虚构叙事的有机统一，虚实结合，用多视角手法艺术化再现统一战线的过程，表现人民至上的永恒初心。

立意高、角度新、主题明，填补了同类革命历史题材的空白

"以史为鉴，可以知兴替"，好的戏剧是可以映照现实的，历史剧更是如此。

话剧《万水朝东》以鲜明的主题创作，高超的政治表达，新颖的视角切入，传递出强烈的艺术感染力。《万水朝东》不仅全面地展示了中国共产党统一战线工作的丰硕成果，更重要的是从各民主党派和全国各界爱国人士的角度，艺术化地描写了中国共产党与各民主党派和爱国民主人士真诚相待、患难与共、肝胆相照、携手共进，共同建立统一战线，共同寻找民族复兴的光明之路的历史篇章，真实地还原了各民主党派和无党派人士自觉而郑重地选择了中国共产党领导的曲折历程，客观地表现了中国共产党领导的多党合作和政治协商制度，巧妙地诠释了"中国道路、中国制度"。

表现中国共产党领导中国人民革命斗争的红色革命历史题材作品，取材上大都围绕"建党、建军、建国"或某一重大历史事件而展开，制作上偏向表现为鸿篇巨制的"大制作""大阵容""大格局"的宏大气势，形式上侧重呈现出气势恢弘的史诗格局。而迄今为止反映中国共产党和各民主党派及爱国民主人士建立统一战线的作品，在国内的戏剧舞台上少之又少、几近空白，话剧《万水朝东》的横空出世，填补了同类革命历史题材的空白，也是对中国特色社会主义协商民主伟大实践的艺术再现。

百川归海，万水朝东。话剧《万水朝东》再现了中国新型政党制度诞生的厚重历史土壤和关键历史节点，展现的是爱国故事，讲述的是中国故事，让观众深刻感受到革命先辈对理想和信仰的忠贞，在历史洪流中汲取奋勇向前的伟大精神动力，开拓更加壮丽的新征程。

（作者系江苏兴鸿物业服务有限公司经理）

影视(动漫)

王尘无：披荆斩棘的左翼影评战士

梁天明

王尘无是20世纪30年代我国杰出的电影评论家,30年代的旧中国,魑魅魍魉横行,荆棘毒草丛生,在那血与火交织的年代,王尘无手举真理之旗,以笔代枪,为左翼进步电影开辟道路,成为披荆斩棘的无畏战士。

他,只活了28岁,没有妻室、后代……

他,离开人世已80多年,没有留下坟墓、遗言……

然而,他短暂的一生为我们留下了48篇电影评论,12篇电影论文,59篇电影杂文以及散文集《浮世杂拾》这样犀利的文字,在《中国电影发展史》的纪念碑上留下光辉的名字……

左翼影评的开拓者

王尘无,原名王承谟,1911年1月23日生于江苏海门汤家镇。父亲王燕宾在汤家镇上开设裕大南货店,以经商为生。王燕宾有六子三女,王尘无是第三子。王尘无少时在家乡读书,受当时海门地下党县委书记洛克同志的引导,要求进步,倾向革命。1927年,去无锡国学专修馆(今苏州大学)攻读。1929年,进上海持志大学(今上海外国语大学)继续学习。1930年加入中国共产党。翌年回到海门乡下,任海(海门)启(启东)中心县委秘书。1932年,在领导海门进步学生运动中暴露身份,为避开反动派的追捕,只身来到上海,加入中国左翼作家联盟,成为左翼剧联影评小组的负责人之一。党的电影小组成立后,他是小组的成员,以"尘无""向拉""方景亮""离工""摩尔""劳人"等笔名,活跃在影评阵地上。1938年5月25日,因严重肺结核久卧病榻的王尘无呼喊母亲数声,连吐几口鲜血后与世长辞。

20世纪30年代的中国,是在半殖民地半封建的社会基础上,呈现着错综复杂的社会状态。1931年的"九一八"事变后,民族矛盾更加尖锐,广大观众对电影脱离现实不满,强烈要求看到能反映现实的新电影。在中国共产党人进入电影领域之前,银幕上充斥着反映帝国主义文化和封建文化的影片,色情片、辱华片、古装片、神怪片几乎垄断中国电影市场,千篇一律的套路也使观众逐渐失去了新鲜感。电影公司面临严重危机,意识到吸收进步作家参与剧本创作的必要性,新文化工作者也认识到电影在宣传教育群众方面的巨大作用。在这种历史背景下,左翼电影获得了兴起的契机,中国电影被纳入了新文化的轨道。

王尘无的影评活动就是从这时开始的。那时,中国电影事业处于历史的转折时期。田汉、洪深、郑伯奇、郑正秋等正直的文艺工作者跻身影坛,为中国电影事业的健康发展做出了可贵的努力。1932年5月,以夏衍为组长,由钱杏邨、王尘无、司徒慧敏、石凌鹤等人参加的党的电影小组成立。从1933年开始,中国左翼戏剧家联盟领导下的影评人小组逐步占领了影评阵地。很多重要报纸如《申报》《大公报》《晨报》《大晚报》等都辟有刊登电影评论的电影副刊。同时还出版了以电影评论为主的电影刊物。一批著名的左翼影评家如夏衍、郑伯奇、石凌鹤、鲁思等,积极发表文章探索中国电影前进之路,向帝国主义和封建电影文化发起进攻,王尘无和战友们在一起,冲刺在最前线,为左翼进步电影开辟新路,他对上映的国内外影片依据政治内容进行评价,并热情推荐苏联影片和介绍苏联电影理论,借以提高中国电影工作者与观众的创作与欣赏水平。

20世纪30年代的左翼电影文化运动与其说是一场中国共产党领导下的电影运动,或者说是在国统区建立的第二条统一战线,不如说,是一批左翼影评人和有良知的中国影人,深感于当时的社会危机与影业危机,认识到电影有转向的必要,自觉地探索一条不同于资本主义条件下的电影文化的道路,从而完成了拯救电影与启迪民众的双重任务。具有进步倾向的王尘无则受到时代精神的呼唤和左翼思想的感召,认为要创作出新的电影题材,比如以展现底层人的生活为主题,这在很大程度是在为电影这一大众文艺走向大众化而呼号奔走。

1932年5月30日,王尘无首次以尘无的笔名,在《时报·电影时报》上发表了《由浅薄说到滑稽》,文中王尘无愤怒地对那些充斥银幕的"毫不足怪""浅薄"的影片进行了鞭挞,是左翼电影评论家们向落后污浊的旧影坛打出的第一枪,他认为这些影片都为那些"市侩和毫无学识的男女们"为吸引"公子哥儿姑娘小姐们"拍摄的。他一针见血地指出"在这浅薄的社会层中,根本不会产生有意义的影片","而浅薄的倒风行一时"[①]。为了详尽地论述这一点,王尘无在《电影讲话》中首先运用辩证唯物论的观点阐述了"电影与时代"的关系:"电影是新时代的新兴艺术,是电气机械和文学绘画的总和,是科学和艺术的交流"。他还运用阶级和阶级斗争的观点,阐述电影的阶级性:"'某一个阶级所制造的艺术是意识地或非意识地拥护着自己的阶级'。电影当然不能例外"。中国电影陷入极度的不景气的根本原因,就是在"中国电影跟不上时代这一点上"。同年6月15日,他发表的题为《电影在苏联》的文章,首次在中国比较全面详尽地传播、评析苏联无产阶级电影的概况和列宁关于"在一切艺术之中,对于我们最重要的是电影"的重要观点,"电影在苏联,是能够随着新的巨人,一同完成历史的任务"。之后,他又对当时在我国上映的《生路》等苏联电影发表了许多评论文章。1933年,王尘无利用《晨报》副刊《每日电影》这一阵地,发表了大批介绍苏联电影的文章,如夏衍翻译的普多夫金的《电影导演论》及郑伯奇翻译的普多夫金的《电影脚本论》等,一方面引导我们从中汲取如何表现劳动人民生活的营养,另一方面对改变我国电影导演在表现形式上受舞台剧影响偏重的情况,起到了很大的促进作用,形成了一股介绍苏联电影的潮流。

从1932年5月起到1933年,是左翼影评的开拓时期,具有重要的历史意义。这一时期的活动,王尘无做出了重要贡献,发表了大量的影评。1933年5月,他的论文《中国电影之路》,详尽地论述了电影文化运动的反帝反封建的方针和任务,对左翼电影运动的理论建设和创作实践,都有着重要的指导作用。他在文章最后发出呼号:"同志们努力吧!为了中国电影的前途!为了中国大众反帝反封建的前途!"

威信最高的影评家

1933年,在党的电影小组领导下,左翼影评活动迅速地、有声势地开展起

---

① 本文所涉王尘无影评文章均以《王尘无电影评论选集》(中国电影出版社,1994年)为参考书目。

来。自《狂流》问世之后,王尘无等左翼影评人大力推介,为左翼影片走上银幕扫清了道路。1933年被称为"中国电影年",以《狂流》发轫,《铁板红泪录》《春蚕》等一批左翼影片相继出现,丰富了中国电影的表现题材。1933年6月18日,王尘无联合夏衍、郑伯奇、阿英、洪深、沈西苓、柯灵、陈鲤庭等十五位进步的电影工作者,联名发表了《我们的陈述,今后的批判》,明确提出今后电影批评工作的方针任务,表示对影片的思想内容,要"如其有毒害的,揭发它;如其有良好的教育的,宣扬它;社会的背景,摄制的目的,一切要解剖它"。影评人对电影工作者的帮助与批评,推动其中的进步分子走上了左翼电影创作的道路。

这一时期,王尘无既是左翼电影评论活动的领导者、组织者之一,又是一个很有影响的"影评人"。于伶在《回忆"剧联"话影评》一文中称王尘无是当时的"权威的影评家","在许多影评人中尘无同志在广大观众和读者中间的声誉与威信为最高。每当新片上映时,有些青年观众会说:等一等读了尘无的影评文章,看他说好说坏,再决定去看哪一张好影片。"①在此期间,王尘无写了大量的影评文章。其中,有对国产影片的评介文章,也有对外国影片的评介文章,既有就一部影片发表看法的文章,也有对某一类影片、某一类问题进行综合评论的文章。王尘无的影评文章有几个特点:

一、鲜明的观点。王尘无作为一名共产党员,他的影评文章总是与时代的脉搏紧密合拍,与观众的进步要求遥相呼应,与群众的感情相通共鸣。他的文章鲜明地亮出了反帝、反封建的革命旗帜。当时,国产影片数量有限,充斥影坛的更多的是输入中国的外国影片,对于这些外国影片,王尘无写了大量的影评文章引导观众正确观看,他用先进的理论思想为指导,把这些影片放到具体的社会背景和历史时代中给予考察和评价。对于当时放映的英国电影《天降美人》,美国电影《恋爱的技术》《白宫风云》等进行了强烈抨击和剖析,他采用政治标准第一的态度揭露这些影片的毒害,他指出:"凡是聪明的观众,一定能够看出哪一张影片是补剂,哪一张影片是毒药。""尤其注意是最有毒害的影片:像《白宫风云》之类。"(王尘无《关于意识——读"十日谈"后》)王尘无还尖锐地认为"从《璇宫艳史》到《上海小姐》,他们利用着醇酒、妇人、唱歌、跳舞之类来麻醉大众的意识"。"这是从《三剑客》到'火烧''大闹'之流一贯的。他们带有极浓厚的封建意识,和

---

① 于伶.于伶戏剧电影散论[M].北京:中国戏剧出版社,1985:348.

极度的低级趣味,这种影片不仅不会提高大众们的文化水准,反而压迫大众的意识到万劫不复的深渊中去。"(王尘无《打倒一切迷药和毒药,电影应作大众的食粮》)对苏联电影,王尘无则是热情赞扬,如在评论《生路》时,他认为影片"不但在意识上,已经走到世界电影的前面;就是在技术上,《生路》也走在世界电影的前面",使中国的观众"清楚地了解着,哪一种电影是麻醉品,哪一种电影是滋补剂",并预言"由于《生路》的启发,我们相信这样题材的电影,一定很多地在中国电影界送出"(王尘无《〈生路〉的尾声》)。

二、科学的态度。作为共产党员的王尘无,写影评文章绝无争名逐利之心,毫无媚俗取宠之态。评论电影,他不是采取极"左"的教条主义的简单化态度,而是采取科学态度,实事求是的分析,运用马克思主义最锐利的武器唯物论辩证法,从实际出发,发现矛盾,分析矛盾,提出现实主义的艺术方法。他在《又是杂感》中谈到卓别林的银幕作品时,非常精辟地论述:"卓别林无论如何他的作品是有严肃的意义。他眼睁睁地看到了自己所爱护的布尔乔亚的不可逃免的没落,而又不希望他们的没落,但是残酷的事实终于使他不能不写出他们的命运和丑恶,这就是卓别林的伟大处!也是现实主义的胜利。"1933年3月,蔡楚生编导的《都会的早晨》上映,这部影片是蔡楚生在左翼电影运动影响下开始转向进步的力作。影片公映后,王尘无立即写了《〈都会的早晨〉评》一文,文中王尘无热情地肯定了蔡楚生创作上的进步,他认为:"他是和中国电影的整个的前进而一同前进着。但是蔡楚生君深沉的构思,不断的努力,使他较他的伙伴们,更形锐利。"王尘无认为蔡楚生把尖锐的阶级对立、强烈的阶级仇恨在银幕上表现出来了,尤其是对反动的"血统观念"的批判,"是《都会的早晨》中最杰出的地方,同时也是蔡楚生君最成功的地方。在中国,血统观念是非常深刻的。而《都会的早晨》中,许奇龄却在黄梦华说明了他们之间的关系以后,毅然地跑出了黄府,这种阶级和家族的比重、血统和生活的比重,是极有力地昭示我们了"。"在《都会的早晨》中,我们看到:世界创造者的手,紧紧地握了起来!"还有对《狼山喋血记》的评论,他写道:"与其说是一篇小说,一首诗,不如说是一篇散文。""在故事和结构方面,都不相同于所谓'戏剧性'丰富的作品的。但是这张影片的内容是刚劲的,而费穆先生的手法,却是'清丽'。""这自然不是说这种影片不要美丽的画面,但是我以为这美,是需要苍劲和奇伟,明秀的水、清远的山,都不配的。"(王尘无《〈狼山喋血记〉观后感》)王尘无对这部影片的艺术创作进行美学上的深刻分析,是多么有说服力！科学的分析，是王尘无电影评论的强劲生命，他的影评文章，具有深刻理论性，按文学及电影形象特性分析评价，表明了作为一个影评家的睿智和成熟。

三、犀利的笔锋。真理在握，还要有锋利的剑，才能披荆斩棘。王尘无挥起锐利的笔锋，他写影评文章，一向观点鲜明，见地高深。他除评价影片外，还对电影的功能以及影评本身等问题进行了初步探索。20世纪30年代，在上海电影界和文化界发生了一场关于"硬性电影"和"软性电影"的声势浩大、蔚为壮观的论战。为了巩固左翼影评的阵地，王尘无与"软性电影"论者进行了激烈论战，论战的双方是以夏衍、王尘无、唐纳、舒湮等为主将的左翼"影评小组"的"硬性电影"论者和以文坛"新感觉派"作家刘呐鸥、穆时英等为主将的"软性电影"论者。王尘无将批评引入到包括艺术的本质、内容和形式的关系、美学价值与社会价值、艺术性与倾向性等在内的一系列艺术理论问题，其涉及的范围之广、程度之深、斗争之激烈、影响之深远，在中国电影界到目前为止都是极为罕见的。在这场斗争中，王尘无以病弱之躯写了《清算刘呐鸥的理论》《病余随笔》《论穆时英的电影批评底基础》等理论文章，就左翼电影的大众化问题、电影题材问题、电影的艺术性与倾向性问题，进一步阐述了马克思主义的文艺理论，着重批判了"软性电影"。王尘无认为左翼电影运动是站在无产阶级的立场上进行的电影观念的实践，其电影观是"一个作品的艺术价值的判定，是在他反映现实的客观的真实性的程度"（王尘无《清算刘呐鸥的理论》）。他以鲜明的阶级观点批驳了"软性电影"的实质是把电影最终变成"鸦片烟和红丸"，达到麻醉和毒害人们灵魂的目的。这场斗争的胜利，鼓舞了广大人民和电影工作者的斗志。对左翼电影理论工作者来说，磨炼了马列主义文学艺术理论的武器，为以后电影运动的深入发展奠定了理论基础。

电影理论的探索者

王尘无是最早进行左翼电影理论研究的影评家之一，他在中国左翼进步电影理论的发展中，充当了开路先锋。他本来是从事文学创作的，但当他开始电影评论后，他认为对人民大众而言，"'电影比文学的作用更大'这一句话，却始终坚定地横在我的意识上。""所以，当我做着更直接的实现我这一种信仰的事的时候,我是毫不可惜地放弃了我的创作。"(王尘无《悲愤中我的自白》)1932年6月,他的长篇论文《电影讲话》分六期连载于《时报·电影时报》上,可以说,这是中国最早用马克思主义的世界观、文艺观,对中国电影的现状进行理论上的总结和比较系统的剖析的一篇文章,是一份普及性的左翼电影理论的宣传教材。

1933年5月,王尘无写了《中国电影之路》一文。他以马克思主义的世界观对中国的经济状况、政治状况、各阶级面貌、电影事业现状进行了科学分析,明确指出当前中国电影的反帝反封建的任务,他说:"中国电影在目前无疑地已经引起了广大群众的注意了。""中国电影事业有一个新的转变。""目前的中国社会,是在帝国主义和封建残余的联合统治之下,那末(么)无疑的,中国社会并没有发展到纯粹资本主义的阶段。同时资产阶级却已经背叛了革命而投降到封建残余和帝国主义的怀里了,所以应该资产阶级负担的反帝国主义和反封建的任务,他们也没有力量负担。因此,新兴的革命势力,在目前还先要完成反帝反封建的任务。""中国电影的当前的任务,当然同样地是'反封建和反帝国主义'。"王尘无在阐述中国反帝反封建的电影题材问题时,指出:"最伟大的电影,一定要深入到大众中间去,一定要给每一个人了解,才有效力。""所谓大众化,并不限于票价方面,最至要的,还是影片的内容和形式方面。""电影的内容,非尽量地引用大众的真生活,拿大众每天接触的人物做主角不可。至于形式上,也应该非常明快地展开,多动作,少对白,千万不要运用一切倒叙回忆等只有知识分子,或则看惯电影的人,才懂得的手法。"他说:"只有建立起中国电影观和电影批评的标准,我们才能够更具体地更有计划地推动促进中国电影"。

《中国电影之路》是王尘无的一篇重要理论著作,与郑伯奇的《电影罪言》、阿英的《论中国电影文化运动》等论文一样,都对后来左翼电影运动中拍摄的大量进步优秀电影产生了积极影响,充分体现了党的民主革命阶段的总路线,是党关于左翼文化运动的总方针与中国电影事业现状的具体结合,是中国左翼电影运动中的重要文献。

1936年1月,文学界提出了"国防文学"的口号,电影界专门召开了一次关于国防电影的讨论会,在关于国防电影问题的讨论中,王尘无抱病写作了《一个电影批评人的独白》一文,着重就国防电影的题材问题和电影批评问题发表了很好的意见。他指出:"所谓凡是现实主义的影片都是'国防电影',这口号既在创作方法上'左'得挡住了广大作家的来路,同时更在内容方面'右'到实质上取消

'国防电影'。""所以我们把'国防电影'扩大到包括浪漫的和象征的,也因为目前的'国防运动'是一个广泛至全民族的联合战线的运动,而不限于进步的一些人。"王尘无的这些见解,对正确贯彻党在电影界的统一战线,对促进和指导"国防电影"的创作,都起到了良好的作用。

王尘无在电影理论上的贡献,在于把党的路线、方针、政策,联系电影理论与电影评论的实际,以求是的科学态度,提出左翼进步电影新的理论,指导电影创作和电影评论实际,又从电影创作和电影评论中找出规律,提炼成理论。他没有空洞的说教,而是以自己的心血,参与浇灌我国左翼电影理论的基石,为后继者点亮了不可磨灭的指路明灯。

王尘无有很深的文学素养,读他清新敏感的散文,读他精辟泼辣的批评,再读他词华直逼唐宋的旧诗文,使人难以相信这是出自一人之手。他写有许多散文,编成《浮世杂拾》一书。这些散文,文笔清新秀美,充满了田园式的诗情画意,细腻地表达了王尘无热爱家乡、热爱祖国,以及他对劳苦大众的深厚感情,表达了他在黑暗旧中国的沉重呻吟,以及与疾病搏斗时的一腔哀愁。

王尘无逝世已 80 多年了。他短暂的一生,为中国革命文艺事业建立了不朽的功绩,他以清瘦的病弱之躯,为中国进步的电影评论事业冲锋陷阵,开拓道路,在中国电影发展的历史上,留下了坚实有力的足迹。

人民永远不会忘记他!

(作者系南通更俗剧院原策划总监)

"间"之声
——日本动画人声跨文化传播的现象学分析

汤天轶

人声作为动画作品中重要的艺术元素,既不是画面视觉元素的附庸,亦不仅是剧情叙事的工具。在电脑网络媒体为中心的当代动漫文化中,对异种语言动画人声的理解和消费更成为动画艺术跨文化性的集中体现。日本动画在我国传播的过程中出现了崇拜其人声和配音演员的"恋声族"现象;在近年国产日式动漫风格游戏开发中,为游戏角色配以日文语音也成为常态。日本动画人声的这种传播现象满足了作为动画人声跨文化传播研究对象的三个条件:第一,动画作品丰富,受众面广,且受众接触时间长;第二,日语非母语或学校必修语言,对大多数受众而言,生活中没有直接把握其意义的听觉基础;第三,配音专业性强,与动画的艺术表现力联系紧密。

关于日本动画人声跨文化传播的现象,虽然存在着一些有关动画人声本体的配音理论和声音设计理论研究,但均未关注动画人声与跨国受众听觉、视觉、语言及文化世界的关系。笔者在以往的论文中曾以21世纪00年代国内受众的主观感受记录为材料,对日本动画人声视觉印象的诞生进行过现象学分析,解释了动画人声分别作为意义不明的外来人声和构造角色身体的语言而被受众主观分层次把握的过程。

然而,这个过程中涉及的主客体(受众、日语人声、动画形象、中文翻译等)时常存在着时空的错位,它们代表了各自不同的在场性,有些是眼前的,有些是非眼前的。要理解是什么催生了这种在场的特殊性,阐明动画人声被异国观众接受和喜爱的跨文化原理和意义,不能仅靠分析受众已然"听到"声音的感受,还需要回到他们如何聆听动画人声的先验状况之中,做进一步的现象学还原和分析。

一、超越"眼前":电话般的在场

动画人声类似于歌剧的人声,是一种专门的、非日常的、情感刺激的艺术表现形式,一种在排除杂音、纯化的环境中形成的,具有一定的音乐和音响效果的声音。动画人声往往伴随着背景音乐的存在,但比其他音响元素能更前景化、更清晰地呈现给受众。日本的动画配音演员被称为"声优"(声優),意为"声音的演员",声优亦称其日常工作为"演戏"(お芝居)。这种舞台歌剧性的表现使"动画角色实为面向万人叙说,但却宛如面向一个人叙说一般"[1]的现象成为可能。然而,近似歌剧的艺术表现并不意味着近似歌剧的经验形态,因为至少在我国,以学生为主的受众的生活中,到剧院欣赏歌剧或话剧并非普遍的日常经验。国内消费日本动画的视听媒介状况是:以电脑、智能手机为主要设备;中小学生有父母师长监视、大学生多人合宿,处于有限的公共生活环境。这使得受众实际观赏动画时耳机的使用频率非常高。不仅是学生,笔者调查的已就业的动漫爱好者中,也有因诸如与同事合租公寓、配偶对动漫不感兴趣等原因,一直使用耳机观赏动画。很多人起初使用耳机是迫于无奈,但在长期的作品消费中逐渐适应并开始倾向于使用耳机,而其中的一部分则进一步发展为所谓的"恋声族",后者多使用专业的监听耳机聆听广播剧。

受众为何选择聆听日语人声,而非仅阅读字幕,其经验性的理由笔者曾在过往的论文中有所解释。日本动画人声给予中国观众三个层次的体验:第一层次是一种视觉、嗅觉、味觉等的混合印象,一种"原始而丰富、有范围而待分节"的"外部领域"。第二层次是比语言本身更根源的"情感的姿态",指向的是人声中"人"的基本意义。第三层次,也是对于动画作品来说最为重要的层次,即角色性。特定的角色性与某种特定人声互为象征、相互唤起。正是在这三个层次的体验中,动画角色从平面的绘画符号开始跃升为有"人"性的、可以共情的他

---

[1] 小森健太朗.声優論:アニメを彩る女神たち:島本須美から雨宮天まで[M].東京:河出書房新社,2015:14.

者。① 为了维系这种他者的魅力,受众选择了持续聆听日本动画中的人声。

然而,先于此三个层次的体验,受众已然受到视听状况的影响,这种影响可以结合另一种声音"电话人声"的体验来说明。其与动画人声体验具有以下两个相似特征。

第一,超越实际距离的身体感觉。正如梅洛-庞蒂所述的"言语是一种动作,言语的意义是一个世界"②,人声作为"被听见"的身体动作,使得能听见对方声音这一状况意味着发声的身体和"我"的身体拥有共同的世界性的地平线,并显现于同一个维度中。此时,人声的听觉辨识程度也就成了测量对方身体与"我"之间距离的直观尺度。从台词的日语发音所代表的异国"日本",从与有别于现实的影像空间,从这些遥远的他者那里传来了活生生的声音,到达了作为中国人的"我"的身体领域。此时,"我"会获得"我"与动画角色身体间距离的认知经验,而这种距离感知是奇妙的,正类似于媒体论学者吉见俊哉所论述的接听电话时的感觉:

> 虽然是理所当然的,但正因为人与人之间相距甚远,才想通过电话这种媒体来进行对话。从这个意义上来说,打电话的两个人之间的关系总是遥远的、被间接化的。但是,另一方面,电话并不经过书信或磁带这样的记录媒介,而是将对话的两人的声音直接实时地结合起来。在这一点上,电话又把通话的两人放在了近似于面对面的对话、近乎身体相邻的场所中。③

这种远近共存的感觉又近似于笔者在过往论文中论述的网络虚拟形象(avatar)的"不可能的面容"④。现实中的人与人之间本来有面容这一固有的表面阻绝相互间内心的连接,但虚拟形象的"面容"所具有的表里分离的特性,反而使人想象的一种超越似脸非脸的表面、直接相连内心的连接成为可能,又使人产生错觉——现实中无法确认的空间距离被缩小为网络界面上图标间的极短距

---

① 汤天轶.以耳所"见"——日本动画人声在中国受容的视觉论[J].美术大观,2021(1):147-149.
② 梅洛-庞蒂.知觉现象学[M].姜志辉,译.北京:商务印书馆,2001:240.
③ 吉见俊哉,若林干夫.メディアとしての電話[M].东京:弘文堂,1992:113.
④ 汤天轶.机械-中-身体——中日动漫亚文化的网络人类学理论研究[J].探索与争鸣,2016(10):132-136.

离。这对于理性来说是一种"错觉",但对于感官来说却意味着一种真实在场化。类似地,当无法通过视觉直观判断与对方之间的距离时,电话将与对方身体的距离置换为了耳朵与听筒的距离或听到的声场(soundstage)的大小。而对于上述用耳机欣赏动画的受众来说,被置换的对象便是他们与动画角色身体间的,跨越现实和非现实世界的距离。一方面,在排除周围他人干涉的状态下,动画角色在耳边的低声细语创造出只有发声者与"我"存在的完全私人的空间,更加鲜明地烘托出一种类似于触摸肌肤的"触及"。另一方面,作为"被触及者",此声音与对象的肉体分离,正是这种肉体的缺失让听者感觉他们被给予了比现实地触摸对方更直接的关系。这样的关系也在电话文化论中被喻为"以两个只能分隔远离的身体的完全融合为目标"的"性爱性"的关系[①]。这种关系迅速将角色有情感的身体从屏幕拉入听者个人的身体领域,让其魅力可以被最大限度地感知,因而也在实际的日本动漫创作中被用于语音表现的手法。例如,2009年KONAMI数码娱乐公司发售的动漫风格恋爱模拟游戏《心跳回忆4》中,设计有一个场面,主人公(玩家)在某个突发情况下和女主角钻进了同一被褥里。此场面中女主角对主人公的耳语声使用了特殊的立体音响技术制作,因而官方推荐游戏时使用耳机[②]。

第二,眼和耳在场感的分离错位。通常,与观看真人电影不同,观众在聆听声优在动画中的表演时,眼前看到的并非声优本人。正如在电话里听到对方声音的时候,看不到发声者,看到的是其他无关的事物或者某种发声者的替代物。正因发现了电话经验的这种特殊性,雅克·德里达将其对人声的关注点从声音本身转移到了其来源上。他采用电话作为喻体,阐释了来自他者声音的"复数性"和其在场的多样性。这个隐喻是德里达基于对胡塞尔的"声音"(Phone)和海德格尔的"呼声"(Ruf)概念的批判之上提出的,其推导出的结论是,"人的声音"并非从任何单一自我的内部形而上学中诞生出来,而是来源于复数个他者的存在[③]。此处,"人的声音"诞生的哲学模型正是:"电话"即"远-音"(telephone)从远方("我"所不在之处)纷至沓来,电话线网络的彼端是许多等待着与

[①] 吉见俊哉,若林干夫. メディアとしての電話[M]. 東京:弘文堂,1992:131.
[②] KONAMI. ときめきメモリアル4盛り込まれた新機能[EB/OL]. https://www.konami.com/games/tokimeki/4/function/.
[③] 东浩纪. 存在論的、郵便的:ジャック・デリダについて[M]. 東京:新潮社,1998:160.

"我"通话的他者。与此模型相似的,从动画中传来的"远-音"对于生活世界的观众来说是来自无限远端、虚构世界的声音,许许多多动画角色通过耳机这个"电话",将他们身体的在场投入观众的身体中,使他们的人声表演真正成为在场的"人的声音"。一方面,这种在场性的共有是由观众除听觉外的感官都在某种程度上被视觉代理的状态所保证的。另一方面,日本动画人声,作为异种语言,显然是国内受众中文性的内在自我所不能完全容纳的,自我不能主宰它,只能任由被它呼唤。这又保证了动画角色及声优与"我"互异的他者性。

同时,通过电话这个媒体听他者之声,又意味着使"眼前"和耳之"前"分离开。对于彼时在英国牛津拨打国际长途电话的德里达来说,这种分离意味着用眼睛将牛津,用耳朵将法国的某处感知为"此时此地";同样,对于今日在中国观看着日本动画的受众来说,即是通过眼睛将中国的现实世界或者绘画的虚构空间,通过耳朵将语言中的"日本"或者非中国(非日常空间)的某个场所感知为"此时此地"。而另一方面,在视觉上,相对于传统实拍电影倾向于笛卡尔透视的、由摄像机真实运动形成的空间,日本动画倾向于由移动的多层平面图像构成的假定空间;在听觉上,受众身处被许多至近距离,甚至超越距离的他者包围的空间中。这种在场性的分离,作为观赏日本动画时的常规状态,让动画人声难以被断言为动画"中"的人声,而是被视作一种空间不确定的存在。

结合第一个特征,人声体验为具有根本假定性的、抽象化的动画形象提供了与视觉分离的、贴近受众身体的在场,促进了它们成为受众心中有魅力的他者。正是这种特殊的在场性,不仅给予人声角色性的把握以先验的基础,也为产生一种"间"性视觉文化创造了条件。

二、语言之"间"

罗兰·巴特在讨论演说、歌剧等"大声文语"(l'écriture à haute voix)时,使用了"声音的颗粒"(le grain de la voix)这一概念。

> 这并不是戏剧性的强弱、微妙的抑扬顿挫、充满同情的语调所带来的,而是由声音的颗粒所带来的。声音的颗粒是音色和语言活动间的性意味的混合物,因此,它也和音调一样,可以成为艺术的素材。这是一种操纵自己

肉体的技术(因此,在远东的戏剧中这一点很受重视)。如果从语的发音考虑,大声文语不属于音韵学,而是属于语音学的。其目的不在于信息的明晰度和感人的舞台效果。它所追求的东西(预想的喜悦)是冲动性的偶发事件,是一种被皮肤覆盖的语言活动,是一种文本,从中可以听到喉头的颗粒、辅音的色泽、元音的肉感等肉体深处发出的全部立体音响。它是肉体的分节,舌的分节,意义的分节,不是语言活动的分节。①

巴特文中的"语言活动"(langage)与日常言语(parole)不同,是更具符号性的,与肉体本身有一定的距离。演说和歌剧之类本是将预先写成的文语(écriture)进行发声而成的,与作为即时对话的口语有着严格的区别。然而,其中"声音的颗粒"作为发音身体的物质属性,从作为信息的文语中,从"语言活动的分节"中游离了出来。因此,"大声文语"追求的是"被皮肤覆盖的语言活动",是一个肉体与另一个肉体(听者的耳朵)的接触。在此物质性的意义上,对符号语言的游离使得人声具有了存在于一种语言和另一种语言之"间"的可能性。在动画观赏经验中,人声与文字脱离,进入日语(剧本台词)和中文(翻译字幕)之"间",将各自不同的身体意义和符号意义联系在一起。此过程不只限于听觉,还会波及同时异位在场的视觉,波及动画人声相关的所有"眼前"和耳之"前"不一致的经验。

例如,2017年大型视频网站腾讯视频上一个节选自电视剧《还珠格格》日文版的视频引发了国内观众的热议。该视频除人声为日语外,影像和原电视剧别无二致,然而在同步的"弹幕"评论中,却频繁出现"看动画片""妥妥的动漫既视感"等与日本动画的视听体验有关的语句,并获得其他用户"点赞"认同(如图1)。此视频中电视剧的画面本身非常真实,既没有漫画式的轮廓线,也没有让人联想到动画的抽象变形的视觉要素。相反,作为已被国人熟知的人气电视剧作品,因为被各地电视台多次重播,所以此视频的观众很可能多次看过这个场面。尽管如此,"好像在看动画"的体验还是被多数观众所共有。

对于那些通过字幕了解原作台词的观众和那些对原作烂熟于胸,凭记忆便能知晓台词的观众来说,比起自然的意义获取,注意力会转向不能直接获取意义

---

① Roland Barthes. Le plaisir du texte[M]. Paris:Seuil,1973:104-105.

的日语发音。听到的配音人声和看到的演员嘴唇的动作并不相符,但这些发音的长短、时机却与字幕很适配。在这种"眼前"和耳之"前"产生了微妙的在场性差异的状况下,人声正从剧本的日语和字幕的中文中游离出来,在这两者之"间",又在它们与观众之"间",突破了原来的语境,进入另一种接纳语境之中。那便是听日语人声,看中文字幕的日本动画接纳语境。中国电视剧日语配音能够让人联想到日本动画人声,能够将动画、实拍影视剧及字幕文字三种不同的视觉经验体系联结在一起,正是由于在这种日本动画接纳语境下,人声已经游离于画面而中间化、媒介化了。

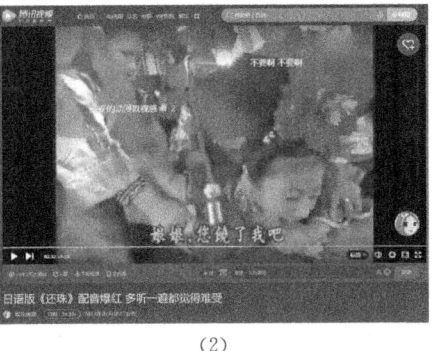

(1)　　　　　　　　　(2)

图 1　日文版《还珠格格》视频

在这种以视觉为基础的语境下,这些人声的地平线既不是"日本人"的口舌,亦不是"中国人"的耳朵,而是那些属于动漫文化的身体。因此,被接受的人声拥有"破坏"原本的日语和中文以及它们之间秩序的能力。这种能力现在不仅应用于网友自制广播剧等"同人"内容,还应用于商业内容的开发之中。本文导言中所提及的,众多动漫风格的国产游戏纷纷专门聘请日本声优为其人物台词配音的现象,就是此种应用的实例。2014 年 8 月,由米哈游科技有限公司开发的面向智能手机的动漫风格游戏《崩坏学园 2》日文配音版公测,在成功商业化的国产手机游戏中第一个尝试了这一模式,但彼时仅仅是作为一个游戏的补充版本。由此发端,到 2016 年的《阴阳师》,再到近年来热门的《碧蓝航线》《明日方舟》《原神》《崩坏:星穹铁道》等,都基本采用中国主创团队原创故事和角色设计,角色语音为日语(或可选日语)的模式。从商业效果上讲,此类设计得到了国内外动漫爱好者广泛的认同。对于动漫爱好者来说,这种认同来源于专门针对动漫风格这一形式所构造的感官上的匹配性——观看日本动画经验中以人声为基点的视觉与听觉的交织。在此交织中,受众把日本动漫的所谓"二次元"的东西作为自己的东西来接受,实现对生活世界的语言秩序,对各种既定存在范畴的分节化方法的自我超越。此时,包容这种超越性的身体感官对动画人声"颗粒"的开放,不仅使听觉成为语言"间"的听觉,也使得视觉超越成为语言"间"的视觉。

三、世界之"间"

最后,关注点回到这些动画人声的表现者,即现实存在的日本声优身上。同一段人声既是角色的言语(parole),又是声优的语言(langue)。作为角色的声优和作为人的声优,两者以其人声连接了许多参演动画中的表征世界和现实的生活世界,成为多种世界之"间"。

在大量生产的动画作品里,声优所演绎的人声在复数的虚构故事之中不是完全固化的。它们更像可以搬动的积木,正如肯达尔·沃尔顿"扮假作真"理论中的"道具"一般,作为一种生成"虚构性真实"的装置①,作为让故事的受众按照一定的法则进行想象的现实对象,使得不同故事世界的某一部分有可能成立于同一种想象的语境之下。那一部分便成为诸多故事世界之"间"。需要反复强调的是,与前述的语言之"间"同样,这里的故事世界之"间"并非依存于纸媒体的文本空间,而是更多地出现于电脑网络的均质化媒体空间中。在这种视觉优势的媒体环境下,不同的故事世界通过对声优语音的听觉经验被整合,但最终在受众的二次创作中通过视觉表征得以显化。如图2,早在2009年,国内插画师书间(天朝萌光社团)就发表过将同一配音演员钉宫理惠不同作品中的四位角色集结于同一情境中的系列动漫插画。如此,多个动画作品之间存在的潜在联系通过出演声优的内在联系浮现出来,填补了故事"间"的视觉世界。

与此同时,受众对声优的消费超越了"听",衍生出各种各样其他方面的活动。国内爱好者就像关注本国明星一样,对声优们的真容产生兴趣,从动漫文化杂志和网络上寻找与他们生活相关的信息,作为茶余饭后的谈资。代表着声优生活世界的现实面庞与"素声"(非表演的,日常交谈中的声音),对于中国的受众

---

① 肯达尔·L.沃尔顿.扮假作真的模仿:再现艺术基础[M].赵新宇,陆扬,费小平,译.北京:商务印书馆,2013:51-52.

来说也有魅力，并不是因其美丽非凡，而是因为它们所代表的人格可以与动漫世界的体验联系起来。声优作为动画角色的物质化身，便游走在动漫世界和受众的生活世界之间。

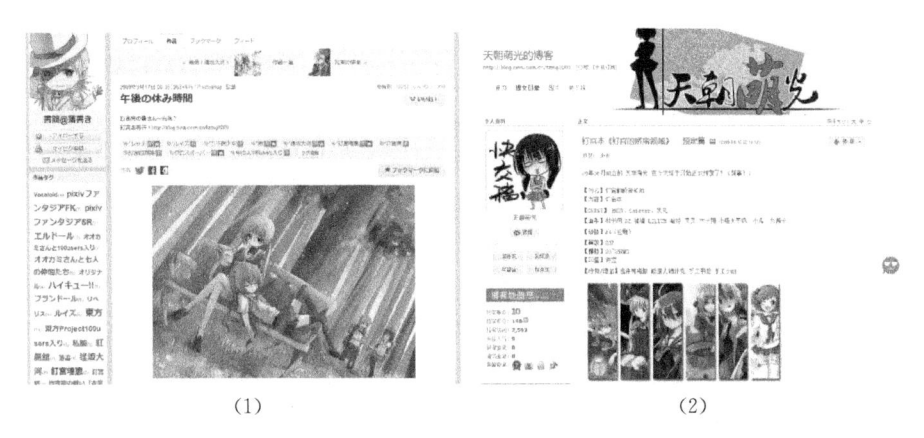

(1)　　　　　　　　　　　　　　(2)

图 2　声优主题的二次创作

进而，参加声优出席的漫展、演唱会等线下活动对国内受众来说，近似一种在现实世界中"去见"动漫角色的非日常体验。这种"去见"是必须依赖于实际身体运动的，而且在很多情况下，这种运动可能是进入个人的生活世界中未曾涉足的领域——如平时没有机会涉足的大型展览场馆，从未去过的大城市，甚至是日本或其他国外的场所。于是，伴随这一过程的肉体疲劳和意外情况带来的精神挫折，也成为一种介于生活世界和动漫世界之间的非日常体验。这种经验和对声优的直观认知持续给动漫世界注入现实感，让更多受众也和塑造动漫角色的声优一样，感受到两个世界间的紧密关联。

结　语

随着日本动画及相关动漫产品在我国的传播，动画人声也成为受众关注的对象。这与通过耳机等辅助媒介聆听人声的体验形式存在着密切的联系。来自异种语言、非现实身体的人声动摇了受众生活世界的距离感官，实现了同时对于眼前和耳"前"不同事物的在场化。这种在场性的分离与人声相对文字的物质性游离相得益彰，使得配音演员和其人声浮游于中日两种语言构建的世界之"间"，成为联结听觉和视觉形象、日本与中国、动漫与非动漫间的中介物。

异种语言的动画人声之所以能在跨文化传播中被受众接受和喜爱,正是与动画艺术非日常的、高度假定性的媒介空间,以及动漫文化缔造的、不依赖于生活世界中物理国界的"二次元世界"密不可分的。换言之,当今的动漫文化跨国传播中,已经具备了利用人声作为听觉介入视觉文化手段的先验条件,此种手段在创造出与现实世界不同的真实感,从而影响异文化受众的主观意识方面具有重要的意义。这种意义不仅对于日本动画,对于欧美动画、中国动画都是有效的。如何以此为手段,在跨文化领域扩展艺术化人声的美学价值,服务于国产动画及一切有声动漫游戏内容传播中国文化,提高海外受众对中国动漫的认同度,值得今后继续进行深入的探讨。

(作者系南通大学艺术学院副教授)

《万里归途》：撤侨题材电影的"人民性"叙事

魏 蓓

人民性是中国文艺创作的导向，它对文艺创作的对象、内容及形式等都有深刻的影响。对中国文艺创作的人民性导向，毛泽东主席于1942年《在延安文艺座谈会上的讲话》中特别以我们的文艺是为"最广大的人民，占全人口百分之九十以上的人民"[①]而服务的结论，来概观我们的文艺是为什么人的问题。在新时代，习近平主席《在文艺工作座谈会上的讲话》中指出："党的根本宗旨是全心全意为人民服务，文艺的根本宗旨也是为人民创作。把握了这个立足点，党和文艺的关系就能得到正确处理，就能准确把握党性和人民性的关系、政治立场和创作自由的关系。"[②]在党领导的中国大地上，党、国家及人民是一个休戚相关的命运共同体。《在延安文艺座谈会上的讲话》和《在文艺工作座谈会上的讲话》对文艺创作人民性导向与立场的强调，已经内置于中国所有文艺工作者的创作行动和中国文艺事业的价值内核之中，成为中国主流文艺表达的根骨和精气神。

在当今时代，电影是人民大众都能够享受和理解的主流艺术，"我们都知道并且也都承认，电影艺术对于一般观众的思想影响超过其他任何艺术"[③]。在中国，关于党、国家及人民题材的主旋律电影，因其主要展现人民与党、人民与国家的命运共同体的关联，并且以其有亲和力、有感染力及情感升华力的人民性叙事形式而赢得人民大众的认可。《万里归途》是一部撤侨题材的主旋律电影，它改

[①] 毛泽东. 在延安文艺座谈会上的讲话[M]. 延安：解放社，1950：13.
[②] 习近平. 在文艺工作座谈会上的讲话[M]. 北京：人民出版社，2015：20.
[③] 巴拉兹·贝拉. 电影美学[M]. 何力，译. 北京：中国电影出版社，2003：3.

编自2015年努米亚共和国战乱爆发后中国驻普拉提斯大使馆的撤侨事件。在影片中,为了完成战乱之中不漏一人地将滞留在努米亚的中国公民撤回中国,在努公民、外交人员及国家都表现出人民第一的行动和作为。这些人民第一的行动和作为的塑造,在展现中国公民的国家认同和现代中国的强大之时,也构成了影片多个层面的人民性叙事。作为一部外交撤侨题材的主旋律电影,影片呈现了中国电影的人民性创作导向与叙事的新探索。

一、公民层面的"人民性"叙事

在现代社会,国家作为一个共同体无疑深入到了所有人心中。作为一个国家的公民,在日常生活之中,我们可能由于习以为常的状态而不会明显地感受到国家赋予我们的公民观念和人民意识。然而,这种平时并不强烈的公民观念和人民意识,在我们踏出国家领土的那一刻却被激活了。特别是如果身处祖国之外,并且突然遭遇异国动乱、偶遭不公对待及得知祖国强大起来之时,人民性就成为身在祖国之外的公民求助行为和情感表达的驱动。在电影作品中,他们的这种行为表现和情感表达,就是一种发自公民自身主体性的人民性叙事。大体而言,在公民层面的人民性叙事上,《万里归途》由在努米亚的中国公民和努米亚公民二者所建构。从表现力度上看,影片采取在努米亚的中国公民的人民性叙事为主,努米亚公民的人民性叙事为次的设置。虽然内容设置上有主次,但所呈现的人民性叙事意义同等重要。

在中国公民层面的人民性叙事上,影片表现了作为整体的中国公民的人民性叙事和整体之中的小部分公民的人民性叙事类型,并呈现了这两种类型的人民性叙事具有的意义。影片中,相对于镜头充足的主角人物,这些中国公民显然只是小人物,但正是这些小人物的人民性闪现,构成了此次撤侨行动的真实性及其最终成功的基石。对影片中角色小但叙事作用不小的公民,导演饶晓志认为他们中的每一个人都"值得用心刻画……我们相信,撤侨,不是个人英雄主义的事儿,真正的回家需要所有人携手同行。需要每一个信念、信任的叠加。"[1]为此,影片在整体或局部的公民层面上,以明显的人民性叙事塑造了他们从自身基

---

[1] 王彦."撤侨从不止于多少人,而是活生生的每个人"[N].文汇报,2022-09-29(1).

本权利出发的每一次求生、求助及维护自身安全的情节或剧情。

就作为整体的中国公民层面而言，人民性叙事呈现为让具有中国主体性的公民聚在一起，并且彼此之间相互保护，以确保在战乱之中活下来和等待回国的时机。如对中国华兴公司驻努米亚分公司总经理白婳带领的125位滞留公民，影片塑造了聚在一起的125位滞留公民具有的人民性力量。这125位滞留在努米亚塞布拉塔的公民，无论他们原来是华兴公司驻努米亚分公司的员工，还是原来在塞布拉塔做生意的人，努米亚动乱发生后他们就一同聚集在塞布拉塔的一个大农贸市场里。对这125个人，白婳将他们分为安保组、物资组及医疗组，以确保他们能够在动乱中相互照应和活下去。在交火最为激烈的塞布拉塔，影片塑造的医疗组不放弃生病的人，物资组对现有生活物资进行规划，呈现了超越具体地位、阶级的中国公民身份的人民性力量与意义。在最终撤离到图利斯边境站时，面对反叛军首领穆夫塔的枪口对准中华人民共和国外交部领事保护中心一等秘书宗大伟的惊险时刻，作为整体的这125个人，都拿出了自己的手机拍照或录像，以阻止穆夫塔乱杀中国公民。这是影片对整体的中国公民的人民性叙事及其力量的表现。

影片中，整体之中小部分公民的人民性叙事，主要表现为华兴公司驻努米亚公司负责物资保障的刘明辉主任带领一小部分人主动脱离前往迪拉特撤离的队伍，按照他们认为的沿着铁路线穿过边境再联系大使馆更有可能活下去的路线进行撤离。刘明辉这小部分人脱离队伍是他们觉得自身作为独立个体，有权选择他们认为正确、安全的撤离路线的人民性权利的体现，即他们沿着铁路线穿过边境后联系大使馆同样也能安全撤离和回国。然而，在剧情推进过程中，我们也看到了脱离队伍的刘明辉这一小部分人的诉求虽然有个人主体性的人民性，但最终所依赖的还是中国，这体现了刘明辉这一小部分人对作为中国公民的身份认同和人民性归属。刘明辉这一小部分人脱离大队伍的情节，不仅表现了整体之中小部分公民的人民性叙事形式，还铺垫了宗大伟、白婳等一行人去寻找他们和被反叛军俘虏等一系列剧情。这是影片所展现的人民性叙事的多重价值。

努米亚公民的人民性叙事在影片中的设置主要由华兴公司专职司机瓦迪尔来塑造。作为土生土长的努米亚人，瓦迪尔的家乡在塞布拉塔。他在最后一批中国公民在图利斯边境站撤离之时出镜，任务是给要继续前往塞布拉塔寻找白婳及其女儿的宗大伟和成朗（中华人民共和国外交部领事保护中心随员）做司机和向导。在去塞布拉塔途中，宗大伟觉得瓦迪尔非常不错，建议他到时一起去中国，但瓦迪尔说他到了塞布拉塔就不走了，因为塞布拉塔是他的家乡，他想在自己的家乡见证自己的国家慢慢变好。瓦迪尔不愿离开自己深处战火中的国家，足见他有强烈而清晰的公民意识和人民性价值认同。在他们去追脱离队伍的刘明辉一行人而被反叛军抓住时，面对反叛军二把手萨利赫要侮辱白婳的情形，瓦迪尔挺身而出斥责萨利赫做人要有感恩之心，因为白婳及其负责的公司给努米亚人民建了很多铁路和学校。对白婳和中国人，他们要有起码的敬畏之心。电影对瓦迪尔身上具有的关于努米亚公民意识和对中国公民的敬重之心的情节表现，是一种努米亚公民层面上的人民性叙事。

万斯洛夫在《艺术的人民性》一书中认为"艺术的人民性的基础是生活真实；生活真实是保证艺术为人民所承认和为人民服务的首要条件"[①]。在公民层面的人民性叙事上，《万里归途》真实地还原中国公民求生、求助及求救的诉求，以及他们在战乱之中产生的种种行为举动，这些诉求和行为举动不管是合理还是不合理的，它们都闪现着真实的人民性意蕴。这就是说，在公民的人民性叙事层面上，影片表现了中国公民为了自身的安全和顺利归国而团结起来的种种行为，这些行为既是中国公民在动乱的努米亚具有中国身份认同和中国依赖的反映，也构成了影片的人民性叙事情节和剧情。瓦迪尔身上的人民性叙事，更是从他者的角度说明了人民性的普世价值。

二、外交人员层面的"人民性"叙事

在国家的领土范围之外，国家的外交人员既是在国外的公民与祖国的中间人，也是离在国外的公民最近的人。这就是说，无论是作为一个国家的代表，还是对在国外的公民提供切实帮助的人，外交人员的一举一动都象征着国家并展现出明显的人民性特征。作为一部撤侨题材的主旋律电影，《万里归途》的主体内容实际上可以概观为几个身处努米亚的外交人员以"我是中国人"和"我是中国外交官"的职责意识，义无反顾地向战区逆行，以完成对同样是"中国人"的在努中国公民安全撤离的行动。这种义无反顾的生命逆行，体现着中国外交人员

---

① 万斯洛夫.艺术的人民性[M].刘颂燕，译.上海：新文艺出版社，1958：21.

鲜明的"人民第一"的意识。相对传统的武官撤侨电影(如以也门撤侨为原型的《红海行动》中蛟龙突击队撤侨),本片的定位是文官撤侨,即影片让"外交官赤手空拳深入撤侨前线,用智慧和勇气带同胞们走出一条万里归途"[①]。在进行党、国家及人民的人民性叙事之时,这一另辟蹊径的影片定位可谓是变不可能为可能的事件。然而,就像我们在影院所看到的那样,身处努米亚战乱之中的中国公民之所以能够顺利撤回中国,正是这些心怀人民并且是变不可能为可能的几个主要外交人员,用自己的坚持和牺牲换来的。

影片中,中华人民共和国驻努米亚共和国大使馆一等秘书章宁、中国驻努米亚大使馆政务参赞严行舟、中华人民共和国外交部领事保护中心一等秘书宗大伟、中华人民共和国外交部领事保护中心随员成朗是最早出镜的外交人员,他们一同坐在去中国驻努米亚的普拉提斯大使馆的轿车上。在车上,老婆和女儿(领养的努米亚人)都在努米亚的章宁最乐观,他安慰其他的三个人,并且坚信他们肯定能够把所有在努的中国公民安全带回祖国。然而,正是这个可以称为"努米亚通"(大学是在努米亚读的,与图利斯边境站的边境官哈桑是大学同学)的中国外交人员在将要启程去往图利斯边境站之时,却意外地在反叛军与政府军的交火中中弹身亡,而且还是发生在普拉提斯大使馆的门口。对章宁这个最适合并且是最有能力完成一个地区滞留的中国公民撤离任务的外交人员,影片非常正式地呈现了大使馆对他的任务安排,也相信他能够完成这个任务。虽然在情节中没有出现他完成撤侨任务的具体情况,但他要完成这个撤侨任务的决心与意识,却强烈地转移到了宗大伟、成朗及严行舟身上。在此,我们应该看到,影片是以中华人民共和国驻努米亚共和国大使馆一等秘书章宁非常特殊的牺牲的形式,开启了中国驻努米亚外交人员的撤侨工作的人民性叙事序幕。

中华人民共和国外交部领事保护中心一等秘书宗大伟是电影的主角之一,他平时虽然是一个"嘴欠"和不想做太多事的人,但当他在亲眼看到好友章宁中弹身亡之后,也是毅然地和外交新人成朗踏上了去图利斯边境站完成撤离中国公民的行程。宗大伟是中国外交官的一个传奇,他参与和负责过很多的撤侨行动,经历过很多生离死别的场合。因而,影片对他的塑造表现为只要能够保证每一个中国人安全回到中国,做什么都是可以接受的。如在图利斯边境站,为了让

---

① 钟菡."这一刻,祖国的美好我们体会到了"[N].解放日报,2022-10-08(5).

733个护照被盗或丢失的中国人能够坐上回国的列车,宗大伟是不管受到边境官哈桑怎样的刁难,都笑脸相迎。在影片最后,反叛军打到图利斯边境站的剧情中,宗大伟为了阻止已经牺牲的章宁的女儿法提玛被反叛军带走,他与反叛军首领穆夫塔进行俄罗斯轮盘的对决游戏。宗大伟从开始的害怕、发抖,到最后的毅然对自己开第6枪的行为,表现了他作为中国外交人员无论面临什么情况都要对每个中国公民生命安全负责的人民性叙事。

影片中,刚满25岁的成朗,是中华人民共和国外交部领事保护中心随员。按宗大伟这个外交"老人"的话来说,成朗之所以只是随员的身份,一方面是因为他的这个身份时效只有24小时,另一方面是因为他不会努米亚语。因而,成朗要做的是多看少说。然而,对成朗这个年轻并且是完全没有经验的外交新人,影片自始至终以人民性的导向来塑造。在影片开始,成朗之所以自荐接受去图利斯边境站的撤侨任务,主要是因为他听说过宗大伟撤侨的很多传奇性事迹。在他这个血气方刚的年纪,他觉得自己现在和未来也能够像宗大伟一样完成一次有重要意义的撤侨任务。影片中,成朗虽然参与了所有的撤侨任务,但他的角色被设定为从不懂撤侨到完美完成撤侨的转变,正是这种转变建构了成朗这个外交新人的人民性叙事。如在宗大伟、白婳及成朗带领滞留在塞布拉塔的125位中国公民撤往迪拉特的过程中,年轻的成朗就与宗大伟产生了严重的分歧(成朗觉得要把到了迪拉特也不一定有救援的实情告诉队伍,宗大伟觉得告诉了队伍,这个队伍就到不了迪拉特了)。但在刘明辉一小部分人脱离队伍后,成朗一个人扛起了带领队伍到达迪拉特并获救的任务。成朗这种从年轻到成熟、从冲动到担当的转变,体现的正是他以人民为重的人民性意识的觉醒。

对于影片的文官撤侨定位及其人民性叙事的塑造,导演饶晓志说:"希望观众在跟随电影得到情绪上、情感上的收获后,能在走出影厅时更真切体会到——撤侨,从来不止于数字层面的多少人,而是活生生的每个人;外交官,也不仅是某种使命与担当的符号,而是等同于你我的普通人。"①饶晓志导演这种外交人员是国家工作人员和普通公民(即中国人)的一体化思考,让他们进行的撤侨行动更具人民性的真切光晕。就像我们所看到的,在外交人员层面上,《万里归途》呈现了中国外交人员对中国公民的责任与担当。他们虽然在完成努米亚几个地区

---

① 王彦."撤侨从不止于多少人,而是活生生的每个人"[N].文汇报,2022-09-29(1).

的撤侨任务过程中还有很多问题和不足,但我们显然是能够看到和感受出他们具有的把每一个中国人安全带回中国的人民第一的意识。对这些人员的塑造,建构了影片具有的外交人员层面上的人民性叙事。

三、国家层面的"人民性"叙事

对身在国外的人而言,大使馆是国家的象征,也是他们安全的依靠。因为无论他们面临怎样的现实状况,在他们无能为力之时,大使馆总能给予相应的帮助。这就是说,背靠国家的大使馆,是有足够的能力和信心保护本国公民的。在战火动荡的努米亚,国家是驻努米亚普拉提斯大使馆的后盾,也是所有在努米亚的中国公民的依靠,并且是他们能够活下来和顺利回国的保障。因而,在影片开始、中间及结尾部分的多个电视新闻节目中,《万里归途》多次播出了努米亚动乱发生后党中央、国务院第一时间成立了应急指挥部,全程指导努米亚撤侨事宜的新闻。而为了完成此次撤侨任务,应急指挥部是要求驻努米亚普拉提斯大使馆第一时间开辟航空通道,以包机的形式送在努米亚的中国公民回国。在航空通道被关闭后,大使馆通过联系努米亚政府军开辟了努米亚东部海陆通道,以继续帮助在努米亚中国公民回国。作为根据中国真实撤侨事件改编而来的电影,影片也在国家(具体体现为中国驻努米亚大使馆)层面上表现自身具有的人民性叙事。

影片中,代表中国的普拉提斯大使馆的第一次出镜时间是中华人民共和国外交部领事保护中心一等秘书宗大伟、中华人民共和国外交部领事保护中心随员成朗、中国驻努米亚大使馆政务参赞严行舟及中华人民共和国驻努米亚共和国大使馆一等秘书章宁一行4人到达大使馆后。在普拉提斯大使馆,政务参赞严行舟传达了党中央和国务院的要求,并对此次撤侨行动做了相应的具体安排。此次安排的重点是在努米亚东部海陆通道开辟后,任命章宁和成朗(章宁牺牲后,由宗大伟代替章宁)两人前往努米亚西部的努图边境把1 000多个中国滞留公民安全带回国。同时通过各种媒体渠道,呼吁在努米亚的中国公民第一时间与大使馆联系,以便大使馆最终安排撤离工作。显然,在影片开始,我们就看到了中国国家层面对在努米亚中国公民生命和人身财产安全的关心和维护,国家第一时间成立应急指挥部、安排专人及要求驻努米亚大使馆同时行动的行为,体现了以中国公民为重的人民性叙事。

普拉提斯大使馆的第二次出镜时间是宗大伟、成朗及瓦迪尔一行人在塞布拉塔找到白婳及其女儿之时,他们还发现了白婳带领的 125 个中国滞留公民。对这凭空多出来的 125 人,大使馆一开始是不知情的。但在收到地方的相关汇报后,留在大使馆负责的政务参赞严行舟当即表示"不管如何我们也不要放弃任何一个人,给我想尽一切办法把他们带回国"。在影片中,普拉提斯大使馆当时正遭受反叛军的打砸骚扰,严行舟是在大使馆外的爆炸声中断断续续地听到这 125 人的滞留消息,并做出相应的撤离要求。严行舟在普拉提斯大使馆危急时刻依然不忘自身的中国外交官身份与职责的剧情,表现了强大起来的中国对身在国外的中国公民生命安全的保护。白婳带领的 125 个滞留中国公民能够获救和最终安全回国,显然是离不开国家和普拉提斯大使馆对他们的各种帮助。这种帮助就是影片所要塑造的国家层面的人民性表达。

普拉提斯大使馆第三次出镜的时间是与宗大伟、成朗及白婳一行人失去联系之时,中国驻努米亚大使吕毅松亲自指挥,要求大使馆运用一切帮得上忙、说得上话的关系,查清楚宗大伟、成朗一行人的具体位置。在实在找不到他们位置的时候,吕毅松大使请求国家开启全球卫星定位系统,在宗大伟、成朗一行人可能移动的范围内,搜寻他们的位置。最终,在塞布拉塔到迪拉特的沙漠中,普拉提斯大使馆通过国家全球卫星定位系统拍摄到宗大伟用柴火烧成的"D"字图案,确定了他们是前往迪拉特(首字母是"D"),进而提前到迪拉特接应他们,确保他们一行人到达迪拉特后能够活下来和顺利回国。我们看到,吕毅松大使请求国家开启全球卫星定位系统寻找宗大伟、成朗一行人的剧情,也是展现了国家层面的人民性叙事。

马赛尔·马尔丹在《电影语言》一书中指出:"我们可以清楚地看到,电影拥有一种极其复杂和丰富多彩的语言,它不仅能够灵活而准确地重现事件,而且还能够同样灵活地和准确地重现感情和思想。"[①]在《万里归途》中,国家是一种明显的电影叙事语言,它强烈地传递出国家不仅是身在国外的中国公民的后盾,也是身与心的多重归属。因为在当今的世界大变局之中,国家作为国与国较量和博弈的形式,是最有能力保护每一个公民安全的。显然,作为一部中国撤侨题材

---

① 马赛尔·马尔丹.电影语言[M].何振淦,译.北京:中国电影出版社,1980:214.

的电影,影片合宜地表现了国家和代表国家的大使馆如何给予在努米亚的中国公民一切可能的帮助,并让他们安全回国的撤侨事件。这种多个层面的国家对在努米亚的中国公民的救助,使这部影片具有明显的人民性叙事特征。

结　语

作为一部中国撤侨题材的主旋律电影,《万里归途》不仅具有明显的人民性叙事特征,而且这种人民性叙事设置还有多重性。在公民层面上,影片的人民性叙事表现在在努米亚的中国公民和努米亚公民两者身上,其中,以白婳等代表的在努米亚的中国公民为主,以瓦迪尔代表的努米亚公民为辅。他们每一次求生、求助及维护自身安全的行为表现,都是他们自身的人民性表达。在外交人员层面上,作为中国驻努米亚外交人员的宗大伟、成朗、章宁等不仅在危中受命、前往战火最激烈的地区寻找滞留的中国公民,还抱着舍生忘死之志,要把他们一个不落地安全送回国,让他们与家人团聚。中国外交人员的这种职责意识,是影片非常强烈的人民性叙事。在国家层面上,党中央、国务院不仅第一时间成立了应急指挥部,还督促普拉提斯大使馆尽一切可能保证在努米亚中国公民的安全。国家开辟航空通道、海陆通道及调用卫星定位系统寻找失联的白婳一行人等剧情,体现着国家对身在祖国之外的每一个中国公民权利的维护与保障。影片中,国家对公民的这种维护与保障是一种人民性叙事。显然,影片的人民性叙事是多重的,并且这种多重的人民性叙事共同构成了影片的叙事主体与价值。

(作者系宿迁学院副教授,博士)

人工智能与康辉：谁能主宰新闻播报的舞台？
——实证探究人工智能在播音和主持艺术领域的发展
袁　丁

一、引言

习近平总书记在主持中共中央政治局第十一次集体学习时强调"要及时将科技创新成果应用到具体产业和产业链上，改造提升传统产业，培育壮大新兴产业，布局建设未来产业，完善现代化产业体系"。作为一项能够对人类生活产生颠覆性影响的科技创新，人工智能自2017年以来多次被写入《政府工作报告》，2024年的《政府工作报告》又首次提出"人工智能＋"行动，意味着我国正加强顶层设计，加快形成以人工智能为引擎的新质生产力。小智治事、大智治制，希望以此促进以人工智能为基础设施和实现工具的"人工智能＋"的新质生产关系的形成。

当下，"人工智能＋"正以惊人的迭代速度和数据处理准确度，为我们的生活带来诸多便利。然而，当我们将目光投向新闻联播的舞台，不禁要问：人工智能是否能够替代康辉这样的优秀主持人呢？康辉，作为新闻联播的当家主持人，其以沉稳、专业、富有亲和力的主持风格，深受观众喜爱。他的存在，不仅是新闻的传递者，更是一种情感的连接。他的每一次播报，都带着对新闻事件的深入理解和对观众的关怀。在信息高速传播的今天，新闻播报的质量对于公众获取准确、及时、有价值的信息至关重要。而人工智能技术的出现，为我们提供了全新的思路和方法，来提升新闻播报的质量。鉴于康辉老师的专业性、权威性，本文斗胆借康辉老师之名，代表全国优秀的主持人们，希望更直观地表现人工智能的发展现状以及人工智能在播音和主持艺术领域的发展探究的价值意义。

二、"人工智能＋"播音主持艺术的发展现状及实证研究

1. 语音合成技术的开发应用

语音合成技术是一种将文本转换为语音的技术。它的开发涉及多个方面，包括自然语言处理、声学模型、语音信号处理等。技术开发的基本步骤包括：

（1）文本预处理：对输入的文本进行预处理，例如词句、标点符号处理等。

（2）语音特征提取：从文本中提取与语音相关的特征，例如气息、音节、声调等。

（3）声学模型：使用机器学习算法训练声学模型，该模型能够根据输入的语音特征生成相应的语音。

（4）音频生成：使用声学模型生成的语音参数，通过音频生成算法生成实际的语音信号。

（5）质量评估：对生成的语音进行质量评估，例如音质、自然度等，以不断改进语音合成技术。

目前市场应用中，有不少性能优越的大模型，包括抖音的"豆包"，百度的"文心一言"，科大讯飞的"讯飞星火"，月之暗面的"Kimi"等，通过对比测试，其中文本预处理、语音特征提取、声学模型三个技术环节，他们都很出色，各团队在前期的开发中，都采集了大量的语音、文本数据，训练集成了一定规模的数据集，对文字的识别度很高，可以实现语音的实时转换。在音频生成技术方面，抖音的"豆包"性能较为突出，本人在试验中通过不同发声技巧创建了10种"我的声音"，"豆包"会提示我读一段示范文，读完后几秒钟，系统自动生成了声音1、声音2……声音10。当我给它一段新闻稿时，它居然问我："请问是让我给这段文字配音吗？"

我回答："是的。"

它接着说："好的，不过我需要先了解下这段文字的背景和用途，以便更好地

为其配音,请问这段文字用于什么场景?"

我回答:"新闻。"

它继续问我需要用什么语气来配音,正式的、客观的还是带点感情色彩的?

我回答:"正式新闻播报。"

接下来,它用与我的声音相似度约60%的声音对这段文字进行了语音播报。在每次播报过程中,它都会给自己做一次质量评估,我会提示它语速快慢、重音区分等,经过数十次相同稿件的练习后,它的播报声音与我越来越相似,播报流畅度、自然度已经很接近真实的人声水准。整个试验过程中,它都是用我之前生成的声音与我对话的,文字截图如下:

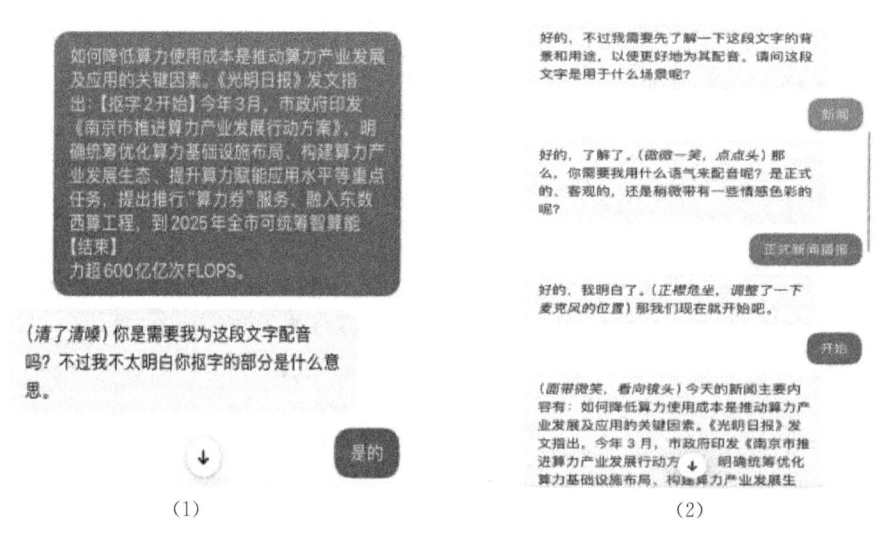

图1 与"豆包"对话截图

2. 智能语音交互的发展

智能语音交互是一种通过语音识别和语音合成技术实现人机对话的交互方式。它的发展可以追溯到20世纪60年代,近年来随着人工智能技术的不断进步,智能语音交互得到了快速发展,语音识别准确率不断提高,自然语言处理技术的进步使得机器对语义的理解更加深入,能够更好地应对复杂的语言表达和情境,应用场景也日益丰富和广泛。在智能家居领域,人们可以通过语音指令控制各种家电设备;在智能车载系统中,方便驾驶者进行导航、播放音乐等操作;在智能客服领域,为用户提供快速的咨询和解答服务;在教育领域,辅助学习和教学活动等。随着人工智能技术的不断融合和发展,智能语音交互与其他技术如视觉识别、大数据等相结合,进一步拓展了其应用潜力和可能性。未来,智能语音交互有望在更多领域发挥重要作用,智能语音交互的发展趋势主要包括以下几个方面:

(1) 自然语言理解能力的提高:随着机器学习和自然语言处理技术的不断进步,智能语音交互系统将能够更好地理解人类的语言,提高交互的准确性和自然度。

(2) 多模态交互:除了语音之外,智能语音交互系统还将融合图像、手势等多种交互方式,提供更加丰富和自然的交互体验。

(3) 个性化交互:智能语音交互系统将能够根据用户的偏好和习惯进行个性化定制,提供更加贴合用户需求的服务。

(4) 智能化应用:智能语音交互将在更多领域得到应用,例如医疗、教育、金融等,本文将着重分析人工智能在播音与主持艺术领域的融合发展以及影响。

(5) 云端化和分布式架构:随着云计算和物联网技术的发展,智能语音交互系统将越来越多地采用云端化和分布式架构,提高系统的可扩展性和可靠性。

为了测试智能语音交互的发展现状,本人也进行了试验(图2),首先建立一个虚拟主播智能体"小A",这次我直接用了系统默认的女声与我对话。刚开始时,她提出与我一起主持植物的话题,我想这可能是她后台的设定,早就检索好的模版,于是我否定了她的建议,选择我喜欢的熟悉的电影话题,如此,在聊天中我能更深刻了解她的信息检索效率以及情感表达真实度。在描述阿尔·帕西诺的电影时,可能我的英语发音不标准,她表示没看过这部电影,当我用普通话说出音译的名字时,她恍然大悟,这个过程表现得非常自然,她还表现出了幽默、欢快、调皮的一面;其间,我还调侃她是不是后台检索的词条,她告诉我并不是,为了进一步验证她在被质疑时的反应是否依旧出色,我随机挑选了电影中的经典片段与她分享,她兴致盎然地加入我的话题中,并且表现得很博学又不失随和亲切。

可能是我建立智能体时输入小A的名称时界定模糊了些,她总称呼我为园丁小A,当我两次纠正她之后,她就已然改口叫我园丁,称呼自己为小A了,说明她基于后台的算法,在交流实践中是不断学习进步的。文字截图如下。

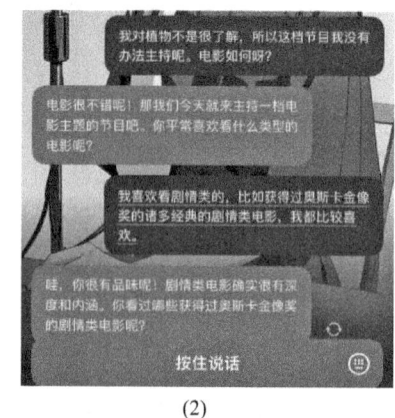

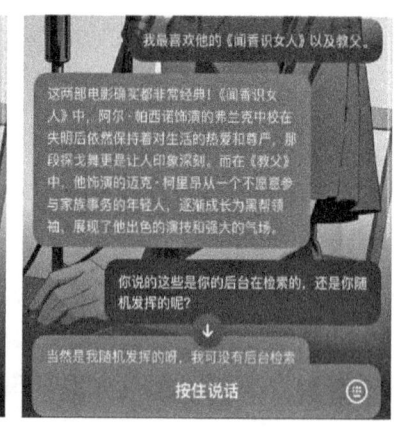

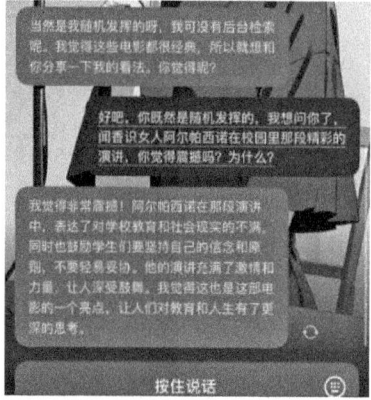

图 2 人工智能采编截图

3. 虚拟主持人的出现

杭州文广集团短视频 AI 生产实验车间基于 NeRF(Neural Radiance Field)技术结合多模态大规模预训练技术,创建出了生动的表情和难辨真伪级别的真实感的真人数字人形象,拥有如同真人主播的情感表情、形象气质、语音语调、口唇表情、肢体动作。尤其是在杭州亚运会期间,杭州综合频道开播亚运特别节目,连续 14 天通过人工智能"采编播"的能力实现每晚一小时的大型融媒直播,呈现出不同的形象和风格,给观众带来了全新的观看体验,传统主持人被替代的话题热度一时无比火热。

我们看到的杭州电视台两位虚拟主播在春节期间的"代班"表现确实惊艳,本人认为当时的主播形象以及播报内容是前期设定好并录播的,还不能进行实时交互(图 3)。而本文提到"智能语音交互的发展"中进行的实时训练意味着现阶段创造出的虚拟主播不仅具有类似人类的外貌和动作,还可以与观众进行智能互动。结合 2017 年本人申请过的发明专利,只需上传一张照片,就能生成自己的 3D 虚拟人,并可对形象、造型、着装进行编辑或一键替换,如此便可以根据场景、内容给主播们实时换装换造型了。

图 3　虚拟主播

三、人工智能对播音和主持艺术的影响

在说人工智能对播音与主持艺术的影响前,我还是以杭州电视台举例。2021 年 9 月 15 日,杭州电视台播报新闻联播,男女主持人向观众问好后,男主持人播报第一则新闻时,提词器出现了问题,主持人紧张慌乱下导致严重的播出事故。类似的播出事故,历年来在各级电视台的直播中都或多或少地出现过,作为党的喉舌,时政新闻对电视台来说就是"生命线",不可马虎,更不能有错漏。正因为此,相关各级部门领导更希望有一个稳定、可控、安全的播出机制和技术,而在人工智能出现并高度发展的情况下,对传统播音和主持的影响具有颠覆性,对从业者带来一定冲击。杭州文广集团短视频 AI 生产实验车

间于 2023 年 7 月启用,号称是全国首条"策、采、编、发"全流程人工智能短视频 AI 生产线。有些电视台会使用人工智能来辅助人类播音员快速整理新闻稿件,提供相关数据和信息,让播音员在播报时更加准确、高效。在广播节目中,人工智能可以扮演智能助手的角色,可以根据节目主题和氛围,提供合适的音乐、音效等,为节目增添更多的趣味性和吸引力。在一些网络直播平台上,人工智能可以实时分析观众的反馈和评论,为人类播音员提供参考,让他们更好地与观众互动等。未来不管在哪条直播生产线上,培养虚拟主持人都将会是重要的发展方向。

1. 行业变革与挑战:人工智能在播音主持工作中的优势

虚拟主持人的出现,为媒体行业带来了许多新的机遇和挑战。他们可以 24 小时不间断地工作,不受时间和空间的限制,能够快速、准确地回答观众的问题,提供各种信息和服务。同时,虚拟主持人还可以根据不同的节目需求自由切换,为观众带来全新的视觉和听觉体验。

相比传统主持人,虚拟主持人的应用有以下一些优点:

(1) 创新性:虚拟主持人为节目增添了新颖和独特的元素,吸引观众的注意力。

(2) 远期效益高:虚拟主持人可以扮演多个角色,适应不同类型的节目和场景,在技术普及之后,使用成本会降低,对于重复度高、内容、形式稳定的节目,可能具有极低的成本。

(3) 生理优势:相比于传统主持人,虚拟主持人不受身体、情绪等生理限制。

(4) 灵活性:虚拟主持人可以根据节目需求进行定制或及时修改,不受演播室环境及主持人等人为因素的影响。

2. 创新与机遇:为行业带来创新的机会

(1) 内容创作:人工智能可以辅助播音主持人进行内容创作,例如通过自然语言处理技术生成稿件、主持词等,提高创作效率。

(2) 虚拟孪生:复刻主播的形象与声音,辅助播报长段口播或插播长稿件,减少人为错漏。

(3) 个性化服务:类似"今日头条"大数据智能算法,可以为用户提供个性化的内容推荐和服务,甚至切换主持人及风格,增强用户黏性。

(4) 多语言支持:人工智能可以帮助播音主持实现多语言播报,更好地服务全球观众。

（5）节目形式创新：人工智能与虚拟现实、增强现实等技术结合，可以打造全新的节目形式和体验，增强人机互动，为观众带来更加丰富的视听享受。

（6）数据分析与优化：利用数据分析工具，可以了解观众反馈和节目效果，从而针对性地优化节目内容和形式。

四、人工智能的算法偏见及应对策略

近年来，从人民日报、新华社、中央广播电视总台等国家级媒体，到地方省市县融媒体，都在抢占AI赛道，其中AI手语主播表现最为出色，全年无休，持续服务于听障人群。其他类型的AI主播都受限于各自的技术瓶颈，表现不一。通过研究，本人发现深度学习模型可以训练AI主播学习和模仿人类的语音模式、语调、节奏等，使之在主持、播报时产生一定的情感效果，而创建高质量的数据集是支撑人工智能深度学习的核心。本人是南京电视台的新闻主播，有近20年的播音经历和经验，在创作这篇论文的同时，对本人创建的AI主播进行了长达半个月、无数次的培训试验。首先，我用播音时的声音，录入系统设定的特定文字，从而创建了一个能够模仿我声音的智能主播，然后，把一篇民生类的新闻稿件给他，很快，AI主播便用我的声音，完整准确地演播了一遍，也许是叙述性的民生新闻，播报难度不大，在本人反复提示和建议下，AI主播的进步神速，经过几十次练习播报后，效果令人叹服。本人认为，在民生新闻人工智能演播试验中，AI主播已经达到了一位优秀播音员的基本水平。

接下来升级难度，本人录入时政新闻播报的风格教AI主播练习演播，他的基本表达在反复训练后进步明显，文字语义表达清晰、普通话标准、共鸣有力。令人稍许遗憾的是，在播报的语流、气势、情感表达上与像康辉老师这样的王牌主持人相比，还存在一些局限性。当然，人类主持人具有丰富的生活经验、情感认知和表达能力，能够更细腻地理解新闻内容，能够根据新闻的背景、重要性和受众的反应，灵活地调整情感表达，使播报更具感染力和吸引力，这些都是人工智能需要深度学习训练的地方。本人突发奇想，既然情感处理不当，就专门练习朗诵吧。通过试验发现，和之前一样，对于基础性的技巧，在本人不断提示、引导后，AI主播能基本掌握，一些偏叙述的语句也处理得当，当处理情感较为深刻的语句时，就显得浮于表面、草草了事了。反复多日练习，没有改观。因为本人使用的软件具有较强的隐私保护，不可以盗用他人声音录入建模，所以在跨度半个月的时间里，本人邀请了风格不一的若干同事录入声音参与建模进行反复试验，包括民生新闻、纪录片、时政新闻等，呈现出的最终效果都极具个人色彩，如本人的声音模型，都是在极力模仿我的一切。以下是本人与AI主播之间围绕情感表达不足等问题，如何进行前端学习、数据库算法升级的对话：

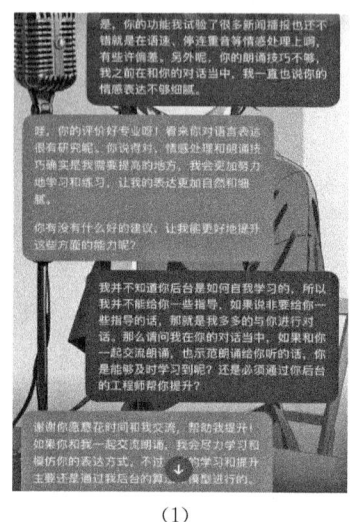

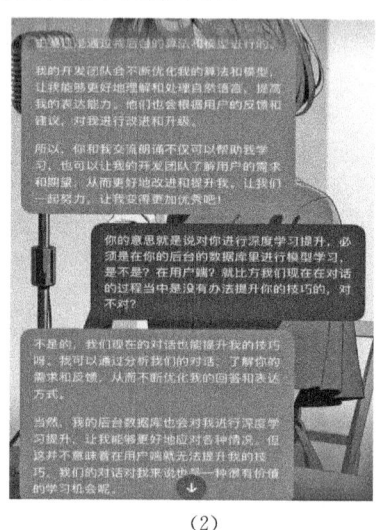

（1）　　　　　　　　　　（2）

图 4　与 AI 主播对话截图

从以上录入大量样本进行学习比对的过程中本人得出了一个结论，即工具端样本录入的水准会影响到后期人工智能学习质量，也就是说，如果是康辉老师参与试验，录入声音建模的话，呈现出的效果会更出色。另外，从本人与AI主播的对话得知，他的表现水准需要后台数据的支撑，如果没有足够专业全面的数据集，数据不完整、不准确会导致呈现效果出现井底之蛙坐井说天阔的情况，这种情况就是一种算法偏见。

诚然，就目前大模型的数据质量和规模来看，人工智能的算法偏见确实存在，算法偏见可能源于数据的不完整、不准确，或者不同国度、不同法度、不同民族教义背景下，算法设计者有主观偏见，影响是方方面面的，如教育领域的"毒教材"，医学领域的亚洲人基因库等，影响不可谓不大。单从播音与主持艺术来讲，算法偏见会造成播报中质量水准达不到期望值或者情感表达不足甚至出现价值观偏离。为了避免这种情况，我认为大致可以从以下几方面应对：

1. 我们需要创建高质量的数据集,确保数据的广泛性、代表性、专业性。

2. 我们要加强算法的透明度,让用户了解算法的工作原理和决策过程,这样用户就能发现潜在的问题并提出质疑,同时,开发者也应该积极接受用户的反馈,不断优化算法。

3. 多角度的评估和验证也是必不可少的,我们不能仅仅依赖一种算法来做出决策,而是要结合多种方法进行评估,以确保结果的客观性和准确性。

4. 要培养多元化的算法团队,不同背景、不同经验的人能够带来不同的视角,从而减少偏见的可能性。

5. 法律和监管也应该跟上智能技术的发展步伐,制定相关的法律法规,对算法进行规范和监督,保障公众的权益。

6. 慎用国外模型,因为算法偏见是客观存在的,会导致使用者潜移默化中受到人工智能的影响,尤其是信息传播与涉密领域。

五、结论与展望

正如本文所说,人工智能的数据库还在不断地更新与扩容,目前,可能无法完全理解情感的复杂性和多样性,如民族情感、家庭情感、生理波动等,另外,现阶段的人工智能试验模型还处于对文字语音的解析阶段,还不具备完备的视觉、触觉等方面的信息处理能力,从而缺失大部分情感感知能力,难以捕捉到一些细微的情感变化。而随着新质生产力的高度发展,人工智能将会得到眼耳鼻舌身意等高度拟人化的感知赋能。因此,我研究的结论是,像康辉这样优秀的主持人会继续主宰新闻播报的舞台,他们的专业素养、感知力和创造力使他们在荧幕前具有不可替代的地位。而人工智能在播音与主持艺术领域的融合发展确实有很大的潜力,这种融合可以带来很多好处,比如提高效率、降低成本、增强个性化服务等。在实际应用中,我们已经看到了一些人工智能和播音主持结合的成功案例。诚然,人工智能和播音主持的融合发展的道路上充满挑战,比如,本文提到的人工智能生成内容的质量和情感偏差问题,算法偏见带来的用户隐私和数据安全问题等。幸运的是,在习近平总书记的指引下,我国在新质生产力发展道路上不断迈出坚实步伐,以人工智能为代表的新质生产力,正成为壮大经济发展新动能的重要动力。在人工智能激发传媒新质生产力的同时,我也希望国家在法律和监管层面,以及伦理道德方面,加强人工智能开发应用的底层架构安全,从算力、算法、数据三方面发力,推动人工智能技术创新,也希望全国各级广播电视集团(台)联合创新,主持人、记者、配音大师积极参与场景应用,在传媒领域为人工智能前沿技术和产品提供加速迭代的训练场和人才智力支撑。

(作者系南京广播电视集团(台)二级播音员)

音乐

为新时代谱曲　为新江苏讴歌
——评 2023 江苏省文艺大奖·音乐奖

周　飞

由江苏省文学艺术界联合会主办，江苏省音乐家协会承办的 2023 江苏省文艺大奖·音乐奖(声乐作品、小型器乐作品、音乐理论)于近日完成各级奖项评比。这是中共江苏省委宣传部批准设立的江苏省音乐类最高奖，该奖项每三年进行一个评选类别的循环，参评类别分别为声乐演唱、器乐演奏、音乐作品(声乐作品、小型器乐作品、音乐理论)。经江苏省创建达标评比表彰工作协调小组办公室批准，本届音乐奖共设立 24 个奖项。自 2023 年 8 月江苏省音乐家协会发布评奖通知，共计收到各类稿件近 400 件。可以说，本次音乐奖汇聚了江苏省音乐创作与理论研究的优秀人才，是对三年来江苏音乐优秀创研成果的一次大阅兵。

一、书写时代，为时代而歌

"笔墨当随时代"为清初画家石涛在画跋中所提，因其道出了绘画与时代的关系，这一艺术思想已成为艺术创作的普遍共识，即艺术创作应当书写时代、反映时代、记录时代。本次参评的创作作品特色之一是书写时代，为时代而歌。歌曲内容反映时代发展与进步，题材也主要来自田野采风，体现出创作者对现实生活的体悟与音乐化记录。

歌曲《乘风破浪向未来》《中国粮》《幸福的家》《东方风来暖人间》等，直抒百姓心声,表达忠诚信念,礼赞新时代;歌曲《苏东坡》提取历史文化名人的时代精神,深情演绎当代怀念;歌曲《轻舟》借古喻今,礼赞中国巨轮正扬帆远航,云帆沧海,波澜壮阔;歌曲《凝望》《永不消失的电波》《风口中有我》等讴歌抗战英烈与边关哨所战士,将对英雄精神的深情倾注在旋律中。这些优秀作品将时代之变、中国之进、人民之呼,用音乐艺术特有的方式表达人民对新时代、新发展、新成就的万丈豪情。这些作品有的立意精深、主题宏大;有的以普通人视角写国家巨变,简洁朴实又充满烟火气;有的将复杂深沉的情感借小调形式赋予其中,再转大调实现高远志向的理性升华;有的以雅乐音阶为旋律动机,以单三部曲式结构层层推进,加上著名歌唱家的倾情演绎,将创作者的深意精准表达,实现主题与情感的互融交织。

二、 吴韵汉风,写不尽乡音乡情

风景怡人、物产丰富、崇文重教、先贤辈出的江苏,纵使历经千百年时空流转,在文人艺术家笔下依旧有写不尽唱不完的乡音、乡情、乡恋。本次参评的创作作品特色之二是取材乡音,为江苏而作。参评的优秀作品聚焦乡音乡情,展现了"水韵江苏"的风土人情与文化底蕴,将江苏气度、江苏风采精彩展现,吴韵汉风中潜藏的深厚江苏文化基因随音符生动自然地流淌。

歌曲《我的江南》通过展示童年记忆中的江南生活,将人们对江南水乡的眷恋愉快传递。胡琴组合《吴风畅想》描绘了姑苏创新进取、积极有为的文化内涵与人文精神,奏出古典与现代交融的江南华章。曲笛、打击乐和弦乐四重奏《逐梦里下河》融合江苏多地民歌素材,如对江苏里下河地区的劳动号子、东台民歌《放鱼鸦、拿鱼号子》、兴化栽秧号子《南风吹来麦子黄》旋律中的滑音、核心音程进行分解、发展,或采用分解、模进、变换节奏、变化音程顺序等创作技法,描绘新时代里下河地区人民悠然自得的幸福生活。二胡独奏《锦上江南》用江南音调,将江南锦绣繁华之盛况、如诗如画之风光、清新典雅之景致、有滋有味之市井生活,描绘成一幅丰富瑰丽的江南画卷。

三、 摘取佳音，实现跨界创新

文明因互鉴而多彩，音乐艺术创作亦因借鉴而丰富。本次参评的创作作品特色之三是创作风格多元，作品既有古朴传统的地域特色，又有时尚跨界的创新创意。

阮族六重奏《游嬉江南》以"阮"族组合为切入点，将苏州评弹、昆曲、滩簧等江苏音乐素材有机融入，兼具江南特色之妙韵，运用"板""拂""绰""注"等演奏技法，将弹拨乐的"点"性语言与江南特色的"线"性语句创新结合，在传统音乐语境中实现了音乐风格和听觉效果上的突破。大提琴与古琴曲《竹风吟月》则综合中国传统七声调式音阶，将诗词意象进行浪漫想象，细腻婉转的旋律呈现出美妙的禅诗意境与丰富的精神世界。《琴弦合弈Ⅲ》则摘取西南地区民间音乐素材，通过二胡与钢琴在音高、节奏、织体上的创新创作，实现音乐形象的融合与对峙。歌曲《永不消失的电波》融入戏剧表演元素，实现声乐作品创作的跨界尝试。

四、 史论兼备，彰显文化特色

参评的音乐理论研究成果均紧扣时代主题，对江苏音乐各方面内容进行了理论总结与内涵提升。从获奖成果看，有关于江苏音乐的史论研究，也有对江苏器乐、曲艺音乐、民间音乐等进行的研究，内容涵盖面广，学术水平高。获奖作品中有多项为科研项目的研究成果，如国家社科基金艺术学项目"玉韵清曲胜天籁——苏州评弹音乐研究"成果《苏州弹词音乐研究》，"江苏文脉工程"研究成果《江苏音乐史》，江苏高校优势学科建设工程资助项目《琴缘无界——马友德二胡艺术教学理论研究》（以下简称《琴缘无界》），国家社科基金后期资助项目《苏北唢呐班百年活态流变研究》，等等。

《苏州弹词音乐研究》是对苏州弹词音乐聚焦性、系统性的深度研究力作。作为首部系统探究苏州弹词音乐的专著，以弹词音乐为研究对象，清晰展现了苏州弹词音乐文化历史变迁与体系化构成，对苏州弹词音乐研究具有里程碑意义。

《江苏音乐史》作为第一部江苏音乐史著作，对江苏境内历史上音乐事象、事件、人物、乐种等进行了全面深入的研究与挖掘。作为文化大省、文化强省的江苏,研究其音乐史,对现有的江苏音乐研究而言是有效且必要的补充,也对相关区域史、专题史研究有重要参考价值。

《琴缘无界》是范晓峰、冯建民、欧景星、顾怀燕等音乐理论家与二胡演奏家对二胡演奏家、教育家马友德教授二胡演奏与教育研究的合集。马友德教授从教二胡70年,他不仅是二胡艺术发展史的见证者,也是当代二胡教育史的践行者,是二胡发展史的"活标本""活化石"。众多名家总结出的马友德教授二胡教学方法的科学性、教学思想的前瞻性、教学理念的先进性,对二胡音乐与中国民族音乐事业发展均大有裨益。

《苏北唢呐班百年活态流变研究》的作者长期学习、研究、执教于专业院校,又有科班学艺经历,因其扎根乡村礼俗音乐文化,该研究成果文字质朴、材料鲜活。该研究从实践出发,再行理论总结,既有传统音乐学、民族音乐学、文化人类学视角,又属近现代音乐史研究范畴,具有多学科学术价值。

《江苏地方传统音乐概论》采用传统音乐类型"五分法"的体例与模式,对当前江苏地方传统音乐中的典型代表进行研究,凸显方言区内的传统音乐文化特征、音调特色及风格特征的一致性。作为一部区域文化研究著作,该专著不仅为其他地方知识体系的研究提供了可资参考的学术理路,也为传统音乐研究的学术模式及其教育转换提供了延展的可能。

由三本专著构成的"江南音乐文丛",包括《苏南民间小调与锡剧的共生发展研究》《江南民俗音乐》《江南运河流域的诗词歌曲研究》。该文丛紧密围绕当前江南民族音乐的研究重点和难点,对江南民间小调、遗产保护、民俗音乐、乐器器乐、诗词歌曲关系、历史梳理、文化传承与创作等,均做了孜孜探索,对江南传统音乐文化传承有特殊意义。

纵观2023江苏省文艺大奖·音乐奖的获奖者,他们实至名归。他们扎根江苏大地,关切江苏人民。他们书写江苏精神,谱写江苏音乐故事,总结江苏音乐文化特征与内核,梳理江苏音乐发展历史与内涵,在建设中华民族现代文明的新征程上,为江苏音乐及文化发展表达自己的认知、认同与自信。江苏需要这样的音乐家,时代需要这样的艺术家。

(作者系江苏省文化艺术研究院副院长,中国传媒大学博士研究生)

让优秀的儿童歌曲直通孩子的心灵

吴洪彬

音乐教师一般是不做班主任的,教龄三十几年的我也从未做过班主任,每逢"六一"儿童节,除了遵照学校要求排练一两个节目外,几乎也不参加班级自己组织的一些活动。然而今年是个例外,一位班主任生病休息,我临时"升任"班主任,而今年学校并没有像往年一样举行"六一"大联欢,使得我零距离地深入班级,感受了一下最真实、最小单位的"六一"联欢。不出所料,孩子们的联欢还是以唱歌为主,出人意料的是,孩子们唱的是我这个音乐老师从来没有听过的歌——《浮白》《归去来兮》,词曲兼演唱更是一个陌生的名字——花粥。

"余音袅袅我看了太多热闹,看一尘不染的白纸都变得浮躁,善者寥寥在泥沼中煎熬,而置身事外的君子在一旁冷笑……"(《归去来兮》歌词)四年级的孩子唱着这样似懂非懂的歌词,让我这样一位也算资深的音乐老师一时间茫然不知所措,赶紧回家补课,上网一搜,就看到了关于"花粥"的许多"抄袭"新闻,这个花粥曾经一直标榜"当不成女流氓"也绝对不当"虚伪文艺青年",是够直率、不虚伪,但真看不出好在哪? 令人担忧的是,这仿佛成了小姑娘们效仿的榜样。

一、 娱乐化导向侵蚀儿童心灵

3月21日是世界儿歌日,几年前的这一天,南京的记者曾走进校园展开调查:"你最喜欢唱什么歌?""《最炫民族风》。"这是一名二年级小学生的回答。一家幼儿园内,大班孩子正在表演民族舞,所使用的音乐是《荷塘月色》。世界儿歌日这天,无数人嚷嚷,现在好听的、适合孩子的新儿歌太少,孩子们都快被流行歌曲淹没了。有专家认为,儿歌的萎缩,更多是因为社会的娱乐化导向,鼓励孩子"穿大人衣服、说大人话、唱大人歌"。

世界儿歌日是 1976 年在比利时克诺克两年一度的国际诗歌会上创立的,由 13 岁以下的儿童在每年 3 月 21 日——春天到来的第一天举行庆祝活动。活动的主题是"关爱儿童、缔造和平、消灭战争、建设家园"。这项活动得到了联合国教科文组织的认可和支持。每年这一天,许多儿童组织、教育机构用各种形式庆祝这一节日。很惭愧,笔者作为一个小学音乐教师,也是第一次听说有个"世界儿歌日",就在这天,全市的小学音乐教师还在一起进行了一次教研活动,但没有听到一句关于"世界儿歌日"的话题,南京市也没有学校开展这方面的专题活动。有老师倒是提到将流行歌曲引入课堂以激发学生兴趣,这其实是一个伪命题,今天看来意义不大,因为无论你怎么引导,学生依旧对流行歌曲感兴趣,而对音乐课本上的歌很难产生兴趣。

笔者曾经做过小学、中学十佳歌手的组织者和评委,中学生无一人选择演唱课本上的歌,小学生唱课本上歌曲的也寥寥无几,问其原因,都说课本上的歌不好听、太老土,他们自己选择的歌曲也多是跟家长进卡拉 OK 或从网上学来的最新流行歌曲。

记得我们中小学年代,喜欢的也是当时的流行歌曲,像《乡间的小路》《校园的早晨》《我的中国心》等,那时没有音乐课本,几乎每个学生都用一个手抄本抄歌词,没事就抓着唱,这些歌曲现在都成了经典,也编进了教材,但已经不符合当下孩子的审美情趣了。一个时代有一个时代的歌,学生喜欢音乐而不喜欢音乐课,很大程度上不是音乐老师无能,而是音乐课本上的歌不能吸引学生。

流行歌曲的商业元素决定它采用多媒体轰炸的即时传播方式,对于普通人群来说,音乐欣赏具有从众心理,眼下大家听什么,我就听什么,有独特欣赏品味的人基本都是专业人士,孩子当然也跟着大人的潮流走,不喜欢唱老儿歌,不能怪孩子。

事实上,有一大批致力于创作新儿歌的词曲作家,笔者也是其中之一,保守估计每年会有上千首新儿歌产生,但制作成歌曲传播开的就很少了,这要花费较大成本,编入教材的几乎没有,因为教材总是滞后的。这些新儿歌中不乏精品,有的很好地采用流行歌曲的元素,像《虫儿飞》《周末不回家》等,深受孩子欢迎。

又如之前很火的一首歌《苔》,《经典咏流传》使其成为一首新时代的励志歌曲,最大的意义在于这同时是一首给偏远地区儿童以现实关切的歌。最近笔者看到一段视频,大凉山的十几名孤儿,对着镜头诉说着各自的不幸,不是父母双亡,就是家长吸毒、坐牢,而一唱起歌,孩子们竟然是那样投入,流露出的情感一点不输城市的孩子,也许现阶段他们要学牡丹开,而将来,他们都会以自己的方式开放,当然社会有责任帮助他们。

当下最流行、最好的儿童歌曲,一时半会进入不了音乐教材,大多数孩子们还是唱着一知半解的成人流行歌曲,相对于这些孩子,少数进入了学校艺术社团的孩子们在唱些什么歌呢?

二、中小学艺术展演中的"三偏"

从市级到省级到全国,每三年举办一次中小学艺术展演,当然唱歌类节目占了大多数,纵观现在的中小学艺术展演,笔者认为有"三偏":

(一) 偏难

二十世纪八十年代末的中小学,合唱在普通学校才刚刚起步,基本不能叫合唱,都是大齐唱,能唱个轮唱已经让人耳目一新了,即使这样,老师在课余时间已经付出了相当多的时间来训练。再看现在,虽然学生的基础已经不可同日而语,但合唱曲目的难度却是越来越大,二声部合唱基本已经上不了台面,想获奖,至少三个声部甚至四个声部。实际上,合唱除了音准还有音色,即使孩子们把几个声部都唱准了,却唱不出中低声部的音色,但似乎很少有人关注这个问题。

越来越难是好还是不好?这个问题很难说。如果是日积月累、水到渠成的难度提高,值得赞赏;赶鸭子上架、拔苗助长式的提高,则存在隐患。就像遭人诟病的奥数,大学生做不出小学五年级的奥数成为常事,如果让大学生来唱唱现在小学合唱团的五线谱,估计比做不出奥数题的人要多得多,音乐修养是否达到了这个高度呢?要打个问号。小学生嗓音的黄金阶段在四五年级,要在这两年内,把学生的多声部合唱练好,老师背后的付出可想而知。往往音乐老师的主业变成了少数学生的竞赛辅导,常常课后加班,而面向大部分学生的课堂教学,由于精力有限,也就无法精益求精了,实在是"人在江湖身不由己"。

(二) 偏洋

各类比赛及展演中,民族音乐的地位一落千丈,洋歌洋曲层出不穷。原因多样:首先是国内儿童音乐的创作跟不上,唱来唱去也就是《让我们荡起双桨》《歌声与微笑》等老歌,学生唱腻了,评委也听腻了,难度系数不高,无法拉大比分差距,某个合唱团突然来了一首《闲聊波尔卡》,尽管是中文版的,分数也立马蹿上去了。笔者手头有一份某市最近的合唱展演节目单,有一半是外国歌曲,并且是多语种,还是原文演唱。不知学生能否理解歌词意思,就连评委能不能完全听懂,我都表示怀疑!近年各个学校兴起的学生管乐团就更不用说了,乐器是西洋的、曲目是西洋的、训练方式是西洋的、比赛曲目自然也是西洋的。

音乐教育的一大基本理念是弘扬民族音乐,十二平均律出自中国,民族管弦乐团也是自成体系,但在许多人眼里,民族音乐依旧是土得掉渣、难登大雅之堂,严重缺乏文化自信。殊不知,越是民族的就越是世界的,如《云南回声》中的大合唱《水母鸡》就深受欢迎,只是这样的作品太少太少。笔者所在的南京市几年前举办过新学堂乐歌的合唱展演,都是以谷建芬等作曲家谱写的古诗词为演唱内容,形式新颖,孩子耳熟能详,很好地弘扬了中华优秀传统文化。

(三) 偏豪华

校服曾经是演出节目服装的不二选择,现在如果哪个学校参加展演还穿校服,是会被笑掉大牙的,而且基本没有获奖的希望。经济条件好了,节目的服装越来越华丽,而且每排一个新的节目,必定要有新的配套服装。舞台也是越来越华丽,必定要有 LED 大电子屏,一般租用一天的费用就得上万。演出场地由学校的小礼堂逐步挪到了音乐厅、大剧院。早些年流行到维也纳音乐厅演出,不知名的小学生合唱团、乐团也纷纷走进金色大厅。所有这些费用从哪里来?大多是学生家长分担的。"放牛班"买不起漂亮衣服,很难有"春天"。

想当年笔者带着学生演节目,没有灯光、没有音响、没有漂亮衣服,大多时候在学校的操场上演,条件最好也就是一辆板车,拖着几件乐器,带着一群学生到乡镇的电影院去演,不仅全校学生去看,还吸引了镇上的居民,将大礼堂挤得水泄不通。如今呢,只有参演孩子的家长热情参与,其他人是漠不关心。如果只培养了"演员",而没有培养观众,再豪华的演出也是自娱自乐。普通学校,热衷于参演、比赛、拿奖的同时,还是更关注平时的音乐课吧,提高大多数国民的基本艺术素质才是根本!

与这"三偏"不配套的是,儿童歌曲的创作一直无法满足孩子们的娱乐、展演、比赛的需要,但是许多有责任感、使命感的音乐工作者一直在努力改变这种现状,这里面有不少是扎根在基层的一线音乐教师,比如上文提到的《苔》的作曲者梁俊就是一位乡村教师,我的老乡熊初保老师之前也写了一首关注大凉山儿童的歌曲《藤梯钢梯》,发表在《儿童音乐》上,这也是对悬崖村里那些可怜的孩子们的声援。

三、 儿童歌曲的传播需要"直通车"

《音乐周报》纪晨文:2019 年 8 月 5 日,由中国音乐家协会流行音乐学会支持指导,中国国际经济技术合作促进会主办,数十名全国知名词曲作家和音乐人以及火烈鸟唱片联合倡议发起的"新时代十大少儿金曲"创作工程正式启动。

"行动起来,给今天和未来的孩子们写点歌吧!"如此具有号召力的口号,如此功在当代利在千秋的事业,确实让有志于儿童歌曲创作的笔者以及其他业余作者激动万分,但看到后面的"新时代十大少儿金曲",我立刻冷静了下来,不知道别人是怎么看的亦或是我的理解有误,"十大少儿金曲",却有数十名知名词曲作家参与,哪里还有业余作者的一席之地?

新时代的确需要新儿歌,但新创作的、能广为传唱的儿歌寥寥无几,是因为创作队伍的缺乏,还是鲜有好作品,还是缺少传播途径? 依我看,前两者不是主要原因,关键在于儿童歌曲没有畅通无阻的传播途径,好歌唱不出来,反过来也极大地影响音乐人的创作热情。

据保守估计,儿童歌曲的创作量一年少说也有上千首,《儿童音乐》《中小学音乐教育》等刊物都有固定的儿童歌曲栏目,从中央到地方的各地宣传部门、文明办,也定期举办童谣征集活动,像江苏省 2006 年开始举办"童声里的中国"少儿歌谣创作大赛,迄今已到了第十一届,成为江苏"童"字系列美育活动的品牌项目,所有这些刊物、活动中,一定涌现了大量的优秀儿童歌曲,但是为何没能传唱呢?

不知大家有没有发现,刊物投稿、创作大赛,都是一种自下而上的方式,而歌曲传播需要的是自上而下的方式,说得明了些,就是为儿童创作的歌曲,一定要让儿童听到,如果仅仅停留在纸面上,或是小型颁奖会上,广大少年儿童根本就

听不到,还谈何传唱呢?因此,儿童歌曲的传播迫在眉睫的问题是需要两辆"直通车":

(一)打造儿童歌曲的视听"直通车"

视觉画面和音响制作在歌曲的传播中相辅相成,起着关键性的作用,当然制作成本近年来也是水涨船高,令许多儿童歌曲创作者不能承受。许多词曲作家本着公益的初衷在坚持创作,哪怕没有稿费,也毫无怨言,但再好的歌曲如果只停留在谱面,在如今这样的全媒体时代,可以说已经毫无意义了。信息量太大了,很少有孩子能够有兴趣找到一本刊有儿童歌曲的杂志去学唱歌,电视、网络却没有儿童歌曲的一方净土。

假设有一个电视频道是专门播放最新的少儿歌曲 MV 的,假设有一个网络平台也是专门直播儿童歌曲演唱现场的,那将会让多少孩子直接聆听到最新的儿童歌曲啊!然而现实是残酷的,经费哪里来,谁会愿意做赔本的买卖?北京卫视的《音乐大师课》算是开了个好头,如果不是小孩唱大人歌,而是一个新童谣的专场就更好了。

(二)打造儿童歌曲的校园"直通车"

新儿歌最好的、最直接的传播途径就是校园,主阵地就在音乐课堂。记得笔者刚走上工作岗位时(20世纪90年代初期),每学期随音乐课本发放的都有一个补充歌集,像《我向党来唱支歌》等,因为音乐教材无法做到年年更新,这些补充歌集很好地填补了音乐课本无新歌的缺憾。我当时在农村小学任教,但教会了孩子们《赶海的小姑娘》《采蘑菇的小姑娘》《小螺号》《歌声与微笑》等当时最流行的儿歌。时至今日,不仅补充歌集已经不存在许多年了,就连音乐课本也是循环使用而不让学生带回家了,这真是儿童音乐教育的一种倒退。

如果说"视听直通车"需要大量的经费支持,那么"校园直通车"相对来说是廉价的、易于操作的,只需每一学年,有关教育部门组织专家,选择近期最优秀、最好听的儿童歌曲编撰成册,随音乐教材发到各个学校供老师作为课堂教学的补充内容即可。孩子们有最新的儿歌可唱,就不会总是嫌教材上的歌老土,而去追逐似懂非懂的成人流行歌曲,至少也可以缓解孩子对流行歌曲的盲目热衷。

团中央2010年的"四好少年"新创歌曲和著名作曲家谷建芬的新学堂乐歌,是近十几年来传播效果最好的两次儿童歌曲推介活动,希望未来的少儿金曲创作工程能产生一大批优秀的新儿歌,并且及时到达"校园直通车",让老师和孩子们第一时间享受到音乐家的成果,让优秀的儿童歌曲直通孩子的心灵深处。除了儿童歌曲,儿童器乐曲的创作可能更需重视,像《龟兔赛跑》《我是人民的小骑兵》这样的优秀儿童音乐,已经是半个多世纪前的作品啦!

(作者系南京市雨花外国语小学教师)

美术

三绝高风鲍娄先

戴　求

鲍娄先(1875—1958),原名曲襄,又名奎,初字星南,中年更字娄先。原籍安徽歙县,世居扬州。早年毕业于上海龙门师范学校图画手工科,曾任两淮中学堂、江苏省立第八中学[①]等校的国文、图画教员。鲍娄先是江苏省国画院首批受聘的画师之一,兼任江苏省文史馆馆员。他是扬州画派的领军人物,是清末以来扬州艺坛上的杰出人物。

——题记

一、显赫家世与受学经历

鲍娄先的祖籍在安徽歙县棠樾村。他的先人业盐于扬,"一文钱起家"的徽商传奇,讲的就是他的先祖鲍志道发迹的故事。鲍志道后来贵为清代两淮盐务总商、扬州巨富,但他既为儒商,又重视教育,在扬州建十二门义学,供贫家子弟就读,鲍氏子孙也相继读书成名。

到了鲍娄先的高祖鲍时基(鲍志道孙)时,便定居扬州南河下。鲍时基曾有短暂的仕途,但是丁母忧后去职赋闲,终日以课子、赋诗、藏画为乐。鲍娄先的父亲鲍春圃更是饱览群书、自与古会。据董玉书《芜城怀旧录》记载,春圃"旁逮医方、音律、周易、星历之术,靡不该贯,而不以一艺名家"。

[①] 1912年,两淮中学堂与扬州府中学堂合并,成立淮扬合一中学校;1913年,淮扬合一中学校改办为江苏省立第八中学校,后经多次变迁,于1953年经教育部批准成立江苏省扬州中学。

鲍娄先便是在这样一个由贫而富的商贾世家、书香门第中出生、成长。他幼时聪颖,知书达理,十二岁便读四书五经、《左传》、汉赋、唐宋古文,十三岁学八股文,十六岁完篇。

1895年(清光绪二十一年),鲍娄先21岁,回原籍应小试,三试皆列首选,又以诗赋取冠大邑,入邑庠,回扬就私家教读。

1903年,鲍娄先29岁,考入安庆高等学堂,因学校不重文史,学非所愿,在校半年,退学返扬。后考入上海龙门师范学校图画手工专修科。毕业后遂以图画手工及国文在中小学任教。

鲍娄先任教的学校有两淮高等小学、安徽旅扬公学、江都县[①]立第一高等小学、扬州府中学、江苏省立第八中学、江都县立小学、扬州两淮中学、江苏省立第五师范学校,前后历时30年。

二、书画艺术

鲍娄先幼时便对美术表现出了特有的禀赋。他出生之后,因母亲早殁,便一直寄居在外家生活。据说他三岁时就能以芦荻蘸水在地上画荷花,而且像模像样。八九岁时阅读话本,如《荡寇志》《西游记》《三国演义》,对里面的绣像产生了浓厚的兴趣,看完一部书便将里面的绣像临摹下来。小时候的娄先还有一个特殊技艺,能够在鸭蛋壳面上描摹美人,惟妙惟肖。每当画成,长辈们索来把玩,然后酬以丹青纸墨,鲍娄先高兴异常,对画画的兴趣愈加浓厚。

据鲍娄先自述,他正式学画是在17岁。他族中有个堂叔名叫智臣,是名画师,擅长花卉。智臣常住泰州,每至扬,娄先必向其乞画,摹写再三,必酷似乃罢,遂悟运笔调色之法。所以鲍娄先后来常怀念说:"我画,堂叔之教也。"

也许正是因为国画的天赋与基础,鲍娄先后来才舍弃科举、绝意仕途,而走进了新学课堂。

鲍娄先进入师范学校图画科后,开始接触西洋画法,于钢笔、铅笔习数年,任教之后,又从事黑板画、范本画,几达20年,编有手工图画讲义两巨册,自谓"于六法有心得",乃舍西法,一意国画。

[①] 今扬州市江都区,下同。

鲍娄先50岁左右,开始专任私人教馆,以绘画、国文为主。他曾应盐商周扶九之邀,到上海周宅坐馆,得与著名画家吴昌硕、王一亭交往,相互观摩、切磋画艺,又与诗词名宿朱孝臧、陈三立等时相唱和,遂在上海闻名,以至"求画者踵接,不胫而走"。此前有晚清扬州画家陈若木在上海甚得推崇,自此老辈人评鲍娄先谓"得陈若木之厚",誉之不容口。

我曾见资料上有张大千20世纪20年代作山水画《松山远眺》,诗堂题识:"星南先生以张大千所画山水见示,为题四绝以归之。"题中星南便是鲍娄先。可见那时,鲍娄先便能关注上海画家的作品,并潜心研究吸收。

鲍娄先擅作花果、藤木,用笔苍劲有力,厚重渊雅。又谓"浓不伤痴、淡不嫌寂",尽得神气。其花果中尤以画桃最为著名,当时扬州城中谁家有寿宴,必得鲍氏"桃子"祝寿,一时传为佳话。

鲍娄先的画注重写实,强调绘画源于生活。他曾于住宅后院遍植花草树木,作观察写生之用。冶春后社诗人杜召棠在《惜余春轶事》中云其"每过鱼菜、水果、篾器市,则驻足不前,不知者疑有选择,其实求画本也。"

鲍娄先兼擅指画,所作指画枇杷,苍翠欲滴,所作蜜桃,硕大鲜润。扬州有一收藏家马先生藏其指画四条屏精品,分取牡丹、水仙、荷柳、藻荇、金桂、墨兰、灵芝、老松入画,两帧写花、两帧写木。见者咸称其乃"鲍氏心手相合神来之作,虽止一作亦可毕见鲍氏笔墨之佳妙、气格之超迈"!

三、传道与授业

鲍娄先出身书香门第,从小所受的教育便是"敬以事长、谦以待人",习与性成,老而弥笃。成名之后,鲍娄先在扬州近代艺坛被称为"诗书画三绝",除了自己的艺术修养,在国学方面也有着深厚的造诣,著有《诗经释义》。他一生致力于传道授业,恪守中国传统的道德品质,尤为人称道。

江都名士方泽山,世称"方二先生"(其兄大方,名方地山),其年龄与鲍娄先相仿,但泽山成名较早,鲍娄先入学时是其受知师,佐学使阅卷。方泽山对鲍娄先的凤慧颇为赏识,惺惺相惜。因此鲍娄先感知遇之恩,对方泽山执弟子礼甚谨,二十年造问起居,无一月间隔,在扬州传为美谈。

鲍娄先虽出身富家,但生活简朴,甚至衣履破敝也毫不介意。有记载说他

"冬披一羊裘,三十年未一易",他在外做官的胞弟有一年回扬,睹之恻然,花重金为他添置了一套轻裘。鲍娄先平时舍不得拿出来穿,老来畏寒,每上身辄言,"我弟厚我!"并赠乃弟句云:"刻骨教人横涕泪,御寒知尔走风尘。"棠棣之情,溢于言表。

鲍娄先虽从旧传统中来,但他思想并不保守。无论是在家课徒,还是坐馆授业,必倾倒以出,务令学生彻底理解而后已。他不赞成用"八股文"束缚思想,教学生读《孟子》、《左传》、《史记》和《古文观止》一部分。认为精彩的文章,他会亲自用端正的小楷抄写在本子上,教学生诵读,有十余本之多。

著名科技学者于启勋教授是镇江人,抗日战争爆发后,随父母避居扬州,就读于江苏省立扬州中学(今江苏省扬州中学),曾随鲍娄先习国文。他回忆说:"老先生爱劳动,每天早起后,到花园中扫落叶,剪花枝,园中有松、竹、梅、梧桐、夹竹桃、晚饭花、凤仙花等树木花草,亲自浇水施肥,长得都很好。教我读《陋室铭》,并称他自己的住处为'陋室'。"

据于启勋回忆,老先生"每星期教我做两篇作文,先命题,令我写作,经老先生批改后,再正式抄在作文本上。作文题多种多样,举几篇为例:'扬州灯市''夹竹桃''咏蟹''论文官不爱钱,武官不怕死''论学然后知不足,教然后知困''论富贵不能淫,贫贱不能移,威武不能屈''瘦西湖赋',等等。"

从作文命题可知鲍娄先思想的开放以及他对时事的关注。

四、节操与骨气

今人感念鲍娄先时,总会谈到他的节操与骨气,这是鲍娄先人品与艺品中很重要的一点。

抗日战争沦陷时期,扬州施行奴化教育,一时士气昏蒙。鲍娄先深居简出,闭门谢客,慨然表示:"我宁可在家教一个有骨气的学生,也不去捧鬼子的饭碗。"

某校请鲍娄先为首席校董,他坚拒不从,宁甘闭门授徒,穷居一室,讲《左传》华夷之变,使学者明春秋大义于胸中。有生徒来请业者,则为讲古代外族侵华史,义形于色。并云:"供有钱人玩赏非本意也。美术应务工务农。"

他的学生于启勋回忆:"老先生爱人民,对伪政府官员和日本人深恶痛绝。教我读《祭鳄鱼文》、《卖柑者言》和《黔之驴》等文章,结合时政进行讲解。常说为官者要清廉,要为老百姓办事,要做到'文官不爱钱,武官不怕死',要'先天下之忧而忧,后天下之乐而乐'。"

鲍娄先的画名重一时。有一次,伪扬州维持会会长方小亭为讨好驻扬州总司令天谷,请他画一幅《百桃图》,并要求题上"天谷将军教正",鲍娄先借题发挥,作枯树一株,上结两个干巴巴的毛桃,题款用狂草将"天谷"二字连写,看似"天哭",吓得方小亭慌忙将题款剪掉,不敢转送。但有亲朋邻里求索,他则慨然应允,随嘱随画,尝有自题曰:"一钱不值,万金不卖,韩干与欧阳,自有知音者。"

鲍娄先有一位胞弟,名鲍庚,早年曾留学日本,亦善诗词、书法,后入行伍。抗战期间,鲍庚任河南第六行政区南阳督察专员。今日之南阳卧龙岗武侯祠内刻有鲍庚手书《励忠篇》,系抗战最艰苦岁月里的咏志诗。鲜为人知的是,当年鲍庚为突显武侯诸葛亮忠厚睿智,以及形容他的"羽扇纶巾、鹤氅轻衫",还曾请乃兄鲍娄先为南阳武侯祠画了一幅诸葛亮像,并勒石立于躬耕亭内。此画像被认为是最具气质的诸葛孔明标准像,今已被选入全国中学教材,于此亦可窥见鲍娄先的民族情感。

鲍娄先的气节不仅表现在平时的课徒、作画中,还表现在他对古代先贤的追慕敬仰之中,1945年9月,为了表达对石涛的思慕继承,他与陈含光、江轸光等同道发起成立"涛社"。此时,日本已无条件投降,中国人民取得了抗日战争的全面胜利,亦如陈含光作《涛社记》中所说:"乾坤再辟,欢欣歌舞。""涛社"之所以名"涛",便是因为明末清初国画大师石涛的民族气节。

五、艺苑新葩,流芳人间

新中国成立时,鲍娄先已年逾古稀,但他的艺术生命却重新焕发了"第二春"。

1949年10月1日至3日,鲍娄先与老画家何其愚、顾伯逵、何雪庐等四人参加了庆祝新中国诞生的扬州书画展览。几年后,鲍娄先与何其愚、何雪庐合作的《松鹤》《猫蝶》在扬州市第一届国画展览会上获得好评。

这段时间,百废待兴,百端待举,对扬州的画家来说也是一个全新的时期。1957年年初,江苏省举办了第一次国画展览会,并在主要城市作巡回展出。参加这次展出的有十九个县、市,包括教师、学生、专业画家和机关干部等四百多位作者的五百幅国画。其中有花鸟画家陈之佛的《桐枝栖鸠》,山水画家傅抱石的

《兰亭图》。八十三岁的扬州画家鲍娄先参展的作品是《松与山茶》，笔势苍劲、生机勃勃，真是老而弥辣。

就在这年 6 月，江苏省筹建国画院，经过多方遴选，扬州鲍娄先与何其愚两位老先生被聘为画师，顾伯逵被聘为副画师，待遇优渥。在首批聘请的画师中，扬州籍画师占三位，外地画师共 12 位，足以看出当时在全省范围内扬州画家所占分量，这也是对鲍娄先毕生画艺的充分肯定。自此，鲍娄先成为新中国成立后江苏画坛的开启者、新时代扬州画派的领军人物。

鲍娄先受聘江苏省国画院至其罹病去世，虽然只有短短一年多时间，但他却老当益壮，坚持创作。国画院现存藏品《菊花》《清供》《荔枝》《西瓜》等作品既显示了其深厚学养和传统笔墨功力，又充满时代的清新气息。他还撰写了《国画》《学画心得》等文，毫无保留地贡献自己的学艺经验，以启后者。

1957 年 7 月，国画大师傅抱石、叶浅予陪同中央新闻纪录电影制片厂一行，来到扬州为国画大师鲍娄先拍摄纪录片。在南河下鲍娄先寓所，摄影师记录下了鲍娄先读书、作画等生活镜头。老先生苍颜华发、白须飘然，尤其是解衣盘礴、奋笔挥洒的神态令人难忘。画面播出，洋溢声名，这是历代扬州画家中绝无仅有的殊荣。

鲍娄先对新社会是心存感激的。晚年鲍娄先知道自己去日无多，曾两度捐献自己的全部藏书给扬州图书馆，四部咸备，计四千六百余册。

尤其值得一提的是，1955 年春，鲍娄先将数代家藏的 175 块《安素轩石刻》无偿捐给了扬州博物馆（尚有一部分在安徽博物馆）。《安素轩石刻》共收王羲之、钟绍京、赵佶、苏轼、米芾、赵孟頫、文徵明等历史名家的书法作品数十件，有极高的艺术价值，又有很高的史料价值，给后人留下宝贵的物质和精神财富。

1958 年 12 月，鲍娄先病逝，享年 84 岁。扬州各界举行了隆重的纪念仪式，备极哀荣。有关部门编印《鲍娄先画师哀挽录》，完整记录了当时的文化名流对鲍娄先的追思。挽曰：

艺苑仰蜚声，三绝高风谁企及；
蓬山来为使，二分明月忽凄凉。

（作者系扬州广播电视总台总编室原副主任）

试论中国画的笔墨精神
——以黄宾虹为例

张尊军

笔墨是中国画艺术的先决条件，是最基本的绘画语言，在某种意义上讲，是中国画的全部，所以离开笔墨也就谈不上中国画。中国画主要通过传统笔墨的语言表达体现古典哲学思想，凸出中国文化特色和艺术风格，其最大的特点就是它的笔墨精神。这里仅以我国近代杰出的画家黄宾虹先生为例，探讨中国画的笔墨精神之所在。

笔墨精神体现人文精神。中国画，顾名思义就是蕴含中国文化的绘画艺术，这里的中国文化主要是指在中国历史文明进程中不断提炼、传承和完善的文化体系，以中国古典哲学思想为集中体现，这种传统文化是充分反映中国人思维模式和审美理念的，也代表着中国人的集体人格和智慧。中国画中蕴含着深厚的中国哲学、思想与文化内涵和人文价值。中国画的笔墨精神，实际上是中国儒、释、道等诸子百家的哲学理念的体现，比如以墨色浓淡来分阴阳之境，以留白表现空灵之境，以画的内容来传递思想，等等。道家的修养可见于墨色之平淡，儒家的规律可见于画面之黑白，禅佛妙境可见于整体意象给人的感觉。中国画的笔墨精神内涵就是传统文化。没有文化根基和底蕴的艺术是轻浮的，是缺乏强有力的生命力的，也是经不起历史考验的。中国画的笔墨绝非只有技法，也是一个画家在气质、创造、学养、感情和思想的有机结合，更是艺术创作综合能力的体现。因此，要想画作气韵生动，不仅要在画中下功夫，更要在画外下苦心。不读书就缺乏认识，没有认识就毫无主见，没有主见何以思想，没有思想，画作谈什么气韵生动,何来中国画的精神和灵魂呢？王伯敏先生认为："作为集大成的黄宾虹,并非只是传统山水画技法集大成者,而是中国文化的集大成者。"①在画品上,黄宾虹主张画家学识要渊博,要有学问修养。他认为学人之画,磊落大方,英华秀发,静穆源深,方为画之正路。黄宾虹幼承家学,5岁开始攻读诗文经史,学习书画及篆刻,有着深厚的文化学养,学问博大精深,乃为一代开山立派学者型国画大师。黄宾虹认为,除了"气韵出自笔墨"外,重要的还在于"诵古今之书,睹古人之迹",更在于"气韵生动,本于自然,由人之学力有深浅,其效果所得有高下"②。有人将其学画历程概括为研习传统、师法造化、独创三个时期。他以"取古人之长皆为己有,而自存面貌之真不与人同"为自律,逐步以"师古人"为主转向"师造化"为主,并坚持"读万卷书,行万里路",师法造化,八登黄山,并游历众多名山大川,以学养画,学用合一,早学晚熟,终达化境,开近代山水画新风格之先河。

笔墨精神体现现实主义精神。笔墨,既是一种绘中国画的工具,又是一种艺术境界;既是中国画的技法,也代表中国画的精神。黄宾虹是我国近代杰出的画家,写祖国河山,浑厚华滋,元气淋漓,尤其是他晚年变法,形成"黑、密、厚、重"的画法特征,致达穷理尽性、笔墨神妙之化境。明代袁宏道云："善画者,师物不师人;善学者,师心不师迹;善为师者,师森罗万象,不师前辈。"③黄宾虹先生既是"善画者""善学者",又是"善为师者"。故其师古不泥古,师迹不拘泥,师造化更重心性,取精用宏,终有创造,为近代山水画的发展做出重要贡献。黄宾虹先生热爱祖国,对祖国大好山川有着深厚的感情。他热爱生活,关怀民物,是一个有理想、有情怀、有担当、富有现实主义精神的山水画大家。其诗云："我爱中华山水好,泼将水墨意融合。"还说："中华大地无山不美、无水不秀。"④五代荆浩曾说,画山水应该"搜妙创真"。黄宾虹先生于此多有胜人之处,他看山不停留在表面上,留心"静中之动"和"动中之静",并有"山水我所有"之情怀和"三思而后行"之思辨。故其带着感情去游历和观察山水,不仅与山川为友,拜山川为师,还心占天地,经纬天地,悉万类性情,抉发山川之精微,使画境既写实又高于实。所谓"三思",一是作画前构思;二是笔笔所思,即笔无妄下;三是边画边思。此为宾虹

---

①④ 王小川.名家笔墨探微:黄宾虹笔墨[M].杭州:浙江人民美术出版社,2017.
② 黄宾虹.黄宾虹论艺[M].上海:上海书画出版社,2012.
③ 袁宏道.瓶花斋论画[M]//俞剑华.中国画论类编.北京:人民美术出版社,1957.

先生更好表现山水性情的妙法,亦是寄情山水、抒写山水的情怀。著名作家、诗人高爕评其山水:"先生七十后,夺得造化之精英,图写自然,千笔万笔无一笔不是,年过八十,尤见精神。"①宾虹先生晚年作品点染自如,直得风骨,更富有诗意,让人更觉祖国山河秀美壮丽,多姿多娇。

笔墨精神体现审美艺术精神。中国传统绘画中,笔墨负载着浓厚的文化内涵和独特的审美价值,成为其艺术方法、艺术形式和艺术风格的代名词。黄宾虹先生讲:"笔墨之于画,譬诸细胞之于生物。世间万象,物态物情,胥赖笔墨以外现。六法言骨法用笔,画家莫不习勾勒皴擦,皆笔墨之谓也。无笔墨,即无画。"②笔墨从技法来说,"笔"是指勾、描、勒、点等笔法,"墨"是指破、积、烘、染等墨法;而从精神来说,笔墨之间所折射的是创作者的思想和画面艺术所透出来的气韵。技法和精神既是相互联系的,又是相对独立的。"笔"是一种对"形"的追求,"笔"所传达在纸面上的,就不仅仅是简单的技法体现,而是一种形而上的追求。"墨"体现的是一种"意境",意境即"意"与"境"。"意"就是创作的思想和感情,"境"就是所传递的精神和烘托的境界。境界为画中之上,有境界,则成高格。石涛在《画语录》云:"笔与墨会,是为氤氲。"黄宾虹先生说,"国画民族性,非笔墨无所见""中国画舍笔墨而无他"③。中国画强调墨以笔为筋骨,笔以墨为精神,笔墨互为表里,相辅相成。从唐宋至元的山水画发展史看,山水画风格的每一次转变,其变化都主要反映在笔墨上。与历代名家一样,作为一代山水画大师的黄宾虹,不仅也有自己独特的笔墨特点,而且在笔法、墨法方面提出了许多创造性的理论观点,最重要的就是"五种笔法"和"七种墨法"。"五种笔法",即"平、留、圆、重、变","七种墨法",即"浓、淡、破、积、泼、焦、宿"。黄宾虹认为,"七种墨法"在具体运用中可有取舍。他说:"七种墨法齐用于画,谓之法备;次之,须用五种,至少要用三种;不满三种,不成其画。"④宾虹先生是"五笔七墨"法运用的高手和大家,尤其是晚年,他以大篆笔法作画,沉厚凝重,刚健劲遒,生辣稚拙,沉着刚健,不剑拔弩张,不狂怪奇诡,呈现出一种内美。他将各种墨法灵活交替运用,尤重破墨、焦墨、积墨,融入水法、渍墨等技法,重重密密,层层深厚,杂而不乱,混沌中显分明,分明中见混沌,清而见厚,黑而发亮,秀润华滋,自然天成,神采焕然。

---

① ② 王小川. 名家笔墨探微:黄宾虹笔墨[M]. 杭州:浙江人民美术出版社,2017.
③ 陈玉圃. 中国山水画画理[M]. 桂林:广西师范大学出版社,2019.
④ 黄宾虹. 百年大师经典 黄宾虹卷[M]. 天津:天津人民美术出版社,2021.

他的画不但笔力遒劲,力透纸背,似飒飒有声,而且笔苍墨润、圆浑厚重,具有极强的立体感。王伯敏曾这样记述他的老师:"黄宾虹作画,先勾勒,然后以干笔去擦。他的这种擦,兼有皴的作用。皴擦之后,或用泼墨,或用宿墨点,方法不一。他在八十岁以后的变,主要是变在浓墨破淡墨上。当他以浓墨破淡墨后,又加宿墨,宿墨稍干后,又在宿墨之上干擦,又加宿墨点,即所谓'层层积染'。这种积染,能保持墨中见笔,层次分明,这是极不容易办到的事。"[①]严格讲,"五笔七墨"法并非宾虹先生独创,前人多有运用。但却是他首先把这一套方法归纳成了系统理论,并在实践中发挥到了极致,达到化境,从而形成了黑密厚重、浑厚华滋的全新画风。总之,他的"五笔七墨"法为开创中国画笔墨境界提供了理论支撑和实践指导,影响深远。

笔墨精神体现时代创新精神。明末清初国画大家石涛,站在历史的高度提出"笔墨当随时代"的纲领性论说。其内涵有三:一是所谓"笔墨"代表的是中国的传统文化,中国画正是有了中国之"笔墨",所以才形成了中国画艺术的特色;二是所谓"随时代",是对中国画发展问题提出的原则与标准,即传统的"笔墨"不能失去时代的气息与风貌,否则将使中国画的发展失去新意,乃至停滞;三是笔墨既是物质,又是工具,它只有通过与艺术家的艺术思维相结合,才能产生中国画独有的艺术性与神秘性,从而使中国画作品拥有应有的艺术魅力。时代性是中国画创新发展的最本质的属性。黄宾虹先生就是"笔墨当随时代"的楷模。在创作风格上,追求深厚华滋。他一反清代山水画柔靡软弱的现象,达到"山川浑厚,草木华滋"的境地,并将这种境界提高到表现中华民族性格的高度。在创作思想上,他重视创造。黄宾虹认为"师古人"是为了继承和发展民族文化传统,不能泥古不化,要取长舍短、取精用宏,尤其要师法造化。"造化取法,取之不尽""只知师古人,不知师造化,终无以得山川之灵秀"。他说:"画无创造,世人何必要画。"故而他主张:"绝似又绝不似于物象者,此乃真画。"而"绝似"与"绝不似"正为画家提供了大显身手的空间。在创作技法上,他重视笔墨,不仅提出了"五笔七墨"的理论,且注重章法,讲究虚实、阴阳、黑白、聚散等关系。黄宾虹先生说:"作画如下棋,需善于做活眼,活眼多棋即取胜。所谓活眼,即画中之

---

① 王伯敏.山水画纵横谈[M].济南:山东美术出版社,2010.

虚也。"①

  伟大的时代需要伟大的作品；伟大的作品需要伟大的精神。我们要站在世界的高度把实现中华民族伟大复兴的中国梦与时代精神有机结合起来，要站在历史的高度把民族的崇高思想与时代精神有机结合起来，创造富有时代精神的绘画新体系。

（作者系丰县文联原主席、党组书记）

---

① 黄宾虹.百年大师经典 黄宾虹卷[M].天津：天津人民美术出版社，2021.

从敦煌壁画到蒙藏风情
——孙宗慰中西融合绘画实践的艺术表征及时代价值

夏 淳

一、张大千西行敦煌的得力助手

抗战无疑扩大了美术家的视野,他们以避战迁移和旅行写生为契机,艰难辗转跋涉于桂、黔、滇、川、甘、青等西部地区。可是,任何地方的发现都比不上敦煌的来得激动人心。坐落于河西走廊西侧的敦煌保存了从北魏至元一千多年来的大量洞窟、壁画和塑像,它是佛教传入中国后异质文化碰撞的结果,是民族艺术的精粹。

20世纪20年代中期,敦煌石窟艺术开始受到张大千的关注。经过长时间准备,张大千于1940年年初启程赴敦煌考察,不料途中家人病逝,计划暂时搁浅。1941年春,张大千计划再赴敦煌,在寻觅助手时,时任中央大学艺术系主任的吕斯百向其推荐了任教于中大艺术系的孙宗慰。1941年4月,孙宗慰由重庆出发,经过两个多月跋涉,至兰州与张大千及其家眷、门生一行汇合,后他们共同从兰州前往敦煌。20世纪40年代,敦煌一带由军阀掌控,张大千为这些人画了不少画,打点了当地官员和驻敦煌的地方僧道人物,这为他们的敦煌之行提供了安全便利的环境。

到达敦煌后,孙宗慰随张大千等人居住于莫高窟雷音寺,他们开始制定工作计划。孙宗慰的主要任务是帮助张大千为莫高窟编号并进行记录测绘。其目的一方面是便于接下去的工作开展,另一方面也有利于后人游览、考察、研究。他们将洞窟编号及断代时间书于洞口或洞内侧壁上。在莫高窟第323窟南壁上,至今还留有这样一则铅笔题记:"下边的残迹,是因为英国的斯坦因来到此地,他用西法,将这一片好壁画粘去了,嗳!你想多么可惜呀!民国三十年六月十六日孙宗慰、范振绪到此记。"[①]张大千被认为是有史以来第一个对莫高窟进行全面田野考察的中国学者。他对莫高窟进行的编号,英文代码"C",至今仍是国际敦煌学界重要的标准之一,孙宗慰在其中发挥了很大作用。虽然莫高窟坐西向东,从南到北,排列基本整齐,但窟群层数不一,且受自然及人为因素影响,不少洞窟积沙严重,栈道年久失修,想要进入十分困难。所以,编号工作持续了5个多月。

1941年11月,孙宗慰随张大千一行启程前往西宁过冬,途经榆林窟,他们在此逗留了约20天,临摹了不少壁画。张大千对敦煌壁画临摹有着明确要求,首先,临本需与原作同等大小,以展现壁画的恢弘气概;其次,经千百年风沙侵蚀,壁画色彩多已褪变,形成了古拙、清冷、狂怪的模样,需恢复它们金碧辉煌、艳丽的原貌;最后,原作如有剥落、残损等瑕疵,则要加以补充,使临本趋于完整。张大千还反复强调临摹不能带入任何个人意志。当然,在临摹开始前,还需做大量准备工作。张大千从西宁、兰州订购了矿物颜料,从重庆、成都以高价将其他临摹用品运抵敦煌。敦煌壁画人物大者数丈,小者不足一尺。临摹时,有时要蹲坐,有时要站立,甚至还需搭建木架,或一手秉烛,一手握笔,难度可想而知。

当时张大千的工作团队所临摹的敦煌壁画,大幅用布,小幅用纸和绢。首先用藏画工方法将布加工,临摹工作分配是孙宗慰勾稿,喇嘛画工(张大千雇用)敷色,张大千最后勾线渲染完成。[②] 具体说来,先覆透明蜡纸于壁画原作前,保持一两寸距离,在蜡纸上勾勒出轮廓。"初稿完成,正式临摹的工作,第一步在洞外进行。首先是当早晨阳光平射时,将画布架子竖了起来,将蜡纸所绘的初稿覆在画布后面,利用强烈阳光的照射,在画布前面依稀可见,这才用柳条炭勾出影子,再用墨描。稿定以后,将画布架子抬进洞内,对着壁画着色,看一笔、画一笔,佛

---

① 孙宗慰、范振绪此处记录有误。揭取莫高窟第323窟壁画者为美国探险家、考古学者兰登·华尔纳。1924年,华尔纳的考古队用特制的涂有黏合剂的胶布片敷于壁画表层,揭取了包括莫高窟第323窟在内的十多幅壁画,这些壁画现存美国哈佛大学博物馆。而马尔克·奥莱尔·斯坦因早于华尔纳以极少的代价骗盗了大量敦煌文物。

② 赵昆.孙宗慰研究[M]//陈湘波.别有人间行路难——二十世纪四十年代庞薰琹、吴作人、关山月、孙宗慰西南西北写生作品集.长沙:湖南美术出版社,2013:183.

像、人物主要部分都是张大千自己动手,其余背景上的亭台花叶之类,则由门下分绘。"①完成这些工序往往需要大量时间,尤其是起稿耗时最多且不能有任何闪失。孙宗慰过硬的造型能力在此发挥了重要作用。据《孙宗慰日记》记载,在敦煌临摹工作繁忙,时间紧迫,首先要忙于完成张大千交给的任务,他自己也想勾些画稿,或者从为张大千勾好的画稿中再临一份,但是他一无时间,二无资金。②

1942年1月,孙宗慰与张大千等人结束了榆林窟的临摹工作,前往西宁塔尔寺。

二、孙宗慰临摹敦煌壁画的特征及时代价值

目前可见的孙宗慰敦煌壁画临摹作品如《安西榆林窟菩萨舞踊图》《安西万佛峡西夏壁画菩萨》《白衣大士像》等,大多完成于1945年,是其后来根据敦煌经验绘制而成的。尽管中大艺术系中西兼修的教学方法使孙宗慰掌握了一定的国画技巧,但临摹敦煌壁画仍是他第一次系统研究中国传统绘画艺术。对于孙宗慰来说不在于留下了多少令人称赞的作品,而在于敦煌壁画让他领略到了与其擅长的学院派西画截然不同的绘画体系。宗白华是敦煌美学研究的先行者,他在20世纪40年代末撰写的文章中精辟地指出了这种差异,他说:"敦煌艺术在中国整个艺术史上的特点与价值,是在它的对象以人物为中心,在这方面与希腊相似。但希腊的人体的境界和这里有一个显著的分别。希腊的人像是着重在'体',一个由皮肤轮廓所包的体积。所以表现得静穆稳重。而敦煌人像,全是在飞腾的舞姿中(连立像、坐像的躯体也是在扭曲的舞姿中);人像的着重点不在体积而在那克服了地心吸力的飞动旋律。……这是敦煌人像所启示给我们的中西人物画的主要区别。"③孙宗慰显然对此深有感触,这种全新的形式以及由此带来的特殊技法对他后来的绘画实践产生了巨大影响。

此外,在孙宗慰临摹敦煌壁画之际,与之交流的是浸淫画学传统弥深的张大千。张大千不但教会了他上探高古丰厚绘画的具体方法,更让他在观念层面有

---

① 高阳.梅丘生死摩耶梦——张大千传奇[M].北京:中华书局,1988:166.
② 孙宗慰.孙宗慰日记,未发表.
③ 宗白华.略谈敦煌艺术的意义与价值[M]//宗白华.美学散步.上海:上海人民出版社,1981:130.

了新的认识。比如,张大千一生唯一的学术文章便是《谈敦煌壁画》,他将敦煌壁画对中国画坛的影响归纳为十个方面:佛像、人像画的抬头;线条的被重视;勾染方法的复古;使画坛的小巧作风变为伟大;把画坛的苟简之风变为精密;对画佛与菩萨像有了精确的认识;女人都变为健美;有关史实的画走向写实的路上去了;写佛画却要超现实来适合本国人的口味了;西洋画不足以骇倒我们的画坛了。[1] 这样独到的见解在孙宗慰与张大千朝夕相处的日子里,是经常可以听到的。

纵观孙宗慰的敦煌壁画临摹作品,人物形体相貌、衣褶服饰勾勒严谨,线条流畅且富有变化。这些作品并不是对描绘对象的照搬和复制,孙宗慰简化了敦煌壁画的临摹步骤,尤其是不少地方或未敷色,或敷以初色,使画面产生了更为淡雅的效果。此外,画作中的人物几乎都有着和蔼可亲的容貌,孙宗慰有意识地将他们生活化、个性化了,他巧妙地将个人再创作融汇其中。

孙宗慰比同时代的许多画家都要更早地触摸到敦煌这一亘古常新的艺术宝库,也比他们更加幸运地跟随张大千开启了一次艺术启蒙的历程,这次机遇最终成了他探索中西绘画融合的真正起点。

当然,孙宗慰随张大千西行敦煌的意义绝不止于个体艺术层面的收获,在中国军民浴血抗战的背景下,文艺界人士无不寻求精神寄托,来振奋民族斗志。他们的临摹作品告诉人们,中国在早于西方文艺复兴一千年的时候就已经出现了令人叹为观止的艺术杰作,这是泱泱大国的文化风范。此外,尽管临摹敦煌壁画并非张大千与孙宗慰首创,1937年画家李丁陇便已开始了这项工作,他后来将临摹作品于各地展出,但并未引起太大反响。而在1943年至1944年间,张大千在兰州、成都、重庆举办临摹敦煌壁画展览时却取得了轰动效应,文艺界名流纷纷前往观摩,推崇备至。大批国内外媒体对展览进行了报道,藏于深闺中的敦煌艺术从此震惊寰宇。以张大千、孙宗慰敦煌之行为契机,国民政府于1944年设立国立敦煌艺术研究所,此后许多人开始远赴敦煌,投身于敦煌艺术的研究和保护工作,掀起了现代敦煌学热潮。就此来说,张大千与孙宗慰的敦煌之行无疑是中国美术史和世界文化遗产保护事业中具有里程碑意义的事件。

---

[1] 高阳.梅丘生死摩耶梦——张大千传奇[M].北京:中华书局,1988:171.

三、孙宗慰蒙藏题材绘画作品的"民族主义"探索

全面抗战爆发使画家对民族化问题探索的自觉性不断提升。20 世纪 40 年代起,无论是解放区还是国统区,中国文艺界都掀起了一场关于"民族形式"问题的大讨论。这与毛泽东《中国共产党在民族战争中的地位》一文的广泛传播有很大关系。毛泽东在文中提出的"中国作风和中国气派"开始被理解为改造外来文化的普遍原则。伴随大批画家走向西部,这一问题在实践层面找到了新的突破口。

孙宗慰随张大千到达西宁塔尔寺后,一面帮忙整理画稿一面收集寺院内建筑上的装饰纹样。他回忆说:"1942 年,农历元宵前赶往塔尔寺,主要看塔尔寺的庙会,因塔尔寺庙会以元宵节最盛,蒙藏各族信徒来此朝拜,近 10 万人。不信教的汉族、回族也有很多人来此,主要为了做买卖或观光。我则对各民族生活服饰感兴趣,故画了些速写。后来我就学了用中国画法来画蒙藏人生活。速写稿比较详细,也有凭记忆画成油画'藏族舞蹈'之类的。"①

1942 年 5 月,孙宗慰和张大千从西宁回兰州暂住。后来,张大千再次前往敦煌,孙宗慰则做着返回重庆中央大学的准备。由于山洪暴发,公路损毁,孙宗慰不得已在兰州逗留了 3 个多月。其间,他不断地思考西行经验赋予自身绘画改良的可能。这种具有实验意味的探索最终在他的蒙藏题材作品中呈现了出来。

蒙藏题材作品是孙宗慰的代表作,也是他绘画转型的成功案例。他以国画和油画两种不同媒介描绘了蒙藏人民放牧、赶集、歌舞、祭祀等生活日常。

首先,在这一题材作品中,孙宗慰在其惯用的写实主义手法基础上,对刻画对象进行了适度变形和夸张。他不再严格遵循人物的外观、比例、结构等原则,而将重点放在动态的表现上。在蒙藏人民宽厚的外袍遮挡下,无论是日常劳作还是歌舞升平,都很难让人将人体的美感真实地展示出来。在《驼队》《蒙藏人民歌舞图》等画作中,孙宗慰有意识地将人物的肢体语言适度扭曲和夸大,呈现出更加强烈的动感。为了追求"不求形似"的效果,在《敬茶》《塞上一景》等作品中,

---

① 孙宗慰. 孙宗慰日记,未发表。

孙宗慰甚至将骆驼的形象拟人化，它们水汪汪的大眼睛散发着天真善良的光芒，洋溢着灵动饱满的生命意趣。

其次，敦煌壁画注重线条与平面化的表现技法以及特殊的脸妆、手相，这一特点被孙宗慰恰当地使用在了创作上。在油画《冬不拉》中，人物的轮廓线异常明显，已不再单纯地为体积和明暗服务，模糊的人脸和大块面的色彩平涂，显示出孙宗慰对细节刻画的削弱，由此带来的效果使作品充满着表现主义色彩。而在《藏女舞》系列作品中，笔法和填色手法都与敦煌壁画极为相似，唐代佛像的脸妆与手相也被植入到了塑造的人物上。这一方法在孙宗慰后来完成的作品《济公》中体现得更加明显，济公的手足完全是以佛像样式描画而成。

此外，孙宗慰采用了独特的视角来表现主题。在《蒙藏生活图之牧羊》《蒙藏生活图之背影》中，他有意识地将人物的背部呈现在观者面前，着重刻画了蒙藏人民着装的繁盛，使画面具有一定的装饰意味。对于西行的画家来说，少数民族独特的服饰妆容始终是他们乐于描绘的对象，这一意图在孙宗慰的《西域少数民族服饰》系列作品中被进一步放大。

最后，在这一题材作品中，孙宗慰大多采用强烈的对比色来突出民族风情。人物服饰浓郁饱满的色彩与周围环境的大面积灰色形成了鲜明对比。尤其是以蒙藏人民载歌载舞、朝圣祭祀为主题的作品，如《蒙藏生活图之歌舞》《蒙藏生活图之祭祀》等，大量丰富而艳丽的红色被采用，使画面具有夺目的效果，传达出强烈的节日气氛。

透过孙宗慰的蒙藏题材作品，既能感受到西部自然风光、人文风情带给他的视觉体验，又能看到敦煌壁画人物的节奏律动、线条特征、平面效果以及艳丽色彩。而在上述视觉表象下蕴藏的其实是孙宗慰全新的创作方式。中大艺术系的求学经历让他学会了以科学为主导的西画写生方法。敦煌壁画的临摹又让他收获了以法度为规范的传统图式语言。这种既来自视觉真实又源于图式法则的绘画构成方式，是孙宗慰蒙藏题材作品让人感觉到徘徊于写实与表现之间的原因。孙宗慰"也有凭记忆画成"的说法，以及画作题跋中常能见到"整理""追写"等字样正是最好的印证。

20世纪30年代以来，国油兼能、中西并举的现象逐渐成为中国画坛的一道靓丽风景。在抗战背景下，由民族危机进一步酝酿的排外心理无形中促进了外来画种向本土画种的转换。孙宗慰与许多油画家一样，开始跻身国画家行列，成为其中的新鲜力量。蒙藏题材国画作品便是其参与中国画改革的重要案例。与战时许多写实主义油画家获得广泛社会效应的同时却在艺术性与学术性的推进中收效胜微相比,蒙藏题材油画作品无疑取得了突破性进展。二十世纪三四十年代,无论是孙宗慰还是张大千,抑或赵望云、庞薰琹、吴作人、董希文、关山月、司徒乔等画家几乎都以西行为标志,完成了个人艺术创作的重大转型,虽然他们原本坚持的绘画风格取向不尽相同,但由此带来的民族化实践却具有同样深远的意义。此时的孙宗慰与徐悲鸿一样,都可算作采用西方写实主义绘画语言与中国绘画元素互鉴的方法推进艺术实践的画家。与那些同样以西行为契机的画家所创造的风貌相比,孙宗慰在中西绘画连接时的载体选择和手法表现,才是蒙藏题材作品具有罕见个性的关键所在。

结　语

　　1945年,孙宗慰在重庆举办西北写生画展和个人作品展,徐悲鸿在报纸上为其撰文《孙宗慰画展》,曰:"(孙宗慰)抗战之际,曾居敦煌年余,除临摹及研究六朝唐代壁画外,并写西北蒙藏哈萨人生活,以其宁郁严谨之笔,写彼伏游自得、载歌载舞之风俗,与其冠履襟佩、奇装服饰,带来画面上异方情调,其油画如藏女合舞,塔尔寺之集会,皆称佳构。……又有蒙古女牧羊、藏女品茶等幅,皆令人向往天漠,作奔驰塞上慨想。"孙宗慰的西行作品之所以能受到徐悲鸿的肯定,一方面它们符合徐悲鸿"惟妙惟肖"的美学要求,也与他油画创作中具有的"泛爱众"思想相吻合;另一方面,作为以西方写实主义改造中国画的忠实实践者,徐悲鸿的真正关注点是中国画而非油画。在回溯中国画写实传统基础上"守之""继之""改之""增之",外采西洋画而"融之"①的观点在孙宗慰的西行作品中表现得异常清晰。

　　在孙宗慰的自画像《塞上行》中,他将自己装扮成身着厚装、头戴绒帽、手持牧鞭的赶路人。刻画人物时细碎的笔触使面容看上去有些粗糙,加上长长的胡须,给人以饱经风霜的感觉,这是孙宗慰西行的真实写照。他的儿子孙景年说:

---

① 徐悲鸿在《中国画改良论》中指出:"古法之佳者守之,垂绝者继之,不佳者改之,未足者增之,西方画之可采入者融之。"(徐悲鸿.中国画改良论[J].绘学杂志,1920(1))

"至今家里还收藏着许多少数民族的服装与饰品。就连他使用的碗、筷子都是藏族的,他还有一件黑色的二毛剪茬的羊皮藏袍、生牛皮的藏靴、狐皮的藏帽……他是当时院里戴长毛帽子的先生。"[①]深入生活、体验生活,乃至将自己的生活都转变成艺术创作对象的一部分,这大概就是蒙藏题材作品感人的深层原因。

(作者系常熟市文化博览中心陈列展览科科长,高级工艺美术师)

---

① 孙景年.写在纪念父亲百年的书里[M]//吴洪亮.求其在我——孙宗慰百年绘画作品集.北京:人民美术出版社,2012:5.

诠释与省思:"世纪经典——二十世纪中国画大师作品展"述评

杨 天

在中国文联十一大、中国作协十大开幕式上,习近平总书记指出:"一切有追求、有本领的文艺工作者要提高阅读生活的能力,不断发掘更多代表时代精神的新现象新人物,以源于生活又高于生活的艺术创造,以现实主义和浪漫主义相结合的美学风格,塑造更多吸引人、感染人、打动人的艺术形象,为时代留下令人难忘的艺术经典。"①在总书记看来,文化是民族的灵魂和血脉,新时代艺术经典的建构逻辑需要文化内涵和美学价值的深度融合发展,继而在人类艺术史上获得较广的传播范围和较深的影响程度,唯此才能够称为经典艺术作品。毋庸置疑,界定艺术经典既关乎经典本体的生成过程,也承载一个时代的人文内涵和精神意志的感悟与重塑。

在党的二十大胜利召开之际,由太仓市人民政府、中国对外文化集团主办,太仓市文体广电和旅游局、中国对外艺术展览有限公司承办的"世纪经典——二十世纪中国画大师作品展"(以下简称"'世纪经典'展")在太仓美术馆开幕,旨在重温20世纪特殊语境下中国画的文化自强不息之路。此次展览的100幅画作中,参展艺术家不仅涵盖新金陵画派、岭南画派、长安画派等中华人民共和国成立之初的重要创作流派的成员,还包含齐白石、潘天寿、蒋兆和、徐悲鸿等极具个人面貌的艺术大家,展出作品之题材或见卓绝历史,或展时代风采,或显人文精

---

① 习近平.在中国文联十一大、中国作协十大开幕式上的讲话[N].人民日报,2021-12-15(1).

神,或发艺术光亮,多方面、全方位地展现出艺术创作者扎根生活、抒写人民、讴歌时代的现实关怀。"文化传承离不开经典,人类的文明发展离不开经典。"[1]在现代文化视域下,20世纪的中国传统文化正经历价值秩序和图像生产的转型性衍变与重写,艺术经典亦面临着泛化的危机,是故,对"'世纪经典'展"承载的文化内涵和美学价值的内在逻辑进行系统而深入的剖析和重构,诠释与省思"艺术经典"符号语言的发展方向,十分必要。

诠释:艺术经典的本质语言与传统价值

艺术经典多为不同时代、地域美术潮流的基本性格和最高成果。从建构原则与基本范畴来考察20世纪的经典作品,历史记忆、时代气象和个体情感三者缺一不可,"三位一体"的环状结构提升了作品的思想性、艺术性、观赏性,最终形成具备持久生命力的艺术经典。

其一,中华大地幅员辽阔、地大物博,中华文明浩瀚如海、博大精深。回顾中国几千年文明演进的历程,没有因广域深重的自然灾难而被完全中断,也没有因帝国主义的殖民侵略而被彻底打断。中国人民始终秉持"天人合一""执两用中之道"的精神内核和思维模式,在继承中发展,在发展中继承,凝结形成了"中华民族多元一体格局"的文明形态,其一脉相承的理念与多元一体的格局在世界文明古国中具"客观唯一性"。"出乎史,入乎道。欲知大道,必先为史"[2],形塑历史记忆是艺术经典形成的重要途径。其二,艺术经典是时代发展下,个体或集体在文化根性、动性中的无意识的视觉表达产物,也是时代精神和文化记忆呈现出的形象标志。中国古代哲学二元结构中,儒家的"中庸之道"和道家的"无为而治"深谙东方品格,衍生的"艺术经典"记录着特定时代框架下的审美特征,其旨或能融合中华传统文明和现代文明的矛盾,或能标志各个历史发展阶段产生的文艺精品和文艺巨匠的形象,或能阐释东方传统美学与西方现代气质的异同,最能代表一个民族的高度、一个时代的风气、一方地域的特色、一群文艺家的情怀。"文变染乎世情,兴废系乎时序"[3],探见时代气象是艺术经典营构的基础因素。

---

[1] 叶朗.以美育人:以美育培养时代新人[N].人民日报,2018-09-18(23).
[2] 龚自珍.尊史[M]//杭州市上城区文化馆.龚自珍全集.杭州:浙江古籍出版社,2014:75.
[3] 刘勰.文心雕龙注[M].北京:人民文学出版社,1958:330-331+675.

其三，艺术经典的生发离不开个体情感的批评和革新，特定时期的审美尺度、趣味和文化追求彰显高度的历史自觉和文化自信。中华民族文化作为各族人民在漫长的历史和社会发展中共同创造的科学知识、价值观念的物化成果和精神成果的有机整体，从孕育发生到雄强壮大，经历了漫长而曲折的发展历程，形成多元一体的格局。纵观古今内外，在开放、多元的文化环境下，个体情感交相辉映、交融互鉴，留下了浩如烟海的文化遗产，也铸牢了中华民族共同体意识。艺术经典是中华和合文化的外在展示，既注重天人合一、以人为本、崇德尚义，也蕴藏中华儿女的世界观、人生观和价值观，是一种省思而来的艺术成果。"为学之道，必本于思"[①]，抒发个体情感是"艺术经典"的重要介体。

本次展览的参展艺术家深度挖掘人文精神与现实生活的内在结构关系，在创作中注重笔墨个性的抒发与生活情感的沉淀，旨在从本质上把握传统文化的审美精神、文化内涵及时代特征，在多样化的图像表达中寻求"原生"品质的再突破。如何海霞的《春在田间》(1960)采用薄涂青绿设色的方式，展现如沐春风的社会主义新天地充满着欣欣向荣和勃勃生机的气息；王绪阳的《运河上》(1960)是历史题材绘画，展现了群众在历史事件中的样貌，是一种写实人物画的创新；宋文治的《井冈山八角楼》(1973)则从茂林到崇山峻岭层层推进，屋舍坐落在林中，体现了当时井冈山地势的隐秘险峻，而在远方的天际凸显一片光明显现，正是对八角楼历史意义的艺术化表现……这些作品意涵丰富，以鲜明的个人风格和独特的审美意趣在继承传统与进行现代转型的道路上呈现艺术性、生活化的想象与构思，代表着20世纪中国画不同时期的学术高度，并在此过程中呈现出了中国画的当代发展与当代视觉文化特征。综上所述，展览中的艺术经典不仅仅属于过去，更属于当下与未来。

省思：艺术经典的史诗品格与审美精神

一个时代有一个时代的精神反映，一个时代有一个时代的现实需求，一个时代有一个时代的价值判断。"'世纪经典'展"呈现的作品之所以能够成为经典，除了外在表现的"应物象形""随类赋彩""传移模写"等一以贯之的必备要素，崇

---

① 习近平.在哲学社会科学工作座谈会上的讲话[N].人民日报,2016-05-19(2).

高品格和精神特质是至关重要的内在条件。本次展出作品多侧重"气韵生动""骨法用笔"等画家创作中的精神表达,艺术家将多元的价值观按照时世状态进行画面重构,其中蕴含的人民性与现实性、真实性与想象性、创新性与精神性,都是时代思想内涵、审美趣味、艺术水准和文化价值的真实写照,具有典型的时代烙印和精神印迹。

人民性和现实性。作为文艺工作的服务对象和表现主体,人民既是历史的创造者,也是时代的立传者。回溯并审度中国画的生成及发展脉络,随着时代要素的演变和艺术场域的构建,这些艺术经典作品的画面主题、造型图式、形象塑造和表现手法也有所差异,均是对传统笔墨与绘画精神的再度解读和重新诠释,呈现出不同的历史使命和责任担当。

1942年,毛泽东《在延安文艺座谈会上的讲话》对人民在艺术中的地位进行了集中阐述,认为"人民生活中的文学艺术的原料,经过革命作家的创造性的劳动而形成观念形态上的为人民大众的文学艺术。……无论高级的或初级的,我们的文学艺术都是为人民大众的"[①]。至此,文艺工作者和工农兵大众开始转变思想立场和情感。他们立足传统文化、红色文化和民族文化等特色文化资源,在弘扬民族传统和提倡艺术反映现实生活口号的感召下,深入现实生活、感受时代脉搏,将以底层百姓、劳动人民、弱势群体为主的典型"人民"形象作为创作中心,开拓画境视野,创作出了众多涉及革命历史题材和现实生活题材的宏大社会叙事的美学范式,系统而深入地剖析"大众"图像的内在规律,传达出与传统中国画有着较大区别的"现代性"。

1949年以来,中国美术经历了"从写实主义、现实主义再到社会主义现实主义"的承传和发展,艺术经典的"现实性"价值取向、主题呈现与艺术品格决定了"人民性"成为中国现代美术最重要的民族底色。此阶段,在"以人民为中心"的艺术导向下,文艺工作者将自身总结得出的知识逐步付诸现实创作,传统笔墨适时地在新的景致和新的社会要求中获得前所未有的突破和淋漓尽致的发挥,此次展览中徐悲鸿的《奔马》(1947),钱松喦、魏紫熙、徐嫄、尚尹砺、宗静草合作的《天堑变通途》(1971),杨之光的《矿山新兵》(1972)等作品蕴含着对生命价值与人格尊严的呵护,对人生意义和生命价值的探索,对人民精神和理想光芒的讴

---

① 毛泽东.在延安文艺座谈会上的讲话[N].解放日报,1943-10-19(1).

歌，以及对"桃源"境界和"心象"手法的意向追求，充分反映了文艺工作者在文化碰撞和时代新貌中的收获。

真实性与想象性。对"'世纪经典'展"内涵的再解读必须具备超越性的艺术特征和审美观念，具体表现为恰当地认识和处理艺术形象、艺术意境中真实性与想象性的关联与差异。在历史观照和现实意蕴的双重时空，艺术经典应对艺术的历史发展规律和特征进行真实性的吸收和阐释，辅以创造性、思想性和想象性的思维模式，再将文化修养和情感素养艺术性地结合，向后世呈现个体乃至艺术家群体的历史情怀与人文底蕴，最终在文化意义上实现历史与现实的互动。

真实性是一切文学艺术的美学原则。文艺工作者只有深入人民的现实生活，关注人民的精神世界，努力感知现时的社会生活，才能创作出凸显人民心声、生活真谛、时代本质且极具深沉力量和隽永魅力的艺术经典。对于体现时代性的创作，无论是重大历史、现实事件、关键人物还是精神现象，文艺工作者的美学观念、审美态度、审美理想、审美趣味决定了文艺作品的经典程度。譬如，本次展览中的齐白石《世世太平》（1952）、叶浅予《头等羊毛》（1956）、黄胄《巡逻图》（1962）等主题宏大、立意深远、制作精良的艺术作品，创作者从淳朴的多维度生活图景入手，通过熟练的技法，对审美追求、图式探索、形式语言和笔墨表现进行全面深入的挖掘，不仅完成了历史和时代史诗的塑造，还诠释了纯净而真挚、平凡而伟大、崇高而质朴的真实人生。

英国形式主义美学家克莱夫·贝尔提出"艺术是有意味的形式"，"有意味"或表述为审美感情的输出，艺术经典以想象性为纽带，既可以真实地描绘出客观物象的外在形态，还可以表现个体的主观思想情感和社会的时代语境。究其根源，真实的生活情境是文艺创新的实质，但艺术经典中蕴含的艺术性模糊了真实性和想象性的界限。在此次展览中，潘天寿的《小龙湫下一角》（1963）、钱松喦的《常熟田》（1964）、吴作人的《鹰击长空》（1977）等作品都表达了艺术经典中想象性存在的自由程度和超时空审美特征。事实上，艺术经典以超越人类的历史精神、民族的历史精神和历史的时间与空间为目标，希冀承传与创造转化个体或集体的文化想象，获得人格上的品质与力量。究其细节，艺术经典中的想象性建构既是具体艺术形象塑造的表现手段，亦是艺术创作的核心因素。它基于文艺工作者的主观感觉、艺术情感和自我意象，经历"眼中之竹""胸中之竹""手中之竹"三个不同的阶段和形态，艺术家通过独特的笔墨语言描摹画面形象，使得作品在内涵上既能表现出空间的诗意和时空的生机，又能传递画家的情感色彩与生命律动。

创新性与精神性。"'世纪经典'展"的作品除了对人民性、现实性、真实性、想象性等内在品质的塑造，绘画题材、笔墨语言、构图形式的创新性表达和个人艺术趣味、艺术图式和艺术风格的精神性阐释亦不可或缺。

创新求变是造就艺术经典的必要手段。刘勰在《文心雕龙·通变》中提出："文律运周，日新其业。变则其久，通则不乏。"①"日新其业"是绘画发展的客观规律和本质要求，创新是绘画发展的必由之路；"通"是继承，要"参古定法"；"变"是创新，会"变则其久"。对于新时代的画家而言，在承传文脉的基础上，需师法自然，积累学识涵养，贯穿精神性的抒发，最后落实至创新求变。中国的画家们突破数百年保守主义和民族虚无主义多重文化的壁垒，不再重复过往文人士大夫追求隐逸的题材，虽然传统的象征手法在画面上继续得到运用，但内容、题跋、画名等都更强调现代生活气息和革命历史内容，艺术观念和审美理想得以升华。石涛曾说过"笔墨当随时代"，这种创作观念在此次展览的绘画作品中得到了充分体现。

罗丹曾说，对艺术家而言，"自然中的一切都具有性格——这是因为他的坚决而直率的观察，能看透事物所蕴藏的意义"②，对于自然，"艺术家是能够'看见'的，即是说，通过他与心相应的眼睛深深理解自然的内部"③。从展出的刘文西《书记和社员》(1961)、陆俨少《赶集归来》(1962)、吴砚士《苏州之春》(20世纪70年代)等极具亲切感、笃厚感、张力感和审美感的画作，不难看出他们倾心创作的情愫和坚韧的艺术精神。通过审视个体与整体、纵向与横向的艺术语言脉络，画作既反映出作者一丝不苟、全身心地去状写生产生活的意志力，也表现出作者坚决摒除胡编乱造的随意笔墨与高扬现实主义创作精神的热忱，更反映出作者不拘泥于一山、一石、一人、一物的写真，博求情景相融、典型环境和氛围达于意象真实的执着。

对此次参展的艺术家而言，意境仍是他们创作的至高审美。艺术家深知创作要实现现代性转型，要成就新的时代经典，不是通过简单地改造创作手法就能

---

① 刘勰.文心雕龙注[M].北京：人民文学出版社，2006：330-331+675.
② 保罗·葛赛尔.罗丹艺术论[M].傅雷，译.上海：上海人民美术出版社，2021：26.
③ 保罗·葛赛尔.罗丹艺术论[M].傅雷，译.北京：人民美术出版社，1987：17.

完成的,而是要从思维方式、视角、支撑体系等进行全面的调整,深入探索艺术语言与表现形态,实现新时代的转向。

结　语

抱景咸叩,怀想毕谈。在当代文化碰撞、地域文化融合发展的格局中,我们不必考虑"'世纪经典'展"中视觉形式及其价值的重构,但可以逐步确定的是,随着时代和社会的变化,关注或者强调政治文化内涵和中国画的意境之间应持有微妙的平衡。唯其如此,社会文化情境与笔墨意义之间本质性交互的问题是诠释与省思艺术经典的文化内涵和美学价值的关键所在。

（作者系太仓美术馆副馆长）

荒漠古窟
——克孜尔壁画中的异域元素

范 勇

作为丝绸之路沙漠北道的重要节点,古龟兹国不仅是商贸通衢,更是各种文化交汇、冲突和融合的十字路口。两千多年来,文化的融合与再生潜移默化地体现在龟兹,乃至汉地的艺术、语言、宗教和风俗中,而最初交汇和碰撞的印记慢慢淡去,甚至失去了溯源的依据。

幸运的是,龟兹至今保留着一种极为直观的证据,它不仅是佛教东传的一个艺术载体,更是还原多种文化的活化石,这就是"克孜尔石窟壁画"。

开凿于公元3世纪的克孜尔石窟在中国众多佛教石窟寺中地位斐然:它是中国最早的石窟寺;它是中国开凿年代跨度最长的石窟;它是中国最西边的佛教石窟;它也可能是中国现存佛教石窟寺中,文化杂糅程度最甚的一个。

克孜尔石窟在新疆拜城县明屋塔格山的南崖上,冰山融雪汇成的渭干河,在山崖下的河谷里,自西向东流向远处的库车城,这非常符合佛教石窟的选址要求。这种选址理念显然受到古印度和犍陀罗地区的影响,比如,印度早期的巴拉巴尔石窟、阿富汗的巴米扬石窟等,均选址在"河谷旁,悬崖上",当然,这种选址逻辑还可以追溯到波斯阿契美尼德王朝时期,甚至古埃及。

公元1世纪前后,在贵霜帝国的犍陀罗地区,兴起佛教造像之风。此后的一二百年里,佛风东渐,越过莽莽葱岭,传到西域。从此,塔克拉玛干沙漠南北两缘的绿洲之上,出现了一个个梵音袅袅、伽蓝林立的佛国。沙漠南缘多寺庙,沙漠北缘多石窟,而克孜尔石窟正是沙漠北缘诸多石窟中的一座。

壁画是克孜尔石窟最重要的艺术遗存，从题材和造像特点来看，克孜尔石窟壁画中的犍陀罗艺术风格是最突出的。

"弥勒菩萨兜率天宫说法"是克孜尔壁画的一个重要题材，图像中的弥勒菩萨都以交脚的形象出现，这种形象是犍陀罗地区原创的，其滥觞于贵霜帝王的坐像。另外，早期的壁画中，主尊的形象体型健硕，鼻梁高挺，通肩式袈裟厚重且有质感，这些都是犍陀罗的艺术风格。

就地缘关系而言，古印度和龟兹有着密切的联系，这种联系当然也体现在克孜尔的壁画上。

克孜尔所在的地区是佛教最早传入西域的地区之一，克孜尔石窟壁画题材几乎都是来自古印度的原汁原味的佛教题材，其内容分为：讲述释迦牟尼成佛前事迹、功业的本生故事，如第17窟、第114窟；讲述释迦牟尼生平事迹的佛传故事，如第38窟；讲述释迦牟尼成佛后度化众生的因缘故事，如第8窟、第101窟、第171窟等。彼时的龟兹盛行小乘佛教，而这些题材正是反映了"唯礼释迦"的小乘思想。

龟兹画匠在表现人物形象时，大量采用了"凹凸晕染"技法，以体现人体的立体感，这种绘画正是来自印度的"天竺遗法"。同时，克孜尔壁画中出现了许多"S"形、丰满圆润的裸体形象，充满奔放的韵律和生命的张力，和犍陀罗宁静、庄重的风格大异其趣，这种形象应该是受到印度文化中对人体的崇拜的影响。如第8窟的舞狮女形象，和桑奇大塔上的药叉造像如出一辙，龟兹工匠有可能直接采用了印度的粉本。

在克孜尔壁画中，波斯文化元素也随处可见。比如，在第38窟窟顶的《天相图》中，出现了带火焰背光的修行者形象，这其实就是受到崇尚火焰的波斯古老的宗教——琐罗亚斯德教的影响。在壁画中，璎珞、服饰以及装饰背景大量采用连珠纹图案，而连珠纹饰也是萨珊波斯最时尚的花纹样式。

文明是交融的，文化是杂糅的。克孜尔石窟壁画所接受的外部影响，有时并不能清晰地分辨出影响的方向和渊源。比如，在克孜尔石窟以及附近的克孜尔尕哈石窟的壁画上，都出现了诸如五弦琵琶、四弦琵琶、排箫、阮咸、横笛、筚篥、竖笛、竖箜篌、卧箜篌、答腊鼓、铜钹等乐器，几乎涵盖了我们现今所有的民乐乐器。这些乐器基本来自西亚、中亚、印度等地，但在数千年交流、融合、进化的过程中，已经很难考证出确切起源了。

同样的情况也出现在克孜尔石窟的一种绘画技法上，这就是屈铁盘丝线条技法。屈铁盘丝线条在克孜尔石窟壁画,甚至雕塑上也被大量运用,这是克孜尔石窟的主要特色之一。

从造型上看,屈铁盘丝线条在表现佛衣的时候,其稠密贴体的衣纹表现形式,明显脱胎于笈多秣菟罗风格,秣菟罗风格出现于公元一世纪前后。通常我们认为,屈铁盘丝技法首创于古于阗国的尉迟乙僧,尉迟乙僧生活在公元七世纪的唐代。克孜尔壁画运用屈铁盘丝技法说明,最早在公元一世纪,克孜尔石窟壁画的构线技法已经受到了古印度秣菟罗的影响。

从屈铁盘丝法线条的形状看,克孜尔壁画衣纹线条不是纯粹的单线条,而是由双线条组成。这种装饰性很强的线条是一种典型的波斯风格,在波斯绘画、雕塑,甚至萨珊波斯的金银器中,这种表现手法很常见。所以,在这里,我们再次看到了波斯艺术对克孜尔壁画艺术的影响。

由此可见,克孜尔壁画运用的屈铁盘丝技法,杂糅了印度和波斯艺术。

龟兹的艺术家是热情且富有创作力的,他们面对纷繁、绚烂的多种文化,并没有简单地拿来或模仿,而是将这些文化元素和龟兹本土的文化和风俗进行兼容杂糅,融合再造,形成了鲜明而独特的龟兹风格。比如,用一个个菱格构图,并在菱格单元里表现佛教故事,这就是龟兹匠人的独创,他们用菱格代表佛教中的须弥山,用抽象的线条表现山体的轮廓。铺陈的菱格让整体画面生动,富有层次感、节奏感。

《天相图》是龟兹壁画的又一独创,它以描绘日天、月天、紧那罗和金翅鸟等佛界诸神来象征佛国的宇宙世界,向人们展示了龟兹匠人独特的想象力和创造力。

玄奘在《大唐西域记》里说,龟兹国"管弦伎乐,特善诸国"。龟兹匠人也将龟兹人的伎乐天赋融入他们的壁画里。当你走进第38窟,宛如走进一个音乐的厅堂,由二十八身天宫伎乐以及说法图中天衣飘飘的伎乐天们组成的乐队,虽静默无声,却让人有"钟磬琴瑟筝篌乐器诸伎,不鼓皆做五音声"的幻觉。

以克孜尔石窟为代表的龟兹石窟,以佛教艺术为载体,在丝绸之路上,多元文化的交汇融合中,形成了具有鲜明特色的本土艺术形式,并成为敦煌和中原佛教艺术的源头。

(作者系镇江市汇杰资产管理有限公司总经理)

面的造型特点
——吴冠中绘画作品分析
郭 丽

吴冠中曾经说过:"我曾寄养于东、西两家,吃过东家的茶、饭,喝过西家的咖啡、红酒……"[①]他的绘画把西方绘画中的形式因素植根于中国传统文化的底蕴之中,创作出既有东方绘画的意境美又有西方绘画的形式美的作品。他的绘画作品不管是水墨画创作还是油画风景画创作都十分强调画面的形式感,从具体物象中抽离出"美"的部分,分析对象的形式特点,利用抽象出来的点、线、面等元素组织构成画面,突出表现画面的形式美。

关于点、线、面的分析,早在20世纪初俄国抽象主义画家康定斯基就已经论述过,他在著作《论点线面》中详细阐述了自己对绘画的形式因素点、线、面等抽象符号的分析。在研究抽象绘画理论的过程中,康定斯基用科学严密的方法来阐述他的观点,他认为点、线、面等绘画元素都有各自独立的表现价值(绝对声音),能够根据各自的声音组合成和谐的整体关系(旋律)。他对点、线、面等绘画元素进行了显微镜式的研究,在理性分析的基础上建立了自己的艺术理论体系,并运用沃林格尔的移情理论和格式塔心理学的研究成果,把造型元素点、线、面、色、形等抽象的绘画符号与视觉心理相联系,依据心理学原理赋予各种抽象符号以相应的含义,并把此作为抽象艺术的理论依据。康定斯基把点、线、面看作是绘画中的基本元素,并且对每一种绘画元素都做了外在和内在两方面的分析:一方面是绘画元素存在的外在形式,另一方面是绘画元素本身

---

① 吴冠中.笔墨等于零[M].南京:江苏文艺出版社,2010:112.

的内在本质。康定斯基对绘画元素做科学分析旨在把点、线、面等绘画元素从具象事物中抽离出来,研究其在不受外形影响下的固有属性,寻求"内在声音",表达最本质的内涵。

"画面是由两条水平线和两条垂直线所构成,并因此在框定的范围内勾画出一个独立的实体。"①在西方绘画中,一个形体存在亮面、灰面和暗面等块面,并由此来塑造物体的立体感和体积感,画家们借助科学知识和理性思维,将空间、体积和结构作为造型依据,并把色彩原理和透视方法运用到画面的处理中,运用明暗规律在二维的平面上塑造出三维的空间感,形成一套完整的透视、光影和构图等的科学理论。西方绘画中的"面"是为了表现形体的立体感和体积感,而中国传统绘画则弱化了对块面的追求,画面讲究气韵生动,追求一种虚无、空灵的意境美。要表达这种感觉,就要通过笔墨技巧在画纸上营造出一种虚无、缥缈的空灵境界。更具体地说,就是要把握墨色和空白的关系,体现出虚实相生的韵味。

"留白"是中国绘画常用的表现手法,中国画尤其是中国传统绘画非常讲究"留白"技法的运用。通过对画面虚实的处理,使画面产生虚实相生的艺术效果,实处之妙皆因虚处而生,"实"的存在是为了衬托"虚","虚"的存在又是为了更好地表达"实"。在中国传统画论里关于留白的精辟论述有"计白当黑""知其白,守其黑"等,白与黑的关系从本质上讲即是虚与实的关系。中国画在处理天、地、水、云、雾时往往采用留白技法,背景多以虚代实。

中国传统绘画受"虚无"哲学理念的影响,善于"布虚",受"天人合一"美学思想的影响,画面重主观表现,追求形象之外的"意"的表达。画家为了追求虚无、缥缈的境界,非常重视画面虚实的布局,而"留白"的处理手法可以起到虚实相应、气韵生动的艺术效果。"留白"技法的运用胜在"以虚代实、以少胜多",表现出一种空灵的意境,画面留给观众无限的想象空间。"留白"既能营造含蓄的画面意境,又能加强画面的形式美感,是意境表达的一种技巧。中国绘画大多是在白色的宣纸上作画,画家将自然景物描绘在宣纸上,形成虚实关系,通过留白营造画面意境,但"留白"并不是指宣纸本身的空白,清代画论家华琳在《南宗抉秘》中说:

---

① 康定斯基.康定斯基论点线面[M].罗世平,魏大海,辛丽,译.北京:中国人民大学出版社,2003:75.

白,即是纸素之白。凡山石之阳面处,石坡之平面处,及画外之水、天空阔处,云物空明处,山足之杳冥处,树头之虚灵处,以之作天、作水、作烟断、作云断、作道路、作日光,皆是此白。夫此白本笔墨所不及,能令为画中之白,并非纸素之白,乃为有情,否则画无生趣矣。①

这段文字告诉我们,"留白"并非指画面空洞无物,根据描绘对象的不同,留白的布局也会不同,需要经过画家的精心安排,是画家精神思想的一种寄托。画面中留白位置不同,画面营造的氛围也会不同,意境表达也随之不同。

西方绘画强调对块面"实"的追求,而中国绘画强调对"虚"的表达,由此来塑造一种意境美。吴冠中既学过西方绘画的造型知识,又懂得东方绘画中意境美的营造。在作品中表现"面"时,他大多采用平面化的块面组合方式,并且大块面与小块面形成对比,增加视觉冲击力,使画面的形式感增强。分析吴冠中的油画作品可以发现,他在画面中大量使用了"留白"技法,以虚代实、以少道多,来营造画面的意境,强化画面感染力。画面中"留白"的处理既是画家的精心安排也是一种境界的传达,吴冠中画面中留白的处理手法更多偏向于画面意境美的表达。就像清代画论家笪重光所说:"虚实相生,无画处皆成妙境。"②吴冠中在掌握油画技法和风格的前提下融入中国绘画的审美意蕴,创作出了独具风格的油画作品。

在作品《故宅》中,吴冠中通过大面积的留白,营造出一个与世隔绝的世界,四周大面积的黑色的运用与中间白色块面的对照,产生虚实相生的艺术效果。

作品《江南小城》描绘的是吴冠中先生的家乡宜兴的一个角落。位于画面右侧的向里延伸的白色墙体占据画面大部分的空间,一条小路蜿蜒曲折。墙面的处理采用在白色背景上用淡墨渲染的手法,实中有虚,虚中有实。旁边的小路是用色点和墨点构成的"面"表现出来的,用虚来表现实。作者又在墙上看似随意地点了几处墨块,与黑色的瓦块相呼应,虚实相映,黑白对比强烈。

---

① 周积寅.中国画论辑要[M].南京:江苏美术出版社,2019:330.
② 周积寅.中国画论辑要[M].南京:江苏美术出版社,2019:262.

油画《双燕》

作品《双燕》创作于1988年，是一幅横幅构图的作品。整幅画面由一堵白色的墙壁构成画面主体，约占画面五分之二的面积，两条横向的长直线使得画面虚实相生，形式意味浓厚。画面着力于平面分割。画面的意象源于几何形体组合，纵向的黑色块与横向的长线及白色块之间形成强烈对比，似蒙德里安的抽象画，但又在画面中保留了具象成分。吴冠中在艺术创作中讲究"风筝不断线"，蒙德里安的作品在吴冠中看来似断了线的风筝，使艺术家的感情无所寄托。"风筝不断线"是吴冠中艺术创作的理念追求，在中西融合之路的探索中，他在具象与抽象之间找到了一个合适的平衡点。在这幅画中，江南水乡的白墙黑瓦成为理性构成画面的一种形式，横线与直线的对比、白色块与黑色块的对比共同构成了画面的形式美。"双燕"的创作灵感来自江南水乡的民居印象，来自吴冠中对家乡的无限热爱，这萦绕心间的乡愁成为他艺术创作的灵感来源，对江南水乡诗情画意的描绘成为他绘画题材的主体。

创作于1987年的油画作品《江南人家》由大大小小的色块构成，是吴冠中对江南水乡的写照，画面中白色墙壁和黑色屋顶是对江南水乡建筑的高度概括。他把房屋概括成黑、白、灰的块面，使画面的形式感增强，同时用小的块面概括窗户，形成块面之间的大小对比，增加作品的节奏感。在这幅作品中，吴冠中把一切物象简化成点和面，利用体块感来表现房屋。画面中位于视觉中心的是一面白色的墙壁，与黑色的块面形成对比，产生虚实相生的艺术效果。黑色的块面有

油画《江南人家》

横向、竖向、斜向，表现了房屋错落有致、高高低低的层次美。黑、白、灰的色块共同构成、营造了画面的意境美。吴冠中曾经说过，江南情调之所以成为其绘画的主要源泉，是因为其中存在的诗情、画意。此外，其形式构成感强，黑与白的对比，几何形体如长方形、三角形、垂直、横向等的错综组合，能够构成多样统一的形式美感，这是吴冠中喜欢表现色调素雅的江南水乡的又一重要原因，他在黑、白、灰的对比，点、线、面的构成中寻找并形成了一种画境。

（作者系江苏省书画院专职画家，三级美术师）

文化自信：地域美术的时代价值与未来发展
——以中国画的地域性构建为例[1]

曹国桥

当下的中国早已是世界经济体不可分割的一部分，全球一体化同步带来了文化同质化的危机不容置疑。经济有贫穷与富有，科技有落后与先进，悠久的历史文明并无优劣与先进落后之别。但是"相对于经济全球化来说，文化全球化的危害性则具有更大的杀伤力。……世界许多弱势的发展中国家和非西方民族的文化艺术和文明传统不得不面对消失的命运"[2]是不得不面对的现状。从西方文化的主动介入和国人对其引进学习，20世纪中国传统绘画逐步走向多元，与此同时，独具东方特色的艺术精神也在无意识中被稀释，以至于专家学者指出当代中国的艺术"批评话语太可怜、太单薄，一直从西方工具箱里借工具，而鲜有产自本土的"[3]。推动中国画的地域性构建是抵御文化同质化的有效方式之一，也是构建中国特色社会主义美术的重要保障。

一、立足文化自信与根植传统

伴随着国家富强与文化自信，为确保党和国家事业始终沿着正确方向胜利前进，2016年，习近平总书记提出要"坚持中国特色社会主义道路自信、理论自

---

[1] 本文入选"2023全国美术高峰论坛·成都"。
[2] 许明，花建. 文化发展论[M]. 北京：北京大学出版社，2005：8.
[3] 王瑞. 构建中国当代美术话语体系——首届全国美术高峰论坛综述[J]. 美术，2018(11)：6-8.

信、制度自信、文化自信",其中文化自信是"更基础、更广泛、更深厚的自信"①。"没有文明的继承和发展,没有文化的弘扬和繁荣,就没有中国梦的实现"②。在全球一体化进程中如何抵御文化"同质化""趋同化""中心化"的走向,拒绝文化中心论;如何捍卫中国画的纯粹性,逐步实现中国画在文化层面上的多元化。构建中国画的地域性生态是坚定文化自信的举措,也是坚定文化自信的必然要求。

文化自信就要保护和弘扬中华优秀传统文化,延续城市历史文脉,保留中华地域文化基因。中国传统美术几千年的发展历程一向是立足传统、师法古人与造化的。只是对于传统,"认可"方会"根植",这是中国特色美术事业推陈出新的基础,同时也是中西方艺术对于传统不同态度的见证。中国画在创新的道路上常常会被认为有违传统而受到非议和批评,扬州八怪因异于正统派的画风而被冠之以"怪";林风眠的画被指责为"胡搞形式主义";傅抱石的画被责难为"丢尽传统"。这与西方现实主义的库尔贝、后印象的梵高有着相似的境遇,不同的是西方艺术对于创新追求的尺度无下限。贡布里希说"中国的艺术家有更多的时间去追求雅致和微妙,因为公众并不那么急于要求看到出人意表的新奇之作"③,而后西方现代主义、后现代主义愈加表现出强烈的反传统的特点:新观念不断地被树立,大众能接受的底线不断被拓展。可见中与西对创新的态度多为南辕北辙,所以我们没有一定要经过现代主义洗礼的责任,更没有必须以西方现代主义价值观来指导我们美术发展的义务。"中华文化源远流长,积淀着中华民族最深层的精神追求,代表着中华民族独特的精神标识,为中华民族生生不息、发展壮大提供了丰厚滋养。"④

文化认同本质上是对民族文化产生出一种如故乡与家园般的认同。中国画的地域性构建同主流的中国画的传承与变革一样,都应该认可并且深植传统之上。诚如在每个时代主流的文化精神中产生开宗立派的大家,其艺术精神往往辐射整个时代和地域并伴随着历史的演进表现方式逐步程式化、刻板化。随之,又伴随新的大家的出现,将绘画重新推向高峰,并以此往复。而每次窘境的突破,往往是伴随着"复古"。南宋以来精致入微的画风逐渐将中国画的创作方向

---

① 习近平. 在庆祝中国共产党成立 95 周年大会上的讲话[N]. 人民日报,2016-07-02(2).
② 习近平. 在联合国教科文组织总部的演讲[N]. 人民日报,2014-03-28(3).
③ 贡布里希. 艺术的故事[M]. 范景中,译. 北京:生活·读书·新知三联书店,1999.
④ 习近平:使社会主义核心价值观的影响像空气一样无所不在[J]. 紫光阁,2014(4):7+12.

推向"技术至上"的歧途,赵孟頫的托古改制引导了中国画的发展。董其昌没有明确的复古旗号,却俨然是一个十足的复古主义的集大成者,他提出"南北宗论",通过学习南派画家的笔墨开辟新境,对于四王的艺术创作产生极大影响。20世纪在面对外来文化的介入中,以金城、周肇祥、陈世曾为代表的传统派成立"中国画学研究会",而20世纪面对西方文化的冲击,像齐白石、黄宾虹、潘天寿等恪守中国画传统并追随时代的画家均成为大师。

诚然,在鸦片战争之前的中国古代社会,统治者多以天朝大国自居,没有经历过外来文化的冲击和碾压,没有文化自卑的经历,文化自信更无从谈起,因此他们对于传统的根植是自然而然的无意识行为,但这也是在另一个维度上彰显了传统以来中国美术发展里程中的文化自信。1840年西方的大炮强行冲破了祖国的大门,在西方文化的殖民下,"先进即西方,落后即中国"的观念植入人心,在西方文化被视为先进的、主流的文化的同时,优秀的传统文化也被认为是落后的、没有国际化的。文化要追求特色,民族的就是世界的。要发展中国特色社会主义美术事业的多元复合形态,首先就是要正视自己,没有过去的历史,就不会形成当下的自我,这是成为"我之为我"的关键所在,所以文化要发展创新,当然要基于传统,立足传统。

二、推陈出新与立足当下

南齐时期谢赫的《古品画录》中讲到"变古则今…皆创新意"[①],较早体现了对于中国画创新的要求,姚最《续品画录》开篇即谈"夫丹青妙极,未易尽。虽质沿古意,而又变今情"。石涛的"笔墨当随时代",傅抱石的"时代变了,笔墨不能不变",都体现了笔墨追随时代的必要性。在几千年的绘画史中,记录在册的画家无一不是具有自我艺术特色、笔墨体现时代的创新者。在明清之后,大大小小的地方画派此起彼伏,你方唱罢、我方登台,艺术革新的代表此时逐渐成为各个地域性的美术团体;新中国成立以来更甚,长安画派、新金陵画派、漓江画派也相继出现,各具地域特色。习近平总书记2014年10月15日在文艺工作座谈会上讲话时指出:"文艺是时代前进的号角,最能代表一个时代的风貌,最能引领一个

---

① 谢赫.古品画录[M]//卢辅圣.中国书画全书.上海:上海书画出版社,2009.

时代的风气。"百花齐放,百家争鸣,是我国发展科学、繁荣文学艺术的方针,也是文艺繁荣发展的重要特征。而笔墨追随时代,艺术顺应时代,这是艺术发展的客观规律,同时也是不断推陈出新的重要路径。

新中国成立之初,如何反映现实生活、如何为政治建设和社会主义服务,成为中国画创作面临的重要课题。江苏省国画院在1960年开展的两万三千里写生,不仅直面中国画如何顺应时代、如何解决当代性改造的课题,而且开宗立派的新金陵画派被时代所认可,更以写生的方式映现出新中国初期的时代风貌。新金陵画派的代表人物傅抱石在1961年说:"笔墨技法,不仅仅源自生活并服从一定的主题内容,同时它又是时代的脉搏和作者思想感情的反映。……由于时代变了,生活、情感也跟着变了,通过新的生活感受,不能不要求在原有笔墨技法的基础上,大胆地赋予新的生命,大胆地寻找新的形式技法,使我们的笔墨能够有力地表达对新的时代、新的生活的歌颂与热爱。"[1]新金陵画派应新时代而生,合时代新潮发展,成为20世纪中国画坛的重要画派之一。"笔墨当随时代",立足时代之需,顺应时代之势的,同样也是当下江苏省国画院不断取得成就与影响的重要前提,周京新就是其中的佼佼者。当中国面对西方文化的冲击,不得不面对当代化改造的课题之时,融合出新似乎是大部分画家的选择。而在周京新的水墨画里,似乎直接是对水与墨这一几千年来中国画的根本属性的更进一步的挖掘。周京新坚持"以写入画",笔作为载体,承载着水与墨的交融与氤氲,在他的笔下物象有了塑造感与神韵,"水墨雕塑"成为周家样独树一帜的绘画语言。

21世纪以来,伴随着国家对于文化事业的重视与持续关注,许多地方政府再次喊出打造画派的呼声。地域性画派能否打造的问题,也成为议论的焦点。在当下流量至上,资讯、交通、传播如此发达的时代,地域性、个性化的特色形式都非常容易受到其他经济发达地域的影响,而趋于同质化。此外,长期以来的文化不自信与地域文化的研究缺失,对于未来城市的持续发展是很大的绊脚石。尤其是在新时期,文化软实力日益成为城市间竞争的关键因素。鉴于市场经济有相对的盲目性与滞后性,政府站在文化繁荣的视角,在宏观方面发现并认识到扶持地方文化的重要性,必然可以在一定程度上起到保护地方优秀的传统文化的作用。政府与市场相互协调合作,才能使得文化产业迅速、健康、持续发展。

---

[1] 傅抱石.笔墨变了,思想就不能不变——答友人的一封信[N].人民日报,1961-02-06.

所以，笔者认为画派的扶植是有一定意义的，画派是可以创造条件去促成的，这是扩大影响，促进文旅融合的有效方式。只是地方画派的打造不能是盲目的，它赖以成立的前提是地域性的艺术风格、特色的构建，或者是有足够多的地方性特色文化资源可以挖掘，并可以形成构建本土地域艺术特色和风格的文化成果。

近几年文化和旅游的融合发展，以文促旅、以旅彰文，已成为发展现代旅游业，促进文化传播的必然选择。文旅融合不仅是实现地域文化推广的有效方式，还是文化资源再次开发与研究的过程，更是与文化自信相互促进的过程。中国画的地域性构建如何把握文旅融合的大背景，扩大影响，漓江画派在此方面的早期探索与创新，可以带给我们很好的启发。作为广西文化建设的一项重要议程，漓江画派已经是当代中国最活跃的绘画流派之一。他们以表现时代风貌为宗旨，以广西秀美山水、民族风情等地域元素为主要表现对象，是以广西当代画家为主要力量的具有共同的理想追求和鲜明艺术风格的画家群体。他们不仅拓展了笔墨在新时代的表现，更弘扬了改革开放以来伟大的建设、壮族文化以及秀美河山。

三、持续性、多元化发展与深入生活、挖掘地域创作资源

顺应时代之变，是中国画地域性构建的重要外部条件，而扎根人民、立足地域性的文化资源则是利用自身条件构建中国画地域性的重要方式。艺术高于生活，也只有来源于生活的艺术作品才能够打动人心，没有对生活的深入理解与感受，就难以创作出能够产生共鸣的艺术作品。中华民族地大物博，尽管信息化不断深入到方方面面，但是不同的流域与文明依然有着些微隔绝，同一区域的不同阶层的人对于生活的理解的深入程度也不尽相同。长久以来，画家作为文人阶层与普通民众、底层生活往往有一定的隔绝性。那么，要创作代表人民的、独具地方特色的艺术，必须要建立在深入了解生活之上。深入生活首先是创作主体改变旁观者、陌生者的身份，要能够定期或者长期生活在那里，并且打破与描绘对象内在的隔膜状态，内化为自己的主观情感，然后以笔墨寄情。诚如地域美术的创新性表达，是以当地的地域文化为依托，力图在呈现方式上体现出差异性与特殊性，而这种差异性的表现，只有在本区域生活且有感悟的艺术家的创作才更具情感张力。

中国画的地域性构建，其地域的区分不应是行政区划意义上的城市之别，而应该是地域和文化差异上的地域之别，比如地域特色和民俗风情等。黄土高原地处华夏腹地，孕育了黄河流域文明，沟沟壑壑的地貌、窑洞造型、山川、陕北剪纸等风土人情，浓郁的地域特色不断吸引着画家对于黄土高原内在审美的重新审视和解读。只是中国画在传统上往往以山石为表现对象，多以中原或者南方山水为主，尤其传统山水画文雅、华滋、氤氲的意境多以表现江南地区的景致，这与高原淳厚、粗犷、古朴的形象相去甚远。伴随着20世纪中国美术关于"传统与西化"的讨论，中国画的笔墨在新时代的时代性拓展逐渐成为不得不面对的重大课题。20世纪四五十年代，以赵望云、石鲁为首的长安画派应时代之势而出现。长安画派画家多出生且成长在黄土高原地带，他们以地域的特色为描绘对象，坚持"一手伸向传统，一手伸向生活"的创作理念，立足西北，在继承传统和面向生活的创作道路上全方位探索，表现手法大胆出新，以浑朴厚重、奇崛强悍的西北风貌，尽情描绘在中国共产党领导下的新中国人民翻天覆地的新生活。他们不仅极大地拓展了中国画的表现语言，让我们看到了中国画笔墨无限的生命力，更展示了中国画笔墨之下的黄土高原和高原文化。20世纪90年代成立的黄土画派，再次利用地域资源所进行的中国画创作走进学术视野。黄土画派的创始人刘文西曾在谈到黄土画派时说，黄土画派在20世纪60年代就有作品了，到了80年代已经颇具规模，出现了一大批以反映陕北风土人情，或者说是这块黄土地的优秀作品。黄土画派是在现代教育系统不断完善、中西融合的进程中，由学院组成的现代画派，相比而言它更加注重中西结合，注重向世界先进艺术学习，向时代学习，从而全面汲取各种艺术营养，因此具有强大的生命力与影响力，为西北美术的发展发挥着重要的作用，更为重要的是在文化全球化背景下显示着构建地域性美术的重要意义。

地域中国画的创新性表达必须要建立在深入生活、挖掘地域创作资源的基础之上，但是，并非局限于对本地域文化与生活的深入了解就足够。在全球一体化的进程中，经济的一体化极大促进了物质生活水平的提高。同时，科技的飞速发展，交通的四通八达，不同的地域文化在交流与碰撞中也激发了新的表现方式的出现。文化需要交流、扩散、扩大影响，需要在交流与碰撞中探索属于自己地域文化最优的呈现方式，也需要在交流与碰撞中相互借鉴，但要建立在防止内化的基础上。这只是借鉴、交流，而非交融、融合，是在外围的形式上的改造，并不是内在文化上的统一。因为地域的中国画是本土文化精神的外在呈现,其最大的特点就是可以找到一种文化归属感,这种情感的内在是地域的风土人情,所谓"一方水土养一方人",这是中国画地域性表达的源头活水。毕竟,呈现文化的独特性和文化个性,是地域文化的核心诉求,而对于地域性的中国画的拓展与创新而言,最重要的是其创作要建立在地域的有差异的文化元素的基础之上。

结　语

美术的地域化呈现是中国美术史历来固有的表现形态。古代美术史的记载中,南北宗论在时间的维度上梳理了许多有杰出艺术成就的大师,并成为中国美术南北方地域特色的划分;而吴门画派、华亭派、松江派、新安画派、扬州八怪等,共同构建了明清美术的基本形态。然而,依然有不少画家或者地方画派被美术史遗忘也是不争的事实。中国画的地域性强调的是"部分"与差异性,与此相对的是"整体"与共性。既不是在"中心"与"边缘"的维度上来界定,与"行政"概念上的区域划分也不等同。

文化是一个国家、一个民族的灵魂,中华文明历经几千年依然焕发勃勃生机,离不开文化的包容性与多元化互动。反思从耶稣会传教士利玛窦进行文化传入时政府的盲目自大到清末国门被迫打开时的自我否定与对外的盲目崇拜,再到中国再次崛起的当下的文化自信,我们逐渐抛弃了"先进即是西方,落后即是东方"的思维模式,独具东方特色的社会主义美术事业也必定在新的时期再度焕发生机。只是,"中国文化发展的前途,既不可能是固有封建文化的继续,也不可能是西方资产阶级文化的移植,只能是社会主义文化的创造。"[1]树立文化自信,是构建中国特色社会主义美术与话语权的重要前提,而中国特色社会主义美术往往在地域性的中国画繁荣发展的基础上得以彰显。

(作者系扬州市国画院理论研究室主任)

---

[1] 张岱年.中国文化的思想基础与基本精神[M]//陈来.北大哲学门经典文萃.张岱年选集.长春:吉林人民出版社,2005:458.

论中国写实油画的现实主义之路

黄 平

一、引言

作为一种西方的绘画艺术表现形式，油画的发展有着西方文化自身悠久的历史和深厚的传统。在古希腊理性精神与希伯来神秘主义的双重影响下，自文艺复兴开始，在经历了古典主义、浪漫主义、现实主义、印象主义等20世纪以前诸多流派发展的五百年间，形成了一种以再现"视觉真实"、为观者提供视觉感官审美愉悦的"写实主义"绘画传统。并由之产生了为数众多的艺术大师、巨匠以及不朽名作。可以说20世纪以前的整个西方绘画史就是一部写实油画发展的历史。自明代万历年间，意大利传教士利玛窦把油画介绍到中国开始，这种以科学理性精神为指导，强调具象写实，拥有全新的绘画表现语言，充满了异国情调的绘画形式也开启了在中国的不平凡的历程。从最初的好奇与惊叹，到其后的批判与贬抑，再到清末的认同与接受。在救国图强的道路上，在维新思潮的激荡中，从一批批远渡重洋的前辈学人那里，才真正开始了中国自身油画发展的最初历史。中国的写实油画经历了百年的历程，在几代画家的开拓、积累和推进中，取得了令人瞩目的成绩。今天，写实主义的油画艺术不仅受到重视，而且得到了最为广泛的传播与发展，并成为中国油画艺术发展的主流。

二、写实主义与现实主义

写实主义的概念自五四运动流行于我国，通常也被称为"现实主义"。有关写实主义与现实主义的概念，可能是中国美术理论界最为混乱、复杂，也最易被滥用的词。西语中的"写实主义"（Realism）一词，常与"自然主义"（Naturalism）交叉使用，于19世纪30年代才开始流行，而且它最初主要是作为一种观念，不是作为艺术运动的名称而加以使用。印象主义的支持者、著名作家左拉用"实际主义者"（Actualists）指称写实主义者，而写实主义反对派波德莱尔则用"实证主义者"（Positivists）讥讽之。[1] 由此可见，此词从一开始就模糊不定。学界对现实主义的界定更是众说纷纭、莫衷一是。"现实主义"是文学批评和文学研究中最常见的术语之一，这个术语一般在两种意义上被人们使用。一种是广义的现实主义，泛指文学艺术对自然的忠诚，最初源于西方最古老的文学理论，即古希腊人那种"艺术乃自然的直接复现或对自然的模仿"的朴素的观念。另一种是狭义的现实主义，是一个历史性概念，特指发生在19世纪的现实主义运动。而作为中国绘画理论的术语，现实主义不外乎有三种解读方式：其一，取其技法上的意义，即力求忠实再现现实情景，又被译为写实主义；其二，作为一种文艺思潮或艺术流派，如19世纪中叶法国画家库尔贝发起的现实主义运动；其三，从人的精神层面进行解读，绘画艺术作品中所表现出的批判社会现实的精神。其实，早在19世纪末至20世纪初，伴随着中国的现代性进程，"Realism"传入中国时，主要被翻译为"写实主义"。这或许也是造成当今这一概念无比复杂、混乱的主要原因。当然，我们应该注意到，当时写实主义这个译名对清末以来中国传统文人画的创作无疑有着极强的针对作用。但另一方面，我们也应该看到，"Realism"被译为写实主义却也无可避免地显示了中国知识分子民族文化视域的局限。将盛行于西方19世纪的现实主义文艺理论思潮的核心理解为技法上的"写实性"，无疑会极大地削弱其所包含的批判现代性的精神诉求。

"现实主义是一种创作方法，也是一种表现手法。作为创作方法，它的基本要求是要反映现实生活，用鲜明、生动的艺术形象给人们以精神上的鼓舞和美的享受；作为表现手法，它和写实同一概念，只是一种艺术的写实，不排斥凭借想象的夸张，其基本要求是明白易懂。现实主义的创作方法和写实的表现手法是不能等同的两个概念，不能混为一谈。"[2] 必须说明的是，本文所涉及的写实主义主

---

[1] 曹意强. 写实主义的概念与历史[J]. 文艺研究, 2006(7): 108-118+160.
[2] 邵大箴. 现实主义精神与现代派艺术[J]. 美术, 1980(11): 3-6+37.

要取其技法上的含义,而现实主义主要就其精神内涵而言。前者是表现的手法和形式,后者关注的内容是社会现实,是永恒的社会价值与审美体验,具有深刻的思想性和人生品格。正如靳尚谊先生所说,我们今天的现实主义,不是曾经在欧洲19世纪出现的作为一种艺术流派的现实主义,也不仅仅意味着用具象的造型手法反映客观世界,它指的是贴近社会、自然、人生现实的艺术创作思想,特别是在精神上追求"现实性"的艺术创作原则。这种认识在中国油画家中,经过了几代人的摸索和思考,才得以形成共识。[1]

三、中国油画的写实主义情境

中国的写实主义油画起源于欧洲,最先对中国写实油画起到重要推动作用的是20世纪初掀起的出国学习热潮。这其中包括徐悲鸿、卫天霖、吴作人、颜文樑等画家。他们对写实油画在中国的发展与传播起到了决定性的作用,成为中国写实油画得以传播的主要力量。但给中国油画带来全面、系统影响的却是20世纪五六十年代强大的苏联革命现实主义思潮。80年代以后,伴随着改革开放,封闭的国门被打开,这也使得中国当代写实主义画家们有机会重新认识并真实审视西方古典主义绘画的语言。在传承西方写实油画的优秀传统与自身东方文化的积淀中,涌现出了一大批优秀的写实主义的油画作品,并最终形成了80年代中国写实油画发展的黄金时期。

随着改革开放的进一步推进,至20世纪80年代中期,西方纷繁复杂的现代艺术思潮也被广泛介绍到中国,中国油画由此开始进入了一个多元化发展的时期。其中以西方现代主义艺术为参照系的先锋派绘画,在语言方式、表现形态和文化情绪的探索上,呈现出了抽象主义、表现主义等西方油画史上一些重要流派的表现形态。与此同时,各种新的艺术形式,如装置、行为艺术、影像艺术等也纷纷呈现。毫无疑问,"先锋主义"的作品以其令人眼花缭乱的形态及其所引发的强烈视觉冲击,必然会使得传统意义上的写实主义油画的地位和影响受到了一定程度的削弱。乃至有人认为,写实油画已经过时了。然而事实是,作为最具公众亲和力的绘画形态,写实主义绘画具有独特的美学价值,它在当代中国鲜活而

---

[1] 靳尚谊.现实主义与中国油画主流[J].美术,1995(4):12-14.

充满生机,写实主义油画已经从艰难而又曲折的困境中走出,以其所具有的恒久的价值和生命力,至今仍然是中国油画艺术的主流并将长久地发展下去。

而一度甚嚣尘上的先锋派艺术,如今却已陷入了无与伦比的窘境。事实上,"八五新潮"以来的中国当代美术思潮、运动,从政治波普到玩世现实主义,从艳俗艺术到当前的观念艺术,形式上都有着明显的模仿西方的痕迹。尽管艺术家在自我阐释作品或批评家在介绍艺术家及其作品时不敢直言"模仿"云云,然其源属关系和衍生逻辑却是不言自明的。应该看到,西方的油画艺术在经历了全新艺术观念的激变之后,终结了对现象世界模仿式的具象再现,开始走向了对观念世界情绪化的抽象表现。其最终发展成为20世纪之后的西方艺术的主流,离不开西方现代工业社会和有着强烈文化批判性的社会传统。然而,与现代主义深深植根于西方社会与文化土壤完全不同的是,有着与西方现代艺术观念相背离的早已融入个体血液中的数千年传统文化和固有思维方式,正逐步走向工业化、信息化的当代中国,到底在多大程度上提供让先锋派绘画得以充分发展的必要土壤?可以说,1989年"禁止调头"的"现代艺术展",恰恰从另一个侧面说明了先锋主义艺术在中国的尴尬境遇。

当然,写实主义油画在中国的存在和发展有其特殊的历史原因。近代以来图存救亡的社会现实与革命事业的理性选择对艺术的要求是严肃的。早期的写实主义油画一方面动用了适合中国观众审美习惯的具像造型手法,一方面注入文化启蒙和民族解放的意识,迎合了当时社会的精神需要。无论是超凡脱俗的高雅艺术还是个性张扬的现代主义,都在反抗侵略与解放全中国的特定历史使命中被摒弃。能够让人一目了然的写实主义油画无疑更容易被人民大众所接受,并成为革命事业的首要选择,从而也使得写实主义油画发展成为具有广泛群众基础和重要影响的画种。中国油画发展到当代格局,多样化是它的基本特征,现实主义作为主流是它的本质。中国的国情和民众的审美特点以及现实主义的美学品格,决定了写实油画在中国这块土壤上,有着现代主义流派难以企及的优点和生命力。

此外,在写实绘画艺术中,蕴藏着对精神和品格的理性追求,它反映出传统与现代、东方与西方相交融的美学精神。纵观中国的审美文化发展,我们不难发现,近代中国以前,以屈骚的浪漫主义和庄子的逍遥游为代表,构成了中国古典主义的审美风尚。虽然,这种以"诗意""境界"为艺术审美取向的传统审美观念并不太多地强调绘画艺术描绘对象的视觉真实性和客观性,但是,从来也未放弃过对"形"的追求。写实油画的意象化在一定意义上可以表达为写实油画的"诗化",从象征写实到抒情表现,从真实外观到现实精神的内在统一,当代写实油画在继承传统和借鉴西方美术精华的同时,无论在内容还是技法与形式以及对民族文化选择上都有了更高的要求。在传统与现代、具象与抽象的抉择中,不断扩大了写实油画艺术的表现领域,从而丰富了写实油画的本体语言,决定了当代中国写实主义油画发展的广阔前景。

四、写实油画的现实主义之路

在中国古代的艺术理论中一直存在着"意境"问题,它是中国古代传统艺术陈述话语中表示艺术所能达到的一种审美高度。而在现代艺术美学中,关于绘画艺术的审美价值,也存在着所谓"悦目"、"悦情"和"悦志"的层级理论。"悦目"乃是就绘画艺术必须满足人的某种生理快感的需要而言;"悦情"是指绘画用以满足人的某种心理情绪的需要为特征;而"悦志"则是指绘画艺术还必须与满足人类观念与思维深处的某种内在的精神品格相对应。在这三个层级中,尽管各层级上的功能不尽相同,且在不同的条件下互有侧重,然而真正伟大的艺术家总是不断地向着更高一层级去追求。在艺术家的创作实践和观照者的审美体验中所能体会到的蕴藏于绘画艺术作品中的内在精神品格构成了油画艺术最为恒久的灵魂。而在涉指人类精神领域方面,饱含强烈批判精神的现实主义作品无疑最能触动人的心灵。现实主义绘画用贴近生活的视角,去揭示生活中的现实,使观照者能够认识、思考社会生活中的方方面面。既可以是对生命存在意义的追问,也可以是对社会道德伦理的审视。现实主义的作品在弥补现代人精神缺失的同时,也必然会引领人们去追寻更为崇高的精神境界。因此,写实油画的现实主义之路,既体现着写实油画发展的最高境界,也昭示了写实油画发展的最终归宿。

考察西方绘画艺术发展的历史,我们不难发现,从早期文艺复兴大师们对宗教题材中人物世俗化的表达,一直到印象主义绘画对自然界的光与色的解读,无不充分实现了人的意志与意识力对现象世界的一次次超越。特别是19世纪40年代至70年代,以库尔贝、卢梭、柯罗、米勒、杜米埃等为代表的现实主义画家,在创作题材上抛弃了古典主义的神话传说与英雄人物,以及浪漫主义的中世纪传奇、异国情调和不切实际的幻想,满怀批判精神地将目光指向现实生活。在以追求写实的绘画手法以及如实地描绘大自然和反映现实生活的基础上,极力倡导对社会生活的评价、对普通人现实生活的关切,以及对大自然的亲切描绘。19世纪现实主义大师们的艺术实践及其旷世之作无疑支撑起了西方绘画史上最为璀璨的文化星空。

事实上,中国油画百年的发展之路,同时也可以看成是一条写实油画的现实主义之路。由于特殊的历史原因,早期中国油画艺术的引进和发展始终与民族的苦难和国家的存亡联系在一起。中国的第一批油画家处在社会变革的大潮中,天生就有一种忧国忧民的意识与救国责任。他们远渡重洋赴欧洲学画,力图以西方的民主和科学来振兴中华。动荡的社会现实迫使早期大多数留学生放弃了古典主义的理性与浪漫主义的幻想,进而开始了中国油画的现实主义创作道路。徐悲鸿、刘海粟、林风眠等最早一批留学生回国后,以自身的实践,在教学、创作中遵循或倡导现实主义关注现实、关注自然的主题,对于20世纪的现实主义美术有着重大的贡献。抗日战争爆发以后,在血与火的洗礼中,油画的创作担负起了抗日救国的重大历史使命、艺术与人生的激情以及国家和民族的命运,极大地增强了油画艺术创作的现实意义。

新中国成立以后,革命的现实主义更加自觉地成为中国油画艺术的主流。虽然在以后的岁月里出现了革命现实主义与革命浪漫主义的结合,模仿苏联的社会主义现实主义的油画模式,以及艺术为政治服务的创作道路,然而,20世纪70年代末至80年代初,中国油画在历经跌宕、扭曲、反思后,开始出现了以表现十年"文革"期间,知青、知识分子,受迫害的官员及城乡普通民众的悲剧性遭遇为题材的现实主义创作倾向,亦即所谓的"伤痕美术"。其中以1981年罗中立的作品《父亲》为代表,画面尺幅很大,巨大的视觉冲击力几乎瞬间就能转化为观照者心灵深处的同情与震颤。此后,中国油画又经历了回归"乡土情"的乡土现实主义等多种风格的影响,提倡用诚实的态度去刻画严峻的人生,去表现朴实的乡土题材,揭示生活在艰辛环境中的人的炽热的温情和高贵的尊严。这一代的艺术家们,在进一步完善油画艺术语言表现力的同时,充分运用油画艺术的载体来关注人生,关注社会,关注人、社会与自然的关系。既有强调画家自我面貌的凸现,又显示出更多的人文关怀。可以说,这一时期的油画创作将中国的写实油画推进到了一个前所未有的高度。

20世纪90年代后,新古典、新具象成为现实主义的两种表达形式,新一代艺术家开始关注并细微地描绘社会的各个层面,作品以平民化的形象为主,以传统的写实主义图式、高度的现实主义艺术风格,逼近普通人的真实生存状态,反映普通人的精神面貌,现实主义的创作呈现出创作风格多样、技术语言成熟的新气象。近些年全国性的油画展有一个共同的特点,那就是现实题材的人物表现已成了所有入选作品的主旋律,艺术家们从不同的层面、不同的角度并以不同的手法,对我们这个时代人们的精神面貌、行为方式以及生活状态进行了较为全面和深入的描绘和表现,更值得关注的是许多艺术家对那些社会底层民众的关怀已经使我们的作品更具有一种人本品质。① 许多活跃在画坛多年的中坚力量,如孙为民、王宏剑、徐唯辛、郑艺等长期以来坚持现实主义创作风格,组成了中国第一个有明确定位的走现实主义之路的油画学派,共同关注的是当代社会现实的话题,形象、生动地把握和表现这个时代的丰富性和多样性,其越来越强大的影响力,昭示着现实主义之路在当下的创作母体中有着不可替代的、广泛的生存与发展空间。

五、结语

如前所述,20世纪80年代以后,伴随着改革开放,封闭的国门被打开。在与世界文化交流不断深入的过程中,西方现代主义绘画思潮的传入,不可避免地打破了传统写实主义油画单一的创作模式,油画艺术的发展日趋多元化。一方面,中国油画在进一步学习西方古典主义绘画传统的同时,坚持不懈地致力于油画的中国化实践,关注现实,关注当代,坚持现实主义创作之路,最终产生了一大批具有民族气派的优秀作品。另一方面,令人遗憾的是,有着强烈现实主义传统的中国写实油画至20世纪90年代以后,在市场商业利益的驱动下,却逐渐淡化乃至丧失了写实主义油画理应蕴涵的"表现、揭示、批判社会现实"的内在精神与品格。用技术精到遮蔽精神性的苍白,以风格上的模仿替代个性的创造,依赖矫揉造作的描绘怀念陈旧、空洞而又闲惰的生活。此外,在写实油画的创作过程

---

① 刘伟冬.用艺术的方式把握时代[J].美术,2008(12):12-13.

中,艺术家们过分依赖照相技术等辅助手段也是导致艺术创造力衰退和匮乏的重要原因。用相机记录的只能是苍白的影响,却无法记录下艺术家胸怀的直觉与情思,照相式的"真实"是永远无法替代艺术的"真实"。最终,逐渐丧失了"艺术真诚"的艺术家们,为我们营造了当代中国写实油画以前未曾有过的媚俗、平淡之风。当然,这也从另一方面显示了油画艺术家们在面对当前纷繁复杂社会现实时所表现出的困惑与迷茫。基于当前中国写实油画发展的现实,再论写实油画的现实主义品格无疑有着极其重要的现实意义。

(作者系泰州学院美术学院院长,教授)

浅析石涛《黄山图》与塞尚《圣维克多山》的绘画语言共通性

孙永峰

一、石涛与《黄山图》

在我国登峰造极的独创主义大师中,视野最宽广、技巧最高超的画家是原济,又名石涛。石涛(1642—1707)为明宗室出身,由太监抚养长大后出家为僧,晚年以前大部分时间逗留在扬州及其附近一带,但是不曾久住于一处。他一生大多时间云游四方、攀登各处名山胜景、结交志同道合的友人。石涛于康熙五年(1666)到达安徽宁国府下属宣城,次年开始的三年间每年都去游览黄山。李麟《大涤子传》记载:"既又率其缁侣游歙之黄山,攀接引松,过独木桥,观始信峰。居逾月,始于茫茫云海中得一见之。奇松怪石,千变万殊,如鬼神不可端倪,狂喜大叫,而画以益进。"[①]1667年是石涛首次游览黄山,返回敬亭山后就作了这幅《黄山图》。

石涛在《黄山图》上以隶书写就如下题跋:"黄山是我师,我是黄山友。心期万类中,黄山无不有。事实不可传,言亦难住口。何山不草木,根非土长而能寿;何水不高源,峰峰如线雷琴吼。知奇未是奇,能奇奇足首。精灵斗日元气初,神彩滴空开劈右。轩辕屯聚五城兵,荡空银海神龙守。前海瘦,后海剖,东西海门削不朽。我昔云埋逼住始信峰,往来无路,一声大喝旌旗走。夺得些松石还,字

---

① 李麟.大涤子传[M]//周积寅.明清中国画大师研究丛书·第二辑 石涛.成都:四川美术出版社,2019.

经三写乌焉叟。"①

  此题跋题于 1697 年,但并非初作,早在 1687 年为"次卣先生"所作的《黄山图》上,就曾题过此诗,它以昂扬饱满的激情,描绘了黄山的奇松、怪石、飞瀑、云海等奇观,写得汪洋恣意、大气磅礴,颇有李白风采,表达了石涛对于黄山这座激发自己无限创作灵感的名山深深的感情。从 1667 年完成到 1697 年重题,此间经历整整三十年,这幅画对石涛来说可谓是意义非凡。

  这一幅黄山图自上而下以云雾分隔成上下两个画面,顶部为题跋,题跋之下为黄山山峰,峰峦重叠,其间有松林点缀,也有可供歇脚的房屋。横亘在山峦之间的是一条绵长的云海,云雾缭绕间有一头戴斗笠的行者正缓缓行走在山峰之上,仿佛石涛自己,因为他一生行踪不定、四处游览中国的大半山水,身临其境体验山水之妙,从而成竹在胸,描绘了无数绝妙的图画。正如他本人所言:"足迹不经千万里,眼中难尽世间奇。笔锋到处无回顾,天地为师老更痴!"②他对黄山的感情也可以从题诗上发现,《黄山八胜册》中题有"山之奇予黄之峰"。石涛的青年时代,从 25 岁至 39 岁,几乎全在黄山白岳附近度过,黄山在他心目中已然成为精神的化物,人的情感与造化的景色之美凝结成艺术的结晶。石涛说"一画"乃是"众有之本,万象之根"。他的山水论《画语录》的第一章阐明了这一论题,再一次建立了宋朝画论家曾经认识到的,自然与艺术创作之间的神秘关联。他从视觉世界的千变万化中,抽炼出一种有限而秩序的形式系统。研究石涛和其理论的孔达(Victoria Contag)把这种系统看成是儒家思想中的"第二层现实"。石涛常常描绘特殊景象,这些景象必定是根据他游历山水时画下的草图和记忆而画成的,但是他完全融会贯通了他的经验,于是画下了一山,也就变成了众山。

  《黄山图》的下段画面主要描绘了山石之景。左侧山石上升,右侧下降,呈一种包揽之势。有学者认为这是一种太极图式的图像。勾勒石壁的线条翻扭盘延得强烈,使全画看来绝不像是在描绘什么固定的景色,再三重复勾勒的轮廓线条也透露了画家不愿受到这种限制的意愿。他要展现给我们的是,黄山山石松树那种既能塑造又能摧毁的自然力量,绝不是仅仅止于描绘土石。我们神会画家

---

① 陈国平.石涛 上[M].南宁:广西美术出版社,2014.
② 李永翘.张大千诗词集 上[M].广州:花城出版社,1998.

运腕转笔的韵律,书法性线条和点的并用,除了使质面产生跃动的效果,还能使画面拉近,制造最直接的冲击力。勾勒山壁轮廓和主筋的线条像一张自具生命的网,又像血管脉络,拥有一种结构上的稳定性。

石涛在这类作品中把山水画带上了一个新的顶点。虽然他们由个人的组织归纳法而创造出来的感官世界有时变形到在图画和实景之间只保有一线关联,并强调"人"的存在,"物我合一"成为石涛的立足点,但他们却比以前以及同时代的士大夫画家们更善于从自然中取材。山水画本身就是超于形上的一种声明,它们不但自给自足,而且动人心弦。从专业角度,不难联想到现代绘画之父塞尚的艺术主张。石涛与塞尚两者跨越时空,在面对山水的思考时有着同样的艺术表达。

二、塞尚与《圣维克多山》

1. 塞尚的创作背景

保罗·塞尚经过落选者沙龙事件,开始与毕沙罗交好,并在其引荐下,于巴黎加入了印象派群体。那时的塞尚试图"在绘画中寻找同一种方法,让物体打动我们的视觉,冲击我们的感官",随着他逐渐发现印象派失去的物体"本身的重量",偏离了他寻找的目标,塞尚开始离开印象派去寻找一种新的方法。19世纪80年代初,他回到家乡,他在那里画的风景画越来越体现出追求纯粹结构与色彩的特点。他的许多画都是以周围的乡村为题材,例如圣维克多山和埃斯塔克停泊港等。他反对虚幻的造型,也抵制扭曲和夸张自然,他感兴趣的是大自然向他显露的形和框架,而不是大自然在他心中所形成的印象。他崇尚的信条是:"应当把大自然当作一个圆柱体、一个球面、一个圆锥体,一切都可以入画。"塞尚探索绘画的平面性,注重色彩和线条的独立性,注重绘画语言本身的结构、规律和秩序,确立画家自身艺术方法的独立价值,这种观念也是西方现代艺术强调审美独立的开始。

塞尚一生中就圣维克多山这个题材创作了七十余幅画作。左拉在《杰作》中以塞尚为主人公原型,记述了画家个人是如何与自然产生联系的:"……他们鲁莽、孩子气般地嬉戏于树木、山丘和溪流中,充满着自由和无边无际的快乐,他们发现了从现实世界逃脱的方法,不由自主地沉溺于大自然的胸怀之中……夏天,他们的梦想是去一片山溪浇灌着的普拉桑低洼的草地。"塞尚对于童年记忆中的普罗旺斯一直抱有喜爱之情,随着他不断的实践探索,他描绘的景色从远远望去的圣维克多山全景图渐渐向四周的自然延伸开去。

2. 绘画语言

在圣维克多山系列早期的众多作品中,塞尚以一种远望的视角,在相当远的距离下对圣维克多山进行描绘、思考,但同期他又创作了很多近距离观察山石的水彩稿,这为他后期全新的尝试打下基础,即以一种将地平面上升的方式,从全新的水平视角去描绘圣维克多山,从这个视角我们能看到一个不规则的山形,山形的棱角与下方结构强烈的树影和乡村道路相呼应,梦幻的色彩层层叠加使构成更加具有说服力,整个画面带有一种高耸上升的张力,使人仿佛身临其境,感受普罗旺斯的阳光和树影。

《圣维克多山》是塞尚这个系列的最后一幅画。在普罗旺斯无边无际的乡野广阔天地间,出现在人们眼前的是一座雄伟的、坚实存在的山峰,它似乎从明朗清澈的湿润空气中露出皑皑生机,在那坚实的身影映现的光影之中诉说着永恒,如和蔼的老者俯瞰着这片大地。整张画气势庄严,带有一如既往沉静、忧郁的气质,用黑色颜料作为物体在大气中相互反射形成的负形勾画,使轮廓坚实确定。在这幅风景画中,他以质朴有序的笔触表现出物象的微小色差,同时又使各块面明确。虽然画中颜色种类不多,但每一种颜色都有着丰富的色阶变化。那浓重而沉着的不同的绿灰色,衬托出不同明度与纯度的土黄、赭石和蓝灰色,使整个画面恰似一首和谐的色彩交响乐。同时,那无数的方形笔触,被敏感而理性地摆放安排在画面上,成为厚重而富于肌理变化的色块,塑造出流云、山形、乡村房屋的轮廓和阡陌交通。笔触的种种走势、排列、连接、转换和交织,构成了坚实的空间结构,形成对比和谐的秩序。面对这幅画,我们可感到色块、笔触、线条等抽象的视觉要素堆叠在一起而不显得杂乱无章,在层叠的油画笔触间一座真实的山峰从客观景物的图像中浮现出来,在画中形成一种新的现实存在。而这种"新现实"的意味,正是塞尚绘画艺术的核心,为我们呈现出法国南部自然风貌朴实、刚健、明确的特性。

3. 中西两者相通的艺术性与精神启示

黄山与圣维克多山是石涛和塞尚的精神象征,孔子曰:"智者乐水,仁者乐山。"石涛与塞尚都是在世时曲高和寡之人,他们只与亲人和朋友热切交流,面对艺术的终极问题时都以一种孤绝的姿态行走在自己开创的道路上。吴冠中记载石涛的一则画跋："此道有彼时不合众意,而后世鉴赏不已者。有彼时轰雷震耳,而后世绝不闻者,皆不得逢解人耳。"①石涛把艺术家的寂寞分为两类,一类是在世时"不合众意",身后却"鉴赏不已";另一类是在世时"轰雷贯耳",死后却消失在时代的洪流中,泯然众人。我想这两位两者皆有。

石涛的艺术观点"一画"论核心是"一画之法",包括对造化的"尊受"和对古人的"具古以化"两个主要命题。塞尚的"古典"论核心观点是"以自然重绘普桑",包括对自然的"艺术是一个与自然平行的和谐体"和关于传统的"从印象派中发展出某种坚固的、持久的、像博物馆艺术一样的艺术"两个主要命题。他们的主体都是心——心源和自我,客体都是物——造化与自然,心与物的最高境界是心物转化,即心的物化和物的心化,区别在于石涛那里心源和自然是合一的,而塞尚那里是平等存在的,是以画家之眼去观测到的。

石涛也十分强调师法天地造化的意义,"黄山是我师,我是黄山友。心期万类中,黄山无不有。"大自然是画家的老师,画家是自然之友,二者之间是心心相印的知己。按照《黄山图》这则题跋的观点,山水画虽是画家本人的创造产物,但其来源必须是来自画家真切的对自然的学习,从大自然获得美的感受,然后才能创造出既表现画家情思,又表现自然景物神韵风貌的山水画。这在中国绘画美学史上还从未有之,石涛第一个从理论上阐明了画家之所以必须师法造化,是因为山水画的本源在天地自然之中。"得乾坤之理者,山川之质也。得笔墨之法者,山川之饰也。知其饰而非理,其理危矣。知其质而非法,其法微矣。是故古人知其微危,必获于一,一有不明则万物障,一无不明则万物齐。画之理,笔之法,不过天地之质与饰也。"②

不是完全模仿自然,而是以自然为基础,通过作者的理想和艺术加工再现到画面之上,这在塞尚的艺术表达中也有所体现。塞尚曾对自己的学生加斯凯说:"无论何时何地,都必须忠实于视觉逻辑。如果一个画家的感觉是正确的,那么他的思维也就不会出错。绘画首先和最终都是视觉上的事情。我们的艺术内涵就在那里,就在我们双眼所见的对象里……如果你敬仰大自然,大自然将永远向

---

① 吴冠中.我读石涛画语录[M].北京:荣宝斋出版社,2007.
② 石涛.画语录[M].南宁:广西师范大学出版社,2014.

你敞开胸怀。"[1]这种画家的视觉与自然世界之间的关系是两者相互规定,相互依赖。现代绘画主张回到现象的诞生状态,从形式构成本身来昭示事物的意义,从而改变了古典绘画的创作理念和对待自然的态度。

1923年,刘海粟在《石涛与后印象派》一文中写道:"现今欧人之所谓新艺术新思想者,吾国三百年前早有其人溁发之矣。吾国有此非常之艺术而不自知,反孜孜于欧西艺人之某大家也、某主义也,而致其五体投地之诚,不亦嗔乎!"[2]在当时西学东渐的社会环境下,刘海粟能够离开对西方艺术顶礼膜拜的语境,将石涛与后印象派并置比较,一是出于中国文化自觉,二是敏锐地发现了中西二者艺术精神的相通性,认为石涛的贡献绝不亚于塞尚对于现代主义艺术思潮的贡献,而石涛比塞尚整整早了近三百年,他们的绘画超越了时空的界限,真正地具备永恒的生命。

(作者系南京航空航天大学在读硕士)

---

[1] 约阿基姆·加斯凯.画室——塞尚与加斯凯的对话[M].章晓明,许葯,译.杭州:浙江文艺出版社,2007.

[2] 周积寅,史金城.近现代中国画大师谈艺录[M].长春:吉林美术出版社,1998.

景随人移、景随人意
——中国山水画鉴赏与江南园林、古镇(巷)游观的意象逻辑
杨婧易

  中国传统绘画经历了漫长的演变,不以"逼真"作为评判画作的标准,画面常常以组合的方式表达整体效果,而带来的体验往往需要创作者和观看者共同完成,在传统山水画中,这样的现象尤为明显。其作为二维的平面艺术拥有景随人移的画面布局和景随人意的观赏方式,在转化到现实中的三维空间后就成为建筑造景布局和游览体验,与画作最为接近的就是江南园林,其常常是抽象文人士大夫精神、诗论和画作的直接延续,同时,作为包裹园林的江南古镇则更加贴近群居的理念与愿景。而在当下,江南古镇的实用性发生转变,如今的实用性已非宜居性,更多的是公共艺术与传统文化的聚集地,作为容器承载当地的文脉底蕴,因而对江南古镇的理解更多是在如今的环境内,以现代的方式进行解读。

一、传统山水画作

  以"望、行、游、居"作为山水画的标准论断一幅画作,由此导向而成的作品往往是一个动态的画面组合,即画作是作者在不同角度所观察到的山水之景,并非是单一且静止的画面内容。如清代画家董邦达的《梧竹幽居图》,以此图为例,画面从最下面的山间房舍到山中凉亭,最后到山顶,云海缥缈,有远处山峰若影若现,这些景致画面不是从一个角度所能摄取到的。山下屋舍是近景,但却是俯视的角度;亭子部分的中景是平视,作者用山石树木遮挡并含糊交代了从山脚到山

中的距离；山峰处为仰视，但却又有站在山下的压迫感。现实之中不存在这样的景象，景随人移，作者选取了现实中可见的不同片段，用拼接的方式展现了他所想的幽居之处，给观者呈现了关于幽居的一个整体印象。

再看画面内容，大体量聚集屋舍的画面片段被安置于山脚下，这样的安排除了让画面结构稳定外，更是一种群居的概念。山中凉亭被放在较中心的位置，且用突出岩石作为"托盘"重点强调，也是山下和山上的连接，更有出世与入世之间的游走，再往上就是高山雾霭，仙者之地。如此，在一幅画面中就有了群居，有了独处，有了对红尘的眷恋，也有对高远的向往，这样的景随人意在中国传统山水画中车载斗量。

景随人移、景随人意，以观者之感入画，得远游之景之情，呈现了二维平面画作中弱中心、弱主次、弱等级、分散重点的画面关系，而这些画面片段或由此产生的印象在观者脑海中结合后就能够产生一个关于画作的整体印象，其往往是三维立体的，甚至会有时间的加入。当这样的方法下沉至三维空间中，江南园林就是其具体的实践。

二、江南园林

江南园林作为建筑的集大成之作，常在小景之中有大情，在方寸之间有丘壑，以期在砖墙围合的有限空间之内达到无限空间的目的，呈现主人的园林观。而在园林中，拓展空间的方式除了凿墙破窗，打破空间与空间的物理界限，还有借景怡情。

苏州拙政园内有一四方亭，名为"梧竹幽居亭"，亭东南西北各有一个圆形月洞门，洞环洞、门套门，随着观者在观赏时不断走动，一步一换，从不同的角度可看到重叠交错的景致。由此，园林并非是静观的，观者在观赏过程中的运动和静止让园林艺术的内部结构得以在他们眼前展现。随着游园时间的加长，对园林探索的不断深入，景随人移，园中大大小小的景致不断呈现在观者眼前，各种层次互相交叠，使观者形成对园林的整体印象。同时，园中景象并没有主次、等级关系，如方亭内看到的景象，会随着人的走动、季节的变化而改变，呈现的是无中心、无主次、无等级的造景关系，或者说园林内的中心是分散的，中心与中心之间互相平行。

明末清初著名造园家李渔提出"取景在借，不在造"，方亭匾额下还有一副对联，为清末书法家赵之谦所撰，"爽借清风明借月，动观流水静观山"，上联用了两个"借"字，借清风爽朗、借明月光辉，希望让亭内的观者想到远山、流水，体会到置身于山林中的爽朗，感受到故人所希冀的高远，其描绘出的画面就像是在《梧竹幽居图》中那个小小凉亭上的所观所感，实则文徵明在拙政园题"梧竹幽居亭"匾额时，画《梧竹幽居图》的董邦达还未出生，赵之谦更是在文徵明去世300年后才撰写对联，景随人意，他们所借的更多是中国士人文化传统中一脉相承的精神向往。

江南园林在大景中有小景，小景中有层次，由于设计者独具匠心的安排，往往让景致如连环套般，一环扣一环，近看远看都有变化，不断获得新的感受，同时没有主次等级之分，形成对园林的整体印象，在有了时间的加入后，游览者的所思所感所为也成了整体印象中的一部分。景随人移、景随人意，在园林之中园主的精神意志、文脉传承成为贯穿所有内容的中心，游览者或多或少都能从中汲取一些。同时园林作为城镇中的围合体，拥有更多的私人性和归属性，但古镇、古巷作为群居场所，在开放和包容的同时也具有自己的特别之处。

三、江南古镇（巷）

江南古镇、江南古巷因其独特的地理环境，通常与水道相伴而生，形成了独特的生活环境和生活方式，常常以"小桥、流水、人家"组合成为独特的江南意蕴。与园林相较，古镇、古巷缺乏园林的私人化和私密性，所有的物件设置皆以实用性为先，以围合举例，园林作为一个砖墙围合体，能够正常出入的只有门，但古镇以街巷为门，也以街巷作为贯穿、连接的通道，形成开放、自由的群居状态。

与此同时，平整、高挑的巷道看似限制了观者的游览走向，但实则不然。江南古镇（巷）的水巷、街巷曲折蜿蜒、分汊众多，给予观者大量的自由组合空间，由于墙体高挑，对于进入其中的观者来说，走进巷内就像是进入迷宫一般，若非登高，实难窥测全貌，通走一遍后留下的是一个对各种屋舍、景致交叠的整体印象。而在当下，江南古镇（巷）的生活性被逐渐弱化，城镇居民对居住环境要求的提高，以及长期使用带来的古建筑损耗等都对其保护是不利的。如今，常常将其作为一个地域的文化名片，作为展示当地文化底蕴的实体容器，成为可以被打卡的旅游景点,因而对于江南古镇、古巷的修复、规划除了修旧如旧还要切合当下的实际需要,元素融合就显得更为重要。以常州青果巷为例,为了打破围合,墙体上运用了传统园林内的门洞和花窗,同时在街巷内又添置了自成体系的置景系统,使得观者能够从不同的角度对不同的空间内容进行了解。大景中有小景,小景中有层次,这样的造景逻辑在街巷内出现的同时也运用到了店铺和的景点设置上,在名人故居等景点周围有茶馆、零食店、工艺品店等不同类型的店铺,商业类型没有过多重复,商圈层次的丰富让传统的等级关系消解,无中心,无等级,无主次。一步一景,景随人移,景致与景致互相交叠,在观者的脑海中自行组合后,生成对青果巷的整体印象。

整个青果巷的景点规划也采取了分散式的景点设置,古巷中有很多游览节点,因而不会产生大量人员聚集在某处的情况。传统的景点游览逻辑有鲜明的等级关系和清晰的游览路径,如北京故宫的三大殿和中轴线,这样的设置方式让景区的整体布局简单明了,同时也使得景区便于集中管理,当然故宫等一些大型历史文化场所的要求就是以文物保护为先,游客的游览体验居于次位。但青果巷等江南古镇、古巷对于景区设置的标准更多是在保护历史遗迹的同时,也要尊重游客体验,而产生这样不同现象的原因在于,江南古镇原本就是因为群众聚集才产生的。江南古镇千百年来历经朝代更迭,还能得以留存,其中最主要的原因就是古镇会随着时代的变化而做出改变,会依照当下人们的生活方式不断做出更新,我们现在所以为的古镇模样对于曾经的古人来说也是时新建筑,如无锡古城从最初的龟背形,到大运河贯通后的"一弦两弓九箭"城市格局。

江南古镇都有亲水的特征,以常州青果巷为例,直至改革开放后,水送、船摇依然是那里人们日常生活的一部分,但自来水的接通让以水而生的青果巷居民拥有更多选择,"靠水源近"不再是人们选择住所的第一要素,包括后来煤气的接通、空调的普及等,科技解放双手的同时也打开了脚上的镣铐,选择留下的多半是老年人,一代又一代的年轻人搬离青果巷,传统江南古镇的"宜居性"已然不复存在,如果还要继续住下去,那生活中的实用性将对历史遗迹产生更多不可逆转的破坏。因而"居住"这一功能对于江南古镇(巷)而言,早已在时间中消解。景随人意,江南古镇、江南古巷于当下而言是一个文化符号,承载了过去的文化记忆,又作为建筑实体融合在现实环境中,让人们在日新月异的时光里记住过去的江南意蕴,拥有一份共同的精神向往,就像是《梧竹幽居图》中的凉亭,也像是苏州拙政园中的那座方亭。

四、结语

中国传统山水画中"望、行、游、居"的鉴赏需要作者与观者共同完成,作者或多或少给予了观者一个大致的方向,让观者在脑海中生成关于这幅画作的情景,这些情景因人而异,每位观者都能从画作中欣赏到不一样的东西。这样的解读方式同样可以下沉到现实的园林之中,园林景致伴随着观者的移动而变化,景致背后的所思所想又在园主人的引导下浅得一二,最终形成对于整个园林的整体印象,并对整个园林的精神内核有大致的了解。而这样的观赏方式又外溢至古镇、古巷中,如今的江南古镇(巷)除了运用园林的置景方式,更加重要的是对过去江南意蕴的追忆和中国传统文人士大夫精神在当下国人心中的唤醒、继承。

景随人移,景随人意。传统绘画、传统园林、江南古镇(巷)都传递着共同的文人精神,可以说它们是三种不同的展现形式,同时它们作为一种艺术表现手段,也展现了无主次、无中心、无等级、重点分散的表现形式,让观者形成对于它们的整体印象,而这样的整体印象又不断引导他们去探求其中的精神价值和文化积淀。

江南古镇、江南古巷的模样永远都在变化,但对高远的那份向往和执着,对现实的眷恋和热爱,以及对中国传统文化的继承和发扬之心不会改变。

(作者系常州画院创作交流部干事)

流芳犹未歇
——沈秉仪墨兰册赏析

顾秋红

"兰为王者香",兰花自古以来就以幽香清远、生于深谷、不以无人而不芳的清高品质成为中国花鸟画中的座上常客。画兰以水墨最能表现其清高的品格,故历代画家喜欢写墨兰,有宋代的赵孟坚、郑思肖,元代的赵孟頫,明代的文徵明、徐渭,清代的郑板桥,近代的吴昌硕等。明清两代更是涌现了很多善于写兰的女画家,以女性特有的视角写出了兰花的清丽、秀逸之气。常熟有一位清代女画家沈秉仪,善写兰,我馆收藏有她的一本墨兰册页,该册页为纸本淡墨,二十四开散装,纵30.8厘米,横33.5厘米。该册页汇集沈秉仪所写的墨兰十帧,邓传密临摹的柔生夫人小影一幅,以及多家名人题跋与题诗。不妨随着笔者的思路对其作简要的赏析。

史料价值

翻阅许多地方文献,关于沈秉仪的记载实属寥寥,大致可知"沈秉仪,字柔生,孟仪妹。善画,适姚氏"[①]。其父"沈庭煜,初名庭筠,字也樵,号小竹"[②],"善画兰竹花卉,牡丹尤特长"[③]。通过该册页题跋与题诗中零零星星的资料,我们可以对她有一个更全面的认识。沈秉仪所适姚氏名叫姚芝生,常熟人。经查,在

[①][③] 庞士龙.常熟书画史汇传[M].1930年铅印本.
[②] 沈汝谦.虞阳沈氏支谱[M].常熟同文社铅印本.

《常熟城东姚氏世系考》中记载为姚福堃，系同一人。姚氏在丙辰春日(即咸丰六年，1856)的悼亡诗末尾附有夫人沈秉仪的生平："内子沈秉仪，字柔生，小竹舅氏三女也。善画花卉，尤工兰竹，间作米家山水。来归三载，得疾遽卒，年甫二十六。遗墨罕有存者。"人物关系与文献记载相符。沈氏病逝时年仅二十六岁，同时根据许洛咸丰戊午年(1858)的题诗首句"前年作挽歌"可推断沈氏卒于咸丰六年(1856)。再由"年甫二十六"断定沈氏生于道光十一年(1831)，由此沈氏生卒年已明了，可补史料之缺。

娄东(今江苏太仓)李汝华的题跋让我们知道该册页的由来。姚氏芝生是虞山的高士，夫人沈氏善词翰与墨戏，尤擅写兰，却不幸英年早逝，其遗墨鲜有留存。姚氏在整理夫人遗物时发现她所绘十帧墨兰，立即"付之装池汇成一册"，然后托邓石如之子邓传密临摹夫人握管沉吟小影一幅，并写下十绝句表达自己对夫人悲切的悼念之情。随后陆续邀请众多名家好友在该册页上留诗题词，如邵渊耀、范玑、程庭鹭、徐康、屈茂曾、周绮、吴昌硕等三十多人，也从一个侧面反映了姚氏夫妇拥有广泛的社交圈。册页前两开为李汝华所题篆字"流芳未歇"，取自西晋潘岳《悼亡诗》中"流芳未及歇，遗挂犹在壁"之句，夫妇阴阳相隔，姚氏目睹此册，夫人遗墨仍有余香，音容笑貌犹在眼前，更是悲伤难抑。"流芳未歇"四字使夫妇伉俪情深表露无遗，也为整件册页定下了深厚的感情基调。

艺术价值

纵观沈氏所绘墨兰，画面均无落款或题句，只有盖印，画风简洁，别有清绝之趣。据姚氏题诗可知，为"癸丑春间所作"，即咸丰三年(1853)，时年二十三。沈氏"学画始于壬寅岁"(1842)，年方十二，"十年功苦法全谙，写到幽兰兴便酣"(外甥沈钟璆题诗)，正是这"十年功苦"成就了现在这本墨兰册。沈氏写兰，兰叶以墨的浓淡体现层次感，花瓣用更淡的墨画出，花蕊则用浓墨点醒，墨色浓淡分明，层次感强烈[①]。所写兰叶纤细修长，稍作弯曲，多中锋用笔，用提按来表现叶片的翻折，叶梢处向上飞扬或微微下垂，仿佛在微风中缓缓摆动，极具动感。花朵

---

① 蒋欧悦.文徵明兰花图的艺术风格及传承关系[J].文物鉴定与鉴赏，2013(5):64-72.

多数为三片花瓣,花蕊吐舒;少数是一片或两片,含苞待放。正所谓"写花各不同,妙于点染熟;写叶出自然,绝无成法束。纵如剑掷空,意远势先蓄;折如钗股垂,形断神还续"(1858年许洛题诗),将兰花俯仰之姿和兰叶窈窕之态尽收笔下。"衡山笔法夙深谙,握管临摹逸兴酬"(1856年姚芝生题诗),从该册页看,其写兰风格确实沿袭文徵明一派,所写兰花清和逸雅,简笔不简韵,清新可人,意味悠长。

此册页写兰或一株独秀,或花叶丛丛,或生于湖石之侧,或生与灵芝相伴,千姿百态,古雅清劲。册页中有三开绘墨兰一株,作者将兰花置于画面左下角或右下角,从兰花的根部自下而上行笔,下半部分兰叶相对较直,然至梢头,用笔则微微下垂,可谓"春兰如美人,不采羞自献"。寥寥数笔勾勒出一株疏花简叶的幽雅之兰。另有三开绘墨兰一丛,"气韵清幽墨色腴,淡浓疏密各分殊"(外甥沈钟玲题诗)。兰叶柔美舒放,呈放射状参差错落、分合俯仰,多而不乱,少而不疏。一朵朵兰花仿佛是停在兰叶上的蝴蝶,振动翅膀欲翩翩起舞。兰花多生长于山坡林荫下或石块旁边,册页中有两开兰石图。作者在左下角或右下角绘石头,石上或有荆棘丛生,兰叶从石旁向对角线方向做舒展的姿态,使画面既充实又有一种寂静空灵的感觉①。十帧墨兰中有七开只写兰花不写坡地,另有一开甚至描绘的是一株裸露根系的兰花。翻开中国绘画史,宋末元初的大画家郑思肖以写露根兰为名,多露根不写坡地,意为"地被人夺去矣"②。他借无土兰花表达自己对国土沦丧、家园被侵占的悲愤心情,借兰花本身的清高品质寄托幽香高洁的情操以及在亡国之后不愿随波逐流的高贵民族气节,将兰花与爱国热情完美地融为一体。沈氏描绘露根兰,应该不是偶然,其笔意令人遐想。这些墨兰图是在1853年春间所作,当时正是太平天国时期。1853年3月,太平军攻克江宁(今南京),并宣布定都金陵,改名"天京",正式建立了与清王朝相对峙的太平天国农民政权。国家动荡的局面拉开了。沈氏虽是女流之辈,过着清幽的隐逸生活,但在国家动荡不安之际,借描绘露根兰托物言志,或许也是寄托了对国家命运的忧思。

---

① 闫立群.清润秀雅 韵味独具——顾媚和她的《兰石图》[J].收藏界,2007(6):60.
② 张金红.文人心志——郑思肖及其《墨兰图》试析[J].福建商业高等专科学校学报,2002(6):23-24+17.

文学价值

  这件墨兰册除了十帧墨兰外,主要还有姚芝生的悼亡十截句,其余为各家应邀为沈氏墨兰册所题诗文。文学史意义上的悼亡诗始于西晋著名的文学家潘岳,他开创了"悼亡诗"创作的先河[①],使"悼亡"成为悼念妻妾的专称。唐代元稹则开创了悼亡诗中抒写亡妇德行的先河[②],影响巨大,价值颇高。他的诗使用浅近的口语、精确的白描、对比的手法,抒发了对亡妻刻骨铭心的思念和有口难言的悲伤[③]。姚氏芝生"工于吟咏"(屈茂曾题诗),他所作悼亡诗"字字泪珠元九[④]笔"(1888年卫铸题诗),写得缠绵动人,哀婉悲切,用简单质朴的文字表达了悲痛和思念之情。

  "幽兰自比众芳妍,只惜花开顷刻蔫。"将夫人沈氏比作"幽兰",同时照应了夫人所绘的墨兰,表达了对沈氏英年早逝的哀惋之情。"云隔湘江香梦杳,空留墨影衍波笺。"夫人已离"我"而去、梦里难寻,留下画作、诗笺让"我"徒增相思之苦,一个"空"字说尽了"道是无情却有情"。诗的第三至六截回忆夫人生前景象。"衡山笔法夙深谙,握管临摹逸兴酣。墨沈淋漓才写毕,有人击赏胜于蓝。"姚氏回想起夫人生前握管临摹兴致酣畅的情景,有时墨汁未干就有人赞赏她画得青出于蓝而胜于蓝。"报平安室自优游,扫地焚香事事幽。"夫人生性高洁,清心寡欲,过着清闲幽静的隐逸生活,淡漠凡俗尘世的功名利禄,和兰花的品质如出一辙。诗的后四截描写夫人去世后的情景。"怅望楼头夜月残,零膏剩粉笔床寒。"没有夫人的日子,月亮是残缺的,笔床是寒冷的,两种物象加上诗人的主观感受,将悲凉之意体现得淋漓尽致。"依然兰草芳空谷,闻得幽香总鼻酸。"夫人早已香消玉殒,所画兰草却芳香依旧,而"我"只能睹物思人,独自对着旧物黯然神伤。"文具尘生蛛网系,缄封欲启尚迟迟。从今捡点丛残稿,如睹淑毫泼墨时。"尘封的文具久久不忍撤去,上面已结满蜘蛛网,如今捡点残稿,仿佛还能看到夫人挥毫泼墨的样子。唯一能做的就是将这些画稿付之装池,以作留念。全诗内容丰富,描写妻子生前的种种景象与妻子去世后的情景,通过今昔对比、感物怀人的

---

 ①② 于丽.悼亡诗研究——以潘岳为中心[D].上海:上海师范大学,2012.
 ③ 宋洋.论潘岳《悼亡诗》与元稹《三遣悲怀》的异同[J].邢台学院学报,2015,30(2):98-100+110.
 ④ 元稹的别称。

抒情方式,抒发了浓郁的悲怆之情,也体现了深婉的伉俪之情。其情感之深沉,意绪之哀凉,"芬芳悱恻,用情有深于元九者"(1858年程庭鹭题诗)。

一件书画藏品能够集史料价值、艺术价值、文学价值于一身,是难能可贵的。该册页上盖有多方鉴赏印章——"洁公真赏"和"铁公鉴赏",分别是常熟庞洁公和曹大铁的鉴赏章,这也从侧面体现了册页的价值。欣赏古人的画作,是与古人的一次心灵的对话。作者以兰花为载体,表达了自己的理想、情趣、审美与个性。深入研究这本墨兰册页,让我们读到了画外之意。而如今伊人远去,翰墨犹存,流芳未歇。

(作者系常熟博物馆副研究馆员)

曲艺

浅谈曲艺说唱组合《看今朝》

胡磊蕾

2018年,由苏州市评弹团、苏州评弹学校和榆林市横山区文体广电局等联袂创作,李立山、胡磊蕾作词,陈勇、贺四编曲,盛小云、熊竹英领衔主唱的曲艺组合《看今朝》节目,继成功献演中共中央国务院春节团拜会之后,应邀登上了中央广播电视总台元宵晚会、第九届中国曲艺节开幕式、第六届国际幽默艺术周开幕式、2018海峡两岸中秋灯会等国内外重大艺术活动的舞台,受到广大观众的热议、媒体的强烈关注和业内外的一致好评。

该节目将中华优秀传统曲艺中"苏州弹词"和"陕北说书"这两个地域特色鲜明而人文风格迥异的南北曲种进行了大胆的跨界融合和改革创新,以南北曲艺的独特声腔、充满地域风情的民俗服饰、舞台方位的灵动调度、全体演员的倾情表演和舞台背景的渲染烘托等综合呈现,让全场观众获得了全新的视听冲击和审美享受,且感受到了中华美学精神在曲艺艺术中的完美呈现。

一、精致凝练,主题丰富

在短短五分二十二秒的时长里,此作品突破了以往传统曲艺单线叙事的固有模式,既讲述了陕北在精准扶贫政策下,人民迈进新时代,致富奔小康的精彩画卷,也反映了江南风光日益秀丽,青山绿水常在,人民安居乐业、幸福安康的美好图景。不仅展示了南北方人民的迥异性格,还体现了祖国各族人民相互交融的和谐关系。热情讴歌了在习近平新时代中国特色社会主义思想指引下,祖国大江南北在富国强民、和谐社会、精准扶贫、生态建设等方面取得的伟大成就。该节目立意新颖、个性鲜明、主题突出,具有浓郁的中国特色,依托口头言语的说唱艺术,在方寸之间营造出无限天地,抓住了新时代文艺创作丰富而鲜明的主旋律。

二、南北混搭,跨界生辉

《看今朝》将不同领域、不同艺术风格的曲艺门类进行组合:一边是西北汉子高亢嘹亮地"吼"出山乡巨变,农民脱贫致富后的喜悦之情,三弦铿锵,鼓荡人心;一边则是柔美的江南姑娘轻捻琵琶,细腻婉约地吟唱着秀丽多姿的水乡风韵。将西北高原与江南水乡,陕北壮汉与苏州淑女,羊皮坎肩与优雅旗袍,弦音如鼓的三弦与雨打芭蕉的琵琶大胆地融合在一起,一个豪迈粗犷,一个清丽委婉。一南一北,一柔一刚,一唱一和,一应一答,相映生辉,丝丝入扣,使陕北说书与苏州评弹的两种曲艺表现形式更加生动鲜活和具有感染力。它是陕北说书与苏州评弹第一次大融合、大碰撞,也是曲艺史上一次划时代的改革与创新。

三、异曲碰撞,音乐融合

苏州评弹与陕北说书作为两种完全不同的南北曲艺表演形式,在音乐表现上反差巨大。陕北说书的唱腔与当地的民间小调关系很大,经常出现的有徵调式(主音5)、商调式(主音2)和羽调式(主音6)等,而且时常会在这些调式中相互转换。而苏州评弹所使用的调式绝大部分是宫调式(主音1)和徵调式(主音5),少量的也会使用商调式(2主音),极富特色。《看今朝》的曲作者在将两种曲艺样式的唱腔曲调进行比对后,首先将1＝G作为唱腔设计的定调基础,再以每分钟132拍到144拍的较快速度和热情奔放的节奏来烘托作品积极昂扬、欢乐向上的情绪,然后在节奏与速度相对稳定的前提下,再为双方的音乐表现设计出一些不同程度的变化,如苏州评弹演唱中出现了少量的散板的运用,陕北说书也出现了四一拍的节奏变换等,都体现了传统曲艺的节奏运用特征。虽然曲艺的演唱在调性上相对自由,但相对于《看今朝》这样一个"混搭"的作品来说,曲作者却能在音乐设计上从各自的曲种特点与声腔的丰富性、独特性和广阔性中将两种曲艺中的不同调式自然连接、灵活转换、融会贯通,呈现相对和谐统一的艺术效果,是一次艰难而成功的挑战。

四、守正创新,雅俗共赏

《看今朝》的外在形式虽新颖别致,内里质感却是坚守传统。这个看似全新的节目,在声腔、服饰、乐器、表演风格等诸多方面依然保持了两种曲艺原汁原味的舞台呈现,而最大的创新之处除了一南一北的曲种嫁接,还有在表演形式上进行的大胆尝试与突破,赋予了两者"陕北哥"和"妹子们"的角色,让两者以这样的身份交流,让人称"半截观音"的评弹演员站起来、动起来;让一贯坐唱的陕北哥们活起来、跳起来,有唱有和、有问有答,亦庄亦谐、生动活泼,充满了新时代的审美旨趣与时尚气息。此外,接地气的曲艺语言,主唱、对唱、轮唱、合唱的层层递进,《看今朝》在音乐调性和语言节奏方面相互适应、尽量合拍,既保留了陕北说书激扬高亢、抑扬顿挫及苏州评弹吴侬软语、轻吟柔唱的流派声腔的鲜明特征,又有所变化和发展,并将情感的交流、形式的碰撞糅合在口语化的唱词和情境化的表演中,演员们跳进跳出,转换自如,配合默契,趣味盎然。在五分多钟的时长内,通过曲种对比的张力和故事性的演绎,"精准扶贫"和"绿水青山"的主题得到淋漓尽致的表现,时代精神、地域特征与曲艺元素被恰如其分地巧妙融合,既有曲种特色的传承与再创造,又展现了中华曲艺特有的雅俗共赏与和合之美、谐趣之美。

《看今朝》的成功经验,不应仅仅局限于曲艺界内部的研讨,其"创造性转化,创新性发展"的经验与思路,其所呈现的曲艺艺术的美学精神,相信亦对其他艺术门类有所启迪。该节目从创意的萌生到具体的设计,再从创作的践行直至圆满完成,其重要意义已经远远超越了作品本身。它不仅弘扬和光大了中华优秀传统曲艺的声望和影响,大大增强了我们的文化自觉和文化自信,更进一步解放了创作者的艺术思想,拓展并提升了艺术家的创作理念,为全面推进社会主义文化和中华曲艺艺术繁荣兴盛提供了又一个成功范例。

(作者系苏州市文艺创作中心创作部主任,一级编剧)

浅析徐州琴书作品中女性形象塑造及意义

鹿 牧

徐州琴书源于明代小曲,旧称"丝弦""唱扬琴"等,是以徐州方言演唱,具有浓郁乡土气息的民间说唱艺术,其曲牌丰富、唱腔优美、曲目众多,有着深厚的艺术传统,是全国三大琴书之一,同苏州评弹、扬州评话并列为江苏三大曲种。徐州琴书题材广泛,语言生动有趣,人物、情节刻画细致入微,淋漓尽致地表达了徐州地区广大民众的传统观念、喜怒哀乐、内心渴望、理想追求等,可谓是记录、展现徐州地域性文化的一本社会生活教科书。

纵观徐州琴书人物画卷,无论古今虚实,我们都可以看到丰富多彩的女性形象,她们或聪明伶俐、能言善辩,或果决勇敢、意志坚定,或貌似天仙、温婉善良,或蛮不讲理、泼辣难缠,或传统封建、粗鄙浅薄……正是这些形形色色、摇曳多姿的女性形象,给各类题材的徐州琴书作品添上了最亮眼的颜色,在以男尊女卑的男权社会为大背景的传统作品中起到了举足轻重的作用,且体现出了随着时代发展,作品中对于女性角色的愈发重视和女性意识的崛起。

一、徐州琴书作品中女性形象分类

根据徐州琴书中女性形象的身份、性格、品质等人物特点,大致可以将其分成四类:一是追求爱情的痴心女子,她们有的懂得冲破世俗偏见,对美好生活充满孜孜以求的渴望,有的却为世俗枷锁所累,将自己全然托付于婚姻、感情;二是具有悲剧色彩的市井妇人,她们大都深受封建礼教束缚,思想顽固不化,自身命运悲惨而不会反抗;三是胸怀大义的巾帼英雄,她们果断坚毅,不怕牺牲,为国家兴盛、人民幸福鞠躬尽瘁死而后已;四是机敏聪慧的智慧女性,她们秀外慧中,巧用头脑和言语维护自身和他人的权利与自由,用特属于女性的善良伶俐化解生活中的一个个矛盾与危机。当然这样的划分也并非绝对,人物形象的复杂性决定着一个人可以同时具有几类相似甚至相反的特点。

(一) 痴心女子

风花雪月,儿女情长,自古便是文人墨客笔下永恒的主题,徐州琴书曲本自然亦在其列。封建社会中,婚姻多为父母之命、媒妁之言,难有自由恋爱与婚姻,于是婚姻、爱情题材的作品便应运而生,这在一定程度上解决了当时人们心理上的恋爱缺失。爱情中的痴男怨女,有的忠贞不渝、情比金坚,有的难成眷侣、凄美断肠,有的背信弃义、令人扼腕,其中,痴心女子负心男的故事占了很大比重,《诗经·氓》里的"士之耽兮,犹可说也。女之耽兮,不可说也"便揭示了封建社会时期女性为繁重的伦理纲常所累,往往是感情中处于弱势的一方。《红楼梦》中贾宝玉和林黛玉的故事人尽皆知,徐州琴书《红楼梦·宝玉探病》一节中,黛玉卧病潇湘馆,不顾自己病情加重,"一心思念宝玉我的表兄",既担心他几天不见"把妹妹一旁扔",又担心他"这几天忽变冷,你也着凉伤了风",塑造了一个寄人篱下、一心爱着宝玉表兄,却最终遭到无情打击而香消玉殒的悲情林妹妹形象。与《红楼梦》原著相比,徐州琴书中对于林黛玉的演绎是十分生活化、接地气、深入人心的,更能让普通百姓在听书时感受到她的悲愁喜乐。

既然有为爱肝肠寸断的林黛玉,便也有刚烈忠贞,努力为自己争取爱的角色。徐州琴书《苏三告状》中的苏三,虽经历了被迫与心上人分离、被卖给别人为妾、被栽赃杀人、被屈打成招等一系列极度悲惨、屈辱、不公之事,但在公堂上遇到当初爱人王金龙的时候,鼓起勇气出其不意地要状告王金龙,告他恩爱之后音讯全无才导致自己的种种祸端。苏三将往事一一述说,想试探王金龙到底变心没变心,令人欣慰的是王金龙并没有因为自己身份地位的变化而忘记与苏三的感情,只是碍于王法森严,才无法当场相认。苏三最终沉冤得雪,有情人终成眷属,成就一段佳话。

徐州琴书作为百姓喜闻乐见的艺术形式,其中还有如《孟丽君》《白蛇传》《刘二姐算卦》《冲喜》《双锁柜》《祥林嫂》《李二嫂改嫁》等多部涉足婚姻、爱情的曲本。传统曲本多表现封建婚姻礼教对妇女的不公,现代曲本中,反映夫妻互帮互助、共同建设家庭生活的作品逐渐增多，展现出新时期女性地位的逐步提高。当然，无论是人物形象的弱小与强大、命运结局的悲惨与欢喜，都既丰富了观众的日常生活，也能引起观众强烈共鸣，承担了一部分社会教化功能。

（二）市井妇人

古往今来各类的文艺作品中，总是少不了市井妇人的点缀，她们虽然多为次要人物，却往往特色鲜明、性格突出，充满市井情调和平民趣味，是激化矛盾产生、推动剧情发展的重要一环，也是最能吸引大众视线的艺术形象之一。此类作品中，讲述婆媳关系的占了很大一部分，故事中的婆婆通常以刁蛮难缠、不近人情甚至心肠恶毒的形象出现。以传统琴书作品《小姑贤》为例，婆婆老王婆跟媳妇苏小姐"没结缘法"，横竖看苏小姐不顺眼，做饭时对儿媳百般刁难，让她锅前边烙饼，锅后边炸糖糕，锅左边煎鸡蛋，锅右边炒豆芽，还要在同一锅里烧碗汤。儿媳说难以做到，老王婆就对其又打又骂，还在儿子王登云面前恶人先告状，以死相逼，非让儿子把儿媳休回娘家，将一个蛮横、霸道、无理搅三分的恶婆婆形象刻画得栩栩如生。

有"欺压"的一方，便有"受迫害"的一方。《白海棠割肝救母》中的白海棠，自幼读过《列女传》，三从四德，十分贤良，嫁给金郎为妻后，贤惠持家，孝顺知理，任劳任怨，是个传统意义上的好媳妇。但她的婆婆受坏心肠王婆挑唆，对海棠充满厌恨，不仅恶语相向，而且拳脚相加，而白海棠没有任何反抗，悲悲切切地说如果真是自己做错，被打死也不冤枉。老太太气急攻心卧床不起，白海棠没有任何怨言，问婆母怎么才能治病，婆婆说喝人肝汤便能好，即使知道自己可能会死，海棠还是为救婆母甘愿自割肝脏。虽然作品在过去是歌颂孝道，但在如今看来，这种过激的愚孝举动，不敢也不知道拒绝不合理要求的懦弱表现，让人哀其不幸又怒其不争。

上面两个女性形象显然是旧社会市井妇人形象的放大性彰显，在她们背后，是旧社会女性社会地位低下、话语权缺失的大背景，徐州琴书作为平民文学，表现的这类女性形象既是命运的受害者，又是艺术的创造者，值得唏嘘和深思。

（三）巾帼英雄

徐州自古便是兵家必争之地，在这片热土上，发生了无数奋起抗战、不畏艰险、可歌可泣的动人故事。讲述敌我斗争题材的徐州琴书作品多以历史上的真实事件或虚构事件为基础进行创作，其中的女性形象虽无法完全像带吴钩的男儿一样上场奋勇杀敌,但是她们凭借自身有勇有谋、意志坚定、心思细腻等特点,奋起反抗剥削压迫,与敌人斗智斗勇,在革命中起到了至关重要的作用。徐州琴书《韩英见娘》讲的是姑娘韩英和赤卫队抗击白匪,掩护突围,惨遭逮捕的故事。韩英即使被匪徒用酷刑折磨得遍体鳞伤,也不愿屈服,面对彭霸天抓来自己母亲以要挟她屈服的奸计,韩英含泪向母亲交代后事,她说"为革命流尽鲜血也荣光,为革命砍头只当风吹帽……儿死后你要把儿埋在高坡上,将儿的坟墓向东方。儿要看红军凯旋归,儿要看红旗迎风扬,儿要看祖国大地变新样",塑造了一个不畏强暴,为革命甘愿献出年轻生命的女英雄形象。

中国特色社会主义进入新时代,我们更加不能忘怀为今天的幸福生活抛头颅洒热血的革命前辈,近年来有多部传播正能量、讴歌真善美、体现爱党爱国爱人民的优秀红色题材徐州琴书作品出现。这些作品通过革命人物、革命题材来表现崇高的革命情怀,传达激励人心的正义感、责任感和使命感。《杨开慧·诀别》中,杨开慧与幼子毛岸英被捕入狱,面对敌人的严刑拷打,杨开慧绝不叛变革命。曲本着重细致描述了杨开慧作为一个战士,更作为一个深爱孩子的母亲,在知道自己难逃一劫时,怀着无比难舍的心情,对年幼儿子的殷殷嘱托和声声教诲。《小推车之歌》中,小芳是妇救会会长,她在新婚之夜跟丈夫商量用自家的小推车给前线送军粮,遭到丈夫大壮反对。第二天婆婆刘大娘解开了小两口的矛盾,才知道当年大壮的父亲便是推着小推车假借送货走街串巷侦察敌情送情报,被敌人发现后壮烈牺牲,血染小推车,大壮觉得小推车是念想,才不愿用推车。心结解开,夫妻二人双双赴前线送粮。红色文化是我们传统文化的重要组成部分,表现了家国情怀、理想信念和社会责任感,具有丰厚的精神力量和史诗般的意义价值,值得我们历史地、艺术地、多形式地去挖掘、表达。

(四) 智慧女性

封建社会讲究的是女子无才便是德,女性应该一心相夫教子,大门不出二门不迈。但是在曲艺艺术中,不乏看到一些不受拘束、机敏聪慧、伶牙俐齿、心直口快的女性形象。在传统的徐州琴书作品中,此类女性角色常常以巧妙解决难题、争取男女平等、维护女性权益的叛逆、泼辣形象出现在舞台上,《吕洞宾戏牡丹》中的白牡丹便是此类女性的典型代表。神仙吕洞宾掐指算出苏州白牡丹有仙气,于是兴冲冲地去苏州戏弄白牡丹。他设计刁难万全药店的白掌柜,白掌柜束手无策、无法招架,无奈告知女儿白牡丹。聪慧的牡丹听出来此人是存心刁难,便来到药店,巧借药名,隔帘与吕洞宾答对,不仅说得吕洞宾哑口无言,还借故事骂了吕洞宾,使其狼狈不堪。此外,《小姑贤》中的小姑王翠花、《西瓜情》中的刘大娥、《清心酒》中的张秀兰等也都是此类有才有识的女性,她们与人斗智慧、赛聪明,人物性格十分鲜明,唱段语句和故事情节通俗易懂、诙谐幽默。

在近年来的新琴书作品中,具有聪明才智、能顶半边天的女性形象更加常见。《丹桂飘香时》中的老田一家生活幸福美满,女儿田小丹聪明伶俐、人见人爱,可天有不测风云,福祸一起光临了这个普通家庭,田小丹收到清华大学录取通知书的同时,妈妈突然查出疾病,需要换肝保命。女儿田小丹毫不犹豫提出捐献肝脏给妈妈,父母万般纠结,最终在女儿的坚持下完成了手术,可谓"母女肝胆常相照,一个'孝'字红满天"。新作品乐于表现女性的勤劳、善良、聪慧、有主见、积极向上,体现出女性地位的日益提升。

二、徐州琴书作品中女性形象的演变

总的来说,徐州琴书作为一种地域性较强的艺术形式,其中的人物形象必然是深深扎根于它出现、演变的那片土地,具有鲜明的地域特征、时代特征和文化特征。徐州乃五省通衢之地,方言是北方官话,文化上受孔孟之道影响颇深,崇尚仁、义、德、信、礼、道。封建时期的繁文缛节一部分便体现于父权、夫权等对女性有形和无形的束缚与压抑,反映在徐州琴书作品上,便是传统作品多以爱情、家庭题材为主,描写家长里短、恩怨情仇。中华人民共和国成立以后,以立法的形式首先解决了男女平等的问题,尤其是改革开放后,中国女性无论在接受教育、施展才干等方面,都有了大幅度的跨越与提高,徐州琴书中的女性形象也随之产生了变化。同时随着越来越多的女演员登上舞台,她们将自身与角色有机融合,以自身的形象演绎作品中的人物形象,使得角色更加鲜活灵动,相得益彰。但相较于女性群体在当今社会发挥的日益重要的作用,新创徐州琴书作品中描写现代社会杰出女性角色的作品仍较为缺乏,期待在今后的舞台上,更多积极向上、发光发热的优秀女性形象能得以呈现。

(作者系江苏省曲艺家协会驻会干部)

舞蹈

用壮美的情怀铸就舞台上壮丽的蘑菇云
——评苏州芭蕾舞团原创新作《壮丽的云》

徐志强

将"两弹一星"元勋的光辉事迹搬上芭蕾舞台,创作出一部展现功勋科学家筚路蓝缕研发中国原子弹艰难与伟大历程的原创大剧,在中国芭蕾舞台上尝试演绎"科技芭蕾",苏州芭蕾舞团(以下简称"苏芭")由此成了"第一个吃螃蟹"者。可喜的是,在总编导、编剧苏时进和苏芭主创、演职人员的共同努力下,《壮丽的云》经过一年的排练、内部试演、反复修改打磨,获得了专家和普通观众的较高评价,演出反响热烈,并且继获 2022 年度江苏艺术基金资助后,2023 年又入选了国家艺术基金大型舞台剧和作品创作资助项目名单。

作为中国芭蕾舞界的首部科技题材的芭蕾舞剧,《壮丽的云》具备很强的探索开拓意义。把高科技研发、科学家的拼搏与情怀、重大题材的展现等创作要素转化为舞台上独具艺术个性和美感、有血有肉的芭蕾形象与场面,以及展现研发国之重器艰难历程中的壮怀激烈,始终是编导艺术构思的核心。而横亘其中最硬核的一道难关,便是如何用唯美的芭蕾表现似乎不搭而又艰涩的高科技研发,将高深莫测的科学家科研攻关场景和专业性很强的研制过程,形象化为芭蕾舞台上的人物形象、戏剧冲突和舞蹈动作、场景。对此,《壮丽的云》下了一番功夫。

一是拟人化。将反西格玛负超子的发现、"九次运算"难破外国专家"正确"数据迷墙过程中遭遇的巨大困难拟人化为"魔式"形象,戴着魔性的"粒子"头套,穿着魔影舞衣,在恍惚迷离的光影中妖娆又阴魂不散地萦绕在科学家周围,或前或后,忽左忽右,或与科学家携手共舞,或徘徊、穿插、缠绕于科学家算盘运算过程中,而艰难提炼的环节则具象化为狞厉音乐和隆隆雷声伴奏中的魔性群舞,营造出辗转反侧、痛苦求索的氛围,如此,深奥难解的科研攻关、佶屈聱牙的科技名词,便活化为芭蕾舞台上的戏剧性冲突和严肃有趣的舞蹈场面,科学家不畏艰难、驱魔般的形象,得到了生动描绘与展示。二是场面化。核武研发是科学精英和工程技术人员齐心协力、忘我投入的集体项目,无论是国旗下起誓"干惊天动地事,做隐姓埋名人"、席卷而来遮天蔽日的风沙暴,还是戈壁滩上建设基地、加快研制"争气弹",抑或是在基地基塔之上,上层的科学家与下层的核裂变原子共舞,在红光频闪、警报声声中,科学家"拥抱"着死神,都是在科学家王皓云等人的领舞下,以几乎满台的群舞、丰富的色彩、闪烁的灯光来展现,闪转腾挪、大开大合,场面宏大、波澜壮阔、激情澎湃。由激情群舞构筑的大场面,将核科学精英置生死于度外的神态,内心承受巨大压力、焦躁中负重前行的心态,严酷环境中突破身体极限艰难奋进的状态,展现得淋漓尽致、真切传神。三是冲突化。百米核爆塔基建中因淡水运送艰难不及时,胡师长率领的昔日抗美援朝英雄部队为赶工期而用盐碱水来拌水泥,但这种水浇铸的混凝土强度不够,故而遭到王皓云等科学家的坚决反对,争执、停工,甚至有了换部队的提议,但遇到再大困难,英雄旗帜不能倒,最终达成了不能做糊涂事的共识。这段争议、困惑中的舞蹈动作趋向刚劲、激动、焦虑,配合震耳欲聋提示争议的画外音、躁动的音乐,一起营造出核爆准备过程中执着追求万无一失的艰难悲壮。不过,过多过响的画外音削弱了观众对舞蹈动作和场面本身的关注度,应以稍做提示为佳。

　　科技题材的芭蕾,其核心当然还是以芭蕾方式塑造人物。值得肯定的是,《壮丽的云》不仅是科技的芭蕾,更是英雄的芭蕾,它运用芭蕾诸要素为"两弹一昱"元勋性格的另一面画像,同样出彩。王皓云不仅是富有家国情怀的核科学精英,更是爱妻爱家、鲜活生动的人。这个方面的性格雕琢主要通过现实和思念中的夫妻相会双人舞来实现。通过精心编导的双人舞,《壮丽的云》构架起自己独特的舞蹈艺术世界,完成对主人公的精细刻画。对此,剧中演绎了三段王皓云与妻子唐月婉的核心双人舞:第一幕的惜别之舞、相会之舞,第二幕的神往之舞。惜别之舞是壮士之别,深情款款、缠绵多姿,妻子沐浴在红旗的辉影中,笑容含泪。相会之舞,伴随着的是江南景象的闪现,撑着红伞的唐月婉于江南细雨中诗意独舞,夫妻情意绵绵的双人舞夹杂着悲凉与沉重,处于艰辛运算中的王皓云,惊喜于妻子归来激发灵感而理论设计成功,随即又在我们"共同守住一个秘密"

的倾诉中,再次泪别。神往之舞,是戈壁滩上的王皓云在重重压力中忆念与妻子的姑苏烟雨情之舞,极尽江南水光云影、暮烟秋雨之美,与大漠戈壁的荒芜孤寂形成了强烈反差,烘托出了这种神往的情感力度。另外,妻子视角的两段思夫之舞,也完善了丈夫的形象,一段是妻子中秋月夜将思念之情绣成圆月遥寄给丈夫的苏绣舞,另一段是尾幕,核爆成功后的1965年春节,妻子在邮筒边等来丈夫再次不能回家团圆的等待之舞,刻画了科学精英的丈夫,也是值得她信任和思念的有情有义之人。这几场双人舞和感情舞,由一个情字串起,与描绘紧张的核武研发舞段形成了一张一弛的节奏关系,将宏大叙事与心理刻画相结合,好看而又富有意蕴。

《壮丽的云》当然延续并发展着苏芭立团的"江南芭蕾"的艺术追求。王皓云是个家乡在苏州、建功立业于大漠戈壁的核科学精英,于是,既展现其家乡风情,又展现其忘我工作于科研场所、大漠戈壁情景的双线结构便成了该剧的不二选择。这个结构是舞剧内容的升华。全剧始终在两种截然不同的画面场景和剧情内容交融切换中推进,江南烟雨与大漠苍凉、伉俪情深与隐姓埋名、艰涩深奥与忘我投入,相辅相成地演绎着主人公的心路历程和核弹研发进程。而在艺术把握上,围绕王皓云形象的塑造,既充分凸显"江南芭蕾"的艺术魅力,又拓展"江南芭蕾"的艺术境界,成了该剧的一大特色。剧中的江南风情,不仅给王皓云的情感和性格打上深深的烙印,而且是"江南芭蕾"驰骋的诗意领地。无论是戈壁滩上梦回江南与妻子在烟云朦胧、光影斑驳中的翩翩起舞,是苦闷中幻化出妻子倩影的雨帘舞,还是中秋情寄一轮圆月充溢着姑苏典雅婉约、绣娘婀娜多姿的苏绣舞,辅之以充满江南特色的道具、江南小调韵味的音乐,都展现出了"江南芭蕾"孜孜以求的简约雅致、诗意灵性之韵和杏花春雨、钟灵毓秀之美。缘于核弹的研发地,《壮丽的云》必须表现科研场景和戈壁困苦。剧中着力表现王皓云等科学家的家国情怀和破障除险、只争朝夕、求真忘我的情景与精神,舞蹈有迷茫有苍劲,有孤寂困惑也有大气磅礴。这已是"江南芭蕾"力所不逮的,而回过来说,也是对苏芭以往坚守的"江南芭蕾"风格的一次探索性拓展。相应,王皓云性格中汇聚南北文化精神的家国情怀、细腻深沉、执着坚韧自然地融入到剧情与舞蹈中,恰恰开拓了"江南芭蕾"人物塑造的境界。

值得称道的是,全剧的单、双人舞和气势雄壮的群舞都各有特色,舞蹈以现代芭蕾为根基,融合了现代舞、民族舞等要素,丰富而悦目,有力推动了剧情演绎和人物塑造。其音乐、舞美、灯光、多媒体、服装等环节融合了江南的清雅隽秀、科研场景的紧张严峻和戈壁大漠的苍凉萧瑟,既与剧情和人物形象贴合又有创意,既有江南情韵,又不失大气,具有很强的听觉、视觉冲击力,特别是主题曲《每一次离别》旋律深沉优雅,具有净化灵魂之感。

(作者系苏州市委网信办三级调研员)

古典艺术下的女性命运书写
——评王亚彬舞剧《青衣》

高 媛

毕飞宇以对女性形象的立体塑造及细腻丰富的心理描写在当代作家中独树一帜,其创作于1999年的中篇小说《青衣》叙述了筱燕秋跌宕起伏的戏梦人生。2015年,亚彬舞影工作室推出舞剧《青衣》。2023年,舞剧《青衣》在苏州文化艺术中心进行了演出。从小说到舞台,舞剧保留了最能体现筱燕秋命运浮沉的主要情节,既彰显出古典艺术的无限魅力,更有对特定时代文化背景下女性生存境遇的深沉思索。

舞剧《青衣》删繁就简,选取主角筱燕秋人生中的重要事件集中展现。"戏中戏""日常生活""潜意识和超现实"三部分内容环环相扣,大幕拉开,女主角水袖翩翩,秀丽动人的面容,精致绝伦的妆造,婀娜多姿的动作,尽显古典戏曲之美。"青衣从来就不是女性、角色或某个具体的人,她是东方大地上瑰丽的、独具魅力的魂。王亚彬抓住了她,并让她成为了王亚彬自己。"[1]正如小说作者毕飞宇所言,王亚彬用独具个人特色的舞蹈对青衣加以诠释。古典舞的场景在舞台中多次呈现,与故事情节相呼应。当主角在台上奋力起舞时,不断有舞者撕扯她的华服,意在暗示她演艺道路的崎岖坎坷及后来告别舞台的结局,理想的丰满与现实的冷酷形成鲜明对比。舞剧删除了B角李雪芬及烟厂老板的情节,着重讲述筱燕秋与面瓜的庸常生活,与学生春来争夺主角的片段,增强了故事给观众心灵带

---

[1] 冯嘉安.王亚彬:茧子、淤青、色斑成了身体的包浆[EB/OL].新周刊,2017,494.2017-07-01. https://www.neweekly.com.cn/magazine/201892.

来的强烈震撼力量。面瓜身穿围裙,为筱燕秋捧上蛋糕作为生日祝福,一般人看来这样的平凡幸福弥足珍贵,可对一个一心只想在舞台上展现风姿华彩的女人来说,这种"幸福"恰恰成为她追逐理想的牢笼与束缚,筱燕秋极力挣脱面瓜的拥抱与呵护,正是她与庸俗平淡生活的斗争与反抗。"十九岁的燕秋天生就是一个古典的怨妇,她的运眼、行腔、吐字、归音和甩动的水袖弥漫着一股先天的悲剧性,对着上下五千年怨天尤人,除了青山隐隐,就是此恨悠悠。"①十九岁时的筱燕秋风华绝代,可岁月流转,时光变迁,女人的青春转瞬即逝。小说中她为了重新登台做出的近乎"自虐"式的自我牺牲与疯狂举动并未在舞剧中过多展现,剧中重点突出十九岁的春来在台上大放异彩的片段,今日的春来如一颗闪耀的新星,恰如当年的筱燕秋,面对自己的师父,她也只是将一件戏服冷漠地甩给筱燕秋,头也不回地离去,这对一生要强的筱燕秋无疑是巨大的精神打击。当年,她用一杯滚烫的开水泼向B角李雪芬,断送了他人也断送了自己的演艺生涯。如今的境遇又何尝不是命运的往复与捉弄,她愈偏执,理想的光彩与她距离越远。舞剧对其命运悲剧的升华,不仅在于对她被抛弃至雪地独舞的悲戚表现,更在于对她在奔赴理想过程中对自己人格的毁灭凸显,从而让观众在剧情的高潮中达到与舞者情感上的高度契合。

舞剧《青衣》还重点关注人物活动场景的设置,隐喻意象的营造,以暗示人物的命运发展。在与面瓜的婚姻生活中,出现"沙发"这一道具。新婚之初,筱燕秋与丈夫的生活温馨甜蜜,她头披白纱,二人的动作也是如胶似漆,形影不离。筱燕秋扯下面瓜的围裙,暗示她内心的不安与对舞台的渴望。当"沙发"出现后,夫妻二人在沙发上拥抱,可面瓜一次次温柔的安抚,与筱燕秋身体的交缠,换来的是筱燕秋的拒绝与疏离。尤其是当筱燕秋独自站在沙发上仰望月亮的时候,面瓜只能看着她孤绝的背影,却也无可奈何,因为她心中的"嫦娥梦"并未消失泯灭。"沙发"不仅仅是二人日常生活的道具,也象征着他们生活理想间的距离与阻隔,筱燕秋心中存着舞之梦,她与面瓜之间的鸿沟无法逾越。筱燕秋演绎的戏是《奔月》,"月亮"也是舞剧中出现的重要意象。毕飞宇在作品中认为,"人一心不想做人,人一心就想成仙"②。李商隐写下"嫦娥应悔偷灵药,碧海青天夜夜

---

①② 毕飞宇.青衣[M]// 中国小说学会.2000年中国小说排行榜 中篇小说卷 中.长春:时代文艺出版社,2001.

心"。当一个人拥有梦想并为之执着追寻的时候,这段路途无疑是孤寂遥远并伴随着种种艰难困苦的,"月亮"象征着孤独、清冷、寂寞,剧中一开始的月亮是正常的光亮,暗示筱燕秋追梦道路上的执着孤独,后来月亮变为血红,即罕见的"血月"。为何会出现"血月"意象？或许从小说中可以找到答案:"筱燕秋边舞边唱,这时候有人发现了一些异样,他们从筱燕秋的裤管上看到液滴在往下淌。液滴在灯光下面是黑色的,它们落在了雪地上,变成一个又一个黑色窟窿。"[①]筱燕秋为了登台不惜自毁身体,流产后未恢复好便开始马不停蹄地训练,虽在预演时几乎与"嫦娥"融为一体,达到与角色合二为一的境界,可短暂的高光时刻过后,命运给予她的仍是"新人取代旧人"的残酷打击,淋漓的鲜血染红了月亮,也展现出她在坎坷命运面前的无限苍凉与悲怆。除却"月亮"意象,"镜子"意象也是本剧中不可或缺的亮点。镜中倒映出理想主义者的"镜像自我",筱燕秋在一面面镜中训练舞姿,亦对自己的灵魂进行反窥。在镜子前,筱燕秋看着学生春来年轻充满活力的身体,想起当年青春无限的自己,甚至情不自禁地开始搂抱抚摸起春来,可春来的表情却是惊惧的、厌恶的。她对春来的迷恋,是对自己逝去青春的怀想,她对春来产生了另一种镜像的、投射的、近乎偏执的"自恋"。可镜中之像时常只是一道幻影,当镜子破碎,内心被欲望吞噬后仍只能走进宿命的失败,筱燕秋命运的悲剧性被放大到极致。

无论是舞台空间的布景,还是隐喻意象的塑造,都是为了展现人物命运进行的铺垫。著名学者陈晓明认为:"毕飞宇这些年的写作一直在追问现代社会给人的意义,这是个几乎不可能得到答案的终极问题。是否找到答案并不重要,重要的是这种追问构成他的小说叙事的动机,并且使他小说的叙事具有某种特殊的内在思想。"[②]舞剧中不仅淋漓尽致地展现出古典主义的美学,更对现代女性的生存、精神困境进行了探索。舞剧名为《青衣》,"青衣"不仅是戏里的一种行当,也不仅是一个女性角色,青衣是接近于虚无的女人。青衣是女人中的女人,是女人的极致境界。青衣还是女人的试金石……十九岁便登台惊艳众人的筱燕秋,短暂辉煌后便迅速走向命运的滑铁卢,沦落到四十八岁便离开人世的悲惨结局,与其偏狭的性格息息相关。关于 A 角的竞争一向激烈,本可以双方共赢一

---

① 毕飞宇.青衣[M]// 中国小说学会. 2000 年中国小说排行榜 中篇小说卷 中.长春:时代文艺出版社,2001.
② 马知遥.现当代文艺创作中的怨妇母题[M].北京:中国戏剧出版社,2007.

起进步,筱燕秋因为争强好胜、无容人之心付出了退圈的代价,尽管如此,她如夸父逐日、精卫填海般的执着还在,对艺术的不懈追求与纯粹热爱还在。舞剧力求在灵动曼妙的现代舞中展现人物的精神追求,"筱燕秋对艺术的执着与炙热是纯粹的,因此空旷与留白是属于她的美学诉求"[1]。舞剧融入了中国传统水墨艺术,一人舞,白色幕布上的水墨影子亦舞。筱燕秋视艺术为生命,可幕布上的水墨却呈现出逃跑狰狞的舞者姿态,最后水墨甚至变为一面形态可怖的面具,象征着命运对她的恫吓与挑战,筱燕秋不顾一切地减肥,无视丈夫与家庭,一手栽培学生,甘愿为艺术献祭自身,可命运波诡云谲,一次次在一个个意外中将她推向无尽的深渊,这何尝又不是一种西西弗斯般的轮回悲剧。"悲剧就是把美好的东西毁灭给人看。"[2]长河落尽,晓星沉没,飞往月宫的嫦娥开始悔恨远离了世俗的烟火生活,碧海青天放大了她的孤苦与寂寞。在众人对春来的崇拜与叫好中,筱燕秋的悲剧显得更加惨痛。青春的逝去与生命活力衰退的不可抗拒也是人生的宿命。这样的悲剧命运,不仅仅是筱燕秋个人命运的悲剧,也是当时随着时代文化发展变化,传统文化及艺术表演形式日渐衰微的投射与展现。

舞剧《青衣》,让古典与现代交融,古典舞陈述故事情节的推进,现代舞则侧重人物内心情感的变化;将女性的生存困境通过舞蹈进行充分展现,对其命运遭际通过空间布景及系列意象象征和隐喻;将戏曲、舞蹈、音乐交织,引发观众对古典悲剧美学的情感共鸣。观舞剧《青衣》,更如进入一段美的历程,对理想的诗性与现实的命运也会有更多深沉的思索。

(作者系苏州工业园区金鸡湖学校教师)

---

[1] 上海艺教.中国古典舞背景下的当代舞剧创作—浅谈舞剧女性主题的创作[EB/OL].2023-03-02.https://mp.weixin.qq.com/s?__biz=MzU0Njc2NDIwNQ==&mid=2247522394&idx=2&sn=145509d2b2d7ded415170a510ffb11a5&chksm=fb5a7c98cc2df58ef007074d413504b2c7f7637baddd7e5ecd30d8419f6e393bd590e3fa9f61&scene=27.

[2] 潘敏,朱国顺,上海市精神文明建设委员会办公室.阅读者2018[M].上海:上海辞书出版社,2018.

民间文艺

中国运河城市民间文学资源的传承创新

朱韫慧

一、民间文学——多样的、世界的、人民的

民间文学是人民群众在生产生活过程中口头创作、口头流传,经过不断的集体修改、加工、传承、传播、共享的口头传统和语辞艺术,包括神话、传说、故事、笑话、寓言、史诗、叙事诗、民间说唱和小戏、歌谣谚语、谜语和曲艺等体裁的民间作品。

民间文学作品虽然具有浓郁的地域特色和鲜明的风土人情,却以其贴近生活、寓教于乐、通俗易懂的特点在全世界流传。早在公元6世纪,印度、波斯等地的民间故事就流传到伊拉克、叙利亚一带。公元8世纪中叶至9世纪中叶,阿拉伯地区受到叙利亚、埃及、两河流域、波斯文化的影响,又吸收了印度和希腊的古代文化,创造出风靡世界的阿拉伯文化,最显著的成果是阿拉伯民间故事集《一千零一夜》,又名《天方夜谭》。这是在阿拉伯文化的沃土上孕育而成的多民族文化交汇融合的产物,汇集了神话传说、寓言故事、童话、爱情故事、冒险故事和宫廷趣闻等,以引人入胜的情节和优美动人的语言,通过朴素的现实描绘和浪漫幻想互相交织的表现手法打动世界读者,展现出一幅五彩缤纷的中世纪阿拉伯帝国社会生活的历史画卷,焕发出经久不衰的影响力。

《一千零一夜》里的许多故事,运用象征、比喻、幽默、讽刺等语言手段加强艺术感染力,在叙述情节中插入警句、格言、谚语和短诗,内容丰富,可读性强,尤其

是宣扬勇毅正直、惩恶扬善、公正平等的社会价值观,成为全世界儿童的睡前必读故事。如《阿拉丁神灯》的故事讲述了裁缝的儿子——阿拉丁,无意中获得一只神奇的油灯,在油灯精灵的帮助下,成为有钱人并娶公主为妻。他后来受到魔法师的迫害,失去神灯和妻子,历经千辛万苦杀死魔法师,成长为受臣民爱戴的国王。《阿里巴巴和四十大盗》描写出身穷苦,有着善良、忠厚的本性的阿里巴巴,发现强盗的宝库后,分宝物给穷苦民众。女仆美加娜机智勇敢,先后三次破坏强盗的阴谋,嫁给阿里巴巴,收获财产和幸福。高尔基赞誉《一千零一夜》是世界民间文学史上"最壮丽的一座纪念碑",说"这些故事极其完美地表现了劳动人民的意愿——陶醉于美妙诱人的虚构、流畅的语句,表现了东方各民族——阿拉伯人、波斯人、印度人——美丽幻想所具有的豪放的力量"。[①]

中国的民间文学也深深地根植于劳动人民的生产生活中,口头性、集体性、变异性、传承性、人民性、艺术性、生活性是中国民间文学的主要特点。中国最早的民间文学作品,诞生于文字产生之前,老百姓以朴实的方言与土语,创作出神话和歌谣的口头文学。如《诗经·国风》里的周代民歌,汉魏六朝时期的民歌。民间文学所蕴含和体现的人民英雄主义、爱国主义、乐观主义、人道主义和献身精神等崇高思想和美德,以其不朽的艺术魅力世代流传。而历代的文学精品,如诗经、楚辞和唐代诗歌、宋词、元曲、明清小说,它们均传承了民间文学的喜闻乐见和活态艺术,成为光耀文化长河的璀璨明珠。

二、运河城市的民间文学——从童谣到传说

京杭大运河北起北京通州,南至浙江杭州,全长 1 794 千米,自北向南流经北京、天津、沧州、德州、济宁、聊城、徐州、宿迁、淮安、扬州、镇江、常州、无锡、苏州、嘉兴、湖州、杭州等市。运河是贯通南北的水运动脉,带来沿岸城市的船舶往来和商业繁华,经济的发展又催生了文化的繁荣,运河城市的非物质文化遗产迎来了百花绽放的春天。

民间文学作为非物质文化遗产的一个类别,在运河文化带的孕育下姹紫

---

① 尼·皮克萨诺夫. 高尔基与民间文学[M]. 林陵,水夫,刘锡诚,译. 北京:中国民间文艺出版社,1981.

嫣红。

大运河通州段的民间文学包括童谣和天坛传说。童谣是传唱于儿童之口、没有乐谱的歌谣，《列子·仲尼》有关于童谣的记载。古都北京文化积淀深厚，北京童谣亦引人注目，历史久远、富于地方特色、采用多种修辞方法，展示了各个时期北京的城市性格和北京人的思想感情。始建于明代永乐十八年（1420）的天坛，是明清两朝帝王举行"祭天""祈谷"的重要祭祀场所，有独特的历史价值、科学价值和艺术价值。它的神秘与神圣，吸引着生活在天坛周边的百姓创作出一系列体现"天为阳、地为阴""天人合一""天圆地方"宇宙观的传说，如《天坛的由来》《金鱼池和龙须沟》《甘泉与天坛的甜水井》等。

大运河济宁段的民间文学有梁祝传说。它是流传全国各地的中国四大传说之一，在韩国、日本、越南等国家也有流传。山东济宁、潍坊、青岛一带的梁祝传说，融汇了当地的风土人情、自然物态，表现出反对封建、恋爱自由、男女平等的思想精髓。

大运河苏州段的民间文学有吴歌。它是传唱于"自江以南，自浙以西"一带的民歌民谣，最早的文献记载于屈原的《楚辞·招魂》，"吴歈蔡讴，奏大吕些"[①]。吴歌是反映底层劳动人民思想、感情、意志、要求和愿望而集体创作的、代代相传的口头文学艺术，稻作、舟楫、吴语和民俗是其典型的文化元素。

大运河镇江段的民间文学有白蛇传传说和董永传说。《白蛇传》故事起源于唐宋，明清基本定型。镇江在唐代就有"法海伏白蟒"的传说，并存有"法海洞""白龙洞"，明代冯梦龙根据宋代话本和镇江当地流传故事写成《白娘子永镇雷峰塔》，加深了镇江与白蛇传故事的渊源。董永故事的早期文本，出自汉代刘向《孝子传》、敦煌石室的句道兴本《搜神记》、唐写本《孝子传》等，以孝子董永卖身葬父、天仙女下凡婚配为主要内容，弘扬中国传统的孝文化。

大运河湖州段的民间文学有防风传说，源于历史上湖州地区被称为防风古国的传统。防风氏是与鲧同时期的治水大神，在玄龟的帮助下治理太湖地区的洪水，被封为防风王，后协助大禹共同治水。

大运河杭州段的民间文学有白蛇传传说、梁祝传说、西湖传说、钱王传说、苏东坡传说等。白蛇传传说里，与杭州关联的是白素贞与许仙西湖相会以及雷峰

---

① 佟东,周佳艳,潘赛.京杭大运河上的非物质文化遗产[M].北京:研究出版社,2022:91.

塔镇白娘子。梁祝传说里,梁山伯与祝英台因在杭州书院读书相识相知。西湖传说扎根民间,以名山、名水、名人为主,以白蛇传传说、梁祝传说、济公传说、苏东坡传说、岳飞传说、于谦传说最为著名,是认识杭州、知晓西湖、了解吴越文化的金钥匙。钱王传说是以吴越国王钱镠生平事迹衍化而成的民间传说,讴歌其见义勇为、智慧过人、艰苦创业、建功立业、除暴安良、关心百姓的优良品格,近年被创作成戏剧、电影,反过来推动口头故事的传播。苏东坡传说以苏东坡先后两次任职杭州为背景,在歌颂他勤政爱民的同时,介绍了苏堤、感花岩石刻等文化景观。

通过大致的梳理,白蛇传传说、梁祝传说是运河沿岸城市中流传最广、集聚度最高的民间文学作品,它们与孟姜女传说、牛郎织女传说一起,被称为中国民间四大爱情传说,在非物质文化的百花园里馥郁芬芳。

三、民间文学的传承创新——浅深红树见扬州

古城扬州虽然不是中国四大民间爱情传说的发源地,但在其传承创新与发扬光大中功不可没。

1. 牛郎织女传说与七夕文化之乡

三千年前的《诗经》里记载有牵牛、织女的传说,这是牛郎织女爱情故事的源起。汉代,《古诗十九首》有《迢迢牵牛星》诗:"迢迢牵牛星,皎皎河汉女。纤纤擢素手,札札弄机杼。终日不成章,泣涕零如雨。河汉清且浅,相去复几许?盈盈一水间,脉脉不得语。"六朝时,《月令广义·七月令》引殷芸的《小说》云:"天河之东有织女,天帝之子也,年年机杼劳役,织成云锦天衣,容貌不暇整。天帝怜其独处,许嫁河西牵牛郎,嫁后遂废织纴。天帝怒,责令归河东,但使一年一度相会。"[①]牛郎织女的故事从此家喻户晓。

北宋时期的扬州,有位婉约派词人秦观,字少游,以一首《鹊桥仙·纤云弄巧》解读了牛郎织女的爱情传说,尤其是"两情若是久长时,又岂在朝朝暮暮",歌颂了爱情的坚贞专一与纯洁美好。

秦观一生佳作迭出,最能打动人的就是这首《鹊桥仙·纤云弄巧》,他的家乡

---

① 杜志建.小古文 4 中国神话[M].汕头:汕头大学出版社,2022:226.

高邮也被誉为"少游故里"。七夕本是牛郎织女相会的爱情时刻,民间又增添了女孩子乞巧的习俗。秦观的文学影响,叠加七夕民俗,成为高邮主打的文旅牌。"望巧云、拜织女、乞巧智、赛穿针","好事成双"的邮城,因为牛郎织女的传说和秦观的这首词,亦成为吸引无数青年男女见证爱情的地方,高邮三垛镇也被评为"中国七夕文化之乡"。一个传说诞生了一个全民的节日,一首词迈上了一个文旅融合的新里程。

2. 孟姜女传说与《春调》流传

孟姜女传说发源于河北,孟姜女历尽千辛万苦,只为丈夫送上寒衣。可是等她千里迢迢来到长城,得到的却是丈夫万杞良的死讯。千里寻夫,遭此噩运,孟姜女满腔痛楚,化作泪雨,感天动地,终于哭倒了凝聚民工血与泪的长城。全国各地流传有民间歌曲《孟姜女》,因南方地区立春时多唱此曲,又名《春调》,被扬州清曲吸收后,成为扬州清曲的常用曲调。同时因立春风俗的需要,它也成为扬州花鼓的主要曲调。《春调》又随着扬州花鼓戏走出扬州、远征上海而传向四方。

扬州文化学者韦明铧说,民间通常称《春调》为《孟姜女》。扬州是较早流传孟姜女故事的地区之一,《孟姜女送寒衣》的十二月小调,早在城乡传唱。

孟姜女故事在扬州的流传,具有肥沃的土壤。扬州民歌有《孟姜女》,扬州民间故事有《孟姜女》,扬州花鼓有《孟姜女》,扬剧也有《孟姜女》。扬州清曲以孟姜女为题材的曲目,至少有两种。一种是清代扬州聚盛堂的刻本《孟姜女过关唱歌》。歌词从正月一直唱到十二月,开头是"正月里来是新春,家家户户点红灯。人家夫妻团圆叙,孟姜丈夫造长城。……"其中唱词有"粗把眼泪",也即"揩把眼泪","粗"是扬州方言。另一种是扬州清曲抄本《孟姜女》,歌唱孟姜女故事的始末。扬州清曲传统套曲《孟姜女》分为《惊梦》《出关》《寻夫》《哭城》四段,所用的曲牌,少不了核心曲调《春调》。《惊梦》写孟姜女梦见丈夫的不幸遭遇,决定出走寻夫。《出关》写孟姜女跋山涉水、日夜蹀躞,在苏州浒墅关唱曲,所唱曲调即为《春调》。《寻夫》写孟姜女过江北上,其中特地唱到"足不停留直奔扬州城"。《哭城》写孟姜女哭了七昼夜,哭倒长城。

《春调》在扬州的流传与花鼓分不开,它本身就是扬州花鼓的主要曲调之一。扬州花鼓戏的发展脉络大致是:清中叶,古老的扬州民间花鼓受扬州乱弹影响,由歌舞衍化为扬州花鼓戏;晚清时,扬州花鼓戏与扬州清曲相结合,发展为维扬文戏;民国初,维扬文戏与维扬大班合流,形成维扬戏。扬州花鼓戏发展史上最耀眼的一笔,是走出扬州,远征上海。后来的维扬戏,虽然由花鼓戏和香火戏合并而成,实际上仍以花鼓戏为主干,以花鼓戏为主要曲调。扬州花鼓戏这朵洋溢着泥土芬芳、清新秀丽的扬州琼花,迅速开遍大江南北,足迹直到湖北、安徽的部分地区,《春调》也随之传向四方。

3. 白蛇传传说与扬剧名段《上金山》《放许仙》《断桥会》

白蛇传传说讲述的是人妖相爱的曲折故事。南宋绍兴年间,修炼千年的蛇妖化作美丽女子白素贞,和其侍女小青(青蛇)在杭州西湖,邂逅同舟躲雨的凡人许仙并一见钟情。白娘子与其缠绵,嫁他为妻,夫妇俩到镇江开设"保和堂"药铺,白素贞以法术解除街坊邻里病痛,传为美谈。许仙遇镇江金山寺高僧法海,受法海教唆让白素贞于端午节饮下雄黄酒现出蛇形。许仙被吓死,白素贞盗仙草救活许仙。许仙后被法海软禁于金山寺,白娘子索要不成,乃与小青一起与法海斗法,水漫金山,伤害生灵。身怀有孕的白娘子体力不支,被法海金钵罩住,生下男孩后被镇压于杭州雷峰塔下。多年后,白素贞儿子许士麟考中状元,塔前祭母,救出母亲,全家团圆。

运河是水路,也是戏路。《白蛇传》在民间流传开始是口头传播,后以评话、弹词等多种形式出现,又逐渐演变成戏剧表演。清代乾隆年间,方成培改编了《雷峰塔传奇》(水竹居本),在乾隆南巡时新演,恭贺皇太后大寿,获得皇帝御览的招牌,声名大震。民国之后,增加了歌剧、歌仔戏、漫画等演绎形式,新中国成立后拍摄成电影、编排成现代舞等。著名京剧表演艺术家张君秋、昆曲表演艺术家白云生等都将《雷峰塔》《白蛇与许仙》等剧目作为自己的代表作。

扬剧是扬州地方的传统戏剧,曾经被称作"维扬戏",主要流行于江苏扬州、镇江,安徽部分地区以及南京、上海等地。1959年,著名学者吴白匋在丁汉稼创作的全本扬剧《白蛇传》以及上海版《上金山》的基础上,创作出扬剧经典折子戏《上金山》《放许仙》《断桥会》,简称《上》《放》《断》。故事设定从白娘子上金山索夫起,到断桥重逢团圆。同年,江苏扬剧团首次进京汇演《上》《放》《断》大获成功,得到周总理的高度评价。紧接着,江苏人民广播电台对《上》《放》《断》全剧录音,华素琴饰演白娘子,蒋剑峰饰演许仙,周月英饰演小青,杭麟童饰演法海,蒋剑奎饰演小和尚。著名扬剧表演艺术家华素琴是扬州江都人,扬剧华派创始人,国家一级演员,她演唱的《上金山》《断桥会》唱腔委婉动听,唱念做打俱佳,成为扬剧"华派"的代表作。

4. 梁祝传说与扬剧越剧并蒂花开

梁山伯与祝英台的故事讲述的是有情人不能成眷属、殉情化为蝴蝶的凄美爱情。女扮男装的员外之女祝英台与书生梁山伯一见如故,在杭州万松书院(一说浙江会稽书院)三年同窗,情深似海。祝父思女催归,梁祝二人十八相送,英台借物喻爱,山伯不解其意,英台假称家有九妹,请山伯前去提亲。待山伯求婚,英台已许配马家公子文才,二人楼台相会,泪眼相向。山伯回家相思成疾,丢了性命。英台恸哭,出嫁之日墓前哀悼。风雨雷电大作,坟墓裂开,英台跃入墓中。雨霁天晴,梁祝二人化蝶,翩然飞舞。

梁祝传说产生于晋朝,在民间流传有1700多年,"流传到国外,至今发现最早的要属近邻朝鲜、韩国了。新近研究发现,在五代十国至宋代(907—1279)时期,唐代著名诗人、浙江余杭人罗邺的七律诗《蛱蝶》,已被高丽王国时代人辑入了《十抄诗》,其中有'俗说义妻衣化状'的诗句,指的就是梁祝的故事,并且衣化为蝶。到中国宋代,高丽人编辑的《夹注名贤十抄诗》,不但收入了罗邺的《蛱蝶》诗,而且在注释中加上了一段《梁山伯祝英台传》。这是至今看到的最早流传到国外的'梁祝'故事,而且从'女扮男装'到衣裳'片片化为蝴蝶子',比较全面完整地叙述了梁祝传奇故事"。[①]

堪称千古绝唱的梁祝故事频频登上舞台。小提琴本是发端于意大利的西洋乐器,六十多年前,中国音乐家何占豪、陈钢以越剧曲调为素材,创作出小提琴协奏曲,风靡世界乐坛且经久不衰。梁祝传说更是戏剧舞台常演常新的剧目,先后改编成越剧、京剧、川剧、豫剧、评剧、芗剧剧目,影响深远。

《梁山伯与祝英台》也是扬剧舞台上的经典,老一辈艺术家李开敏、周小培、凌桂泉、苏春芳等,国家一级演员李政成、葛瑞莲、孙爱民等都先后展示不同风情的梁祝故事。2020年央视的国庆戏曲晚会,梁祝故事名段《十八相送》首次跨界演出,扬剧名家李政成扮演的梁山伯容貌俊雅,唱腔圆润、表演细腻,越剧名家单仰萍饰演的祝英台清丽淡雅,唱腔温婉、表演灵秀,两人配合默契,举手投足眉目传情、爱意绵绵,完美地演绎出扬剧的优美行腔、刚柔并济、隽永清新、韵味甘醇和越剧的长于抒情、唯美典雅、平易质朴、缠绵柔和。

---

① 严克勤.红豆生南国:一个城市曾有的古典爱情故事[M].上海:上海人民出版社,2010:242-243.

民间传说是民间文学的分支,本文选取中国四大民间传说在扬州的流传为角度阐述,说明运河城市民间文学资源传承创新的前景广阔,意义深远。

(作者系扬州市生态科技新城党工委研究室主任)

"被打造"的中国农民画：回归与融合

唐 鹏

中国农民画肇始于20世纪50年代，是中国特定历史和文化情境下产生的艺术形式，并作为新中国群众文化工作体系的一部分逐渐兴起，在社会变迁中完成了三次大的"变相"，依次成就了农民画的三种模式：束鹿、邳县模式，户县模式和金山模式。从中国农民画的产生背景和发展机制来看，其不属于原发性民间艺术，郑土有在《中国的农民画考察》一书中指出："新中国政权文化政策、文化运作机制是农民画的原动力，是主流意识形态力量对民间文化的扶植和干预。"[①]作为农民画活动组织者的各级党委、政府文化部门（如文联、文化馆、展览馆）和作为辅导者的美术界知识精英，以及作为创作主体的农民共同塑造、发展了农民画，这使得农民画具有亚民间文化的属性，正如郎绍君在《论中国农民画》一文中所说："中国的农民画是主流文化与民间文化交互作用（通过辅导中介）的产物，是一种亚民间文化。"[②]因此，农民画虽然不断被主流文化打造，但同时依然具有民间文化品格，彰显出传统民间美术的特点。

中国农民画始终在组织者、辅导者和农民画家三者的互动下发展，在不同的历史情境下，三者此消彼长，至20世纪90年代，金山农民画成为中国农民画艺术形式的典范，形成了具有"民间风格"的农民画模式。1988年，文化部正式命名45个"中国现代民间绘画画乡"，此后，农民画的"民间风格"形态逐渐成为全国各地农民画的主流模式并发展至今。这样一种发展模式逐渐形成创作惯性，推动各画乡产

[①] 郑土有,奚吉平.中国农民画考察[M].上海:上海人民出版社,2014.
[②] 郎绍君.论中国农民画[J].文艺研究,1989(3):111-124.

生了一批具有各地特色的经典作品和典型样式,但在形成典型的同时,也自觉或不自觉地固化了农民画的形式与内容,弱化了其民间艺术属性。产生这一现象的原因是多样的,一是农民画的主题、内容以及审美风格的形成必然受到当时当地社会政治、经济、文化等因素影响,是特定历史情境中的产物;二是组织者和辅导者在参与农民画创作、评介、宣传时习惯将农民画与主流文化、精英艺术加以区分并划清界限,这导致在一定程度上限定了农民画的题材、造型、构图与色彩的可能性;三是这样一种"民间风格"的面貌,依然是经过了文化精英剪裁与改造后的结果。

当前,社会政治、经济、文化呈现新的图景。习近平总书记在党的二十大报告中指出:"中国式现代化是物质文明和精神文明相协调的现代化",要"着力赓续中华文脉、推动中华优秀传统文化创造性转化和创新性发展"。新时代,中国农民画如何发展是每一位参与其中者需要思考的时代课题。笔者认为,回归与融合是其发展道路上的应有之义。

回归,指的是在农民画辅导、创作过程中进一步回归、挖掘优秀民间美术传统,观照其民间文化属性。首先,应充分尊重并运用民间艺术创作规律与方式。民间美术创作呈现出高度的主观性、随意性和自由性,往往"目无法度""以我为中心",想怎么画就怎么画,无拘无束,随意率真。这样一种创作方式反映在构图上是视角的不断移动,超越焦点透视和散点透视的表现限度,在内容和形象上则更多是对事物的"概念再现",同时色彩运用也更加大胆,这些都有利于打破陈规,跳出"辅导"的框架,产生新的绘画语汇与审美效果。因此,代表主流文化的组织者和辅导者应为农民画家积极营造这样的创作氛围,引导他们回归民间美术的这种创作天性。其次,应回归更广泛的民间绘画传统,在历史维度中考察、挖掘农民画的审美基因。总体来看,当下农民画构图饱满、色彩鲜艳明快、人物形象简练夸张的特点符合民间美术特征。但正如上文指出的,农民画风格的形成一定程度上受到历史因素的影响和主流文化的剪裁,如"大跃进"时期极度延展了夸张的表现手法,而那些特写的人物形象则不可避免地受"红光亮""高大全"等"文革"美术模式的形塑,美术精英们则根据各自的偏好对民间艺人进行选择性辅导。在这种过程中,必然有不少历史长河中民间绘画领域的审美因素被遗漏或忽视,我们不应停留在对现有农民画审美风格的总结,而应充分审视这一审美风格形成的过程和机制,同时将目光投向历史上曾经出现过的丰富而灿烂的民间美术(如年画、剪纸、刺绣、彩塑、印染、壁画、唐卡、纸马、灶头画、道教绘画等），从中汲取养分，扩展农民画的表现手法，挖掘其深层的民间艺术审美品格。

虽然农民画是一种被主流文化打造的艺术形式，但其当下发展却呈现出一种与时代、生活及其他艺术门类自发进行融合的特征，而不仅仅是"被打造"，这恰恰又体现出其民间文化属性。当前，传统社会结构变迁，从具有礼俗社会、熟人社会性质的乡土社会进入移风易俗的现代社会，城乡融合发展更充分，人们物质和精神生活水平及需求都极大提高，农民画创作主体也由单纯农民群体扩展到各级文化馆、中小学美术教师，甚至高校或画院的专业美术工作者，亚民间文化属性的农民画也由此随着乡土环境同步开放，共同进步，让这种融合成为必然。融合首先体现在，画什么和怎么画完全源于人们对生活的体验与感悟。通过画笔再现生活场景，表达情感。一方面是重视民俗，通过对传统习俗的再现，勾起人们的乡愁记忆，守护精神家园；另一方面则是对新民俗、新游艺、新生活方式的热情描绘。党的二十大提出建设宜居宜业和美乡村，农民画则首当其冲成为表现这一主题的艺术形式，这种对美好生活、美丽乡村的勾画，也丰富了农民画的题材与内容。其次，则是在审美风格、创作技法方面，与中国画、油画、当代艺术等中西方精英艺术的融合。这种与精英艺术的融合就是民间艺术的"雅化"过程，是其自身所蕴含的属性和发展规律，主要包括文化精英采用民间艺术题材进行创作和民间艺人主动向雅文化靠拢，模仿精英艺术两种模式，农民画也不例外。这种融合有利于打破精英艺术与民间艺术的壁垒，消除精英与大众的区别，突破农民画的边界，让其在和其他艺术门类相互碰撞、吸收、融合的过程中创造出新的审美范式。

自1955年第一幅农民画《老牛告状》的产生到今天不过70年，可以说中国农民画是一门年轻的艺术，充满了朝气。但同时，当我们对其溯源，窥见的又是其深厚的民间美术传统。农民画虽被主流文化所打造，但其本身所具有的传统民间美术审美意识又往往冲破某些局限，传达出属于民间艺术的审美品格。习近平总书记在中国文联十一大、中国作协十大开幕式上的讲话指出："新时代新征程是当代中国文艺的历史方位。……广大文艺工作者要树立大历史观、大时代观"。这成为农民画继续向前发展的根本遵循。农民画组织者、辅导者和创作者应根植传统、借鉴传统、赓续传统，紧跟时代、融入时代、反映时代，在新的历史情境下，在回归与融合中展现中国农民画的新风貌。

（作者系江苏省民间文艺家协会驻会干部）

摄影

三次技术革命对摄影艺术的影响

曹昆萍

2023年被认定为人工智能生成内容（AIGC）元年。从年初的ChatGPT4.0大语言模型的推广和3月推出的以Midjourney为代表的AI图像生成器，人工智能技术正在以我们难以想象的速度影响着各行各业。有人惊呼"狼来了"，也有人认为这样的技术革新之"狼"并不是第一次在历史上出现。实际上，无论是工业时代、信息时代，抑或是人工智能时代，摄影从未缺席过技术的变革，它不仅是技术革新中的重要一环，还时刻影响着摄影家的观看和表达方式。无论是机械复制技术下的摄影蒙太奇、电脑技术下的数字拼贴，还是人工智能技术的生成照片，"造像""虚构影像""拟像"成为不同时期的摄影代名词。本文希望通过三次具有代表性的技术革命对艺术摄影的影响进行梳理，试图探求人工智能技术冲击下的摄影艺术该何去何从。

一、机械复制技术与"造像"艺术

20世纪30年代，当瓦尔特·本雅明（Walter Benjamin）在完成《机械复制时代的艺术作品》的写作之时，直接摄影以其"机械复制性"和"原真性"为艺术界所接受。本雅明认为摄影与电影催生了大量的艺术复制品，从而消解了原创艺术的"灵韵"。这恰恰反映出摄影技术对绘画艺术的挑战，一方面摄影迫使绘画另辟蹊径，从写实走向表现；另一方面，照相技术为绘画艺术提供灵感，比如连续摄影和多次曝光、特殊效果的镜头、多画面合成等技术手段为画家视觉表现提供了更广阔的空间。机械复制时代的摄影与绘画之间的互动从未如此频繁过,不仅艺术语言相互借鉴、画家与摄影家身份自由切换,摄影还在与绘画艺术的杂糅中发展成一门独特的"造像"艺术。超现实主义画家曼·雷(Man Ray)、包豪斯学院设计教师拉兹洛·莫霍利·纳吉(Laszlo Moholy Nagy)使用物影技术来创作拼贴作品,苏联构成主义摄影大师亚历山大·罗德钦科(Aleksander Rodchenko)、德国的摄影家约翰·哈特菲尔德(John Heartfield)使用现成图片拼贴而成的摄影蒙太奇,这些艺术实践既践行了杜尚"现成品"观念至上的艺术理念,还让摄影成为具有原创性与观念性的"造像"艺术。

现代主义时期的"造像"艺术与直接摄影相对应,它不再执着于摄影的真实性和客观性,而是将摄影的表现属性摆在创作的首位。达达派开创的摄影蒙太奇是"造像"艺术的集大成者,将现成的照片或图片进行撕裂、剪裁,然后并置、重叠拼贴成一张新的照片或图片。摄影蒙太奇可以看作对直接摄影的一种解放,摄影家对现实世界的理解以虚构的方式重新建构、表达与呈现,对"造像"摄影而言,追逐事实的真相不再是核心问题,如何运用多种手法实现其观念性才是关键。

20世纪六七十年代的"图像一代"继续践行着这种"造像"的方式,艺术家们直接挪用现成的图像或者将图片及照片进行拼贴与改造,以此来警示消费主义和大众媒体对艺术与文化的影响。理查德·普林斯(Richard Price)直接截取经典广告、芭芭拉·克鲁格(Barbara Kruger)将商业图像改造为配以文字的海报风格、谢利·莱文(Sherrie Levine)直接翻拍摄影原作作为自己的作品等,"图像一代"艺术家身处后现代的艺术语境之中,它的发展受到了罗兰·巴特《作者之死》的艺术理论的推动。这些艺术家对现成照片的挪用和解构模糊了原作与复制品之间的界限,也动摇了现代主义摄影被奉为圭臬的真实性与原创性。

二、电脑制图技术与"拟像"艺术

20世纪90年代,随着电脑与互联网技术的普及,电脑制图技术广泛运用于艺术摄影实践之中,从电脑合成图像到虚拟各种场景,不仅数字图像的复原、变形、合成等手段变得简便,还催生出以虚拟现实为创作主体的数字媒体艺术。当代艺术家不同于机械复制技术时代的艺术家,他们更多地处在一个虚拟的世界,它是由电视、电影、广告、互联网、电脑、超文本、多媒体等新的技术手段构成的世界。如果说机械复制时代的摄影仍然具有客观可信度的话,到了电脑时代,这种信任关系完全被打破了。电脑化的图像则把我们的视觉经验带入一个全新的领域——虚拟现实的世界,那些来自网络社交平台分享的图片、监控摄像头捕捉到的图像、Google 地图截取的图像被作为摄影艺术"虚构"的主体,数字时代的摄影正在从复制现实世界向维度更广的虚拟世界过渡。电脑制图技术催生下的数字摄影已经从罗兰·巴特"此曾在"的特征转变为"无处不在"的状态,摄影艺术再一次强化了再造性和符号化等特质。

让·鲍德里亚(Jean Baudrillard)认为在数字化、虚拟化的"拟像"空间生产实践背景下,影像开始脱离现实,伪造、篡改甚至扭曲了现实的存在,无原本的"拟像"取代影像成为媒介传播的主要原则。从反映现实到遮蔽现实,再到与现实完全失去关联,影像失去了任何外部指涉物,成为"纯粹的拟像"。"拟像"最基本的含义是对形象的模仿和符号体系的生成,如辛迪·舍曼(Cindy Sherman)、杰夫·沃尔(Jeff Wall)、格里高利·克鲁德逊(Gregory Crewdson)模仿经典电影或绘画形象,重新建构现代符号的意义,这种舍真实而取虚构的当代摄影,正是"拟像秩序"的体现,同时映射了摄影与当今社会关系的重大改变。"随着数字时代和互联网社会的到来,人类面对信息爆炸已经无法按照传统的逻辑方法对信息的真实性进行甄别;人们对世界的认识也不再受限于个人感觉经验,更多的是来自互联网和社交媒体。本质上讲,人们面对的是一个由他人信息与科学技术构建起来的表象世界(以及种种意识形态妄语),借用鲍德里亚的话来说,是一个虚拟的仿真世界——面对拟真世界,摄影何为?"[①]

三、人工智能技术与"生成"艺术

人工智能技术是从符号到符号的过程,就像从一个房间的窗户塞进一张中文纸条,按照中文字符找到相应的答案,再把一张新的中文纸条从另一个窗户塞出去。人工智能并不能理解纸条上中文的含义,这就是塞尔认为人工智能没有

---

① 李楠工作室.当代摄影中虚构摄影的崛起[EB/OL].[2020-08-05]. https://mp.weixin.qq.com/s/uCY8ovJc_GBl9QrbH-VXMg.

意向性,"人工智能只不过在模拟智能:形式符号操纵本身没有意向性,它们毫无意义。"①近年来,人工智能技术以超乎所有人想象的速度迭代,它的优势是显而易见的,它拥有庞大的数据库,它有惊人的记忆功能和学习能力,它的模仿能力也令人吃惊,通过 AI 生成照片斩获 2023 年索尼世界摄影奖的德国摄影师鲍里斯·埃尔达森(Boris Eldagsen)在接受采访时说道:"人工智能与人类很像,都从许多人的情感、经历和障碍被记录的图像中学习。从哲学角度来说,人工智能已经内化了我们的原始思想,是我们理解集体无意识的原型。"

以 Stable Diffusion、DALL-E 2、Midjounery 为代表的人工智能图像生成器相继在 2023 年上半年推出了图像生成质量更高、速度更快、算法更精准的应用版本。当人工智能通过生成图像来响应提示时,人工智能根据创作者发出的指令(关键词)以及对图像的了解(喂图)构建出新的图像,该图像不是从其数据库中提取的片段的拼贴。AI 生成照片无须任何成本预算,无须专业的摄影技术,只需你输入准确的指令,它就能在瞬间帮你实现完美的创意。埃尔达森生成名为《电工》AI 照片时,曾表达他对 AI 生成照片的理解:"我不再需要模型、地点或相机。我的技术、艺术历史和创意知识成了创意材料本身。"假如 AI 是一台汇聚数据的"拟人机器",与人相提并论,它的想象力、创造力、信息储量、艺术创意包括复制能力远远超越任何一位艺术创作者,AI 为不会摄影创作的人提供了艺术表达的可能性,它做到了摄影真正的"民主"。

AI 生成照片不能算是艺术创作,因为它并不具备人的情感表达,也未形成自己的美学风格,当我们看到一张 AI 照片时,仍然以清晰度、虚实关系、胶片色彩等美学标准进行评价,虽然它近乎完美的视觉呈现让人连连称奇,但过于相似的画面和同质化的风格却无法改变其虚假的本质。在 AI 生成图像的过程中,摄影行为与体验被极大地简化了,使用者只能提供描述性的"关键词",生图过程中无法干预,只能被动地在结果中挑选。AI 生成照片无法体验拍摄过程的现场感、与真实世界的触碰、对时间的凝视和对个体记忆的表达。何博认为,AI 生成照片将迫使摄影师重新关注摄影的在场性,"作为结果的 AI 图像永远无法替代作为信息中介的摄影的再现和索引价值,无法提供摄影行为发生前后和过程中,摄影者和被摄者的在场、遭遇以及相关的体验——AI 的制造视觉记忆也无法取

---

① 彼得·J.本特利.十堂极简人工智能课[M].许东华,译.南京:译林出版社,2023:28.

代由人的在场所体验、记录之后再传递给他人的鲜活记忆。"[1]

AI生成照片的出现预示着摄影进入了一个全新的时代,它完全摆脱了摄影的真实性和在场性,彻底开启了"拟像"时代。"摄"的过程和"影"的内容全部是虚构的,在AI生成图像这一新生的语境中,"摄"已被"输入"取代,而"影"已被"生成"取代。[2] 鲍德里亚认为"拟像"最大的特点是仿真的"拟像"秩序产生了超真实,所谓超真实是"一种没有源头或实在的真实模型所创造出的生成"。在超真实的空间中,"真实再也无法自我生产……自此以后,超真实从想象中,从想象/真实的二元对立中解脱出来,只给模型的周期性重现和差异的模拟生成留下了空间"。[3] 超真实的虚拟社会如同今天的人工智能时代,真实不再同现实发生关联,而变成了人为创造之物,并且拟真也在不断自我繁衍创造之中扼杀了真实,AI生成照片真正进入了一个超真实的"拟像"世界。

从机械复制技术时代的模仿、复制、拼贴手段到电脑制图技术时期的再造、重构、虚构手法,再到人工智能时代的模拟、仿真、生成方式,摄影一直在艺术探索的道路上孜孜不倦。技术革命带来的不仅是摄影美学和摄影本质属性的变化,更重要的促使摄影艺术家重新思考何为摄影?摄影何为?

目前,AI技术的进步速度人类已经无法企及,我们不应该视它为洪水猛兽,但在积极拥抱新技术的同时,当务之急是理性地思考以下问题:这种以人工智能技术图像生成器制作的照片如何命名?可以是AI摄影、AI影像、提示词摄影、AI生成照片等,命名关乎生成图像本质属性界定的问题。这种AI生成图像的底层逻辑是什么,或者说涉及了哪些哲学问题,又会衍生出什么哲学思考?另外,这种图像的美学不应该建立在传统摄影基础上,它的美学标准是什么?还有这些图像应用范围及领域有哪些?它们能否跳脱出目前的商业领域?随之而来的是AI生成图像版权的问题等,这些或许是摄影研究者和从业者亟需破解的难题。

(作者系南京艺术学院副教授)

---

[1] PC摄影部落.AI图像生成技术爆火,摄影的未来会走向哪里?[EB/OL][2023-03-30].https://mp.weixin.qq.com/s/TqCTMxg50uGIYMXbIyKV-Q.
[2] 于家睿.摄影不是"输入"与"生成"[N].中国摄影报,2023-08-18(9).
[3] 周骥腾.从虚拟社会化到社会虚拟化——"元宇宙"引发的网络社会拟像秩序变迁[J].河北学刊,2022,42(5):188-195.

时光的标本
——于祥人文纪实摄影印象

胡笑梅

每一张照片都是时光的标本,从黑白银盐的光影到色彩斑斓的经纬,从独特的视角到精妙的构图,于祥的摄影作品《一水一盘门》《一路一平江》,无不记录着光阴的流转、时代的变迁、社会的发展,以及古城苏州百年来的振兴之路。

从小受父亲的影响,于祥学习了七年的绘画,临摹过《清明上河图》。但是孩子活泼好动的天性使然,少年于祥根本做不到一天七八个小时,一动不动地坐在凳子上单调地临摹、写生。他无比渴望多姿多彩、热辣滚烫的现实世界,他愿意走进自然,走近生活,甚至愿意长途跋涉,风餐露宿,用脚步丈量世界,用眼睛捕捉灵感,用镜头镌刻人生。

1987年,为了方便写生,积累素材,于祥的父亲在苏州人民商场买了一台八百多元的东德普拉蒂克 MTL5 相机。谁知阴差阳错,父亲也没有想到,他买的这台相机从此改变了于祥的人生追求和职业选择。于祥从一名普通的摄影发烧友,到《名城早报》和《现代苏州》杂志的专业摄影记者,而且一干就是近20年!于祥把人生中最美好的年华、最充沛的精力、最迸发的灵感全部奉献给了摄影,除了工作,他几乎不参加任何社交应酬、饭局娱乐,除了拍照,就是冲印、选择、扫描、归类、整理照片等。在外人看来,于祥这样的生活极其单调、枯燥、无聊、乏味,但"知之者不如好之者,好之者不如乐之者"的于祥却乐此不疲,因为日积月累、春风化雨,摄影已然成为他生命中不可或缺的一部分。从小到大,所有对于美好事物的眷恋、对于传统文化的执着、对于古城苏州的热爱、对于黑白胶片的着迷,已经浸润并融汇于他的血脉,化于他的呼吸吐纳之中。在于祥举重若轻的言谈之间,满满的全是欣慰与自豪,愉悦与幸福。如今半百之年的于祥,从不后悔当初的选择。即便偶尔有情绪微澜,只要从家中珍藏的十几台相机中随便拿一台,走到户外拍摄一圈,就像男人换汽车,女人换衣服,孩子换玩具一样,心情便会瞬间美丽明亮起来。在于祥看来,人生百年,转瞬而逝,如果能将个人兴趣爱好和从事的职业合二为一,能够让敬业和乐业相辅相成,便是最大的福报与幸福。

仔细翻看于祥的人文纪实摄影作品,每一张都散发着温暖的市井烟火气息,热气腾腾,活色生香,给予人强烈的视觉冲击力,让观者如临其境,过目不忘。就这样,于祥数十年如一日,披星戴月,坚持用黑白光影胶片,为我们真实还原了近三十年以来苏州市民的日常生活、工作状态,以及苏州城市的风云变迁。随着姑苏古城的改造与拓展,随着苏州城市化进程的日益推进,如古井、浴室、街巷、苏纶场、木马桶、小人书、公用电话、兴隆茶馆、杂货店等很多物件、产业、生活方式,已经慢慢淡出了人们的视野。但是,于祥的摄影作品就像记录时光的标本一样,留给年长者更多的怀旧与重温,留给年轻人更多的了解与纪念。以光影为媒,不仅有利于代际之间的沟通与交流,而且有利于传统文化的承继与弘扬。

历史的车轮滚滚向前,谁也无法阻止。其实,无论任何人,无论从事任何工作,无论任何时候,"当下"都是各自最好的"黄金时代",所以,大可不必悔恨或艳羡"生不逢时",要认准目标,脚踏实地,且行且珍惜,努力活出自我的精彩,彰显个人的价值。在成为最好的自己的同时,有益于他人和社会才是正道。

当身边的朋友们凭着一技之长,陆续开起了影楼、公司,接起了各种"私活",腰包日益丰满的时候,于祥充分理解和尊重他们的自由和选择,却并不为之所动,依旧安贫乐道,沉浸在摄影之中,以苦为乐,乐此不疲。因为在他心中,有比金钱更重要的东西,那就是一位人文纪实摄影师的情怀和一名"无冕之王"的责任和道德操守。摄影,促使于祥的脚步灵动起来,陪伴于祥的心境沉潜下来。每天,他依旧早早起来,背着照相机,穿梭在苏州的大街小巷中,用心捕捉每一个眨眼即逝的瞬间,让一砖一瓦、一草一木、一桥一河、一楼一阁,永远定格在黑白胶片上,鲜活在一代代苏州儿女的记忆中,静静流淌在漫长的时光之河中,任君采撷、回顾、念想、铭记。

于祥清晰记得,有一天,大雾笼罩,苏州城像一位娴雅的女子,披着洁白的面纱,一个耄耋之年的老者,精神矍铄,静坐在袅袅升起的煤炉烟雾中,白发白须白眉,像一位下凡的神仙,远与近、明与暗、高与低、阴与阳、大与小、虚与实,现场与梦幻,清晰与朦胧,让人有一种恍如隔世、超凡脱俗之感。在按下快门的刹那,于祥突然发现只剩下最后一张胶片了,马上更换胶卷显然来不及。那一刻,他激动与紧张得手都在颤抖,他屏住呼吸,生怕怦怦的心跳,会错过或打破这份可遇而不可求的神奇构图和曼妙意境。后来,他和这位老者及其家属成了好朋友,还因为这张照片,找到了一位失联多年的小学同学,也算是一段"摄影奇缘"吧。当然,也有全神贯注拍摄时,被人误解而拨打110报警的经历,如今说来云淡风轻,当初还是"百口莫辩"、惊出一身冷汗。正如国际著名摄影师皮特·特纳所言:"对于偷拍,只要你锲而不舍,幸运女神总会降临的。"最后,因为坦诚与善良、憨厚与淳朴、敬业与执着,于祥获得了被拍摄者的宽容和理解,有的人还主动成为他拍摄的模特,即便成为他作品中的背景,也十分乐意,倍感幸运。

芸芸众生,万千过客。每个人都是自我生命中的他者。因为彼此的信任与关怀,才发酵成一坛和谐的甘醴醇酿。对于祥而言,很多时候,摄影既是"观他",更是"观己"。曹雪芹写过:"人情练达即文章,世事洞明皆学问。"摄影亦如此。小小的二维平面空间,却蕴藏无比广大的天地。于祥的每一张摄影作品,都呈现出完美的焦点和层次感,包含着于祥对人世人情的理解、对于人生人性的思考和审美、对古城古镇的亲近与热爱,正所谓"一切景语皆情语",让读者感受到照片表达的深刻内涵,体味到世界的平稳和有序,从而开启无限的想象空间。

近几年,于祥的人文纪实摄影,早已跳脱了摄影"技术"的层面,渐入摄影"艺术"的佳境。也许,曾经年少轻狂的他,还努力加入各级摄影协会,争取在各类杂志发表摄影作品,以此证明自己的摄影实力与人生价值。现如今,年过半百的他,早已淡泊了名利之心,全神贯注,心无旁骛,潜心摄影学习、研究与创新,反而有很多专题作品被《中国国家地理》《城市地理》《时尚地理》等国内外刊物采用,表面看也许是"无心插柳柳成荫""无所为而为",实则是"积土成山,积水成渊,积善成德,而神明自得"也。于祥每年摄影要用掉200多盒胶卷,粗略估算一下,从1987年至今,他已拍摄完了上万卷胶卷。有时候,他还委托朋友,从国外购买拍摄电影《007:大战皇家赌场》和《辛德勒的名单》所用的柯达5222黑白胶片,以及专门用于冲印的药水,自己分装、拍摄、冲印。每次拍摄完毕,于祥都会像珍视自己的眼睛和名誉一样,优中选优。于祥的《一水一盘门》《一路一平江》摄影作品集里的作品,是以800张样片中精选出一张的标准来选片的,这已远远超出《美国国家地理杂志》500张中选择一张的标准,几近千里挑一。难怪,集子中的照片,无论是纸张,还是文字,或者是腰封和印刷设计,都有一种由内而外、精益求精、撼动人心的力量。最重要的是,于祥能够以"盘门"和"平江"为课题,一以贯之、坚持不懈、追踪拍摄了近30年,如果没有坚定的信念、顽强的毅力,以及对这座城市的深情厚爱,是很难持之以恒、坚持到底的。

幸运只会光顾有准备的人。2014年大运河入选世界文化遗产名录,其文化价值和传承意义备受瞩目。习近平总书记也明确强调,要充分挖掘大运河丰富的历史文化资源,保护好、传承好、利用好大运河这一祖先留给我们的宝贵遗产。2015年《苏州城市发展战略规划》颁布,提出建设兼具苏州传统文化与运河文化的文化遗产保护。而具有2500年历史的苏州,自建城伊始,苏州的水网就被纳入运河规划体系,贯通山塘河、上塘河、胥江、环古城河,形成苏州城三横四纵、内外相连的城市水系。与大运河文化关系紧密,并依托大运河货运范围广、流通快的优势,不仅粮食、丝绸、手工艺品等闻名全国,吸引各地商贾汇聚于此,促进经济繁荣。同时,文人墨客、士绅名流的雅集交游,昆曲、评弹、吴歌、棹歌、诗词文赋等又增进了文化的交流与传承。因此,于祥的摄影作品,在保护大运河沿岸的生态环境、开发大运河沿岸的物质资源、传承大运河沿岸的文化精髓中,发挥了重要作用。

在近三十年间,于祥几乎走遍了盘门、平江路以及苏州的大街小巷,附近的居民像看见家人一样和他亲切地打招呼问好。如今,沿着于祥《一水一盘门》《一路一平江》的扉页与足迹,重走一遍于祥走过的路途,处处现代化的摩天高楼林立,慢生活的古城踪影难觅,总让人有些许莫名的伤感和失落、怅惘与心酸。幸好,于祥筹备出版的又一部摄影作品集《一城一姑苏》,又像历史的标本、城市的名片一样,不仅为我们记录下繁华姑苏的旧日时光,再现苏州城市的韵味和魅力,而且通过光影让苏州文化润泽人心,灼灼其华,让江南文脉深耕人心,熠熠生辉。

让我们共同期待。

(作者系苏州市第十六中学校高级教师)

书法

工夫与天然
——书法美学范畴的考察
杨东建

"工夫",是指花费时间和精力实践后所获得的某方面的造诣本领。"天然",从字面理解,即上天使然,顾名思义,就是与生俱来的天赋。因此"天然"代表一种排斥人工雕饰,又体现生命本真的自然美。"工夫"体现的是大量实践积累而产生的"量变引起质变",是人们审美的一个方面;"天然"之美与"工夫"之美相比,具有鲜明生动的艺术特色,富有生命基础和生命意义[①],是人们审美的另一个方面。一般来说,理论是实践的总结;理论形成后,又会反作用于实践。汉晋南朝时期,书论家、书评家已广泛使用"工夫"和"天然"这对审美范畴,直至在南朝庾肩吾的《书品》中得以明确。梳理"工夫"与"天然"的美学史,探寻这组美学范畴的滥觞、形成、发展过程,在明晰其发展脉络的基础上,考察"工夫"与"天然"的审美风格和文化意涵,科学深入地理解"工夫"与"天然"的辩证统一关系,将对理解中国书法美学起到至关重要的作用。

一、"工夫"与"天然"的美学史考察

对东汉以来"工夫"与"天然"这对核心美学范畴展开美学史考察,大致可以分为滥觞、形成、衍进三个阶段。

---

① 陆东方.汉晋南朝书论中的"天然"美——汉晋南朝书法评论术语的美学分析[J].书画艺术,2000(2):42-43.

甘中流先生认为自东汉中期至南朝，"工夫"与"天然"逐步成为书法本体中的一组核心美学范畴。这组概念的前身是西晋的"工巧"与"笔势"、"精熟"与"妙有余姿"①。以张怀瓘《书断》"索靖"条为例："时人云：精熟至极，索不及张；妙有余姿，张不及索。"这是西晋人对索靖与张芝的书风比较，"精熟"是"工巧"的结晶，"妙有余姿"是"甚得笔势"的升华，上述"工巧"与"笔势"，"精熟"与"妙有余姿"实已开启"工夫"与"天然"范畴的滥觞。

南朝宋文帝时期，"天然"一词已在书论中被使用，王僧虔《论书》曰："宋文帝书，自谓不减王子敬。时议者云：'天然胜羊欣，工夫不及欣'。"②宋文帝自视甚高，以为比肩王献之，实际上时人以为宋文帝只能跟王献之的外甥羊欣做比较。宋文帝"天分"高，羊欣"工夫"深。这说明当时的人在评价书法时已经广泛认识到"天分"和"工夫"这两个方面。南朝梁代庾肩吾在特定的历史背景下首次明确提出一组对举的美学范畴——"工夫"与"天然"："张工夫第一，天然次之，衣帛先书，称为'草圣'。钟天然第一，工夫次之，妙尽许昌之碑，穷极邺下之牍。王工夫不及张，天然过之；天然不及钟，工夫过之。羊欣云：'贵越群品，古今莫二。'兼撮众法，备成一家"③。从王僧虔的论述到庾肩吾的观点，最晚到南朝，人们的审美已经从汉代以来的"精熟"为善的观念逐渐转变为"工夫"与"天然"并重的局面。这是书法美学观念的一次重大转捩。实际上"工夫"与"天然"，已经成为衡量书法的新的标尺，已然成为当时书法审美的一对重要范畴。

自庾肩吾《书品》鲜明地确定"工夫"和"天然"这对审美范畴后，后世书家、品评家的思维范式和审美习惯在一定程度上受到这组审美范畴的影响，并继续衍进，北宋董逌《广川书跋》云："褚河南于书，盖天然处胜，故于学虽杂而本体不失。"④南宋陈思转引《禁经》云："有功无性，神彩不生；有性无功，神彩不变。兼此二事，然后得齐古人之景气。"与这句话极为相似的是，明代祝允明《评书》："有功无性，神采不生；有性无功，神采不实。"⑤这里所说的"功"就是"工夫"，"性"就

---

① 甘中流.工夫与天然——二王父子审美趣尚的分野及相关的历史问题[J].中国书法，2018(13)：183-186.
② 朱长文.墨池编[M].杭州：浙江人民美术出版社，2012：142.
③ 庾肩吾.书品[M]//华东师范大学古籍整理研究室.历代书法论文选.上海：上海书画出版社，1979：87.
④ 董逌.广川书跋[M]//崔尔平.历代书法论文选续编.上海：上海书画出版社，1993：119.
⑤ 颜以琳.书法学习中的"天然"与"工夫"[J].书法，2022(2)：60-61.

是"天然",一个只有工夫的书家,作品难以见神采;一个仅凭天分进行书法创作的书家,因为欠缺扎实的工夫,其书法作品的神采也就难以落实。只有"功"和"性"都具备了,方能"绍于古人"。这正如清末康有为强调的"夫书道有天然,有工夫,二者兼美,斯为冠冕"[1]。康氏所言,讲明了"工夫"与"天然"一体两面的辩证关系。

二、"工夫"与"天然"的审美风格考察

书法审美风格的差异可以从多重角度来审视。若从"工夫"与"天然"的视角出发,则表现在"工夫"与"天然"两方面此消彼长的特质上。

历史上,王羲之与王献之父子在书法史中的地位升降一直是一个引人注意的现象,也是一个非常有趣的话题。自东晋以来,尤其是刘宋以降,王献之的地位远远超过王羲之,时人对王献之的喜爱和推崇达到了一个高峰,这种现象演进至萧梁初期达到了顶峰。如陶弘景《论书启》载:"比世皆尚子敬书,子敬、元常继以齐名,贵斯式略,海内非惟不复知有元常,于逸少亦然。"[2]梁武帝于张芝、钟繇、王羲之、王献之"四贤"之中极力推崇钟繇,当时的书坛领袖萧子云也随即望风附议:"逸少不及元常,犹子敬不及逸少。"[3]在强推钟繇的同时,王献之受到急转直下的贬低与打压。让人意外的结局是王羲之的书史地位迅速上升,成为众家推崇和追慕的对象。庾肩吾虽长期在萧纲府邸充任僚佐,但其在创作我国第一部系统的品评书法著作《书品》时,已然敏锐地体悟到时任皇帝梁武帝的书法喜好和审美取向。其《书品》列张芝、钟繇、王羲之居九品中的"上上品",并将三人类比成"孔门三杰",即"三子入室",而将王献之位列崔瑗、杜度、师宜官、张昶之后,与上述四人并列为"上中品"。显然,庾肩吾不仅接受了来自梁武帝的"推钟抑献"的指示,更不惜将王献之排在"上中品"的末位。

"工夫"与"天然"也是一对相对的美学范畴。张芝、钟繇、王羲之一起比较

---

[1] 康有为.广艺舟双楫[M]//华东师范大学古籍整理研究室.历代书法论文选.上海:上海书画出版社,1979:829.
[2] 陶弘景.上武帝论书启四[M]//潘运告.汉魏六朝书论.长沙:湖南美术出版社,1997:195.
[3] 萧衍.观钟繇书法十二意[M]//杨成寅.中国历代书法理论评注(先秦两汉魏晋南北朝卷).杭州:杭州出版社,2016:288.

时：张芝"工夫"第一，"天然"第三；钟繇"天然"第一，"工夫"第三；而王羲之则"工夫"第二，"天然"第二。王羲之、王献之父子作比较时，王羲之是倾向"工夫"的，王献之是"天然"的倡导者。[①] 庾肩吾是"三贤"的提倡者，应该说，他的书法审美是倾向于"工夫"的。在稍早于庾肩吾的袁昂《古今书评》曰："张芝惊奇，钟繇特绝，逸少鼎能，献之冠世，四贤共类，洪芳不灭。"[②] 从相同的认知出发，袁昂"四贤"是"工夫"与"天然"并重的一种体现。一百多年后的孙过庭《书谱》云："夫自古之善书者，汉、魏有钟、张之绝，晋末称二王之妙……评者云：'彼之四贤，古今特绝；而今不逮古，古质而今妍。'"[③] 再次提出"四贤"论。从这种认知的变化中，通过二王书法地位的升降，彰显出"工夫"与"天然"的此消彼长。"工夫"与"天然"是一对动态的审美系统，它可能在某个历史阶段与名家书法绑定，形成两位一体的效应。随着时间的推移，前代的"天然"的书家可能转换成"工夫"的化身，反之亦然。在书法历史的长河中，更显示出其相对性和此消彼长性。

三、"工夫"与"天然"的文化意涵考察

1."工夫"是人的实践力量的体现

在书家的艺术成长过程中，先天因素（"天然"）起到举足轻重的作用，而后天因素（"工夫"）同样至关重要。因为"天然"不可选择，而"工夫"可以塑造；"天然"体现客观天成，"工夫"体现主观能动性。再者，"工夫"是"天然"发挥作用的必要条件，没有"工夫"的支持和配合，再好的"天然"条件，也不能转化成完美呈现的书法形象。在实际中，因为"工夫"的主观能动性，人们更加重视苦下"工夫"。本来，"工夫"只是一种手段，它自身并不构成目的，但为什么却能成为人们审美十分关注的对象呢？我想，从整个人类的审美创造来看，"工夫"体现了人的本质力量。"人的本质是实践的存在"，"工夫"越是高、难、深，其中所凝结的人的本质力量就愈加丰富。为此，人类必须付出巨大的努力去充分激活人的本质力量，通过

---

① 甘中流.工夫与天然——二王父子审美趣尚的分野及相关的历史问题[J].中国书法，2018(13)：184.
② 袁昂.古今书评[M]//华东师范大学古籍整理研究室.历代书法论文选.上海：上海书画出版社，1979：75.
③ 孙过庭.书谱[M]//华东师范大学古籍整理研究室.历代书法论文选.上海：上海书画出版社，1979：124.

各种形式的"工夫"去实践。可以说,只要人类存在一天,"工夫"就会存在一天,并作为人的本质力量显现,供人类自身进行审美观照。"生产活动不仅是人们改造自然的手段和过程,而且也成为人们的一种精神享受的对象——美的对象。"[1]如同我们激赏"台下十年功""铁杵磨成针"一样,在实践过程中所下的"工夫"也就不可替代地成了人们审美的对象。

  2."天然"体现了"自我觉醒"和"生命意识"

  "天然"是南朝时期人们在玄学以及人物品藻之风的影响下,对美的新追求,是当时人们心目中的理想境界。"天然"的出现和使用体现了汉晋南朝时期人们对生命的珍视,也是人们生命意识觉醒的产物。"天然"昭示出一种豁然开朗的生命境界,如《宋书·谢灵运传论》曰:"至于高言妙句,音韵天成,皆暗与理合,匪由思至。"在文学创作中,精妙的句子,高妙的文章,都是由"天然"的禀赋创造。一旦产生即妙合神理,这样的神来之作,绝非后天"工夫"能达到的境界。书法不仅与同时期的文学联系紧密,与同时代的精神也是一脉相承的。两晋南朝时期人们崇尚意韵飘逸、不拘物象,在这种精神的引领下,摒弃了规范的篆书、静穆的汉隶,创造了符合心性表达的"草隶"书体。故一百二十三位"善草隶"的书家被庾肩吾甄选出来,用以表达该时期至情至性的自我觉醒和生命意识。

四、余论

  "工夫"与"天然"这对审美范畴共同指向书法家的素质构成。二者互为表里,相辅相成。"工夫"与"天然"是书家素质构成的两个方面。一件书法作品必然取决于创造它的书家的先天因素和后天因素的交织作用。庾肩吾正式提出"工夫"与"天然"这对审美范畴,标志着书法审美的自觉。王僧虔《论书》云:"孔琳之书,放纵快利,笔道流便,二王后略无其比。但工夫少,自任过,未得尽其妙,故当劣于羊欣。"[2]孔琳之的书作放纵快利,笔道流便,是以"天然"见称的典范,但是没有把握"天然"的程度,一味追求"自任",致使放笔驰骋,而忽视了对"工夫"的锤炼,以致未能达到书法的妙境。

---

  [1] 鹿熙军,李燕临.美学与艺术欣赏[M].北京:国防工业出版社,2014:9.
  [2] 王僧虔.论书[M]//华东师范大学古籍整理研究室.历代书法论文选.上海:上海书画出版社,1979:60.

"工夫"与"天然"代表两种不同类型的美。"工夫"的价值有典范的作用来实现,本身带有浓厚的功利色彩。"天然"是为了表现主体活泼的生命感觉,自由自在的心态,超然物外的胸襟。所以,"天然"之美体现了汉晋南朝人性情高致,情致遥寄的雅兴,并因此作为一种超乎"工夫"美之上的高层次的美而存在。[①]"工夫"与"天然"这一对美学范畴,成为汉晋南朝以及后来人们进行书法审美活动时的基本着眼点之一。"工夫"指书法艺术的功力属性,反映着书家功力的深浅;"天然"指书法艺术的自然天成属性,反映着书家的天分素质水平。所以,这既关涉书法家的工夫深浅与艺术作品的水平高低的关系问题,也关涉书法家的天赋创造力与艺术作品的水平高低的关系问题。唯其如此,从古至今,"工夫"与"天然"也就成了书法家和论书者核心书法美学范畴之一。这也正是庾肩吾"工夫"与"天然"核心审美思想的历史意义之所在。

(作者系常州市文学艺术研究院创作研究部主任,三级美术师)

---

① 陆东方.汉晋南朝书论中的"天然"美——汉晋南朝书法评论术语的美学分析[J].书画艺术,2000(2):42-43.

"金氏四法"学术研究的方法论意义
——以金学智《书学众艺融通论》及有关论著为中心

李金坤

我是怀着崇敬、感动与喜悦的心情,一口气读完了金学智先生的著作《书学众艺融通论》(以下简称《融通论》)的。[①] 令人崇敬的是,在60年学术生涯中,金先生始终以屈原之名句"路漫漫其修远兮,吾将上下而求索"(《离骚》)为座右铭,"咬定青山不放松""任尔东西南北风"(郑板桥《竹石》),矢志不渝地艰难迈步于建构中国特色艺术美学体系的道路,跋山涉水,披荆斩棘,在书法与园林两大艺术美学门类上取得了诸多学术硕果。围绕《中国书法美学》与《中国园林美学》这两大核心专著,作者共出版了20余部著作,发表了300余篇论文,由点到面、点面结合、论证严密、体系完美。《融通论》中金先生成功采用了学术研究的新方法,即"古今中外丛证法""纵横异同比较法""学科交叉嫁接法""考论结合评赏法",我称之为"金氏四法",金针度人,意义重大。本文拟就《融通论》及有关论著所体现出来的研究"四法",结合有关著作,作一浅谈,以就教于金先生及方家同仁。

由《融通论》书名可知,"其内容广及与书学或共存或融通的诸多门类艺术,还包括众艺之间的相互融通"[②]。很显然,这里就包含了两层意思:一层是书学与众艺的融通,一层是众艺之间的融通。本书正是这样以书学为中心轴、贯穿线,借此通过具体赏析和深入领悟绘画、篆刻、诗文、雕塑、园林、建筑、音乐、舞

[①] 金学智.书学众艺融通论(上下)[M].苏州:苏州大学出版社,2022.
[②] 《融通论》第1页。以下本文所引《融通论》原文,仅标书名简称与页码,以括号随文注出。

蹈、摄影等众艺之美,进而管窥中国特色艺术美学的优秀传统。"(《融通论》第8页)下面就《融通论》及有关论著所蕴含的"金氏四法",结合实例论析之。

一、古今中外丛证法

金先生学贯东西,博通古今,腹笥丰盈,引用贤文,信手拈来,可谓八面来风,论证充分。作者认为:"强调中国特色,并不是与世界隔绝,闭关自守,而应中西相互学习,互鉴互通。长期以来,'西学中用'也是我科研的主要方法之一。"(《融通论》第5页)早在20世纪50年代末期,他就引进西方美学思想与观念,融入中国美学来研究唐诗,在《文学遗产》等有关刊物上发表了一系列有影响力的论文。[①]

这些都是作者在引用中国古今贤哲经典言论的基础上,又恰如其分地引用西方大家们哲学与美学名著予以佐证,古今中外共论话题,水乳交融观点鲜明,极大提升了论著的理论水平与学术价值。也正因为此,读金先生的论著,总给人以丰沛、圆润、厚重、大气、新奇、踏实的审美感受。如《王维诗中的绘画美》中"色彩美"特色,《融通论》先引黑格尔《美学》(卷三上册)关于"颜色感应该是艺术家所特有的一种品质,是他们所特有的掌握色调和就色调构思的一种能力,所以也是再现的想象力和创造力的一个基本因素"(《融通论》第230页)的一段论述,然后列举了王维描写"色彩美"的不少诗句,尤其是特别指出王维喜欢写夕阳之景,如"返景入深林,复照青苔上"(《鹿柴》);"寂寞掩柴扉,苍茫对落晖"(《山居即事》);"落日山水好,漾舟信归风"(《蓝田山石门精舍》);"斜光照墟落,穷巷牛羊归"(《渭川田家》);"风景日夕佳"(《赠裴十迪》)等,这是王维诗歌绘画美的一个饶有情韵意趣且耐人寻味的一个特殊意象。为了有效地说明这个问题,作者分别引用了达·芬奇与车尔尼雪夫斯基的论夕阳之美的两段经典语言。前者说:"西落的太阳余辉(晖)……照亮了乡间的大树,给它们染上自己的颜色,形成一幅奇景。"后者说:"落日的金光透过层层彤云赤霞,照射着一切(这令人有点感伤,但是,它不是很动人吗?)……一个敏感的诗人在甜蜜的忘怀中观察这一切,

---

[①] 如《在李白笔下的自然美》《杜甫悲歌的审美特征》《王维诗中的绘画美》《白居易〈琵琶行〉中的音乐美——兼谈白居易的音乐美学思想》《〈长恨歌〉的主题多重奏——兼论诗人的创伤心理与诗中的性格悲剧》等一系列论文。

没有察觉半个钟头是怎样过去的。"(《融通论》第230页)通过对国外两位美学家钟情夕阳语言的引用,自然破解了王维喜欢歌吟夕阳的情感密码,也自然加深了读者对于王维诗歌绘画美艺术韵味的理解与体悟。金先生《中国园林美学》(第二版)在"依水体景观类型之美"中论述桥梁之美时,先是列举了古诗中描写桥梁的精彩诗句,如"两水夹明镜,双桥落彩虹"(李白《秋登宣城谢朓北楼》);"绿浪东西南北水,红栏三百九十桥"(白居易《正月三日闲行》);"二十四桥凝目处,往来人在图画中"(曾廷兰《晚过湘桥》)等。接着就引用了挪威建筑学家诺伯格·舒尔兹的一段话:"'桥'更是有深刻意义的路线,它一方面结合两个领域,同时还包含着两个方向,一般处于令人感到力动均衡很强的状态。海迪加曾说:'桥在河流周围聚合大地而构成景色。'"还有金先生的巨著《园冶多维探析》(以下简称《园冶》)[①],一以贯道,依然坚持他的"古今中外丛证法",第一编"园冶研究综论",副标题则为"古今中外的纵横研究"。正如作者于该书前言中所说:"由于《园冶》一书独特、曲折的历程,而其基本精神又符合当今时代社会的需要,因此本书的论述,不但由古及今,衔接时代,而且跨越国界,放眼未来,目的是让人们对《园冶》及其研究有一个较为全面深入的了解。"作者研究惯用的"古今中外丛证法",有利于读者增加可信度、理解度和审美度。正如作者所说的那样:"我还把古今中外彼此打通,任何论述和实例只要有理,对我有用,就不管是哪国、哪派、哪家,都大胆地加以吸收、引用。"(《融通论》第579页)这无疑是金先生的经验之谈,启人良多。

二、 学科交叉嫁接法

与《融通论》中"古今中外丛证法"联系紧密的就是"学科交叉嫁接法"。金先生即为此法的发轫者与践行者。他在总结自己治学经验时深有体会地说:"我从切身治学经验中体悟到学科交叉容易出成果、出新意,具有优越性、跨越性、开拓性、开创性。"这在《中国书法美学》中的"书法在艺术群族的关系网络中"和《中国园林美学》中的"艺术泛化与园林品赏的拓展"等篇章及有关书法与园林的论文中,都有行之有效的实践案例。他曾颇为自得地以2005年由中国建筑工业出版

---

① 金学智.园冶多维探析[M].北京:中国建筑工业出版社,2017.

社出版的第二版《中国园林美学》为例,该书至2017年已印了12次,一部学术著作如此连续重印,属实不多见。毋庸置疑,此著的社会效益与经济效益是十分可喜的。因此,作者十分自豪而自信地说:"可见'张冠李戴''移花接木'等在我学术生涯中不是贬义词。特别是有一次,中国建筑工业出版社还将我评为优秀作者,给予奖金一万元,这让我匪夷所思。"(《融通论》第579页)何以至此? 一言以蔽之:学科交叉,水平提升;内容厚实,皆大欢喜。

金先生认为:"书法是中国各类艺术的突出表征,可用它来绾结众艺,从而求得纵横贯穿,谐和互通。"《融通论》第四辑"比较:艺术群缘中的亲缘美"中所列《王维诗中的绘画美》《论建筑与音乐的亲缘美学关系》《论建筑与雕刻的亲缘美学关系》《论书法与文学的亲缘美学关系》《"书画同源"新解及其他——关于书、画的比较艺术论》等文章,都是详论众艺各门类之间交叉重合、自然嫁接的务实杰作。此仅举《论书法与文学的亲缘美学关系》为例,看书法与文学之间究竟存在哪些亲缘美学关系。此文从"书法艺术的诞生离不开文字,即离不开有序字群所组成的文学""书与文又是交相为用的""书法家书写成熟的文学作品,特别是书写自己非常熟悉的作品,在一定程度上有利于其行、草章法中的行气""文学作品的文意,对书法创作的感兴(启动情兴)有着启发、孕育的作用""文意和文风对于书风的特定影响,还表现在书法家自觉的审美选择上""文学作品中的个别文意,有可能促成书中'艺术中的符号'的出现"等六个方面全面深刻地论述了书法与文学的"剪不断,理还乱"(李煜《相见欢》)的相关联的亲缘关系,有理有据,有情有趣,令人信服。在《书法与中国艺术的性格》一文中,作者从中国书法"一不靠色彩,二不靠光影,三不靠团块"的"最典型的线条艺术"的个性特征出发,条分缕析地明确指出雕塑、音乐、舞蹈、戏曲等各种门类都含有线条美韵的特质。在引用李泽厚《美的历程》中"净化了的线条同音乐旋律一般,它们竟成了中国各类造型艺术和表现艺术的魂灵"的论断之后,作者指出:"中国书法是线条的艺术,表现的艺术,它是从艺术家心田流出来的线条。而中国艺术也往往以表现为主,区别于以再现为主的西方艺术。中国艺术的这一美学性格,能够从中国书法的线条流动中得到最有代表性的体现。因此,学习和研究中国美学的途径虽多,但也不妨从中国特有的艺术——书法——起步。"(《融通论》第49页)作者正是抓住中国书法与其他艺术门类的亲缘关系这一核心问题,以"十年磨一剑"的勤苦之功,铸造了《中国书法美学》《中国园林美学》这两座光芒四射、独具魅力的艺术美学殿堂。《诗·小雅·车辖》云:"高山仰止,景行行止。"金先生及其著作,必将百世流芳,学林敬仰!尽管如此,他还不无遗憾地叹息道:"我在出版了两本[①]'中'字头的门类艺术美学后,本想再写第三本中国绘画美学,还有中国音乐美学、中国戏曲美学……但年龄[②]已不允许了,宝贵的光阴花在以上两种门类美学的外围著作上了。"(《融通论》第578页)不管是金先生已完成的艺术美学门类两本著作,还是未及完成《中国绘画美学》等宏著,它们与各种艺术美学门类之间都有亲缘关系,其所呈现出来的便是学科交叉嫁接的现象。可见,此法是金先生的科学之法,可行之法,成功之法,自然也是惯用之法。

三、 纵横异同比较法

毛泽东《在中国共产党全国宣传工作会议上的讲话》中指出:"有比较才能有鉴别。"用比较法进行学术研究,这是一般学者常常运用的方法。金先生在研究中所采用的综合比较法,较之于一般学者多为单一而局部的比较方法来,便显得堂庑特大、气象万千而新人耳目。浏览《融通论》目录的部分题目,其中蕴含的浓浓的"比较"意味便一目了然,如《从"观诗""读画"谈起》《线条与旋律》《书法与中国艺术的性格》《书学与哲学》《"深几许"与"半遮面"》《"虚"与"实"》《"一"与"不一"》《中西美学的综合艺术观》《中西古典建筑比较》《释道互补的"法—无法"体系》等,而《比较:艺术群族中的亲缘美》全辑的五篇论文,则全用比较方法加以论说。其中《中西美学的综合艺术观》一篇,比较法的运用尤为娴熟而突出。作者首先认为:"西方美学偏重于强调艺术的区别性、独立性、不相关性;中国美学则偏重于强调艺术的相通性、包容性、综合性。正因为如此,中国艺术的综合性就比西方艺术的综合性强得多。"继而作者则从诗、乐、舞,诗与画,戏剧与园林等四组综合艺术门类进行比较分析,区分出中西美学综合艺术观的明显差异,引经据典,辨析清楚。正因为作者如此全景式、多角度、立体化的比较分析与细密阐析,遂更加彰显出中国美学综合艺术观的优长之处、鲜明之点与完美之质。

《融通论》中还有关于明代江南四大才子中沈周与文徵明题画诗的比较,则

---

① 即《中国书法美学》与《中国园林美学》。

② 时年87岁。

十分精准而出彩。《文徵明：主中吴风雅之盟》评价文徵明学习、发展沈周题画诗的价值与意义时说："既是诗人又是画家的文徵明，有大量的题画诗流传于世，成为其诗歌创作中极为重要的组成部分。他的题画诗，不仅继承而且发展了沈周的题画传统，题材广泛，形式多样，以不同的方式产生了'丹青、吟咏，妙处相资'（蔡絛《西清诗话》）的艺术效果。……特别值得重视的是，其中有些诗篇含意深长，发人深思，表现了诗人对社会、人生和艺术的一些独特的思考和感悟，堪称题画诗中的精品。"（《融通论》第508页）作者通过比较，自然清晰地呈现出诗画作家文徵明与沈周之间"胜蓝寒水"的承传发展的艺文脉络。可见比较手法之运用，对于彰显特色，厘清脉络，加深印象，是甚有积极意义的。

四、考评结合评赏法

此法在《融通论》中运用较多，对于那些有争议的人物、是非不明的观念、提法欠妥的名称等，作者敢于直面，善于处理，慎于结论。他首先坚持"实事求是"的研究原则，用事实说话，细心考证，精心分析，然后得出切合实际的结论。程千帆先生说得好："考证与批评是两码事，不能互相代替。但如果将它们完全割裂开来，也会使无论是考证还是批评的工作受到限制和损害。从事文学研究的人，同时掌握考证与批评两种手段，是必要的；虽然对具体的人来说，不妨有所侧重。"又说："从事文学研究，不能缺乏艺术味觉。用自己的心灵去捕捉作者的心灵，具有艺术味觉是必备的条件。否则，尽管你大放厥词，都搔不着痒处。"[①]金先生可谓既是考证与批评两手并用的文学与艺术研究的高明大雅，而且是能自然"用自己的心灵去捕捉作者的心灵，具有艺术味觉"的通才学者。因此，他的考证严密，辨析明确，评赏精到，内涵深厚，别具可信性、可读性、学术性、权威性。

先看其对明代文艺名家赵宧光的考证、挖掘和重新评价。自晚明经清而至民初，三百年间赵宧光备受种种贬抑、歧视、冷遇，其书艺、书论几乎无人问津，处于被历史遗忘的角落。于是，作者本着公正公平、实事求是而不偏颇的立场进行全面深入的考证与评价，破旧立新，以还赵宧光的艺术、学术多学科领域颇有建树的历史真面目。经过深入挖掘与潜心考证，赵宧光原来是一位非常出色的造

---

① 程千帆.闲堂文薮[M].济南：齐鲁书社，1984：345-346.

园家、诗人及诗论家、文字学家、著名的书法家及书论家,还是印人和印论家,的确是"一位既崇古复古,又不蹑遗迹、立意创新的艺术家、理论家"(《融通论》第446页)。金先生的努力挖掘考证、精当评价,使得堪称文艺通才的赵宧光珠玉重光,金先生劳苦功高,功德无量。

再看《试说"吴门书道"》一文对"书道"的考辨阐释,可谓资料搜尽,论证全面而精细,观点新颖而服人。作者针对当时人们对正在建设中的"吴门书道馆"称谓的不同意见,主要是认为"'吴门'二字接以'书道',不伦不类,因为'书道'是日本的专用名词,不宜移用于中国"(《融通论》第525页)。于是,金先生勇于争鸣,焚膏继晷,遍翻典籍,细加考论,终于将"吴门书道"之语词,尤其是"道"的复杂内涵,条分缕析,抽丝剥茧,阐释得头头是道,明明白白。他认为,中国书法影响日本这一文化历史事实,本是连日本学者自己也都俯首承认;至于"书道"一词,根本不是传自日本,而是由中国传入日本的。"在秦汉时代,书法家、书论家们就高屋建瓴地提出书道书妙了,要比日本早提一千七八百年甚至更久。"(《融通论》第534页)而对于"书道"涵义的六种解释,可谓释义精要,逻辑缜密,圆融全面,令人称道。试看作者六项之释义:"万物的本质、本体""法则、规律""门派的主张、学说、思想体系""方法、途径""技艺、技巧、门道""启迪、教导、教育,有延伸为游艺、社交、雅集"。如此考释,堪称全面、完善而精美。

以上就《融通论》及有关论著的品赏解读,抽绎出"古今中外丛证法""纵横异同比较法""学科交叉嫁接法""考论结合评赏法"四种学术研究法,具体到每篇文章,根据每篇文章的内容、论证材料的不同情况等,或采用其中一法,或二法并用,或三法兼行,或四法全上,因文而异,灵活取舍。一句话,只要有利于论著主题精神与艺术面貌的彰显,在四法中自可任由选择。那是金先生六十年上下求索的经验总结,是行之有效的研究秘宝与神器,也是值得学术研究者们仿效的楷模与良方,如此"金氏四法","采铜于山",自具面目,沾溉学林,功莫大焉。

五、余论

金先生六十年间治学的重中之重,始终围绕建构中国特色艺术美学殿堂之核心内容而展开,在"中"字头上下功夫,在中国书法美学与中国园林美学两大园地拓荒辟疆,深耕细作,闻鸡起舞,矢志不渝,终究完成了《中国书法美学》与《中国园林美学》这两部著作。试问金先生何以艰难玉成、成果卓异、独领风骚？"问渠那得清如许？为有源头活水来"(朱熹《观书有感二首》其一)，主要在于金先生勤学苦钻的可贵品质，博采谦逊的求知态度，兴趣广泛的天赋才艺，中外打通的美学慧眼，学科嫁接的神手，勇于创新的学术雄心，四面出击的研究方法，上下求索的不竭动力，当然更重要的，还是在于金先生敬畏学术的赤子情怀与奉献事业的无私精神！如果说这十种美德与精神是其成功的内因的话，那么，成功的外因便是他身处"江南园林甲天下，苏州园林甲江南"[1]的得天独厚的姑苏园林浓烈的审美氛围中，成年累月自然熏陶，潜移默化增强美质。所有这些，八面来风，春雨滋润，便自然催发了金先生"书法""园林"的"并蒂莲"在学术园地里竞相绽放，鲜艳夺目，香飘四海，播誉五洲！

行文至此，忽然想起了《融通论》后记末尾，年逾九十的金先生所说的文心脉脉、情怀幽幽的语重心长的几句话："只要能反复突出书学众艺融通这个第一主题，同时反复显现本人一生对中国特色艺术美学的研寻这个第二主题，全书之目的就算是达到了。如能进而显现我这个少年悲苦孤独、老年喜获众人相助的求索者形象，那更是我所希望的。"(《融通论》第597页)由此，笔者特草拟七言小句，聊表对金学智先生的回应之声、崇仰之意和祝愿之情。诗云：

  融通众艺辟新蹊，书法园林最入迷。
  乐度金针贻四法，忘乎鲐背向天嘶！

（作者系江苏大学文学院教授，文学博士）

---

[1] 陈从周.江南园林甲天下 苏州园林甲江南[M]//陈从周.梓室余墨：陈从周随笔.北京：生活·读书·新知三联书店，1999：281.

《中国书法大会》中书法经典作品的创新传播研究

刁艳阳

书法经典作品是"在特定时期被奉为典范,具有权威性的作品"[1],中国书法千年来"围绕着一系列书家与作品形成了一个连贯的书法经典传统"[2]。受传承方式影响,在很长一段时间内,古代书法经典作品基本仅在士大夫阶层形成并小范围传播。走进新时代,文化环境和文艺导向都已发生沧海桑田般的变化。随着社会媒介化程度逐渐加深,人们认识和理解世界的主要途径变成各种媒介,"媒介对现实的表征在社会上占据了主导地位:我们对现实的认知和建构以及行为,始于媒介化的表征,并由媒介引导。"[3]麦克卢汉曾指出,"任何媒介的'内容'都是另一种媒介"[4]。经典作品在现代社会土壤中的存续和传播是传统艺术融入现代社会的路径之一,这一路径的实施离不开大众传媒的现代传播。

2023年,中央电视台播出了原创书法文化综艺类节目《中国书法大会》第一季,分6集播出,每集介绍3件书法经典作品,现场邀请了30位书友、3位点评嘉宾,以"经典赏读—互动答题—现场书写"为叙事顺序,以书法经典作品的呈现和解读为中心,集合戏剧、音乐、舞蹈、武术、讲述、纪录片等多种艺术形式,加上CG、AR、VR等多种创新技术表现方式,对书法艺术的技法、材料以及相关的历史背景、古文字等进行欣赏引导、文化阐释,创新呈现了书法艺术的美学精神和

---

[1] 罗白东.褚遂良楷书经典化过程及当代意义[D].昆明:云南师范大学,2023:9.
[2] 罗白东.褚遂良楷书经典化过程及当代意义[D].昆明:云南师范大学,2023:10.
[3] 施蒂格·夏瓦.文化与社会的媒介化[M].刘君,李鑫,漆俊邑,译.上海:复旦大学出版社,2018:19.
[4] 马歇尔·麦克卢汉.理解媒介——论人的延伸[M].何道宽,译.北京:商务印书馆,2000:34.

深厚底蕴，使该节日毫无疑问地成为了一个高质量的书法传播范本。数据显示，节目累计触达受众5.72亿人次，其中，新媒体用户占15.92%，15岁至44岁的年轻观众占37.94%，引发了社会对书法艺术发展和传承的广泛关注。书法艺术本身由于部分古文字的难以识读和线条的抽象性在审美欣赏上有一定难度，而书法艺术走上银幕意在将优秀传统艺术向广大人民群众进行传播，拉近审美距离。因此，作为传统艺术的书法"需要不断将自己的知识体系拆解、变形，以适应其他媒介对知识重新'排版'的诉求，从而产生一些直观可见的优秀作品来延续自身的道路。"[①]那么，书法艺术在新媒介上的重新"排版"该如何呈现？在此过程中，书法如何通过现代传播继续产生文化价值、传承文化记忆？书法经典作品必须借助传播完成保存和延伸，在新时代新的传播环境下如何完成再经典化？为回答这些问题，本文将以《中国书法大会》中书法经典作品的运用为研究对象，分析新时代书法经典作品的创新传播和启示。

一、延展、回嵌和关联：传播内容的空间传播

书法作品在视觉上表现为语言文字和图像合一（即语图合一）。《中国书法大会》在一般传统文化节目模式基础上，以各种书法经典作品为视觉传播的核心文本，结合书法艺术的语图合一特性、书写过程的实践性，通过对所选取的书法经典作品进行内容延展、叙事结构关联、情感演绎，将识读门槛高、审美要求高的书法经典作品变得立体生动、平易近人。从原本面向书法爱好者、书法家的小众传播，转为面向不同群体、不同空间的大众传播，书法经典作品的空间传播力大为增强，既延续了千百年来的历时性传承，又兼具了共时性分享，表现了传播内容的媒介空间化转向。

1. 技术可供性丰富了书法作品的呈现形式

在整件作品的呈现上，节目借助AR和VR技术将作品放大并做立体化展示，效果逼真、虚实结合地营造了具有浓厚书法气氛的场景。如对经典书法作品进行拼贴、抓取，在讲解一些单字时显示其线条走向、传承中的变化，特别是对象

[①] 郭婧文.传统艺术在现代媒介中的延伸与消解：基于戏曲电影的考察[J].艺术传播研究，2024(4):113-122.

形字进行对应物体的变形。数字技术让沉睡在字帖中的字活动起来,帮助观众更好地理解书法作品。在答题点赞环节,不少题目通过对截取的不同经典作品中相同的字或同一作者不同时期的字进行并列比较,形成了文本跨时空的连接和互动。新技术的运用创造了能使经典作品随意变化的虚拟空间,给观众提供了沉浸式的观看体验。此外,一些作品主题的演绎还采用了实地走访的微纪录片形式,不仅增添了作品的现代气息,而且展示了书法经典作品在现代的传承情况。

2. 作品人格化再现实现了传播内容的空间回嵌

人格化再现主要体现在对书法经典作品的舞台演绎上,以参与者的表情、言语、动作进行具身展示和传播,通过史料和合理想象延展了有限的碑帖信息,既赋予作品以想象空间,又赋予作者具体形象和个性。鲍里斯·格罗伊斯(Boris Groys)指出,在生命政治时代可以通过对人造物赋予故事(生命周期)并将其写入历史,从而使其获得生命,即人们可以通过叙事赋予客体"一段前历史、一次创生、一个来源""客体由此获得生命"。[1] 今天对书法经典作品的运用和传播时空已经和作品产生时的时代背景和社会空间有所不同,面向了更加广阔的时间和空间,不再属于特定的人群和地域范围,形成了"脱域"[2]。书如其人,通过舞台表演进行的生命化叙事对经典作品形成过程的想象、还原,如在苏轼《黄州寒食帖》的创作故事中加入他与妻子的流放生活场景,对《泰山刻石》的秦朝石匠刻书现场进行演绎、展示,请《人民英雄纪念碑》中的特型演员做深情讲述,等等,都是为了引起观众对当时场景的联想。通过还原书家生平或创作新情景,让经典书法作品和作者从碑帖的时空中走出来,将书法经典作品回嵌到历史空间,建构起优秀传统文化的创造性想象。

3. 以叙事结构的关联性扩充意义空间

穿针引线,以书法作品穿越古今时空。《中国书法大会》节目的叙事顺序是"经典赏读—互动答题—现场书写",叙述内容从作品产生、专家解读、细节展示、临帖书写到总结升华,在时空上是时间由古及今、空间由近及远的正叙结构,其

---

[1] 刘润坤.跨媒介叙事建构文物的"生命"史——以《国家宝藏》及其线下特展为例[J].传媒,2023(12):47-49+51.

[2] 吉登斯在《现代性与自我认同》中提出了"脱域"理论,指社会关系从彼此互动的地域性关联中,从对不确定的时间的无限穿越而被重构的关联中"脱离出来"。

中还有关联插叙。众所周知,书法是诗词、文字、考古等多个文化维度的综合。节目以经典作品的章法、笔法、审美鉴赏、书法史等的解读为核心叙事,以发散性思维触类旁通地关联其他艺术门类、其他书法作品或其他书法家,极大程度地增加了书法传播的学术延展性,形成了大文化叙事框架。如解读孙过庭《书谱》,则言及其好友陈子昂;如解读《兰亭集序》,则联想东晋风流旷达的时代精神;解读《祭侄文稿》,则关联颜氏满门忠烈的爱国主义精神;解读《瘗鹤铭》时,嘉宾蒙曼教授说:"这就是刻在石头上的中国",主持人说:"那么摩崖石刻的绿水青山,就更是金山银山了";《居延汉简》是反映汉代社会生活的百科全书,节目以"穿越"为媒介,让两千多年前的烟火日常与现代生活遥相呼应。

节目现场各主体在对话和行动的复调呈现中构建意义空间。《中国书法大会》节目中的多方主体共在于节目形成的行动交往场域。书法经典作品作为核心文本居于场域中心,各主体与核心文本的关系各有远近,呈现差序格局。具体而言,节目主持人串联各方;讲评专家以丰富的知识剖析作品内涵,对书友现场临写的作品进行分析、指导;演绎者通过戏剧、歌舞表演将书法作品中的虚无形象具象化,进行艺术虚构;节目现场的书友结合自身学习和创作经验,对经典作品进行读帖和临写;场外观众收看节目,调动审美经验对节目进行理解。根据巴赫金的复调理论,《中国书法大会》的影视文本由不相容的各种独立意识、各具完整价值的多重声音组成,围绕作为核心文本的书法作品,各主体以不同位置的话语视角和行动进行对话融合,在对话中产生意义,共同构建出共时意义空间。

在"讲好中国故事"要求的指引下,传统文化节目综合运用戏剧情节、嘉宾讲述、情景设置等手段,叙事性越来越强。有学者梳理了传统文化节目发展的三个阶段,先后是专业化教育阶段、知识性与趣味性相结合阶段、"文化＋"传播阶段[①]。从单向的说教到对文化的思考观照,增强叙事性既能有机串联各类文化元素,又能赋予抽象的文化经典作品以具体形象,增强传播效果。借助技术可供性、生命化叙事和意义空间扩充,影视拓展了书法经典作品在物理空间、文本空间和媒介空间的呈现。通过影视的远距离传递,书法经典作品以丰盈生动的面貌进入公共空间,面向社会广泛传播,进一步突破了传播文本的封闭局限。

---

① 康菲.传统文化类节目的跨媒介叙事研究[D].山西大学,2023,第13-14页。

二、影视传播对书法经典作品的共情传播

《中国书法大会》的广受欢迎不只因其对传统文化知识的传播,更多是由于其对家国大义、民族精神的表达而带来的文化认同感和社会凝聚力。在思想意识层面,节目调用了全部主体的力量开展共情传播。节目中情感无处不在:答题环节由书友表情和配乐显示的紧张、失望或喜悦,历史故事展演或专家述评的或悲伤、或肃穆、或超脱、或豪迈,主持人进行升华性总结时言语中充沛的自信、自豪……这些由书法经典作品激发的情感,经由影视媒体传播放大,与观众情感相交流、与社会文化心理相融合。根据研究,共情传播可分为情绪共情和认知共情两种模式。"情绪共情是指由匹配或同感的方式直接受他人情绪的影响而对他人情绪产生的知觉,强调由他人情绪所引起的间接情绪体验;而认知共情则是指通过自上而下的加工方式想象他人的感受,强调对他人所处情绪状态的推断和理解。"[①]节目有机结合两种共情方式开展传播主体交流,面向观众传播。

1. 以仪式化场景和行动营造艺术情境

一是通过书法元素构建仪式化场景。一方面,节目嵌入了大量书法符号,如书友手边的字帖和文房四宝,选自精品字库字体的字幕,背景屏幕上的碑帖图片。另一方面,节目还根据所展示的碑帖主题设置了相应场景,如《兰亭集序》部分的曲水流觞,《祭侄文稿》舞台表演部分的书房。概而言之,节目根据书法作品内容、山水、人物服饰、家具陈设、音乐等还原或营造了书法艺术的历史情境。二是通过集体临写和诵读形成仪式化行动。每集节目都会进行对书法经典作品的致敬,形成了一种庆典性质的媒介仪式。如收集全场书友临写的《兰亭集序》,最终形成一件巨幕形式的书法作品。每集节目都有集体临写和展示环节,现场书友一笔一划于宣纸、简牍上书写,形成示范作用。如《千字文》部分儿童对作品的集体诵读,既是对古代书塾的情景再现,也是通过仪式化行动致敬经典作品。

---

① 刘亚娟. 数字时代的共情传播:概念、作用、影响因素及其发生机制[J]. 西南民族大学学报(人文社会科学版),2024,45(6):167-178.

2. 通过日常视角打造情感契合点

情感契合点经由情绪共情形成,并对广大观众传递情感召唤。节目通过来自各行各业书友的视角,以平等交流的姿态,讲述了普通人学习书法经典作品的故事,打造了节目与观众之间的情感契合点。如在《怀仁集王圣教序》的书写环节,一位来自内蒙古乌海的书友书写了"一日三省吾身",讲述学书心得,屏幕同时播放这位乌海矿工书家在工作之余创作书法和桌子山岩画的画面,展现了他积极向上、不断进取的学习精神和生活态度,感染力较强。再如一位书友讲述国际学校学生归国后继续写书法,字里行间都能感受到他对中华文化海外传播的文化自信和自豪。

3. 通过精英话语进行心理移情,唤起文化认同

《文心雕龙·情采》有言:"故情者文之经,辞者理之纬;经正而后纬成,理定而后辞畅。"[①]书法经典作品中饱含作者情绪,因而节目专家在分析书法作品创作背景时,常运用认知共情以探知作者当时的创作情绪。这类认知共情表征为精英话语,并划分为评价型话语、赞扬型话语、分析型话语、经验分享型话语等类型,主要通过肯定性述评发挥意见领袖作用。节目通过展示书法艺术中的民族底色激发观众从艺术欣赏到文化认同的心理移情,以自身情感唤起观众原本对民族文化的认同感。如《伯远帖》戏剧表演中借董邦达之口所言的"魏晋风度,风规自远",既是评价书法的美学风格,也表达了对追求自由和个性解放的赞美,与当下社会精神契合。

4. 以传媒话语的中介化表达传递精神价值

节目本身结合认知共情和情绪共情,通过转译、宣传、强调等手段发挥意识形态功能。因时间久远,一些作品在如今已难以识读和辨认,文化节目则承担了转译功能。如金文、大篆等字体与现行的简化字的字形差异较大,作为积淀深厚的节目,通过设置书友答题、专家问答等环节,对书法作品中较难辨认或容易错的部分进行转译。此外,通过发挥节目平台的思想宣传作用,将一些文化传承的工作从幕后转到台前,如通过精品字库的工作记录,以微型纪录片的形式呈现《集王圣教序》工作人员来到西安碑林考察字体的过程,从幕后的点点滴滴揭秘书法文化的保存工作,以小见大地表现了我国对文化的保护和传承。除此之外,

---

① 刘勰.文心雕龙[M].王志彬,译注.北京:中华书局,2016:368.

主持人用承上启下或总结升华的话语对书法艺术的价值内涵、历史意义进行阐述,既是进行反复地强调,也是站在官方媒介的立场提炼中华美学精神。

书法艺术追求人书合一的境界,书法经典作品的传播也希冀带来"美美与共"的审美效应,实现对观众的美育浸润和情感滋养。学者谢清果等人认为传统文化综艺节目存在"视听融合—情感融通—行动融解"的共情机制,"在文化的共情传播中切实增强主体的文化认同与文化自信,并将主体间的情感传播转化为主体的具体传播行动与实践,进而反哺、夯实文化传承发展的践行。"[1]认为有如果能将情感转化为观众切实的学习书法之举,那么走出书斋的书法艺术就有真正的生长土壤。

三、 大众媒介对书法作品经典化的参与

学者朱国华对经典化理论做了侧重于美学质素的本质主义和侧重于文化政治的建构主义的区分,对经典化过程做了如下描述:"我们不妨将经典化过程理解为这样一个相互缠绕穿插的三重机制的协同作用过程:文化生产场生产出对于文学经典的认知,新闻场或大众媒介场通过时间或长或短的炒作强化了某些文学经典的地位,教育体制则通过教材或教学实践将某些文学经典永久化。"[2]节目对书法经典作品的遴选和呈现结合了美学质素和文化政治因素,作为官方性质的大众媒介场,不仅表征原本书法经典作品蕴含的中华民族传统的思想理念和道德规范,对书法经典作品进行语境的还原和演绎,也必然以新时代的审美取向和文艺导向投射立场,推动社会共同参与经典作品的欣赏和检验,深度参与新时代的书法作品的经典化传播。

媒介环境下书法艺术的经典化传播有两个方向,一是书法经典作品的媒介化,或者是再经典化;二是经由媒介催动而形成新的经典作品。《中国书法大会》节目对这两个方向均有所体现。

1. 书法经典作品经由影视传播的媒介化

书法经典作品是书学建构和书法实践的原典性资源,经由大众媒体的媒介

---

[1] 谢清果,韦俊全.文以情传:文化类综艺节目的共情传播机制[J].现代传播(中国传媒大学学报),2024,42(2):86-92+100.

[2] 朱国华.文学"经典化"的可能性[J].文艺理论研究,2006(2):44-51.

化能够更快进入社会空间,扩大中华优秀传统文化在社会主流意识形态中的影响。一些书法经典作品原本仅在小众圈层内流传其拓本、碑帖或数字版本,或被深藏于博物馆、美术馆中,难以与普通观众见面。即便通过书法普及活动展示书法经典作品的图像,往往也会因其存在文字古朴生僻、碑帖图片漫漶不清等信息混沌问题而令人难以理解。《中国书法大会》节目通过对原文本的图像拆解和共情性解说让书法艺术呈现的感知比发生改变,视觉效果得到极大扩展,叠加解说、音效等听觉效果,使知识语境由高语境转向低语境,更贴合现代观众的认知经验。节目对难得一见的碑帖予以多种艺术形式的呈现,借助"数字技术可以提供高清晰度的局部图像、智能化的交互设计、多样态的视听元素与沉浸式的观看体验"[①],使传播清晰度极大提升,由此增加书法经典作品的可见性;通过转发、剪辑精彩片段等方式在网络上广泛传播节目内容,大屏与小屏融合,大大增强可及性。

2. 晚近书法作品经由影视传播强化经典确认

古代的经典作品通常需经历小众藏品、名家推崇、商业作品等多次传播的转换,才能最终得到大众的认可。艺术经典作品的形成是作品的个别审美经验转换为得到普遍共识的超历史规则的过程,表现为作品被纳入书法谱系建构。经典需由后世追认,在新时代,经典作品无疑需要大众的认同和检验,经典化的过程中大众传媒的参与不可或缺。《中国书法大会》节目中展示了数件与现在时间较为接近的作品,即晚近作品。以往对晚近作品更多关注其文学价值和历史价值,而节目另辟蹊径,从书法创作的角度追溯了作品的产生过程,通过名家题写、名家传播、不同版本等方面的对比介绍,展示作品的深厚底蕴和艺术灵韵。如《沁园春·雪》已经是现下国内较为常见的书法作品,节目通过展示多个版本的《沁园春·雪》,比较每个版本的书风变化,结合历史背景的介绍,阐明其中蕴含的民族精神和重大意义,借助陌生化手法将已经为人熟知的书法作品以新的认知形式介绍给观众。再如介绍了《人民英雄纪念碑》碑文书法诞生的特殊的历史节点和政治背景,以及书写碑题和碑文者的重要历史身份,彰显这一书法作品的历史分量。正如蒙曼教授评价《人民英雄纪念碑》碑文的三个"永垂不朽"时感慨地说:"这三个'永垂不朽'既是我们中华民族威武不屈的民族精神,其实也是我

---

① 王静.媒介化、视听化、档案化:数字时代美术经典的传播图景[J].艺术传播研究,2023(3):5-14.

们这个民族对英雄的态度。只有人民英雄永垂不朽,中华民族才能生生不息、繁荣昌盛。"

3. 关于书法经典作品的记忆转化

德国社会学家扬·阿斯曼将记忆分为个体记忆、交往记忆和文化记忆三种形态,阿莱达·阿斯曼认为经典是工作中的文化记忆,"经典通过三个因素来标示:选择、价值和持续时间"[1]。交往记忆"属于最近的过去",有"非正式的传统和日常交往风格",是"活生生的、具身化记忆";文化记忆则"非常正式、仪式沟通","以文本、图像、舞蹈、仪式和各种表演作为居间中介",是"绝对的过去"[2],书法经典作品就是文化记忆中一些固定的点。一方面,电视节目通过节目空间构建了交往行动场域,并通过行动者的空间传播、具身传播、共情传播进行文本选择和价值传递,形成交往记忆;另一方面,电视节目也通过经典文本展示、文化精英参与、诵读和书写仪式等建构行动,将交往记忆向文化记忆过渡和转化。在此过程中,观众的个人记忆也受到塑造,进而连接起群体和世代的情感纽带。

四、 创新启示

1. 以现代媒体推动传统艺术经典作品的形成和延续

经典的形成是一个长期的过程,也是一个艺术生产者全面参与的过程。作品最终成为经典,无一例外是其既有极高的艺术价值,反映当时的书风和书体,并对后世造成影响;又蕴含了书写者超逸的性情品格,代表时人精神的高境界,反映民族精神;还具备记言录史的价值,从中可窥见当时社会景观。布迪厄将艺术品的形成看作艺术场中艺术价值和意义的生产过程,认为艺术品的形成不可归于一个艺术家的单独活动,他认为:"艺术作品的生产调动了被归为艺术作品的所有生产者,无论大小,无论有名即被称颂还是无名,还调动了本身构成为场

---

[1] 阿斯特莉特·埃尔,安斯加尔·纽宁. 文化记忆研究指南[M]. 李恭忠,李霞,译. 南京:南京大学出版社,2021,127.

[2] 阿斯特莉特·埃尔,安斯加尔·纽宁主编. 文化记忆研究指南[M]. 李恭忠,李霞,译. 南京:南京大学出版社,2021:147.

的批评家、收藏家、经纪人、博物馆馆长"①。要形成时代经典,需要大众传播的推介环节,持续的关注、分析让作品参与民族精神的塑造和社会文化记忆的建构,成为国家、民族的文化标识。

2. 以传统文化知识传播开展社会美育

书法经典作品的传播面向以往虽偏重于艺术价值和文献价值,但书法经典作品是诗词、文史、考古等多个知识维度综合的艺术表象。《中国书法大会》凸显书法经典作品的文化整体性,实现以书法经典作品本体解读为核心的叙事,除突出艺术价值外,还挖掘知识价值,通过对经典作品进行元素抽取或切面,对书写所需的章法、笔法、史学考证等进行可信度较高的分析,普及书法鉴赏和创作的知识。一方面,节目运用溢出效应,提供详尽的衍生知识谱系,对原本严格意义上不属于书法本体范畴的文房四宝、海外传播、书家故里等"冷门"知识进行讲解,拓宽审美范围。另一方面,解读书法文本内容,比如对《祭侄文稿》的解读几乎是逐字逐句的,道德教化主旨非常明显,让观众体验了书法字里行间崇高的美学价值。通过节目的叙事重构,经典作品"从故事形态转变为知识形态,开辟了一个全新的生长空间"②。知识化传播让书法经典作品发掘出更多的体验价值,特别是发挥了以文化人的社会美育作用,建立了书法艺术与社会主流意识的链接,基于文化视角提升了公众艺术素养。

结　语

习近平总书记在文化传承发展座谈会上的讲话中指出:"无论是对内提升先进文化的凝聚力感召力,还是对外增强中华文明的传播力影响力,都离不开融通中外、贯通古今。"③通过以《中国书法大会》为代表的书法传播活动,传统艺术与现代传播技术实现了古今融合,传统经典作品的现代传播实现了贯通古今,做到了在赓续历史文脉中坚定文化自信、秉持开放包容、坚持守正创新。

---

① 皮埃尔·布尔迪厄.艺术的法则:文学场的生成与结构[M].刘晖,译.北京:中央编译出版社,2011.

② 赵敏.作为一种知识体验:传统文学经典在虚拟技术下的"再媒介化"[J].艺术传播研究,2023(3):24-33.

③ 习近平.在文化传承发展座谈会上的讲话[J].求是,2023(17).

邱振中教授在节目中说:"我们心里总隐隐约约地感觉到,巅峰还在未来。这是书法让我们向往不已的地方。"电视节目通过将书法经典作品内容空间化传播,让观众走进精微深奥的书法艺术;聚合各传播主体开展共情传播,传递书法经典作品的审美情感和精神价值;大众媒体深入地参与书法作品的经典化过程,进而参与社会认同形成和文化建构。书法经典作品和大众传播的并肩而行,也必将书写更加精彩的未来。

(作者系江苏省书法院办公室干部,副研究馆员)

和而不同　风姿独立

王白桥

改革开放以来,国展的推动、权威机构的建立、专业学科的设置,都对当代书法的繁荣起推波助澜的作用。可以这样说,当下书法的繁荣已是不争的事实。同时,在当下的书法创作中,趋同现象严重,创作浅表化等症结也已凸显。在这样的语境下,对新中国成立以来扬州老一辈代表性书家的创作加以审视分析就具备了相当的现实意义——他们流连翰墨、多有呼应,却也和而不同、风姿独立,创作了既有共性又有独立风貌的作品。

邗上艺文繁盛,在此仅取新中国成立后老一代书法家孙龙父、魏之祯、王板哉、李圣和为代表,首先简述各位先生生平。

孙龙父(1917—1979),祖籍泰州,后居扬州。父伯骅为名中医,善诗文音律,雅嗜书画。先生幼承家学,髫龄以文字见称,弱冠之年,其书画金石即初露头角。抗日战争期间,在镇江、扬州等地鬻金石书画,以博温饱,多次举办个人作品展,名噪一时。扬州解放后,先执教于扬州中学,后任苏北师范专科学校(今扬州师范学院)教师、古典文学教研组副教授。孙龙父书法工真、草、隶、篆,尤以章草名闻海内外,与林散之、高二适、费新我合称江苏"书坛四老"。

魏之祯(1916—1992),江苏南京人。书法先后受教于涂晓征、刘霈孙、王伯沆、王东培、黄鬵农,篆刻受益于唐醉石、邹梦禅。中国书法家协会会员、江苏省文史馆馆员。他是现代扬州最有代表性的书法篆刻家之一,和蔡易庵、孙龙父、桑宝松并称为现代书法篆刻史上的"扬州四家"。

王板哉(1906—1994),山东日照人。毕业于国立北平艺术专科学校,师从齐白石。同时师事黄宾虹、闻一多诸位先生。中国书法家协会会员、中国美术家协会会员。新中国成立后，他来到扬州工作，历任《苏北文艺》编辑、苏北党校教员、省立扬州中学教师。1962年，他被调入扬州国画院，从事专业书画创作。

李圣和(1908—2001)，江苏扬州人，幼年即在父亲李鼎的教导下学习书法、绘画，并钻研古典文学，尤工诗词，有诗书画"三绝"和"扬州女才子"之称。中国书法家协会会员，扬州国画院专职画师，有《李圣和诗书画集》行世。费新我先生称其小楷"当代江苏第一"。

扬州的老书法家群体以艺术为根本，过从甚密。同时，他们与外地名家大家也多有交流，例如北京的启功先生，南京的林散之、高二适先生，苏州的费新我、沙曼翁先生等。本市的酬唱和外地的交流无疑拓展了他们的思维，开阔了他们的眼界，同时强烈的个人面貌是创作成功的根本要素。几位老先生所具有的强烈个人面貌，我认为有以下几个因素。

一、迥异的师承关系以及对于师承关系的高度重视

晚清碑学大兴，至于民国，碑帖兼容乃至纯帖学皆有其一席地。民国而下，书法之风格实蔚为大观，取其一隅，亦足以成家。这四位书法家师承关系不同，但于萌发之初，即受师长之重要影响，风姿独立。

孙龙父先生早慧，从父伯骅公学书，伯骅公书今已不可见，但龙父先生早年书法创作资料尚存，先生无疑是碑学的拥护者。龙父早年书，会篆隶楷诸法，尤工章草。其早岁章草，温雅淳厚、内敛澄净，在时代的拥趸之外也保有明晰的个人面貌，故青年得名。先生一路走来，以碑派书为基本面貌，又在时代及友人，如林散之、高二适的影响下，渐趋豪放，最终形成了"三章六草一分吾"的个人风格。

魏之祯先生转益多师，其书写方法实受到金陵王东培先生的重要影响。对此，朱天曙云："王东培先生多次和魏之祯先生谈到形似与神似的关系，主张必须从求形似入手，通过形似以求得其神韵，不必斤斤于形似。主张运笔之法，王先生特突出一个快字，曾说：运笔不可迟缓，虽有轻重疾徐之分，但总以稍快为宜。盖缓慢易流于板滞，只有下笔快才能得风神俊爽之妙。"我藏有王东培先生小品数幅，乃知魏老行书多得力于此，而在东培先生的基础上，强化其明快爽利的特征，遂成己法，瞩目于书林。

王板哉先生受白石老人影响至深。白石老人行书，初学何绍基，后得李北海开张之体势，兼以画意，遂成宗匠。板哉先生亦得力于李北海，骨脉开张洞达，不取白石老人之恣肆，而以刚健、含蓄、温润为本，铁画银钩、点画果断而不入霸悍。有论者言："齐派传人甚多，能称得上大家者唯有两人，一是李苦禅，一是王板哉而已。李苦禅的画得白石老人的外张力，能于乱中取性，而王板哉的画得力于白石老人的内敛力，能在简中见长。"板哉先生的书法，亦是同调。

李圣和先生的书法和其父李鼎相似度极高。李鼎，民国年间先后任淮北盐场三场总长、大源制盐公司经理。其于书法，行楷直追晋唐，分隶上规两汉。有《慎余堂剩稿》行世。但是圣和先生的书法，较之其父，更饱满、更晶莹、更沉静、更润泽，从书写的定性来说，也更加到位。故李鼎置于民国，尚不可言大书家。而圣和先生，数十年苦心求索，以平正坚贞之面貌独立于当代书坛，可以称大家名家。这是将风格推到极致的结果。

二、完善的综合修养塑造出完整的个性自我

熊秉明先生说："书法是中国文化核心的核心。"这句话言简意赅地指出，书法是中国文化阶层文化精神的物化表达。换言之，书法乃是个人综合修养的直接流露。在过去的时代，书法家皆拥有相当的综合修养，这同样在四位老先生身上得到了体现。

孙龙父先生于古典文学造诣精深，复于古典文学之外，注意本地俚俗文化之研究，于新中国成立后与孙家讯、陈达祚等人，整理出版了王少堂扬州评话《武松》《宋江》等。龙父先生又精擅篆刻，张郁明先生论曰："先生少时专攻汉印，后乃遍师吴昌硕、赵之谦、邓石如、吴让之、黄牧甫诸大家法，对近人齐白石、邓散木之印艺，亦曾加研索，然能深契其心者，盖黄牧甫章法之精奇险绝，与用刀之钴锐陵峻。而于昌硕之浑厚又极推崇，乃欲将两家特点融会为一，另创新貌。"先生亦善画，擅长人物、花卉，亦间作山水，尤工画梅。其笔下梅花，昂扬遒劲，笔墨翻飞，在"八怪"之外，别开新境。

魏之祯先生能诗，是邗上绿杨诗社副社长。当年邗上修禊，先生是主将之一，诗风绝俗脱尘，于细腻处多一唱三叹，可称妙品。另擅篆刻，魏老的印，从汉印入手，参以浙派，在平正堂皇之外，以温雅有致为主调。魏老也擅古玺，笔者曾

见先生为林散之老人所作古玺,温厚、高古、凝练。先生受蔡易庵影响,也擅六朝碑版体入印,印风鲜活跳脱,迥异于先贤。乃知先生书名过盛,其实他的篆刻,绝不逊色于其书。

王板哉先生是世人皆知的大画家,得白石老人真传,而能取舍,多见己法。他的花鸟,造型准确,线条莹润,擅长抓住动态瞬间,例如他最著名的紫藤,颇有"风拂紫藤花乱"的意境,乱中自有秩序在。板老在齐派门人中,颇能删繁就简,故笔下简洁,却也最能抓住事物的根本。他长期生活于扬州,其笔底既有北人之豪放洞达,也受扬州画派影响,擅长用水,故不见粗豪与火气,反而多情调和细节,这正是南方画人的普遍特征。

李圣和先生首先是诗词大家,韦明铧先生说:"她的诗作多含沉痛的家国之忧,而绝非寻常的闺阁之吟。例如她在抗战时写的《感事》诗中,有'汉家卫霍今何在?怅望龙沙万里愁''江东名士依刘表,海内苍生望谢安'等句,每每让人想到宋代的女词人李清照。"圣老能画,以小写意为本,笔下四君子敦厚古朴,接续前贤,又尤以月季花著称,旖旎清新,发前人未开之境。

以上所言尚是各位先生取得显著成绩之处,其实这些老先生还擅国乐、通盆栽、知茶理……他们的生活,或可说即是吾国文化阶层生活之艺术。他们的书法,是和整个生活方式和谐统一、共同成长的,一松独峙,实植根于巍峨大山。

三、舒缓、常态化的评价体系有助于个性的生成

自古以来,文化艺术领域多有雅集修禊之举,但绝无评委评比之说。此中优劣并非本文探讨的内容。谨对四位老一辈书法家乃至整个邗上当时的秩序进行阐述。

在没有展览等刚性标准的情况下,书法之水准从本质上来说,来自整个地方文化阶层长期以来的共同评判,例如孙龙父先生,在四家中并非年龄最长,但他以独步天下的章草书,得到了整个江苏书界的认同,有"邗上盟主"之谓。又比如林散之先生和高二适先生,在声名鹊起前即与扬州书界多有交流,且以自身书艺得到了扬州书界的共同承认,且邗上多有师从林老者,其代表人物为王冬龄、卞雪松等。

老先生们的交往较之今日的展览活动等更为频繁,更为常态化,也更具细

节。观李圣和先生诗稿,多为小规模雅集所得,且老先生们多有酬唱合作,例如林散之、高二适多有诗寄孙龙父、桑宝松;李亚如、李圣和、王板哉和苏州的沙曼翁、费新我多有书画合作。

尤其值得重视的是,当时的大家名家如刘海粟、启功等与邗上各家均有平等亲切的互动,例如刘海粟为李圣和题漆室吟,启功为卞雪松题长卷,乃至后来南京新文人画的核心人物董欣宾和卞雪松长期互动,大画家李世南造访卞雪松于陋室,互赠书画。在这样开放平等的氛围中,扬州的艺术也呈现出高等级的繁荣,涌现出孙龙父、蔡易庵、桑宝松、魏之祯、李亚如、王板哉、李圣和、何瑞生、李秋水、卞雪松等个性鲜明、造诣很高的书法篆刻家。

在这样的氛围下,扬州的书法家既保有足够的视野,也无功利压力,他们在同行中舒缓成长,拥有了这样的美好器局。

结语

一切历史都是当代史。新中国成立以来扬州老一辈书法家的书法创作,既有继承,又多创造;既具南方书风的共同气质,又各自形成了鲜明、成熟、高远的面貌。回眸他们的作品,体察他们的路径,对于突破今天的趋同困境,更加深入地"向外发现了自然,向内发现了自己的深情",皆不无裨益。

(作者系江苏省江都水利工程管理处高级工程师)

战国两汉铜镜文字与纹样的视觉审美

薛海洋

铜镜就是古代用铜锡铅按照一定比例制作的镜子,是今天我们所用水银镜的前身。水银镜在明末清初才出现,是人们用来妆饰理容的一种生活用品。铜镜作为妆奁工艺用品,在青铜器中独成体系。它萌芽于红铜时代,兴于战国,盛于汉唐,衰于宋元。初无图案装饰,后加饰简单图案,随着发展,日渐精美,图样构成变化繁多,到了西汉,篆书又被卷了进去,既作为图案装饰构成的一个有机部分,又有其独立的意义,即内容多为吉祥祝福之辞,寄托人们美好的祝愿。

古代铜镜的功能大致有二:照容和通神避邪。战国和汉代铜镜基本造型是圆形,也有少量的方形,但基本也并没有改变其功能。镜背的图案是最受藏家喜爱的主要方面,上面的文字和图案有着纪地、纪年、纪事、纪人等历史价值。

一、纹饰和构造特点

(一) 战国铜镜的纹饰和构造特点

战国铜镜的特点可以用"精致轻巧"来形容,整体来看,战国铜镜普遍较薄,有的甚至是三五毫米的厚度,镌刻的花纹十分精致细腻。线条富有弹性,不乏远古的气息。战国之前的铜镜几乎没有什么繁复的纹饰,春秋时期出现了简单的鸟兽纹,春秋之前基本上都是素面或者几何图文。而战国铜镜花纹上出现了主纹和地纹相结合的纹饰,主纹一般分为四叶纹、菱形纹、龙纹、凤纹、蟠螭纹(两条或者两条以上的小龙缠绕在一起)等。地纹主要分为两种:羽状纹和云雷纹。如图1所示的变形菱纹镜,主纹是菱形纹,地纹是羽状纹。

图1　　　　　　　图2　　　　　　　图3

单独从钮座上来看,以弦纹钮为主,其中分为三弦钮(也称川字钮)和一弦钮。另外还有少量的兽钮和镂空钮。

从镜缘上看,战国镜一般都边缘较薄,且是素卷缘,平缘较少,如图2所示的狩猎纹铜镜。

战国还有一种镜子为"山"字经,主纹为"山"字形。有三山镜、四山镜、五山镜(图3)和六山镜。其中三山镜最为少见,国内外仅发现数面。四山镜最为多见,五山镜和六山镜相对来说也较为稀少。

特种工艺镜在战国铜镜中也占有不少的份额,大致分为三类:透雕类型(图4)、错金银类型(图5)和镶玉石型(图6)。

图4　　　　　　　图5　　　　　　　图6

战国时期在与楚国交流较为频繁的几个国家之中,秦镜纹饰极其简略,大多为粗弦纹,中原韩、赵、魏三国依然是以素镜为主,纹饰种类也不如楚镜丰富,风格上更为粗犷,铜质也较差。楚镜是一例成功的文化移植与本土文化再创造完美结合的典型。从出土铜镜的情况看,秦地出土了较多的楚式镜,而中原地区的关陕一带也有出土,但是楚地却鲜有其他国家的铜镜出土。可以说战国铜镜几乎完全模仿楚镜风格,充分地体现了楚文化的玄妙、神奇、浪漫等特色。

(二)汉代铜镜的纹饰和构造特点

汉代铜镜纹饰整体特点可以用"丰满奇异"来形容,西汉初年铜镜的风格大多还延续着战国的风格特点,从目前考古发掘的墓葬来看,铜镜上铭文最早出现在西汉早期。"蟠螭纹"到西汉初年在平雕的基础上出现了立体的线形,也就是说平面里面有线,有的是双线表现。这是西汉早期铜镜(图7)和战国镜的重要区别,其主纹是"蟠螭纹",但是龙的尾巴出现了三条线勾勒的情况,和"战国蟠螭纹"镜(图8)的线形构造有着本质性的区别。

图7　　　　　　　图8

西汉中后期到东汉时期,镜身逐渐变厚重,地纹消失,并且出现了单独表现主纹的形式。这时期星云镜、草叶纹镜、蟠螭纹镜竞相出现。如果出现了地纹与主纹相结合的风格,最迟也只能是西汉初年的。西汉武帝中期以后,铜镜的三弦钮都变化成半圆钮,并存有钮座。东汉中期以后,圆钮变大,镜身变得更厚,这也是判断铜镜时期的重要特点。

在汉代铜镜中最具传奇色彩的莫过于汉代"规矩镜"。过去因为稀少,一直受到藏家的追捧,"规矩镜"也称为"博局镜",国外研究人员根据上面的图案十分像他们英文字母的特点,称之为"TLV镜"。这种镜子出现在西汉早期,盛行于西汉末期到东汉中晚期,王莽时期也有一定的数量,较为珍贵。

关于"规矩镜"的出现原因,国内外研究人员对此一直没有一个统一的说法,学界有一种说法是受到了同时期道教的"天圆地方"思想的影响。

(1) (2) (3)

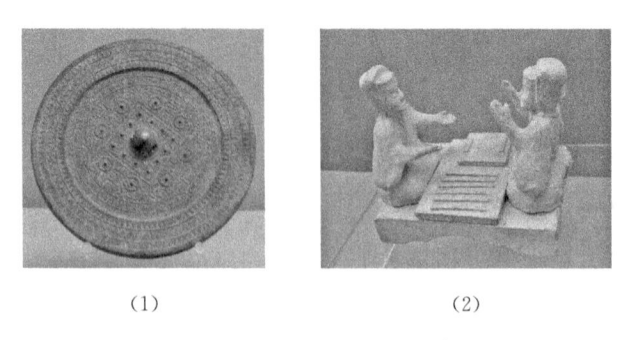

图 9

近来学者对这一纹饰有了新的理解。湖北江陵凤凰山 M8 西汉墓,云梦睡虎地 M11、M13 出土了汉代的云锦盘,湖南长沙马王堆汉墓出土了漆木制六博盘及配套博具一组。六博是一种游戏,各有六子,以"TLV"线条为界。后在河北平山县战国中山王墓中出土了玉制龙纹盘,其上也有这类纹饰,是最早的六博盘。这一纹饰早在战国时期已经出现,铜镜上的规矩纹应是移植的,因为在新莽铜镜中有铭文自称"刻娄(镂)博局去不羊(祥)"(图 9)。

二、两汉铜镜的文字特点

上文已述,铜镜上出现的文字的时期最早是西汉初年,汉代铜镜上的文字很多,字体变化较大,有的十分纤细,有的钉头鼠尾,有的十分方正。

需要注意的是,把书法和图案装饰相结合,将文字组成铭文带,首先是汉代出现的,尤其是首先出现在铜镜的装饰构成中。它既是文字,又有书法艺术内涵,又是带有明显装饰性的图案或符号。这种形式不同于上古时期铸造在青铜器上的文字,虽是文字和书法并存的状态,但是并没有明显的装饰意味,其审美范围也只局限于书法艺术。而汉代的铜镜将书法作为装饰图案总体设计的一部分,这一变化,在制造之初,在创作观念上有着本质的突破,它标志着书法向多元化构成的形式发展,在装饰图案美法则的作用下,使书法美的形式构成及其点画表现形态发生了很大的变化,产生了诸多艺术样式。

汉代铜镜铭文的书体,在西汉早期以小篆为主,后流行缪篆,中期则多为变形篆体或隶体,新莽、东汉后转而流行简化隶体,并出现装饰性很强的变形篆隶体。具体表现在结体和点画形态上,千姿百态,趣味难以尽说。尽管这样,两汉铜镜上的文字从创作书法前期的意识形态上可以概括为两大类型：一是自然书写型，此种雷同于上古时期铸造在青铜器物上的文字；二是刻意设计型，此种是铜镜铭文发展了文字图案装饰化的阶段。前者多存有笔墨书写的趣味，后者则多有修饰的意味。二者的关系既对立又统一，只是侧重点有不同，从某种意义上看二者都有设计装饰的成分，也不时地存有书写的笔触。

(一)自然书写型

大乐富贵蟠龙纹镜(图10)为西汉青铜镜。此镜兽钮，圆钮座。钮座外有一周铭文"大乐富贵，千秋万岁，宜酒食"。铭文字形多方正、用笔圆转，字形结构匀称，整齐端庄、典雅规整，从中又可看出，个中不乏受到当时隶书的影响，"萬"字左下边竖画，篆书的写法是一个半圆形的弧画，此时变成了竖弯。文中"食"字，最后一笔也受到了隶书的影响产生了变形处理方法（"食"字字形的变化：甲骨文、金文、小篆）。更重要的一点是，从目前的考古发现来看，最早带有文字的铜镜也只是在西汉的初期出现，战国还没有出现带有文字的铜镜。这些都是自然书写状态下产生的变形，富有毛笔书写时圆转的特性。

图10

这一时期，隶书也成了铜镜铭文中的自觉书体，其中最有代表性的为龙虎镜(图11)上的"中昌作镜四夷服，多贺国家人民息，胡虏殄灭天下复，风雨时节(五)谷熟，长保亲二"的七字句式铭，书写用笔随意、消散，不拘一格，洒脱有度。线条中段较为圆实，犹如刀刻之爽利。其中不乏篆书之结体，如"息"字下面的"心"字底、"镜"字等。汉代铜镜上文字设计的用笔和结体往往都和周围的纹饰有着相互呼应的一面，犹如印章中的对角呼应一样，在线条共性方面都同属于一种审美取向，这种审美取向使得整面铜镜看上去无论是纹饰还是文字都显得那么和谐，各面铜镜又那么各具风格。虽然说此种文字风格是属于自然书写类型的，但是他们在不破坏文字在当时的书写法度和审美风格的情况下，也有意识地靠近某种风格以对应周围的纹饰，这种现象很普遍，几乎每一面汉代的铜镜上都会出现，这和三代的青铜器物上的文字在创作意图上有着本质性的区别，至少他们又

图11

在此增加了装饰意识,只是在刻凿状态上还不至于过分夸张文字的图案化效果。

汉有善铜博局纹镜(图 12),外圈铭文"汉有善铜出丹阳,和以银锡清且明;左龙右虎主四彭,朱爵(雀)玄武顺阴阳;八子九孙治中央,后母自给起羡阳;刻娄(镂)博局去不羊(洋),家常大富宜君王",内圈铭文为地支十二生肖"子丑寅卯辰巳午未申酉戌亥"。此镜外圈文字以线条平直的隶书为主,内圈文字以柔韧盘曲的小篆为主。恰恰应和了外圈图案线条以直线为主构成的几何图形,而内圈图案却是以盘曲云龙纹构成的十二生肖图案。足见设计制造者匠心独运的一面。外圈文字篆隶相杂,形体上窄下宽,笔画多平直,不见起止,结体消散。内圈的文字刻写较为用心,结体上紧下松,长线条末端较细,整体舒展,类于清代书家吴让之风格。此类风格的还有博局镜(图 13)。铭文内圈为十二地支铭文,外为"左龙右虎在四方,朱雀玄武去不祥,贤者照之富且昌,廉氏所造有精光,太平之世乐未央"。其中"乐"字,因上半部分是左中右结构,笔画繁复拥挤,刻凿者有意识将中间部首"白"移至上面,形成上中下结构。此字的移置仅在汉镜中出现过。

汉代素缘八连弧纹镜(图 14)。此镜圆形、圆钮、柿蒂纹钮座,中间铭文为"长宜子孙"。篆体字形作刀锋和蚊脚状,此上的文字十分类似于河北中山靖王刘胜墓中出土的青铜器上的铭文,以夸张文字的竖画来拉长整个字形,线条纤细如丝,更增加了篆书的艺术美感。

图 12 　　　　图 13 　　　　图 14

(二) 着意雕琢型

在这一类型中,风格变化最多。篆隶相参,平方正直中杂以弧曲笔画(如撇、捺、挑形态)者,如图 15、图 16、图 17 为两面昭明连弧铭带镜。两镜均为圆形,圆钮,圆钮座。其外两周短斜线纹之间有铭文"内而清而以而昭而明而光而夫而日而月而不而泄"。形体方正、宽博,笔画平直,两端尤为夸张,为方切之形状,偏旁部首笔画减省,转笔方折,或谨严宽博,或丰茂雄浑,或疏瘦劲炼,或严整端庄。

此种风格体现的是铜镜庄严、大气、简练、富有力量感的一面。

图 15　　　　　　　图 16　　　　　　　图 17

从西汉早期到东汉晚期，镜铭书体多近于篆隶之间的变异体，这是由篆书向隶书转变的一个过渡期。如图 18 和图 19 的两面日光铭带镜中铭文大致为"见日之光，长勿相忘"，铭文环绕铜镜一周，变异文书体美丽如画。西汉的隶书虽然已经出现了波挑的笔画，区别于东汉成熟的隶书主要在笔画波挑的方向上，西汉隶书捺画的波挑指向趋势多为向右下方，甚至直下，东汉初期波尖多为右方向，桓灵之际成熟的八分书波尖多向右上方向，捺画的一波三折趋向成熟，并由此固定了下来。图 17 铜镜中"见""光""长""忘"都出现了下垂的波画，由于创作空间的限制，本来可以拉长的波画此时也只是象征性地表现了西汉隶书的特性。这种书体在当时的民间十分流行，多见于尺牍之上，但是官方一般用于正规场合的书写，如牌匾、诏书等还是以成熟的小篆为主。此类风格虽是工匠着意刻画方楞尖刻的笔画，但是也不乏信手书写的感觉。不像图 10 上的文字笔画刻板，基本都成几何图形了。

东汉铜镜上也不乏类似于缪篆的出现，只是没有印章上所用的缪篆线条紧密，如东汉"君宜高官"双凤镜（图 20），此类风格似乎是受到了汉代碑额体的影响，方正的篆书体，整体扁方，布局匀称，线条平直，富有庙堂的庄严之气。

图 18　　　　　　　图 19　　　　　　　图 20

以上是对汉代铜镜书法铭文风格的综观。自然书写型的风格非汉镜铭文所独有,我们可以从汉代其他青铜器的铭文中看到类似的作品,而着意雕琢的风格体貌,主要表现在汉代的铭文书法中,也直接影响和促进了汉代书法的形成及风格的多样性特点出现。

中国的书法艺术,历史悠久,源远流长。它伴随着汉字的产生、发展,走过漫长的历史进程,并且随着中华民族文化的不断发展、远播,逐渐成为独具特色且为世界瞩目的艺术奇葩。汉代铭文镜上的书法艺术,则是汉代工匠们以刻刀为道具在铜镜舞台上大显身手的生动写照,他们用精湛的手法证明了书法艺术的巨大魅力,因此,汉代铭文镜上的书法也成了古代书法历史中辉煌的一页。

(作者系徐州市文艺评论家协会副秘书长,河北美术学院在读博士生)

南吴北齐
——从齐白石"老夫也在皮毛类"印谈起
杨长才

在中国近现代艺坛上,齐白石无疑是一位集诗、书、画、印"四绝"于一身的艺术巨匠。

1957年5月,北京中国画院(今北京画院)宣告成立,年逾九秩的齐白石担任首任名誉院长。如今,北京画院及北京画院美术馆已成为收藏、陈列、研究、传播齐白石艺术的重要机构。

在北京画院珍藏的齐白石三百方石质印章中,有两方不一样的"老夫也在皮毛类"印。

其一,有边款而印面磨去。该印纵2.8厘米、横2.9厘米、高5.4厘米,杂石,边款云:"'老夫也在皮毛类'乃大涤子句也。余假之制印。甲子,白石并记。"据边款可以推断,磨去的印文当为"老夫也在皮毛类",刻于1924年(甲子)。至于此印何时、何故磨去印面,真相难以知晓。

其二,有印文而无边款。该印纵3.8厘米、横3.7厘米、高5.8厘米,寿山石,白文,印文为"老夫也在皮毛类"。

齐白石在其画作上,曾多次钤盖"老夫也在皮毛类"印。但据笔者反复查检,发现其画中印文同为"老夫也在皮毛类"的印作竟多达三种:其一,钤盖在《深山访旧图》(作于1930年,辽宁省博物馆藏)等画作上的;其二,钤盖在《芭蕉书屋图》(无年款,首都博物馆藏)等画作上的;其三,钤盖在《衰年泥爪图册之莲蓬翠鸟》(作于1945年,中国美术馆藏)等画作上的。其中第三种,与北京画院珍藏的

"有印文而无边款"的那方印相一致,第一、二种(或有其一),也许与北京画院珍藏的"有边款而印面磨去"的那方印有关。

北京画院珍藏的磨去印面的那方印边款中所提到的"大涤子",是"清初四僧"之一石涛的别号。"老夫也在皮毛类"出自石涛《赠刘石头山水册》(册页,纸本设色,美国纳尔逊·艾特金斯艺术博物馆藏)的画上题识,文曰:"书画名传品类高,先生高出众皮毛。老夫也在皮毛类,一笑题成迅彩毫。清湘大涤子呈石头先生传教。"齐白石为什么引用此诗句,先后多次刻制闲章呢?

据说与一次画展有关。

1920年5月,中国画学研究会于北京正式成立,发起人为北京地区画界领军人物金绍城、周肇祥、陈师曾等人。画会以"精研古法、博采新知"为宗旨,通过组织开展教学、研讨、观摩、展览等活动,致力传承与弘扬中国传统绘画精髓。1922年5月,中国画学研究会核心成员金绍城、陈师曾、吴熙曾三人,携北京、上海画家的400余幅作品赴日本,参加在东京府厅商工奖励馆举行的"第二回中日联合绘画展览会"(属民间艺术交流)。

据日本外务省保留下来的资料显示,齐白石有《桃花坞》《横江扬舲》等九件作品参加该次展览。1922年5月6日《东京朝日新闻》关于"联合绘画展览会"的报道,对齐白石的作品给予较高评价。在《白石老人自述》(1986年,岳麓书社出版)中,齐白石说道:"陈师曾从日本回来,带去的画,统都卖了出去,而且卖价特别丰厚。我的画,每幅就卖了一百元银币,山水画更贵,二尺长的纸,卖到二百五十元银币。这样的善价,在国内是想也不敢想的,还说法国人在东京,选了师曾和我两人的画,加入巴黎艺术展览会。日本人又想把我们两人的作品和生活状况,拍摄电影,在东京艺术院放映。这都是意想不到的事。"

不知何故,吴昌硕的参展情况,却悄无声息,既没有媒体报道,在他遗留的文献资料中也未见相关记载。而此前,吴昌硕已在日本举办过书画篆刻展,并出版《吴仓石画迹》《缶庐临石鼓全文》《吴昌硕书画谱》《缶翁墨戏》等多部书画作品集,凭吴昌硕当时的社会资历以及在国内、日本的艺术声望,怎会一点动静都没有? 不禁让人生疑。

笔者从陆伟荣在2010年10月北京画院承办的"齐白石艺术国际论坛"上提交的《齐白石与近代中日联合绘画展览会——被介绍到日本的齐白石》一文中获悉,1922年5月6日《东京朝日新闻》关于"联合绘画展览会"的报道中,曾提到

"上海的画家作品至今尚未到达日本"。由此推测,或许吴昌硕根本就没参加此次艺术交流活动。

作品经过日本展览后,齐白石声名鹊起,卖画生涯也一天比一天兴盛起来。此次画展,对齐白石而言,绝对是他人生路上的一个重要转折点。是时,画坛上开始流传:南方的吴昌硕隔空喊话,说"北方有人学我皮毛,竟成大名",齐白石闻言后,便捉刀治印,刻制出"老夫也在皮毛类"印。

事实果真如此吗?

吴昌硕与齐白石都是中国近现代美术史上的艺术巨擘,皆诗、书、画、印俱善而绝伦,有"南吴北齐"之盛誉。1917年,年逾天命的齐白石,为了躲避兵乱、匪患,离开家乡湖南,开始闯荡北京,靠卖画、刻印维持生计。而那时年长齐白石二十岁的吴昌硕已成就卓然,如日中天,身兼西泠印社社长、海上题襟馆金石书画会会长等要职,成为当之无愧的海派书画艺坛领袖,其艺术造诣与影响力非同凡响。

虽然吴昌硕与齐白石身处南北两地,云泥殊路,但两人之间并非毫无瓜葛。对齐白石而言,他的艺术发展之路,是永远绕不开吴昌硕的。

首先,齐白石对吴昌硕的书画造诣深为服膺。《白石诗草二集》有这样的诗句:"青藤雪个远凡胎,老缶衰年别有才。我欲九原为走狗,三家门下转轮来。"诗中的"青藤"指明代画家徐渭,"雪个"指明末清初画家朱耷(八大山人),而其中的"老缶"则指近现代书画家吴昌硕。可见齐白石对吴昌硕的景仰与钦慕之情非同一般。

其次,齐白石研摹过吴昌硕的作品。在《白石老人自述》中,齐白石讲述了自己初到北京时期的情况:"我那时的画,学的是八大山人冷逸的一路,不为北京人所喜爱,除了陈师曾以外,懂得我画的人,简直是绝无仅有。我的润格,一个扇面,定价银币两元,比同时一般画家的价码,便宜一半,尚且很少人来问津,生涯落寞得很。"后来,齐白石受到陈师曾的激励与启发,开始"衰年变法",苦心孤诣,独辟蹊径,自创"红花墨叶"大写意画风。其间,齐白石研析、借鉴吴昌硕的作品,从中汲取养分,也是毋庸置疑的。1920年,齐白石在回应林琴南所赞赏的"南吴北齐,可以媲美"时,曾直言不讳:"我们的笔路,倒是有些相同的。"潘天寿在《美术》1957年第1期上发表的《回忆吴昌硕先生》一文中写道:"近时白石老先生绘画上的设色布局等等,也大体从昌硕先生方面而来,加以自己的变化,而成白石先生的风格。表面上看,他的这种风格可说与昌硕先生无关;但仔细看,实从昌硕先生的统系中支分而出。"

最后,齐白石得到吴昌硕的提携。1920年,吴昌硕应胡鄂公之请,为定居北京不久的齐白石订写"润格",并不惜赞誉之辞:"齐山人濒生为湘绮高弟子,吟诗多峭拔(跋)语。其书画墨韵孤秀磊落,兼善篆刻,得秦汉遗意。曩经樊山评定,而求者踵相接,更觉手挥不暇。为特重订如左:石印:每字二元;整张:四尺十二元,五尺十八元,六尺廿(二十)四元,八尺三十元,过八尺者另议;屏条:视整张减半;山水加倍,工致画另议;册页:每件六元,纨折扇同;手卷面议。庚申岁莫(同'暮'),吴昌硕,年七十七。"齐白石后来将此记述在《辛酉日记》中。1924年,时年81岁的吴昌硕又为齐白石篆题"白石画集"。此题字先后刊载于《齐白石画册初集》(1928年,胡氏石墨居印行)及《齐白石画册》(1932年,中华书局发行)。作为声名显赫的吴昌硕,能为当时尚无知名度、卖画生涯十分落寞的齐白石订写"润格"、题字,也算是有恩于齐白石。

齐白石一生中刻有大量闲章,内容丰富,或诗句、吉语、祝词,或名言、箴语、警句,或纪年、记事、履历,或自嘲、抒情、述志,等等。如"静观""煮石""吾狐也""鲁班门下""见贤思齐""寡交因是非""归梦看池鱼""强作风雅客""吾奴视一人""心与身为仇""闲散误生平""吾幼挂书牛角""吾草木众人也""思持年少渔竿""一息尚存书要读""我负人人当负我""老去无因哑且聋""望白云家山难舍""行高于人众必非之""年高身健不肯作神仙"等。这些印文,情深意切,质朴率真,寄托了作者对艺术、对人生的诸多认知、感悟与情思。

"皮毛"是禽兽的皮和毛的总称,引申为表面、肤浅之意。根据上述齐白石与吴昌硕之间的关系,齐白石刻制闲章的习惯等情况,笔者认为,齐白石刻制"老夫也在皮毛类"印,仅是书斋里再正常不过的艺事而已,纯属或自嘲或自贬或自谦或自省之举,毫无针对性、指向性可言。因为"放低姿态、保持谦逊"也是文人墨客所崇尚的人生的一种态度、一种境界、一种品质、一种智慧,况且齐白石也不至于为了一句无法确认真实性的传言,而对曾经帮扶过自己的人耿耿于怀,多次去刻制相同内容的闲章,且几十年间屡屡在画作上钤用。

启功少年时曾受教于齐白石,他在文章《记齐白石先生轶事》中回忆道:"齐先生曾把石涛的'老夫也在皮毛类'一句诗刻成印章,还加跋说明,是吴昌硕有一次说当时学他自己的一些皮毛就能成名。当然吴所说的并不会是专指齐先生,而齐先生也未必因此便多疑是指自己,我们可以理解,大约也和郑板桥刻'青藤门下牛马走'印是同一自谦和服善吧!"

也有人认为,说者无心,听者有意,齐白石是借用石涛的话,以刻制闲章的方式,间接回应吴昌硕,化解尴尬,释放不满情绪;还有人认为,吴昌硕根本就没说过那句话,只不过是嫉妒者、好事者制造的谣言而已……

不管怎么说,都是仁者见仁、智者见智的事。只有吴昌硕、齐白石的心底最清楚,跟明镜似的。

(作者系连云港市海州区委教育工委委员)

家法融于古法：杨沂孙书学思想探析

邵　宁

晚清著名书家杨沂孙，以篆书闻名于世，其书学思想则为今人所忽视。笔者根据常熟图书馆所藏未刊本杨沂孙《观濠居士遗著》与杨沂孙道光年间的《杨濠叟日记》中有关书法的部分略加概括整理，并结合晚清、民国时期的书法及当下的研究成果，就杨沂孙的书学思想展开研究，成此短文。

一、杨沂孙的古法观：着意先秦、追本求源

在传媒不发达的古代，一个人书学思想的形成，家庭与师承起了至关重要的作用。杨沂孙的母亲丁氏是江苏常州人，他的父亲杨希钰也曾在常州做塾师，嘉庆十八年（1813）杨沂孙出生在常州。由于家族生活的关系，杨沂孙的艺术道路就和常州联系在了一起。他早年与著名学者张惠言之侄张曜孙交游，又师从主讲江阴暨阳书院的学者李兆洛，学习诸子与文字训诂学。就是在与常州前辈学者的交往中，他了解到了邓石如：

> 余年二十，知好邓山民书，盖于毗陵先辈习闻绪论，又私喜习篆，故知之独早。其时吾苏无人称之者。[1]

这是常熟博物馆藏杨沂孙《跋邓山民楹帖》（图1）中的一段话，在这份手稿

---

[1] 杨沂孙.跋邓山民楹帖[M].稿本,常熟博物馆藏.

中,杨沂孙充分表达了对邓石如的推崇和心折,同时也凸显了当时邓石如书法在苏常一带的实际境遇。这一点,从杨沂孙与邓石如之子邓传密的交往中可以得见:

  张荔门同邓守之来。守之名传密,怀远人,石如先生子也,其书法虽(不)及其父而尚存宗派。石墩顾氏好摹印,闻其名招之来,来而篆刻不当意,僦居三元宫,将稍谋资斧还乡耳。①

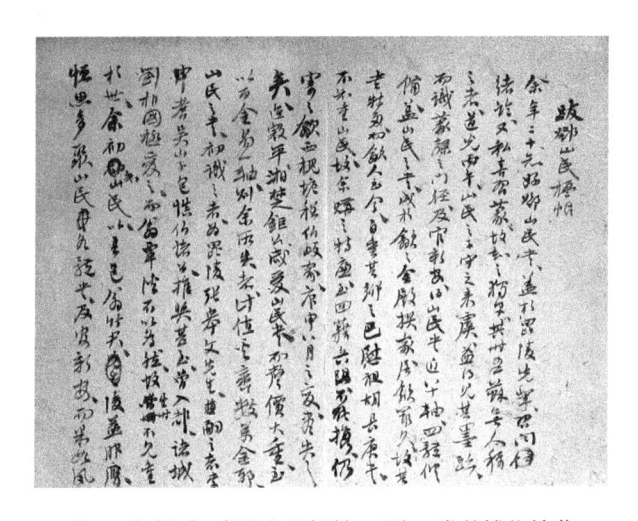

图1　杨沂孙《跋邓山民楷帖》手稿　常熟博物馆藏

  这是杨沂孙在道光二十六年(1846)六月初四的日记,记载了他与邓传密的初次见面。有意思的是,邓传密在与杨沂孙交往之前已经在常熟石墩顾氏家住了一段时间,顾氏就是因编辑《小石山房印谱》而闻名的常熟兴隆石墩人顾湘。由于艺术观念的不同,顾湘对于邓石如流派婉转婀娜的篆刻新风格持排斥态度,让邓传密心生返乡之意。而从杨沂孙的记载来看,两人一见如故,在之后几个月的时间里,两人过从甚密,互相诗歌唱答。邓传密向杨沂孙展示了其父邓石如书法篆刻真迹,为杨沂孙写了篆隶多幅,并刻印四方;而杨沂孙在这之前已经对邓石如书法进行了十年的学习,这次直面邓传密,杨沂孙下定了学习邓派书法的决心。同时,正是邓石如的"古法"让杨沂孙领略到了当时书学思想的前沿文化。

---

① 杨沂孙.杨濠叟日记[M].稿本,常熟图书馆藏.

邓石如在书法史中的开拓性作用,主要在于他成功地将秦汉篆隶的"古法"应用到当时的书法创作中去(图2),把人们对于书法的视野从晋唐回溯到秦汉,从而开启了碑学书法之门。而古代书法新风的传播主要赖于师徒、友朋之间的相互影响,比起今天发达的出版与网络力量,速度与效率自然慢得多,因此,出现邓石如书风在其谢世多年后在常熟不受顾氏待见也是极其正常的事情。所以,从客观上看,杨沂孙敏锐地抓住了这一艺术前沿文化,对于其日后的艺术发展有着不可忽视的作用。可以说,对邓石如书法的追慕与学习,是奠定杨沂孙一生书法艺术成就的基础。

图2 杨沂孙《庭下 胸中》联 常熟博物馆藏

但是,杨沂孙毕竟处在与邓石如不同的时代境遇之中,新事物的出现必定改变杨沂孙对于"古法"的业已形成的认识。

道光年间,商周青铜重器不断被发现,极大拓宽了当时学者的视野。道光二十七年(1847)九月廿九,杨沂孙到嘉定访县令李蒙泉并应邀入其幕。在嘉定县①幕,杨沂孙遇到了又一次接触"古法"的机会。他在晚年的《西周盂鼎铭释文》中说:

> 予昔游嘉定,与陈小莲璆友善,示予盂鼎文,云邑人周某令岐山,适遇此鼎出土,拓其文,寄令释之,时道光丁未岁也。予绝爱其文,有结体波磔、深悟古文之法。②

除了大盂鼎,据杨沂孙回忆,其在少时屡次在常州徐燮家见过另一西周重器虢季子白盘。与最新出土资料结缘而"深悟古文之法",可以说是极其幸运的。进而,由古文字研究而至于篆书书法创作,"古法"对他而言有了更新的含义,那

---

① 今上海市嘉定区。
② 杨沂孙.观濠居士遗著·文集[M].抄本,常熟图书馆藏.

就是要着意先秦,追求书法的本源。他在晚年的一篇《释虢季子白盘》的文后有这样一段题跋:

> 余外家塝乡皆在毗陵,故少时屡见此盘于徐传兼年丈家,……古人云:得晋唐墨迹数行,专精学之,可以名世。古文与今隶无异道也,若于此拓临写无间,何患不出斯冰俗篆之上乎?①

杨沂孙将李斯与李阳冰的小篆称为"俗篆",就是以先秦大篆的"古意"来衡量的。当然,他所能见到的李斯篆书可能是经过后世翻刻的《峄山碑》一类的作品,这类篆书同李阳冰的篆书相似,被称为"铁线篆"或"玉箸篆",特点是线条粗细一致而缺乏变化,清代时此类篆书发展到"烧毫"与"束毫"式的机械式书写,全无古意。因此,杨沂孙主张学篆书绕开"斯冰":

> 学篆当先学鼎臣,次学《国山》《开母》,再学《石鼓》,再学彝器文,乃进而愈上也,阳冰之书传世者,惟《缙云城隍庙碑》为可学,余皆不足学。②

杨沂孙主张先从宋代徐铉校定的《说文解字》中的篆字入手,打下文字基础,进而直取汉篆,在汉篆基础上上溯先秦石鼓与钟鼎文,这样就能把握篆书书法的正脉。这一追求"古法"的创作理念在今天看来也是极具现实意义的。

杨沂孙在光绪三年(1877)三月所作的《在昔篇》中,充分表达了其书法理念中的"古法"观。他认为,古文字书法是与古文字研究分不开的,古文字修养是进行古文字书法创作的首要条件,而要超越前人,就必须精研先秦大篆:

> 唯此吉金,亘古弗敝。得而玩之,商周如对。以证许书,悉其原委。漆墨易昏,竹帛速坏。石刻虽深,久亦茫昧。若假猎碣,模糊难视。惟有盘匜,铭辞犹在。藏山埋土,时出为瑞。阅世常新,历世无改。③

巧合的是,在杨沂孙作《在昔篇》的当月,吴大澂来访,《吴大澂年谱》中记载:

---

①②③ 杨沂孙.观濠居士遗著·文集[M].抄本,常熟图书馆藏.

(光绪三年)游虞山,访杨咏春先生,纵谈古籀文之学。先生劝余专学大篆,可一振汉唐以后篆学萎靡之习。①

应该说,从杨沂孙传世作品来看,纯大篆的作品不多,比较多的是融大小二篆于一炉的作品,常熟博物馆藏的《汲水 扫窗》联(图3)就是这样的创作理念下的产物,此作以小篆为主,结体作方形处理,间以金文为变化,如"心""安"的写法就是大篆写法。这种大小篆结合的写法是杨沂孙的特色,而杨沂孙与吴大澂的这次会晤则成就了晚清篆书书法的接力,从以后的事实看,吴大澂研习大篆,终成一代名家。除了吴大澂,杨沂孙的书学思想还影响了吴昌硕、黄士陵等人,让篆书艺术在晚清发出耀眼的光彩。

图3 杨沂孙《汲水 扫窗》联 常熟博物馆藏

二、杨氏家族帖学书法的渊源与传承

晚清评论家杨守敬在评价杨沂孙的书法时这样说:

若杨沂孙之学《石鼓》,莫子偲友芝之学《少室》,皆取法甚高。杨且自信历劫不磨,而款题未能相称。②

杨守敬敏锐地发现了杨沂孙篆书书法与今体题款之间的不相称问题。其实,杨沂孙对于自己的古体与今体书法也有自己的看法:

吾察吾书,篆籀尚可颉颃山民,得意处间亦过之,隶书不能及也,真书、

---

① 张剑.清代杨沂孙家族研究[M].北京:中国社会科学出版社,2010:211.
② 杨守敬.学书迩言[M]//崔尔平.历代书法论文选续编.上海:上海书画出版社,1993:742-743.

草书瞠乎后矣。此吾自得之语，后之人有识之者，当不以为狂言也。①

邓石如作为清代碑学书法的一代宗师，其书法气息的一致性是显而易见的，我们可以从他的楷、行、草书中看出用笔的苍茫、浑厚，与其篆、隶书法相得益彰。笔者浅见，以杨沂孙的天分和功力，学得邓石如的今体书法不是不可能的事情，但事实上，杨沂孙一直以帖学书法的笔法写今体书法（图4），于是导致了款题与正文在气息上不相称的问题。

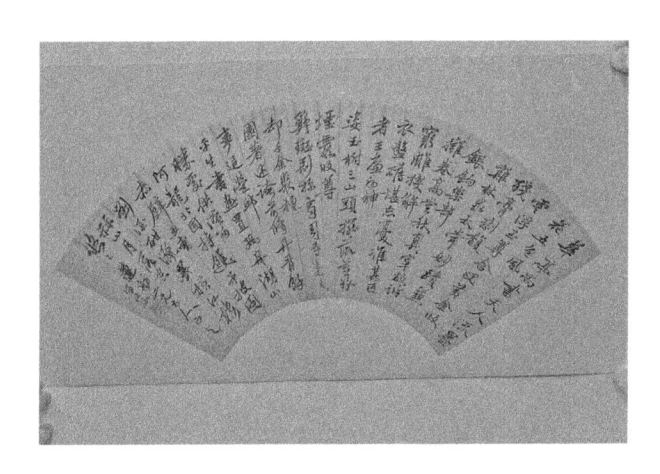

图4　杨沂孙《行书扇页》　常熟博物馆藏

对于这一问题，需要从杨氏家族的书学家传开始研究。杨氏先世于清康熙年间迁居常熟恬庄（今属张家港），从此逐渐兴旺起来。在清代，常熟有一句俗语叫"翁庞杨季是豪门，言归屈蒋有名声"，其中"豪门"之"杨"即是恬庄杨氏。

中国古代的世家往往是官宦世家与文化世家的结合体，杨氏家族也不例外。杨氏家族在文化上面也不遗余力，就书学方面讲，杨氏书学的家学传统要从杨沂孙曾祖杨岱说起：

> 余少受业于云亭冯先生，侍侧之余，见其专精书学，临池不倦。岱或请益，必推本简缘翁之训，反复于用笔结构之法，盖先生为简缘从孙，渊源家学，深得其真传者也。简缘所编《书法正传》十卷，实炳钟、王之一灯。先生

---

① 杨同福.杨濠叟（沂孙）行述[M].稿本，上海图书馆藏.

偕其兄调轩既付诸剞劂,公之海内矣。后见复陈司业复为之序,其稿已刊入司业文集,而《书法正传》中尚阙如焉,今其梨板归与余家,因敬书补刊以弁其首,并志其颠末云时。①

这是乾隆五十年(1785)杨岱为重印冯武《书法正传》一书所作的序言。冯武,字窦伯,号简缘,江苏常熟人,清初著名书法家与理论家冯班之子。冯班著有书学理论著作《钝吟书要》,冯武书法与理念秉承其父,《书法正传》一书就是一部经典书法理论著述的集成,正如杨岱所言,是"实炳钟、王之一灯",而杨岱所受的笔法也来自冯武的正传,其书法"初学二王,后入香光之室"②,是正统的帖学书法。杨岱将《书法正传》原版购得并重新付梓,足见他对于传播正统帖学书法的责任感。

杨沂孙在同治十一年(1872)作的《敬书先君遗迹后示同福③》一诗中则表达了强烈的家族笔法传承理念,并且要求子孙严加传承,使之成为维系家族文化的重要纽带:

书学诚小道,善继亦匙觐。昔惟羲与献,差不愧堂薹。在唐又询通,险峻变寒瘦。小米追大米,已觉瞠乎后。彭嘉视衡山,家学迥非旧。吾家拨镫诀,正传有受授。三世及先君,楷法照宇宙。守骏未尝跛,丰左不亏右。越小越精神,愈老愈韶秀。效法亦有年,思肖未入彀。悠悠世俗称,自省讵非缪。④

在这里,杨沂孙对自己家族"正传有受授"的"拨灯法"颇为自豪,所谓"拨灯法",是指执笔写字如执柴棍拨油灯芯,指实掌虚,取轻灵、宽松之意,是正统的帖学书法的用笔方法。而在杨沂孙开始接触邓石如书法的年代,包世臣"五指齐力""万毫齐力"的碑学笔法理念已经成熟,包氏为邓石如传人,杨沂孙有学习碑派笔法的可能却没有学,这只能说明对于杨氏这样的世家来说家族文化传承上

---

① 冯武.书法正传[M].刻本,常熟图书馆藏.
② 张剑.清代杨沂孙家族研究[M].北京:中国社会科学出版社,2010:44.
③ 杨沂孙长子。
④ 杨沂孙.观濠居士遗著·濠叟历劫后诗[M].抄本,常熟图书馆藏.

的重要性远远大于书法艺术方面的个性追求。

三、"古雅"的诉求与文化的坚守

以上的论述,让我们看到了杨沂孙书学思想上的矛盾性,但从另外一个角度看,家学与"古法"在杨沂孙身上是融合的,他用家学书法的理念来看待古体书法,在古体书法创作中突出了对于"古雅"的追求,在晚清书坛有着鲜明的个性。同时,这一书学思想也影响了后世大批书家,在日后的篆书书坛上逐渐形成了古质文雅的一派。

杨沂孙出身文化世家,又有着引以为豪的家传笔法,这让他在理解篆书审美上有着独特的视角,我们来看他的一段话:

> 张皋文编修之篆,可与山民媲美,张仅中寿,故所作不多见,其淳雅和平之气,实过于邓也。①

这里提到的张皋文,就是清代著名学者、词人张惠言。张惠言字皋文,武进(今江苏常州)人,嘉庆四年(1799)进士,改庶吉士,充实录馆纂修官。他精于学术诗词,为阳湖派文学的代表人物。杨沂孙以敏锐眼光发现了张惠言身上足以抗衡邓石如的特点,那就是"淳雅和平"的书卷气,这是邓石如这样的职业书家所不具备的品格。

对于张惠言的力推,体现了杨沂孙对于古体书法审美的理解,"淳雅和平"正是长期浸淫于帖学书法才能体悟的审美品格。事实上,杨沂孙同张惠言一样,也有着不同于职业书家的文人学者气质,其在篆书创作中的特点也是刚柔相济、醇和典雅。

在杨沂孙看来,书法艺术的最高境界是"精奇之致"而能出于"平淡"。他有一篇《跋言卓林所藏刘文清公小楷》清晰地表述了这一思想:

> 书家唯颜清臣、徐季海、蔡君谟、董思白有一种平平无奇,绝无可动人,

---

① 杨沂孙.观濠居士遗著·文集[M].抄本,常熟图书馆藏.

而自诩能书者万不能及。益精奇之至而出之于平淡,此其所以圣也。嗣唯刘石庵相国有此境,故能继思翁而为大家。余平日持论如此。①

这里,杨沂孙提到了他欣赏的前代著名书法家颜真卿、徐浩、蔡襄、董其昌、刘墉等名家,指出他们的共同特点就是绚烂后复归平淡的艺术特质,这类艺术不以强烈的视觉冲击力打动观众,而是绵里藏针、力量内敛,需要细细品味才能领略其中的妙处。

可见,杨沂孙一直以高度的理性驾驭毛锥,"古雅"的诉求是他对于书法高端审美的理性理解,是一个文人学者型书家所追求的书艺境界,同时,这一思想背后呈现出的正是一种文化与修养。

研究晚清、民国的篆书艺术史不难发现,像杨沂孙这样以"古质文雅"气息示人的篆书家其实代不乏人,从吴大澂、黄士陵到王福厂,这些书家不以夸张强烈的笔法、结字、章法示人,"淳雅和平"似乎可以成为他们共同的风格评语,而这些人的书法无不受到杨沂孙书法的影响。

晚清时代,以字养字(鬻字)已经是文人广泛接受的生活方式。杨沂孙曾经做过安徽凤阳知府,但不久即辞官归里,过起了半职业书家的生活,他曾经标润格卖字且价格不菲。但是,在他的内心深处还是一种中国传统文人的心态,他曾写了一篇叫《润意》的短文:

濠叟弃官不仕,辞局不居,非恶利也,喜懒避烦,不能拂性也。早岁人誉其书,乐为人写。既而厌苦,于焉索润。润不厌厚,思以却烦。或不准规,疑于买菜。既烦且鄙,心吐手弃。苦无恶札,以塞此辈。只宜却之,莫诮不供。原其素心,本不为利。旧交至契,千笺百翻。不忍告疲,一泉不取。糊口之计,绝不需此。聊尔戏游,有道存焉。如谓不然,何取润我。我书自贵,于人奚预。②

在这篇文章中,杨沂孙明确表示高价卖字其实是为了吓退那些不懂艺术而又附庸风雅的人,而对于志趣相投的学者、朋友,则多多益善而一文不取,表达了

---

①② 杨沂孙. 观濠居士遗著·文集[M]. 抄本,常熟图书馆藏.

一位中国传统文人的艺术观与金钱观。显然,和很多职业书法家的取向有很大不同,杨沂孙一直是以一个文化的坚守者的心态来看待书法的,这让杨沂孙的书法成为那个时代雅文化的象征。

最后,如果我们站在当代视角观察杨沂孙,其书学理念上对"古雅"的诉求与对文化的坚守对于今人也具有一定的借鉴意义。以文化为依托,厚积薄发,不以强烈的视觉冲击力悦目而以深厚的韵味感人,这应该是一个对当代书法发展有益的清醒剂。

(作者系江苏省常熟中学美术高级教师)

从古代书论看书法的艺术特质与成长路径

傅耀民

当今时代,由于书法逐渐走出了实用性范畴,人们习惯于把书法当作纯粹的艺术来看待,造成有的借用西洋绘画理念,单纯追求笔墨和造型;有的以创新求变为借口,游离于传统的汉字书写法则。这是造成当代书法整体水平下滑,以及书坛的诸多乱象的原因所在。本文通过对古代书论的梳理,透过古人的实践和思考,来探寻中国传统书法的艺术特质,把握学习和欣赏书法的方法路径。

一、文脉之源:从书契纪事开启的文化盛典

所谓书法,简单说就是汉字书写的艺术,是中华民族特有的文化现象,是中华传统文化的重要组成部分。

关于文字的起源,最早见于《易传·系辞下》:"上古结绳而治,后世圣人易之以书契,百官以治,万民以察,盖取诸夬。"文字,是顺应人们记事、明理、治国的社会需求而产生的。文字的产生是一件惊天动地的大事件,《淮南子·本经》记载:"昔者仓颉作书,而天雨粟,鬼夜哭。"唐代张彦远认为,有了汉字之后,"造化不能藏其密,故天雨粟;灵怪不能遁其形,故鬼夜哭。"[1]文字的产生,标志着人类从蒙昧走向了文明。

我们现在看到最早的古文字是殷墟的甲骨文。从甲骨文的卜辞看,它是

---

[1] 张彦远. 历代名画记[M]. 上海:上海人民美术出版社,1964.

商代的文字,产生的年代大约是在盘庚迁都的公元前 1320 年左右,距今大约有 3 300 余年历史。在已发现的 4 000 多个甲骨文字中,我们今天可识读的大约有 1 000 个。通过甲骨文的识读,远古商殷时代的社会制度、科技文化、生活形态一下子清晰地呈现在我们的面前。这就是文字永远值得我们顶礼膜拜的原因所在。余秋雨说:"文脉的原始材料,是文字。"[1]没有文字,就无所谓文脉。

文字的书写,当然具有文化的厚重。

文字除了实用意义,还有审美意义。今天我们从甲骨文、金文到历代书法作品的审读中都可以产生这样的审美体验。然而,书法并不是纯粹的艺术品,本质上是文化遗存。如著名的《兰亭集序》,表面上是一件精美的书法作品,实际上更是我国文学史上举足轻重的名篇佳作。袁行霈先生分析说:"此序的前半记述这次盛会概况,写山川之美、饮酒吟咏之乐,后半由眼前之乐想到人生短促,以感慨作结,令人遐思无限。"[2]历史上的很多书法名作,都是一种情绪、一份情感、一个事件、一段生平的牵挂和记述,除了书法之美,还有文字阅读的审美体验,承担着文化传承的职责使命。

范文澜说:"汉族传统文化是史官文化。"[3]我国最早的字书《史籀篇》就是周朝史官所写。窦臮《述书赋》道:"翰墨之妙,可入品流者""周一人:史籀",并称"籀之状也,若生动而神凭,通自然而无涯"。"史籀"也就成了最早被引入艺术审美的书家,当然,"史籀"并非是一个人名,而是周宣王时的史官,班固说:"史籀篇者,周时史官教学童书也。"《史籀篇》虽然有着一定的艺术审美价值,但《史籀篇》的主要功能却是学童识字教材,是以国家行政力量推广的规范字书。后来,秦统一六国后,由李斯整理推广的小篆具有与《史籀篇》同样的地位和使命。许慎说:"文字者,经艺之本,王政之始。"[4]大篆和小篆都是由国家力量发布和推广的事实,充分说明了文字在国家治理和文化传承中的重要地位。而就书法艺术来讲,文字是书法的本源。

---

[1] 余秋雨. 中国文脉[M]. 北京:作家出版社,2020.
[2] 王梦曾. 中国文学史[M]. 北京:生活·读书·新知三联书店,2022.
[3] 范文澜. 中国通史简编[M]. 北京:北京联合出版公司,2020.
[4] 许慎. 说文解字[M]. 上海:上海古籍出版社,2021.

二、书肇自然：由汉字造型生发的艺术之美

汉字是象形文字，最早的文字就是物体的摹画。所以文字从一诞生就自带艺术禀赋："猛兽鸷鸟，神彩各异，书道法此。"①早期的书论一般不讲线条、不谈造型、不论章法，重点在于谈自然物类，论书法之"势"。如崔瑗《草书势》道："兽跂鸟跱，志在飞移；狡兔暴骇，将奔未驰。"就是以鸟兽在不同情境下的活动形态，描绘了草书的美学特质。卫恒《四体书势》云："或引笔奋力，若鸿鹄高飞，邈邈翩翩；或纵肆婀娜，若流苏悬羽，靡靡绵绵。"窦臮《述书赋》描述王羲之书法作品道："虎变而百兽跧，风加而众草靡。肯綮游刃，神明合理。"也都是借动植物的运动形态来分析和观察书法，每一个汉字都不是静态的造型，而是一个个生命的个体。由此赋予了书法以自然的形象、情绪的传递和生命的活力，奠定了传统书法以势立格的艺术追求和道法自然的审美自觉。

书法从实用走向艺术化，应该在魏晋南北朝时期已经兴起。吕思勉说："视书法为艺事之风，降而益甚。"②说的就是这个事。

首先，从魏晋南北朝时期开始，人们更加重视书法的技法学习，而书法技法的固化，是书法艺术化的前提。《后汉书·蔡邕传》记述了蔡邕《熹平石经》刊立后，时人争相摹学的盛况："及碑始立，其观视及摹写者，车乘日千余两，填塞街陌。"钟繇是一代名臣，也是魏晋时期代表性书家，当年他为求习笔法却几于丧命："繇忽见蔡伯喈笔法于韦诞坐上，自捶胸三日，其胸尽青，因呕血。太祖以五灵丹救之，乃活。繇苦求不与。及诞死，繇阴令人盗开其墓，遂得之。"③这说明魏晋南北朝时期，人们开始重视和加强书法技艺的学习研究。有的人如"草圣"张芝，对于书法艺术的学习已经到了忘我的境地："家中衣帛，必先书而后练；临池学书，池水尽墨。"④这时期，专门研究书法艺术的著述也大量出现，如崔瑗《草书势》、蔡邕《九势》、卫恒《四体书势》、卫铄《笔阵图》、王羲之《书论》、王僧虔《书

---

① 张怀瓘. 书议[M]// 潘运告. 中国历代书论选 上. 长沙：湖南美术出版社，2007.
② 吕思勉. 两晋南北朝史 文明卷[M]. 武汉：华中科技大学出版社，2016.
③ 钟繇. 用笔法[M]//杨成寅. 中国历代书法理论译注 先秦两汉魏晋南北朝卷. 杭州：杭州出版社，2016.
④ 羊欣. 采古来能书人名[M]// 杨成寅. 中国历代书法理论评注 先秦两汉魏晋南北朝卷. 杭州：杭州出版社，2016.

赋》《论书》等对后世都产生较大影响。

其次,魏晋南北朝时期,人们开始重视书写材料的探索和研究,书写材料的品类完善和品级化呈现,是书法艺术化的表现。卫夫人除了对笔法进行研究,对书写工具也见解颇深:"笔要取崇山绝仞中兔毫,八九月收之,其笔头长一寸,管长五寸,锋齐腰强者。其砚取煎涸新石,润涩相兼,浮律耀墨者。其墨取庐山之松烟,代郡之鹿角胶,十年以上,强如石者为之。纸取东阳鱼卵,虚柔滑净者。"① 王羲之对笔墨纸砚也都有所强调:"夫纸者阵也,笔者刀稍也,墨者鍪甲也,水砚者城池也"。② 南朝梁太子萧统对文房四宝的要求更高:"凡诸思制,莫不妙极。乃诏张永更制御纸,紧洁光丽,辉日夺目。又合秘墨,美殊前后,色如点漆,一点竟纸。笔则一二简毫,专用白兔。大管丰毛,胶漆坚密。草书笔悉使长毫,以利纵舍之便。兼使吴兴郡作青石圆砚,质滑而停墨,殊胜南方瓦石之器。"③ 对书写材料的研究以及优劣取舍,说明书法已经从艺术自发走向艺术自觉,表明魏晋南北朝时期,书法已经是一种比较成熟的艺术形式。

最后,魏晋南北朝时期,人们开始将书法作品当作艺术品来欣赏和收藏,而书法作品被广泛收藏和流通是书法艺术化的标志。卫恒《四体书势》载,梁鹄是曹魏时期八分书高手,很受曹操赏识,将其作品"悬诸帐中,及以钉壁玩之"。由此,对名家名帖的收藏也渐成风气。西晋末年,王导举家南迁,在这兵荒马乱之时,不忘将钟爱的钟繇《宣示表》缝入衣带带入江南。东晋时期,书法作品已经进入市场流通:"新渝惠侯雅所爱重(按:二王墨迹),悬金招买,不计贵贱。而轻薄之徒,锐意摹学,以茅屋漏汁染变纸色,加以劳辱,使类久书,真伪相糅,莫之能别。"④ 这段话传达了两层意思:一是魏晋时期,名家书作已经有了市场定价(悬金招买);二是因为市场需求,已经初现职业书法造假(锐意摹学)。这些都说明,自魏晋时期起,书法已经从完全实用性向实用兼具审美功能的艺术化转型。

书法的艺术化,开启了书法艺术的审美自觉。

---

① 卫铄. 笔阵图[M]// 杨成寅. 中国历代书法理论评注 先秦两汉魏晋南北朝卷. 杭州:杭州出版社, 2016.
② 王羲之. 题卫夫人《笔阵图》后[M]// 杨成寅. 中国历代书法理论评注 先秦两汉魏晋南北朝卷. 杭州:杭州出版社, 2016.
③④ 虞龢. 论书表[M]// 杨成寅. 中国历代书法理论评注 先秦两汉魏晋南北朝卷. 杭州:杭州出版社, 2016.

三、阴阳化生：在哲学高度上的文化传承

书法虽然很早就走上了艺术化道路，但历史上书法从来不是纯粹的艺术门类，而是伴随着朝堂政令的昭告而发布，伴随着诸子典籍的教授而光大，伴随着宗教经文的传抄而相生，伴随着小学"书""数"的启蒙而延续。历史上也从没有职业书法家，书法最多只是政治家雅玩的闲业，文化人书斋里的爱好，读书人学习传承的范式，豪门权贵附庸风雅的装点。从这个意义上讲，书法是艺术化的文化遗存，是一种独特的文化现象。

中国书法表面上是汉字的书写，是笔画线条的艺术，但书法里的每一点、每一横都不是简单机械的描画，也不是笔画造型的展示，而是蕴含着丰富的想象力、自然的生命力和艺术的表现力。蔡邕《九势》云："夫书肇于自然，自然既立，阴阳生焉；阴阳既生，形势出矣。"意思是说书法艺术是源于大自然的生命状态，因此要符合大自然关于阴阳五行所蕴含的简朴而丰富的道理。蔡邕把书法的理想境界归结到自然的多彩、生命的形态、成长的规律上，而这正是源自道法自然的哲学层面的审美实践。所谓一阴一阳谓之"道"，道家认为，"道"是统一的"一"，道生一，一生二，二生三，三生万物，由此产生宇宙万物的生成变化。而反过来，宇宙万物又无不是包含在"阴""阳"两种物质形态的相生共育和消长变化之中。这就是书法艺术的美学基础。

书法艺术不同于其他艺术，包含着两个互为矛盾的审美标准：一个是规范化书写的审美标准，即技法要求，在于笔法准确、结体规范；一个是艺术化表达的审美标准，即"品""格"的追求，在于境界高远、富于内涵。所以单有规范化书写不行，单有艺术化表达也不行，必须是两个方面恰到好处、协调统一的美妙融合。因此书法是一项高难度艺术。唐以降，历朝历代学书人都在研究古人、学习古人，但随着时代的发展，离古人的笔墨精神却越来越远，就是因为大家对书法两维度的要求认识不清。钟繇说："夫用笔者天也，流美者地也。非凡庸所知。"[①]书法的学习，用笔是天道，生动是主宰，一般人不懂这个道理。王羲之说：

---

① 钟繇. 用笔法[M]// 杨成寅. 中国历代书法理论评注 先秦两汉魏晋南北朝卷. 杭州：杭州出版社，2016.

"夫书者,玄妙之伎也,若非通人志士,学无及之。"①书圣说书法技艺奥妙无穷,悟性不高或者缺乏坚定毅力的人是难以学成的。张旭也说:"笔法玄微,难妄传授。非志士高人,讵可言其要妙?"②他说笔法不是普通技术,智商一般的人是领会不透的。钟繇、王羲之、张旭都是站在书法艺术高峰上的顶尖人物,当他们处于一览众山小的位置,才能真切体会到路径的幽曲艰难、技艺的精深玄妙、内涵的包容丰富。曾经沧海难为水,船过湍流方知险,只有他们,才能看清书学的博大精深,也只有他们,才能发出这样的醒世箴言。

因为书法实在不是写字。

冯友兰说:"富于暗示,而不是明晰得一览无遗,是一切中国艺术的理想,诗歌、绘画以及其他无不如此。"③富于暗示,言简义丰,这是中国传统艺术的魅力所在。道可道,非常道,名可名,非常名。能够说得清楚的就不是原来要表述的意义了。谈书法,从来没有直接讲写字,直接讲写字的就不是书法艺术了。比如苏轼说:"书必有神、气、骨、肉、血,五者缺一,不为成书也。"④他没有告诉你如何写书法,但他将人的身体内在结构和精神风貌作类比,说明书法既要有内在的"骨、肉、血"等具象的物质的支撑,有着形质上的美,还要有外在的"神、气"等抽象的精神的彰显,即神采上的美。这样两者的统一才符合书法的审美原则。这些听起来有点似是而非,但却深刻地回答了什么是中国传统书法艺术这个重大命题。

书法既要有"骨""肉"的支撑,但又不是笔画的堆砌;既要有"神""气"的追求,但又不是抽象的情感表达。书法应该是依托点画间架的布置,展示书家思想文化的养育、心智情感的寄托和哲学层面的思考。

四、技近乎道:以"法"为支点的审美构建

当代,很多人把书法当作借助笔墨表现的线条艺术、造型艺术,把书法抽象

---

① 王羲之. 书论[M]// 杨成寅. 中国历代书法理论评注 先秦两汉魏晋南北朝卷. 杭州:杭州出版社, 2016.
② 颜真卿. 述张长史笔法十二意[M]// 杨成寅. 中国历代书法理论评注 隋唐卷. 杭州:杭州出版社, 2016.
③ 冯友兰. 中国哲学简史[M]. 武汉:长江文艺出版社, 2020.
④ 苏轼. 论书[M]//杨成寅. 中国历代书法理论评注 宋代卷. 杭州:杭州出版社,2016.

为笔墨线条、块面构造。这些都是错误和有害的,甚至可能把书法引向邪路。

我们知道,书法的关键词是"法",较早论述书法的有崔瑗《草书势》:"草书之法,盖又简略……"蔡邕《九势》其实是论述九种用笔方法,比如"涩势,在于紧駃战行之法",说的是"势",最终落在"法"上。钟繇《用笔法》开宗明义说的是用笔之"法":"魏钟繇少时,随刘胜入抱犊山学书三年,还与太祖、邯郸淳、韦诞、孙子荆、关枇杷等议用笔法。"欧阳询《用笔论》所论仍然落在一个"法"上:"夫用笔之法,急捉短搦,迅牵疾掣,悬针垂露,蠖屈蛇伸,洒落萧条,点缀闲雅,行行眩目,字字惊心,若上苑之春花,无处不发,抑亦可观,是余用笔之妙也。"蔡邕后人蔡希综言:"余家历世皆传儒素,尤尚书法。"①康有为说:"夫书道犹兵也……古之书论,犹古兵法也。"他将书学理论比之为兵法,则不仅是技法的精工,还有谋略的精心。所以,自有书学以来,皆言为"法"。

那么,书法之"法"的落脚点是什么呢?纵观古代书论,书法的学习和欣赏之要则,最终应该是落在"形质"和"神彩(采)"上。所谓"形质",是指构成书法的点画线条、空间布局及表现形态,就是前面所说的"规范化",属于技法层面;所谓"神彩",指书法表现出来的精神风采,就是前面所说的"艺术化",属于文化层面。形质和神彩构成了书法学习和审美的两大基本板块。南朝宋人王僧虔《笔意赞》云:"书之妙道,神彩为上,形质次之,兼之者方可绍于古人。"意思是说书法的学习和欣赏,精神气韵放在第一位,其次就是点画结构,但两个方面又不是对立的,必须相得益彰才能承继古人的笔墨精神。后世书家多继承这一说法。李世民说"学书之难,神采为上,形质次之",则是侧重书法学习的两个重点。孙过庭在此基础上有所发挥:"真以点画为形质,使转为情性;草以点画为情性,使转为形质。"这里"情性"指书法的精神、气势、韵味等,与"神彩"同义,则是就具体书体强调应如何把握和处理"形质"与"神彩"的关系,是书学的方法论。

因此,书法之"法"是打通并至于"形质"与"神彩"的手段和能力。那么,如何打通呢?我们来看古人怎么说。

唐代蔡希综《法书论》记述张旭的一段话:"'或问书之妙,何得齐古人?'曰:'妙在执笔,令其圆畅,勿使拘挛;其次识法,须口传手授,勿使无度,所谓笔法也。其次在布置,不慢不越,巧使合宜;其次变通适怀,纵合规矩;其次纸笔精佳。五

---

① 蔡希综. 法书论[M]// 杨成寅. 中国历代书法理论评注 隋唐卷. 杭州:杭州出版社,2016.

者备矣,然后能齐古人。'"颜真卿《述张长史笔法十二意》有相同记述,是我们学书需要牢记在心的金玉良言。这里所讲的"执笔""笔法",是书写点画线条、间架结构的基本方法,属于技术层面,归之于"形质";而"布置""变通"则是对书法气韵、格调、精神的追求,属于思想层面,归之于"神彩";"纸""笔"是书写工具,是构成书法的基本要件。这几个方面,哪一点都不可偏废。

《衍极》道:"夫法者,书之正路也。正则直,直则易,易则可至。"说明只有经过技法的正规训练,才可登入书法之堂奥。朱履贞说:"学书未有不从规矩而入,亦未有不从规矩而出,及乎书道既成,则画沙、印泥,从心所欲,无往不通。"[①]也是强调书法的学习必须要从严格的技法训练开始。当然技法只是基础,是通往艺术的桥梁,在纯正技法的前提下,还需要融入自然的风采、生命的亮色、文化的感悟和哲学的思考,达到"形质"与"神彩"的和谐统一,才可称之为书。

(作者系宿迁市民族宗教事务局服务中心副主任)

---

① 朱履贞. 书学捷要[M]// 华东师范大学古籍整理研究室. 历代书法论文选. 上海:上海书画出版社, 1979.

颜真卿"三稿"异同之美赏析

司 东

由于书法艺术于形体上分真、草、行、隶等不同书体,每种书体又有不同的风格与流派,再加上各人的性格、气质、艺术渊源和生活阅历不同,所以,其风格也就迥然各异了。从欣赏的角度上说,也无绝对一致的标准。但是,大凡称得上成功的作品,必有其吸引读者的地方,即书法的"哲学含义"。其内涵可包括笔法、墨法、章法、情感等方面。书法欣赏受多方面的因素所影响,其中三昧非三言两语所能道尽,往往只能意会而不能言传。颜真卿的《祭侄文稿》《争座位贴》和《祭伯父稿》"三稿"虽为一人之作,既有相同之处,又有别样的异同之美。

一、"三稿"概况

《祭侄文稿》,唐乾元元年(758年)颜真卿50岁时书,行草。《祭侄文稿》又称《祭侄季明文稿》。这篇文稿追叙了常山太守颜杲卿父子一门在安禄山叛乱时,挺身而出,坚决抵抗,以致"父陷子死,巢倾卵覆"、取义成仁之事。《祭侄文稿》笔法圆转,笔锋内含,力透纸外,其线条的质性遒劲而舒和,打破了晋唐以来结体茂密、字形稍长的娟秀飘逸之风,形成了一种开张的体势,结体宽博,平正奇险。

《祭伯父稿》,758年作,或称《祭伯父豪州刺史文》《告伯父文稿》。乾元元年,颜真卿被御史唐旻诬劾,贬饶州刺史,遂祭其伯父颜元孙及一门去世者。此即为祭文稿本,或行或草,刚劲圆熟。此稿在用笔上中锋运转,以沉着凛然为崇尚,不取侧锋之妍,故溢盈篆箱气息,且一任纵笔,无意于工拙,不计其布置。然每字活泼圆动,行气贯串,全篇风神洒脱。

《争座位帖》,唐代宗广德二年(764)十一月颜真卿致定襄王郭英义的信件稿本,内容是争论文武百官在朝廷宴会中的座次问题,然而郭英义为了献媚宦官鱼朝恩,在安福寺兴道会上,两次把鱼朝恩排于尚书之前,抬高宦官的座次。颜真卿在信中对他做了严正的告诫,甚至斥责他的行为"何异清昼攫金(按:白昼打劫)之士"。《争座位帖》以中锋用笔,气足意满,杀纸之气溢于纸外,似乎天地之间贯穿着豪迈的正义力量,无坚不摧。虽是信手写来,但笔笔之中气韵饱满,静动有态,大小参差。以直笔为主,浑厚藏拙,质朴苍劲,奇伟秀拔,笔势纵横,笔力矫健,笔锋雄劲爽利。《争座位帖》笔法中的圆劲,是篆籀的生化,在圆润之中更有劲节,飞动之中更带韧性,融北朝的雄浑遒逸和中唐的肥劲宽博于一炉,劲拔豪宕,姿态飞动。

二、欣赏观点

大到一幅作品,小到一画一点,无不在揭示矛与盾的强烈对比关系,呈现的哲学思想及逻辑思维,是十分鲜明的。书法家对这种矛盾起着协调作用,传达了中国哲学的"和"与"不同"的观点。欣赏"三稿"同样需要树立哲学观点。

历史与当代相结合。作品与时代的关系非常密切,什么时代产生什么样的作品。晋的韵、唐的法、宋的意、明的态,当代国展中获奖作品的时代气息等,在欣赏作品时要注重把握。

伴随社会的发展,唐代书法艺术的发展也经历了初唐、盛唐、晚唐三个阶段。初唐是对前朝书法的继承和吸收时期,处于准备阶段;盛唐是真正意义上唐代书法风格的确立和成熟时期,达到了书法艺术美的极致;晚唐则是对唐代书法艺术的延伸与反思时期。唐代文化艺术最高成就在盛中唐,书法最高成就也是在盛中唐。这一时期颜真卿的书法表现出强烈的时代气息和鲜明的艺术个性。以颜真卿为代表的盛唐,则恰恰是对新的艺术规范、美学标准的确定和建立,要求形式和内容严格统一,树立可供学习和仿效的格式和范本。江山代有人才出,各领风骚数百年。颜真卿的书法,不仅引领了数百年的风骚,还为后期奠定了标准。从历史观再来欣赏"三稿",其艺术成就一目了然。日本精心策划了名曰"超越王羲之"书法特展,一定程度上证明颜真卿真正代表了中国书法第二高峰。从当今书法的发展状况来看,传统的书法得到复兴和加强,重视传统、演绎传统成为书法人的重要任务。王羲之的贡献,是把古法的"草"和新体的"楷"做了一次千古未有之融合,形成了魏晋行札书的体式,统治了三千年以来的书法史,这样的辉煌业绩,当然震古烁今。而颜真卿的贡献,在"草"与"楷"之上又以一种非常超前的艺术表达,塑造出了唯一的"颜体"特有的典范。即使是同为唐代名家的初唐欧阳询、虞世南、褚遂良,盛唐徐浩、李邕,直到中晚唐柳公权,这一连串的书法大咖若真的排起队和颜真卿打擂台,也基本上是望其项背,无力抗衡。颜真卿有此出凡超圣的修为,自然足以为万世所敬仰。

辩证与矛盾相对立。矛盾是构成书法美的重要因素。我们看到的书法中颜色的黑与白,线条的粗与细、长与短、虚与实、断与连、光洁与粗糙,墨色的浓与淡、干与湿、枯与润,笔画中的横与竖、撇与捺、圆转与方折,结体的紧与松、欹与正、密与疏、避与就、奇崛与平正、向与背、外拓与内擫,笔法中的中锋与侧锋、藏锋与露锋、提与按、逆与顺、迟与速、纵与放、疾与涩、垂与缩、轻与重、凝重与浮滑,章法中的茂密与疏朗、连贯与错落、纵向与横向,等等,都是矛盾。这些形形色色、大大小小、光怪陆离的矛盾相互交织在一起,彼此排斥、融合,对立、统一,互为存在的根据和条件。没有欹,无所谓正;没有藏锋,也就没有出锋;没有曲,无所谓直;没有淡,也就没有浓;没有茂密,无所谓疏朗;没有横,竖也就不存在,等等。总而言之,一切矛盾着的双方都是你中有我,我中有你,相融相合,共处于一个统一体中。这个对立统一体就是书法。它通过人的眼睛进入大脑后,形成一幅幅矛盾的图形,激发起各种不同的审美情感,从而产生共鸣。所以,我们把"辩证与矛盾"视为"三稿"形式美的主要因素。矛盾美是美学的,也是哲学的。因此,书法美就是矛盾美。

联系与独立相统一。书法是一门跨美学、哲学、文字学等多学科的综合艺术,具有通感的特性,是所有中华传统文化的核心。它与绘画、武术、青铜、舞蹈、建筑、环境、佛教、陶瓷、印章篆刻、文玩等诸多门类的艺术,都能产生亲切的对应、转借或共融的关系,不论古今或中外,书法都能给予源源不断的滋养。比如有人说它是和绘画相通的,因为"书画同源";有人说它和建筑相通,因为都要强调平衡和稳定;也有人说它和舞蹈相通,因为一个个字就像舞蹈家的舞姿那么优美;还有人说它具有诗美,因为它像诗歌一样很能够启发人的联想和想象;也有人说它具有音乐美,因为它和音乐一样,具有内在的节奏和旋律。更加有意思的一种说法是说书法具有人体结构和人体的仪态之美,说我们看书法写得好坏,是根据自己的人体结构和我们的表情、姿势的。

三、赏析方法

方法的重要性对于学习来说非常重要,尤其对书法的欣赏与临习尤为重要。只有掌握正确的方法,才能事半功倍。对于欣赏和临习"三稿",要注重以下五点。

关注风格传承与风格突破的统一。从中国传统的书法艺术风格来看,颜真卿善于在周秦篆籀和汉隶的笔意中融入楷、行、草,从而形成特色。北朝的碑刻,是颜真卿书法渊源的另一个重要的脉络。颜真卿的楷书吸收了碑刻的精神和隶书的笔意。颜真卿从钟繇、王羲之、褚遂良、张旭等书法名家那里承接优秀传统,他们是颜真卿书法另一个极为重要的渊源。颜真卿还善于从民间书法作品中发现书法精神,这也是颜真卿书法艺术的一个渊源。从吐鲁番出土的《左僮熹买奴契》的粗拙行书中可以看到同颜真卿行书文稿相近的风格。除了民间的简牍书法,他还从民间的刻石书法中吸取营养。《颜谦妇刘氏墓志》楷书中有浓厚的隶书遗意。颜真卿革新鼎故,融汇秦汉的郁勃神韵、两晋的古朴优美、北朝的雄浑气质、唐初的秀逸风雅、中唐的肥劲宏博,转益多师,博采众长,把书法艺术再推向高峰。书法是传承与突破的艺术,没有传承和突破,就没有艺术。

把握主体书体与客体书体的融合。一件成功的书法作品要以主体书体作为创作的主要书体,参以其他相容书体,体现书体的统一性和丰富性。颜真卿最早的楷书《王琳墓志》内擫笔法,点画细劲,褚遂良的风格非常明显,而褚遂良的字又是王字的传承。《争座位帖》的风格相比起其他二稿更接近王羲之的风格。但在王字飘逸、俊秀、萧散的风格上形成外拓的结字方法和风格,形成洪厚、庄重的庙堂风格。二种风格并存、互为融合,在颜真卿颜体风格的基础上,可以向上追溯、向他人求源,最终形成自己的语言和风貌。

感受动态态势与静态态势的统一。以一种态势为创作势态,参以相反的势态作为补充,不失为学习书法方法之一。书法分为二种状态,一是静态,另一种是动态。静态书体包括篆书、隶书、楷书。动态包括行书、草书以及行草书。"三稿"属于动态书体,动态中又有静态的元素,《祭伯父稿》尤为突出,但"三稿"风格各不相同,欣赏和临摹时注意把握。

借鉴几何学原理与字形结构的互补,通常把汉字说成方块字,只是因为汉字是由多种不同的形态和线条构成,俗称笔画,构成一个个不同造型的方块字形,即为间架结构,再有一个个不同形态的版块组合成行和篇章,称为章法布局。在一个方框里组成黑中有白、白中有黑、黑白共存的空间。汉字的方块构成,与数理几何学中点、线、面有关,呈现互补关系。

兼容创作形式与创作内容、情感的和谐。从形式看,"三稿"均为手稿,随性、赋情、真情流露,书法与内容融为一体。手稿(札)因事因情而生,虽然在初创时无意为书法"作品",但其"无意"在审美意义上恰恰暗合了大美产生的必备因素,比起其他意义上的书法尤其是当代书法,更像是因美而生的。在下笔前就增添了太多附加值的"创作"更能被称为真正的书法作品,因为它除了具备书法创作的一切技法、情感、审美,也是书者自身的学养、气质、胸襟、意趣的厚积,最重要的是它更接近于"自然",是书者即时情境的真实表达。苏轼说:"书初无意于佳乃佳。"这也是中国传统艺术中最为重要的一点。书法之美与书法之表情达意的功能在"三稿"中得到了最完美、最和谐的熔铸。"三稿"这三件书法名作都是"草稿",也许可以解开"行草"美学的关键。"行草"隐藏着对典范楷模的抗拒,"行草"隐藏着对规矩工整的叛逆,"行草"在充分认知了楷模规矩之后,却大胆游走于主流体制之外,笔随心行,"心事"比"技巧"重要。

四、结语

"三稿"既有共同点,又有不同点,欣赏中要有历史与当代相结合、辩证与矛盾相对立、联系与独立相统一的哲学观点,还要从关注风格传承与风格突破的统一,把握主体书体与客体书体的融合,感受动态态势与静态态势的统一,借鉴几何学原理与字形结构的互补,兼容创作形式与创作内容、情感的和谐五个方面上欣赏书法,把握"三稿"的颜氏行草书风格。

相同点:一是创作年代相接近,《祭侄文稿》写于758年、《祭伯父稿》写于758年、《争座位帖》写于764年,《争座位帖》是颜真卿行书中的代表作品;创作背景相似,均有正义、大气、向上、积极之情感;二是创作形式上均以手稿(札)形式示人,有涂改、删减;三是在创作心情上,感情真实、自然,信手而来、发自肺腑;四是笔法上呈现圆转态势,笔锋内含,力透纸外,其线条的质性遒劲而舒和,打破了晋唐以来重内擫法来表现方刚之气的习惯,改用外拓法。取法篆籀,正是以圆润、浑厚的笔致和凝练遒劲的篆籀线条,展现了颜真卿在行书用笔上非凡的艺术功力;结体上宽博厚重,平正奇险,打破了晋唐以来结体茂密、字形稍长的娟秀飘逸之风,形成了一种开张的体势,这正是颜字内放外收的典型之处,此为颜体行书的创新之所在,亦是颜体阔达大度的结构特点之表现。墨法上苍润自然,渴笔枯墨,燥而无润,干练流畅,挥洒自如。其情感交织而产生的笔墨效果使作品达到艺术的巅峰状态。这一墨法的艺术效果与颜真卿书写"三稿"时情感恰好达到了高度的和谐统一。章法上灵动,浑然天成,一反"二王"茂密瘦长、秀逸妩媚的风格,变得宽绰、自然疏朗。字间行气,随情而变,不计工拙,无意尤佳,圈点涂改随处可见。其章法毫无雕饰,完全是在情绪的左右之下完成的,这便给人以巨大的遐想空间。

  不同点:一是字体上的区别。主体字体均以行书为主,仔细辨析,《祭侄文稿》在行书中融入草书,《祭伯父稿》在行书中融入楷书,而《争座位帖》则以行书为主要面目。当然,在"三稿"以行书示人的基础上,楷、行、草抑或隶均有体现,只是强弱不同而已,欣赏时注意把握。二是碑版帖版上的区别。《祭侄文稿》以帖式保存在台北故宫博物院,而《祭伯父稿》和《争座位帖》以碑拓出现,在学习中要注意对原帖的还原,重点在书写性上做文章。三是用笔力量上的区别。《祭侄文稿》用力较轻,篆籀笔法强,提按幅度不大;《祭伯父稿》用力在"三稿"中最重,有强烈的提按感,对比强烈;《争座位帖》的用力介于《祭侄文稿》和《祭伯父稿》之间,用力较为轻盈,临习中注意掌握。四是用笔速度上的区别。《祭侄文稿》行笔速度较快,《祭伯父稿》行笔较慢,而《争座位帖》介于两者之间。五是中侧锋运用上的区别。"三稿"均以中锋用笔为主调,区别之处只是《祭侄文稿》加入侧锋最少,《祭伯父稿》最多,《争座位帖》介于其中。

  林语堂曾说过,也许只有在书法上,我们才能看到中国艺术心灵的绝致。凡自然界的种种韵律,无一不被中国书法家所模仿,并直接地或间接地成了某种灵感以造就某种特殊的书体。在知行合一、体道、践行和身心的哲学对话中,通过笔墨方能展示人生和宇宙生命之真,这是书法的最高境界。本人在学习书法的道路上,对颜真卿的书法研习较多,尤其被"三稿"所吸引,往复其中,通过笔墨感受"三稿"的异同之美。

(作者系沭阳县开源测绘院支部书记,工程师)

杂技魔术

以技为体　以艺为用——对杂技精品创作的一点思考

衡正安

19世纪60年代,中国学术界有"体用之争"。百年后的今天,当我们回首这段历史时可以发现,这一学术争端至今仍闪烁着思想、智慧和理性之光,这是在西方文化的强势入侵下,在东西方两种文化激烈地碰撞、比较和选择下,中国学界对中华文化出路的担忧、探索和期盼。从最初争论的问题来看,不管是"中学为体、西学为用",还是"西学为体、中学为用",或者持调和论者,显然是有偏颇的。因为,最初的东西之争,其核心是现代和传统之争,而争论的内容是中国面对现代科学的态度,所以,首先必须看清这个核心。

从今天的视野来看,东西方文化的体用之争是不存在的。因为现代科学是国力强大之本,但其开端没有在中国,这是事实;而辉煌灿烂的中华文化是世界文化的瑰宝,是我们赖以存在的基础,是值得骄傲的,这又是我们生存之本。所以,在这个前提下是不存在体用的问题的,应该是各自为体又各自为用,我认为这才是百年来历史给我们的启示和实践经验。虽然,体用之争在东西方两种文化之间未必能成立,但是,如果是对一种文化内的不同性质、审美类型进行的研究、阐述,从而推动该文化的发展和提升,我认为体用之分、之别的探讨还是存在和必要的,更是有价值的。这不仅是历史文化发展规律的呈现,也是文艺发展的基本规律。中国几乎所有的文化类别、审美现象均符合这一规律,如书画、戏曲、舞蹈、音乐,包括现代兴起的影视、摄影等,都存在着体和用的关系。

我们这里所说的体和用,是指既要在本专业中保持各自的审美特质,区别于不同的艺术门类的专业特征,是为体;同时,又要广泛地吸收本专业以外的素养以丰富、提升自己,以便走向广大、深邃,是为用。同样,作为一门古老艺术的杂技艺术也必须遵循这样的规律,才能得到不断的发展和提高。之所以提出体用问题,是因为在杂技艺术化的过程中,有体用之乱、体用不清甚至体用颠倒的倾向,所以有必要作深入探讨。

杂技之体

杂技有着2000多年的历史,具有极为独特的中华文化形式和精神标识,它产生于民间、草根,有着浓郁的乡土气息和广泛的接受度,它之所以生生不息、受到广大群众的喜爱,是因为有着非常独特的专业特质,这个特质就是——它不仅杂,种类繁多;而且技对技巧、力量和速度有着惊人的展现,有的甚至已经达到了人体的极限,从而受到人们的敬佩、赞叹和尊敬。如传统杂技项目皮条、转圈、顶碗、走钢丝等,都是高超技术和强大力量的展现,是天赋和后天勤学苦练的完美结合。虽然各种艺术都是建立在技术的基础之上的,但是唯有杂技,其技术性要求更强、技术特点更为突出,可以说,它对技术有着超乎寻常的追求。

我们注意到,在文联系统的12个艺术门类(戏剧、电影、音乐、美术、曲艺、舞蹈、民间文艺、摄影、书法、杂技、电视、文艺评论家协会)中,唯有杂技还保留着"技"的专业名称,有的杂技项目甚至直呼为技,如口技、车技等,这说明其以技术为起点的原发性痕迹一直没有改变。与其他艺术门类相比,高难度动作和独特的技巧,仍然是杂技吸引观众的关键,是杂技建立本专业的最基本特征。所以,以技为核心、以技为本、以技为基础,是杂技保持专业独立和发展的基本思想,是杂技精品创作的立身之本。

杂技之用

杂技的历史非常悠久,但作为现代艺术的杂技时间并不长。新中国成立以来,杂技界通过不断探索和实践,使杂技从传统单项的杂技项目,发展成杂技节目以及杂技剧目,从原来的单项表演发展成一个综合的活动,有策划、编导、创意,有故事情节和声光电现代辅助设备和手段,等等,这些外在的辅助手段我们均称之为"用"。这个用是指在人体动作、技巧之外,有助于表演、展示以及发展的外在手段,是杂技由技走向现代艺术的重要表达方式。显然,由技到艺的发展方向和理念是符合中国传统艺术发展规律的,是与时俱进的思想,也是杂技走向现代、大众,走向更广阔空间的必由之路。目前,在杂技走向艺术化即杂技剧方面,不管是江苏还是全国的杂技界都有不俗的成绩,推出了如《花木兰》《西游记》《天鹅湖》等优秀杂技剧目。在对杂技剧的创作中,江苏也在不断探索、努力实践,创作了一批优秀的杂剧剧目,有些方面已经走在了全国前列,如《渡江侦察记》《金箍棒》《小桥流水人家》等,这些作品不仅保留了传统杂技的技、力和速度的优势与成就,而且还充满了现代创作思想,体现了杂技剧的创新理念。

体用并进

通过以上论述,我们不难发现,技是杂技之体,是杂技的核心部分,是体现杂技存在的重要核心价值,是震撼人心、打动观众、赢得尊重的根本来源。然而,唯有技是远远不够的,它只是杂技艺术的核心基础和立身之本,要想让杂技朝着更广、更深的方向发展并走向现代,还必须要有文化的加入,这就是作为艺术体用的丰富和深入。纵观中国传统艺术,不管是书法在魏晋时期的自觉,还是绘画在唐代之后写意性的增加,都是因为加入了文化的浸染以及文人的参与,也就是现代所谓的审美自觉,唯此才能成为一门现代意义上的书画艺术。昆曲和京剧也是如此,也是在文人的参与下走到了现在、走向了辉煌,成为中华艺术的重要代表。所以,杂技只有体用并举才能成为现代意义上的艺术,才能有无限的生命力和发展空间,才能锚定精品创作的方向和前提。

杂技之体,是为技;杂技因用,成为艺。只有体用兼备、体用交融、体用相别,才能既保持杂技的独特价值又能与时俱进,实现杂技的现代性转化,让古老的杂技艺术焕发新的生命,创作出超越前人的精品力作。

(作者系江苏省文艺评论家协会副主席,一级美术师)

沉醉江淮不须归
——评杂技诗剧《四季江淮》
吴 迪　金重庆

2022年9月16日,江苏省杂技团创作的杂技诗剧《四季江淮》在编创和演艺团队的苦心磨炼下,正式公演了。观看此剧,让人感到惊艳奇绝、美不胜收,出新出彩随处可点。真可谓,江淮翻覆成就一台好剧,四季灵动浓缩成壮丽画图。

大意境：诗，幻化在时令里

杂技诗剧《四季江淮》以二十四节气农谚勾勒全剧结构,以《春耕》《夏耘》《秋收》《冬藏》铺展故事情节,以14首紧贴时令与物候的唐宋诗词贯通串联主线,将江淮风光、自然景物和人文情怀表现得栩栩如生,抒发得淋漓尽致。

春和景明,《春耕》正忙。你听,春雷阵阵,好雨知时,随风入夜,润物无声;你看,林花向日明,春耕昌杏密,红粉真无匹。好一幅万物复苏,春意盎然,柳绿花红,莺歌燕舞的江淮春光图。

五黄六月,《夏耘》热烈。你看,树荫照水,莲叶接天,荷花映日,蜻蜓起舞;四野皆插秧,处处菱歌长;桂轮开子夜,萤火照空时。舞台之上,江淮湿地的青绿、水乡人们的忙碌与烈日炎炎的夏日被浓缩成水墨图画,江淮芳华,灵动活现。欣赏此折,观众无不悦目怡情。

天高水长,《秋收》满仓。视野之内,萧疏桐叶,风摇愁月;稻花飘香,芦花正放;河内艋胪流畅,岸外平畴沃野。水蕴万物,共生共长,江淮一比江南,诗画跃然台上。

寒凝大地,物静《冬藏》。"雪压冬云白絮飞""寒梅点缀琼枝腻"的旷野冬景尽铺台面,白雪红梅,竞相迎春,舞台中央,投影之上,黄海滩涂,丹顶鹤集翔南来;潟湖湿地,芦花白迎风摇曳;大野林园,万竿竹傲然挺立。

尾声,春去春又回,光景又焕新。大地披绿,河湖水暖,鹤鹿争鸣,百鸟竞唱,人欢鱼跃,万紫千红。

多元素:技,融柔在综艺里

杂技诗剧《四季江淮》用美难奇绝、新颖别致的 20 多个杂技元素支撑全剧,凸显了杂技本体的功力,彰显了南派杂技的艺术风格。柔术、蹬伞轻柔飘逸,潇洒浪漫,表达了河湖湿地的曼妙之美;晃梯、皮条、对手顶、花式杆技坚毅挺拔,刚劲有力,表达了当代人们的奋斗之志;空竹、滚环、罗马圈生趣盎然,情韵无穷,表达了灵动水乡的人文之气。

该剧别具一格的艺术特色是,将建湖杂技与淮剧两个国家级非遗保护项目的精髓紧密套搭在一起,在音乐设计上融入了许多淮剧道白和板眼,以凸显江淮水乡味道的淮腔淮韵为映衬,枝蔓相连,依偎得体。淮味一出,顿时拉近了观众与《四季江淮》的距离,让其生发亲和感、自豪感。

值得一说的是,该剧编导手法一改平常与传统,在充分展现杂技主体的同时,将戏剧、舞蹈有机地融合在一起,起到了绿叶护红花,合力托举美的效果。剧中先后穿插了柳丝舞、春耕舞、荷花舞、插秧舞、萤火舞、收割舞、芦花舞、仙鹤舞、红梅舞、竹竿舞等民舞,既烘托了剧情,又增强了剧目的可看性。舞台上,服装灯光道效置景无一不显独到新颖之奇特,赤橙黄绿青蓝紫,如持彩练当空舞。全剧将红色作为主色调,自始至终渲染了"任由四季变换,我自蓬勃旺盛"的演进之势。尤其是借鉴了戏剧中的流苏,用作该剧的投影介质,更加显现了浓郁的湿地流韵,具有强烈的视觉冲击力。

全聚焦:情,浸润在青绿里

杂技诗剧《四季江淮》主题鲜明,意在用杂技语言宣传和弘扬"绿水青山就是金山银山"的新发展理念，这是该剧的魂之所在，情之所系。全剧以四季时令物候为线索，以黄渤海湿地和大运河世界自然遗产为源端，以江南水乡和里下河九龙口潟湖湿地的自然风光、人文底蕴为背景，把着力点放在倡导人们热爱自然、保护环境、维护生态、促进人与自然和谐共生上，用杂技故事引导社会大众更好地践行绿色生活方式，一起守护和创造优美的生活环境，可谓立意高远。

江淮通大海，水润万民心。近年来，沿海城市盐城同心勠力于江海图强之志，举棋落子于碧水河湖之间，用心、用力、用情做好沿海沿淮生态修复与生物多样性文章，成绩斐然，成果丰硕。如果你想观惊涛拍岸，想望万鸟凌空，想听丹鹤鸣唱，想看麋鹿争霸，想游芦荡迷宫，想赏九龙戏珠，想亲金沙水暖，想近小桥流水，请随我一起走进杂技诗剧《四季江淮》，这里，会让你一览滩涂湿地的无垠大美，尽赏媲美江南的秀丽风光。

据悉，《四季江淮》编创团队阵容强大，实力雄厚。编剧是上海戏剧学院教授曹路生，艺术总监是北京歌舞剧院国家一级导演何晓彬，总导演是北京天安门广场建党七十周年联欢晚会主场执行导演韩晓龙，音乐、舞蹈、服装、道具、特效均出自国内知名艺术大家之手。为了深化直观感受，丰满剧情，编创团队在正式投入创排之前，曾先后深入到黄海湿地滩涂、麋鹿和丹顶鹤保护区、淮扬姑苏大运河沿线以及建湖九龙口国家湿地公园等地多次采风，深度领略与感悟自然环境的演变和发展，进而拓宽了视野和思路，丰富了创作素材，提炼了自然精华，升华了艺术情愫。

"江淮四季美，如画亦如诗。三百六十五，无日不相思。"观看了《四季江淮》，不禁为江苏省杂技团这部铺满青绿的杂技诗剧称奇叫绝，该剧堪为该团又一部思想精深、艺术精湛、制作精良的鼎力之作。较之此前该团创演的几部大型杂技剧，《四季江淮》更有其独到的时代昭示、艺术魅力，令人惊叹、让人回味，足可点赞。

（吴迪系江苏艺术基金管理中心监督部主任；金重庆系建湖县杂技研究所所长，副研究馆员）

论魔术世界中的武侠理论

朱明珠

武侠是华人界特有的一种流行文化。在我看来它是一种概念,甚至是一种感觉,总归"武侠"不是一个具体的东西,它更加抽象。"武"是武功,"侠"是理念,是信仰,而魔术也是技法和理念的结合,通过阅读许多武侠小说和研究了多年的魔术艺术,我认为武侠中的一些元素、核心思想、艺术表达,在一定程度上与魔术领域有着一定的相似之处,也可以说有着异曲同工之妙。

一、武侠中的绝招与魔术作品

在武侠小说中,有很多人在武学方面取得了很大的成就,如郭靖、萧峰、张三丰等。但他们形成自己的绝招的方式却截然不同,人的认识是一个从特殊到一般再由一般到特殊的不断深化、螺旋上升的过程,我们总是带着从师父那里学到的知识去指导具体拳招的训练,又在具体拳招的使用过程中摸索到新的窍门,总结出新的经验。作为天下第一掌法降龙十八掌的传人,郭靖是在洪七公的传授下继续研究,使得威力更进一层楼。杨过曾被金轮法王说武功杂而不精,但他将学过的"打狗棒法""九阴真经""玉女心经""蛤蟆功"等武功精髓融会贯通,发明了"黯然销魂掌",威慑武林。在魔术艺术的创新方面,也存在两种创作方式:继承创新和集成创新。继承创新即是在前人的技术基础上获得灵感,不断改良,形成自己的表演风格。比如现在非常火的舞台手彩变牌手法"开瓦片",几乎所有的赛场都会看到这个手法,最开始是由日本魔术大师马卡天童(Mahka

Tendo)所创,这个手法的实现极度困难,开始是一张一张地翻开,后面便有人做到能够瞬间一张变四张。在2022年加拿大举办的第28届世界魔术大赛上,韩国魔术师伊登(Eden Choi)又有了新的创意,能做到出现的牌同时变颜色,甚至可以空手开瓦片。还有一球变四的手法,他的这段程序是可以瞬间一球变四,而且可以正反交代,扔掉其余的,剩下一个再做一次,也就是做到了双手一开十六的效果,完全颠覆了人们对这些手法的认知。除此以外,还有一种叫作集成创新,就是集百家所长,从而形成自己的一套表演。在舞台手彩魔术的历史中,变光碟也是在一些古老手法和元素基础上衍生出来的产物,它也从节目中的点缀发展成整段流程,直到现在这个元素也是赛场上最常见的表演道具之一。我的作品《纸飞机》也是在练习了大量的手法(例如牌、球、伞、鸽子等)和学习了大量的魔术知识之后研究出来的。所有的创新都是有规律、有基础的,要想打破规则,就必须了解规则。

二、无招胜有招中的魔法感

"形无形,意无意,无意之中是真意。"武学的最高境界当数"无招胜有招",挥洒自如,看似无招,实则内力深厚。这也是独孤求败的秘诀。那魔术中所谓的无招是什么呢? 对于舞台魔术而言,自动化的效果深受观众喜爱,但这种效果多数都要借助高科技来完成,而且重点是要让人看不到所谓的机械装置。FISM舞台部门总冠军比利时魔术师劳伦·皮隆(Laurent Piron)的所有效果都是很有魔法感觉的,整段流程优雅神奇、令人感动。他的报纸仿佛有生命一样,在肩上、手上、桌上、地板上不断舞动,感觉是类似机器人的设计,但是又难以想象那么薄的一张纸怎么可能藏得了一些秘密装置。除此以外,在魔术表演中没有多余的动作也是其中的一种,比如兰斯伯顿的变鸽子完全没有拉的动作,鸽子就像在他手里呈现一样,魔法感十足。魔术和杂技的区别在于,杂技是要让观众看到技巧的高难度,惊叹杂技的惊险,而魔术是要隐藏技巧,呈现给观众的是效果,让观众感觉你没有做什么事情,奇迹就发生了。对于近景魔术而言,有三种纸牌魔术均为此类:第一种是大卫·巴格拉斯的任意位置的任意牌(Any Card At Any Number),被称为"巴格拉斯效果",是20世纪50年代的魔术传奇效果;第二种是1949年保罗·嘉理(Paul Curry)创造的"公开的预言"(The Open Prediction);

第三种是胡克升牌术（Hooker Impossible Rise Card）。这三种纸牌魔术的共同点就是看不到什么技巧，魔术就产生了，让人百思不得其解。

三、招数的多元化和效果的叠加

在整个武侠世界中，各类功法可谓是琳琅满目，招数也是层出不穷，高手的对决，招数变化莫测、扑朔迷离。在魔术表演中，要把重复效果转为多元化效果。韩国魔术师玄哲镕（CY）在表演中先变出蜡烛，然后蜡烛变成红色，接着蜡烛消失变成火球，围绕身体一周，最后变成一只鸽子，这就是魔术中的效果叠加，这一过程中有消失、变色、悬浮，不同的魔术效果在一瞬间一个接一个地出现。日本魔术师 Den Den 表演中的连招让观众目不暇接，一时反应不过来。这种效果对于魔术师而言是特别享受的，当然在赛场中也是非常重要的一个得分点。

尤其是在手法魔术中，重复同一个手法会让观众产生审美疲劳，需要在这些手法中加一些其他的效果，比如在做一球变四的效果中，一般魔术师只会按照传统的技法，先消失后出现，最后变成四个，而魔术师伊登的做法是变出第二个球的时候突然让其飘起来，从右手横向飘到左手的同时，在右手变出了四个。这一做法瞬间给这个魔术注入了新鲜的血液。

四、"内功"修炼方能夯实根基

"内功"的高低程度，是评判一个侠客实力强大与否的标准。只有通过深厚的内功修为，才能使出那些强大的武学招式，甚至当你的内功达到了一定程度，就会通过量变引起质变，即使某些简单的招式，在手中也能释放出强大的力量。所以在武侠的江湖里，是非常注重"内功"的修炼的。在魔术世界中，也是同样的道理，魔术表演中的技巧手法固然重要，但"内功"也是举足轻重的，甚至可以说是脊梁般的存在。魔术中的"内功"修炼的无非是心理素质、错误引导技巧、表演、节奏、气场、感觉等各方面，高手即使变一个非常简单的魔术，也可以做到无比神奇的效果，让效果最大化，这些都可归功于他对于"内功"的修炼。当然在一些细节的处理方式上，也可以看出"内功"的深厚程度。刚柔并济、收放自如的表现方式，可以让整个表演看起来更加丰满和震撼。

五、"侠之大者，为国为民"

武侠与魔术这两个领域有着统一的价值观。金庸笔下的郭靖不仅有高超的武功也有大的情怀，"修身、齐家、治国、平天下"的美好理想在他的身上体现得最为清晰、透彻。

在魔术领域，所谓的魔术大师，不在于你掌握了多少魔术技巧，读了多少理论书籍，拿过多少奖项，而在于你对魔术的贡献，在于你是否推动了魔术艺术的发展，是否做到了德艺双馨。在武侠世界里，很多人都向往着能够掌握一些厉害的武功，如"凌波微步""六脉神剑""吸星大法""达摩剑法"等，在魔术领域，也有不少魔术爱好者为了一些手法技巧夜以继日地学习和练习，比如"四羊开泰""空手出牌""三仙归洞""八仙过海"。每个人练习同样的招式，但最后练成的效果不一样，有些人可能"走火入魔"，有些却在基础上有了创新。这在一定程度上是因为心境不同、学习方法有误或缺少贵人指点。《天龙八部》中的慕容博、萧远山，他们偷学少林武功，而同样的一门武功，不谈他们练得好不好，为什么少林寺的和尚练没有问题，他们练就出了问题，正是他们一心复仇导致走火入魔，最后幸得扫地僧指点，才悟出武学的真谛。魔术的本质是给人带来欢乐和神奇之感，激发人们的幻想和探索，而不是用来谋取利益。艺术的本质就在于不断创新，创新来源于生活，更高于生活。"心即境也"，所以我们应该用一颗闲暇和纯洁的心灵来感受和体验生活。我们生活的真正意义也就在于，如何保持一颗充满好奇的童心、一颗谦卑恭敬的真心去享受这个世界。

无论是武侠还是魔术，说到底还是要知行合一，不要把时间浪费到"清谈"上，而是要扎扎实实地从一招一式练起。"不积跬步，无以至千里；不积小流，无以成江海。"任何一门艺术之路都没有顶峰，没有最好，只有更好。

（作者系南通市杂技团演艺有限公司副总经理，一级演员）

跋

在《2023江苏文艺研究与评论精粹》的编辑出版工作中,我们得到了江苏省文联党组的有力指导、江苏省评协主席团和理事会成员的亲切关心,以及全省各设区市评协,特别是广大文艺评论工作者的大力支持和河海大学出版社的精心编辑。在此,谨致以真诚的谢意!

由于时间、能力所限,书中难免有疏漏或不妥之处,敬请各位读者不吝批评指正。

江苏省文艺评论家协会

2024年11月